William Somerset Maugham:
Catalina
Roman

Deutsch von N. O. Scarpi

Deutscher
Taschenbuch
Verlag

Von William Somerset Maugham
ist im Deutschen Taschenbuch Verlag erschienen:
Schein und Wirklichkeit (10715)

Ungekürzte Ausgabe
Juli 1987
Deutscher Taschenbuch Verlag GmbH & Co. KG,
München
Lizenzausgabe mit freundlicher Genehmigung des
Diana Verlags, Zürich
Titel der englischen Originalausgabe:
›Catalina‹ (Erstveröffentlichung 1948)
© 1960 der deutschsprachigen Ausgabe:
Diana Verlag AG, Zürich
Umschlaggestaltung: Celestino Piatti
Gesamtherstellung: C. H. Beck'sche Buchdruckerei,
Nördlingen
Printed in Germany · ISBN 3-423-10769-3

I

Für die Stadt Castel Rodriguez war ein großer Tag angebrochen. Die Bewohner steckten seit dem frühen Morgen in ihren besten Gewändern; von den Balkonen der düsteren alten Adelspaläste hingen bunte Teppiche, und die Fahnen schlugen träge um ihre Stangen. Es war der Himmelfahrtstag, und die Sonne brannte aus wolkenlosem Blau herab. Spannung und Erregung lagen in der Luft; denn dies war der Tag, da zwei hervorragende Persönlichkeiten nach langen Jahren des Fernseins in ihre Heimatstadt zurückkehrten, und zu ihren Ehren waren große Vorbereitungen getroffen worden. Der eine war Frater Blasco de Valero, Bischof von Segovia, und der andere sein Bruder Don Manuel, ein hochberühmter Feldhauptmann in der Armee des Königs. Es sollte zunächst ein Te Deum in der Kollegialkirche zelebriert werden, dann folgte ein Bankett im Rathaus, ein Stierkampf und nach Einbruch der Nacht ein Feuerwerk. Im Laufe des Morgens strömten die Menschen in immer dichteren Scharen der Plaza Mayor zu. Hier sollte der Zug sich bilden, um den vornehmen Gästen entgegenzugehen. Voran schritten die Zivilbehörden, dann kamen die kirchlichen Würdenträger und endlich die angesehenen Männer der Stadt und der Adel. Die Leute bildeten ein dichtes Spalier an den Straßen, beguckten den Zug und warteten dann geduldig, bis die beiden Brüder, gefolgt von dieser erlesenen Schar, in die Stadt einziehen würden, während alle Glocken ihnen zum Willkommen läuteten.

In der Madonnenkapelle der Kirche, die an das Kloster der Karmeliterinnen angebaut war, betete ein gelähmtes Mädchen. Mit leidenschaftlicher Hingabe flehte sie vor dem Bild der Heiligen Jungfrau. Als sie sich schließlich von den Knien erhob, stützte sie sich auf die Krücke und humpelte aus der Kirche. Drinnen war es kühl und dunkel gewesen, doch als sie in den heißen, windstillen Tag hinaustrat, blendete sie der jähe Glast. Sie blieb stehen und blickte über den leeren Platz. Die Läden der Häuser rundum waren geschlossen, um die Hitze fernzuhalten.

Es herrschte tiefe Stille. Jedermann war hinausgegangen, um nichts von den Festlichkeiten zu versäumen, und kein Straßenköter war zu Hause geblieben. Es war eine tote Stadt. Sie warf einen Blick nach ihrem eigenen Haus, einem kleinen, zweistöckigen Bau, eingekeilt zwischen seine Nachbarn, und seufzte tief. Ihre Mutter und Onkel Domingo, der bei ihnen wohnte, waren mit allen anderen weggegangen und würden erst nach dem Stierkampf heimkommen. Sie fühlte sich sehr einsam und unglücklich. Es lockte sie nicht, nach Hause zu gehen, und so setzte sie sich auf die oberste Stufe der Treppe, die von der Kirche auf die Plaza hinunterführte, und legte die Krücke neben sich. Sie begann zu weinen. Ihr Kummer wurde so übermächtig, daß sie rückwärts auf die Steine sank, das Gesicht in den Händen barg und herzzerreißend schluchzte. Die brüske Bewegung hatte zur Folge, daß die Krücke über die schmale, steile Treppe hinunterpolterte. Das war der Gipfel des Unglücks; nun würde das Mädchen nachrutschen müssen, denn ihr rechtes Bein war gelähmt und sie konnte ohne Krücke nicht gehen. Hemmungslos rollten die Tränen über ihr Gesicht.

Plötzlich hörte sie eine Stimme.

»Warum weinst du denn, Kind?«

Sie schaute verblüfft auf, denn sie hatte keine Schritte gehört. Hinter ihr stand eine Frau, und es sah aus, als sei sie eben aus der Kirche getreten; doch das Mädchen war ja selber erst in der Kirche gewesen, und dort hatte sie keinen Menschen erblickt. Die Frau trug einen langen blauen Mantel, der bis zu den Füßen reichte, und jetzt schlug sie die Kapuze zurück, die den Kopf bedeckt hatte. Ja, sie mußte wohl doch aus der Kirche gekommen sein, denn es war eine Sünde, wenn eine Frau das Haus Gottes mit unbedecktem Kopf betrat. Für eine Spanierin war sie ziemlich hochgewachsen; sie war noch jung, denn unter den dunklen Augen gab es keine Falten, und die Haut war glatt und weich. Ihr Haar war in der Mitte gescheitelt und im Nacken zu einem Knoten gebunden. Sie hatte zarte, feine Züge und sah sehr gütig aus. Das Mädchen konnte sich nicht darüber klar werden, ob die Frau eine Bäuerin war oder eine Dame. In ihrem Wesen war eine gewisse Zutraulichkeit und doch gleichzeitig eine Würde, die irgendwie einschüchternd wirkte. Der lange Mantel verhüllte das Gewand, aber als sie die Kapuze zurückschlug, schimmerte es weiß, und so nahm das Mädchen an, das Kleid müsse wohl weiß sein.

»Trockne deine Tränen, Kind, und sag mir, wie du heißt!«

»Catalina.«

»Warum sitzt du allein hier und weinst, wenn alle Welt hinausgegangen ist, um den Empfang des Bischofs und seines Bruders, des Feldhauptmannes, anzusehen?«

»Ich bin ein Krüppel, Señora, ich kann nicht weit gehn. Und was habe ich mit all den Leuten gemein, die gesund und glücklich sind?«

Die Frau stand hinter ihr, und Catalina mußte sich umwenden, um zu ihr zu sprechen. Sie warf einen Blick nach der Kirchentür.

»Woher kommt Ihr, Señora? Ich habe Euch nicht in der Kirche gesehen.«

Die Frau lächelte, und es war ein Lächeln von solcher Huld, daß alle Bitterkeit aus dem Herzen des Mädchens verschwand.

»Aber ich habe dich gesehen, Kind. Du hast gebetet.«

»Ich habe gebetet, wie ich Tag und Nacht zur Heiligen Jungfrau bete, seit dieses Unglück mich befallen hat, daß sie mich von meinem Siechtum befreien möge.«

»Und du glaubst, daß sie die Macht dazu besitzt?«

»Wenn sie die Macht besitzt, wird sie es tun.«

In dem Wesen der fremden Frau war so viel Güte und Freundlichkeit, daß Catalina sich veranlaßt sah, ihr Herz auszuschütten. Das Unglück war geschehen, als die jungen Stiere zum Stierkampf des Ostertags in die Stadt gebracht wurden und alles zusammengelaufen war, um die Tiere anzuschauen. An der Spitze des Zuges ritt ein junger Adliger auf tänzelndem Roß. Plötzlich brach ein Stier aus und stürmte in eine Seitenstraße hinein. Es gab eine Panik, und die Menge stob auseinander. Ein Mann wurde umgeworfen, und dann raste der Bulle weiter. Catalina lief, so rasch ihre Füße sie tragen wollten, und stolperte, gerade als der Stier sie erreicht hatte. Sie schrie auf und wurde ohnmächtig. Als sie zu sich kam, sagte man ihr, der Stier habe sie in seinem tollen Lauf umgerissen, sei aber weitergerannt. Sie habe nur Quetschungen erlitten, aber keine Wunden, und binnen kurzem werde sie sich völlig erholt haben; doch nach ein oder zwei Tagen klagte sie, daß sie ihr Bein nicht bewegen könne. Die Ärzte untersuchten es und stellten fest, daß es gelähmt war; sie stachen mit Nadeln hinein, aber es war empfindungslos, sie ließen sie zur Ader, purgierten sie und gaben ihr abscheuliche Medizinen zu trinken; doch nichts half. Das Bein blieb abgestorben und tot.

»Aber deine Hände kannst du doch gebrauchen«, sagte die Frau.

»Gott sei Dank dafür, denn sonst müßten wir verhungern. Ihr habt mich gefragt, warum ich weine. Ich weine, weil ich mit dem Gebrauch meines Beines auch die Liebe meines Liebsten verloren habe.«

»Er kann dich nicht sehr heiß geliebt haben, wenn er dich in deiner Not verlassen hat.«

»Er hat mich von ganzem Herzen geliebt, und ich liebe ihn mehr als meine Seele. Aber wir sind arme Leute, Señora. Es ist Diego Martinez, der Sohn des Schneiders, und er soll das Handwerk seines Vaters ausüben. Wir wollten heiraten, sobald er seine Lehrzeit beendet hatte, aber ein armer Mann darf sich's nicht erlauben, eine Frau zu nehmen, die sich im Gedränge auf dem Marktplatz nicht zu behaupten weiß, nicht treppauf und treppab laufen und all die Dinge verrichten kann, die im Haushalt getan werden müssen. Und die Männer sind nun einmal Männer. Ein Mann kann eine Frau auf Krücken nicht brauchen, und jetzt hat Pedro Alvarez ihm seine Tochter Clara angeboten. Sie ist häßlich wie die Sünde, aber Pedro Alvarez ist reich – wie sollte Diego da ›nein‹ sagen?«

Abermals begann Catalina zu weinen. Die Frau sah mit mitleidsvollem Lächeln auf sie hinab. Und plötzlich hörte man aus der Ferne das Wirbeln der Trommeln und das Dröhnen der Trompeten, und dann setzten sämtliche Kirchenglocken ein.

»Jetzt haben sie die Stadt betreten«, sagte Catalina. »Der Bischof und sein Bruder. Wie kommt es, daß Ihr hier seid, Señora, und den Einzug nicht mitanseht?«

»Mir liegt nichts daran.«

Das klang so seltsam, daß Catalina argwöhnisch aufblickte.

»Wohnt Ihr denn nicht in der Stadt, Señora?«
»Nein.«
»Es ist mir aufgefallen, daß ich Euch noch nie gesehen habe. Ich meinte, es gebe überhaupt keinen Menschen, den ich nicht wenigstens vom Sehen kennen würde.«

Die Frau antwortete nicht. Catalina war beunruhigt und betrachtete sie unter den gesenkten Wimpern genauer. Sie konnte kaum eine Maurin sein, dazu war ihre Gesichtsfarbe zu hell; doch es war durchaus möglich, daß sie eine jener neuen Christinnen war, zu jenen Juden gehörte, die sich lieber taufen ließen als auszuwandern, aber, wie jedermann wußte, insgeheim noch an den jüdischen Bräuchen festhielten, vor und nach den Mahlzeiten die Hände wuschen, am Jom Kippur fasteten und Freitag Fleisch aßen. Die Inquisition wachte, und ob sie nun getaufte Mauren oder neue Christen waren, es war nicht ratsam, mit ihnen gesehen zu werden; man konnte nie wissen, wann sie in die Hände der Inquisition fallen und ob sie nicht auf der Folter einen Unschuldigen beschuldigen würden. Angstvoll fragte sie sich, ob sie irgend etwas gesagt hatte, was Anlaß zur Klage geben konnte, denn zu jener Zeit lebte in Spanien jeder in der Angst vor der Inquisition, und ein hingeworfenes Wort, ein Scherz mochten ausreichen, um einen in den Kerker zu bringen. Dort schmachtete man dann Wochen, Monate, ja, vielleicht auch Jahre, bevor es einem gelang, seine Unschuld zu beweisen. Catalina hielt es darum für besser, sich möglichst rasch aus dem Staube zu machen.

»Jetzt muß ich nach Hause gehen, Señora«, sagte sie, und mit der ihr angeborenen Höflichkeit setzte sie hinzu: »Ihr werdet verzeihen, daß ich Euch verlassen muß.«

Sie warf einen Blick auf die Krücke, die am Fuß der Treppe lag. Durfte sie wagen, die Frau zu bitten, sie möge ihr doch die Krücke holen? Aber die Frau achtete nicht auf ihre Bemerkung.

»Wäre es dir lieb, deine Beine wieder gebrauchen zu können, Kind«, fragte sie, »so daß du gehen und laufen könntest, als ob das Unglück dich nie betroffen hätte?«

Catalina wurde kreideweiß. Diese Frage enthüllte die

Wahrheit. Sie war keine neue Christin, diese Frau, sie war eine Maurin, denn es war wohlbekannt, daß die Mauren nur dem Namen nach Christen waren, in Wirklichkeit aber mit dem Teufel im Bunde standen und durch Zauberkünste allerhand Übel anrichten konnten. Es war noch gar nicht so lange her, daß eine Seuche in der Stadt gewütet hatte, und die Mauren mußten auf der Folter gestehen, daß sie die Schuld daran trugen. Sie hatten auf dem Scheiterhaufen gebüßt. Sekundenlang war Catalina viel zu sehr erschrocken, um auch nur ein Wort hervorzubringen.

»Nun, Kind?«

»Ich würde alles dafür geben, was ich auf der Welt besitze, und das ist nicht gerade viel, um von meinem Leiden befreit zu werden, doch selbst um die Liebe meines Diego wiederzugewinnen, täte ich nichts, wodurch meine unsterbliche Seele Schaden leiden könnte, oder was eine Kränkung unserer heiligen Kirche bedeuten würde.«

Sie bekreuzigte sich, während sie das vorbrachte, und sah die Frau unverwandt an.

»Dann will ich dir sagen, wie du geheilt werden kannst. Derjenige Sohn des Juan Suarez de Valero, der Gott am besten gedient hat, besitzt die Macht, dich zu heilen. Er wird im Namen des Vaters, des Sohnes und des Heiligen Geistes seine Hände auf dich legen, dann wird er dich heißen, die Krücke wegzuwerfen und zu wandeln. Und du wirst deine Krücke wegwerfen und wandeln.«

Nicht das war es, was Catalina erwartet hatte. Was die Frau sagte, klang erstaunlich, aber sie sprach mit solcher Ruhe und Sicherheit, daß das Mädchen tief beeindruckt war. Zweifel und Hoffnung im Gemüt, sah sie zu der geheimnisvollen Fremden auf. Sie wollte all ihren Witz sammeln, bevor sie die Fragen stellte, die sich bereits in ihrem Geiste formten. Und dann traten Catalinas Augen fast aus den Höhlen, und ihr Mund stand offen, denn wo die Frau eben noch gewesen war, sah sie nichts – nichts! Die Frau konnte nicht in die Kirche gegangen sein, denn Catalina hatte ihren Blick beständig auf sie geheftet, nein, sie konnte keinen einzigen Schritt getan haben, sie war einfach verschwunden. Das Mädchen stieß einen lauten Schrei aus und weinte abermals, doch diesmal waren es Tränen anderer Art, die über ihre Wangen rannen.

»Es war die Heilige Jungfrau«, schluchzte sie. »Es war die Himmelskönigin, und ich habe mit ihr gesprochen, als ob es meine Mutter gewesen wäre. Maria Santissima, und ich habe sie für eine Maurin oder eine neue Christin gehalten!«

Sie war so aufgeregt, daß sie fühlte, sie müsse es unverzüglich jemandem berichten, und, ohne nachzudenken, rutschte sie auf dem Rücken die Treppe hinunter, bis sie bei ihrer Krücke war. Und dann humpelte sie nach Hause. Erst als sie die Türe erreichte, kam ihr in den Sinn, daß ja niemand daheim war. Aber sie ging dennoch ins Haus, denn sie war hungrig, sie nahm ein Stückchen Brot und ein paar Oliven und trank dazu einen Becher Wein. Das benebelte ihr ein wenig den Kopf, aber sie blieb sitzen, entschlossen, sich wach zu halten, bis ihre Mutter und Onkel Domingo heimkämen. Wie sollte sie es nur so lange aushalten! Sie mußte doch ihre wunderbare Geschichte erzählen! Ihre Lider sanken herab, und nach einer Weile war sie fest eingeschlafen.

2

Catalina war ein sehr schönes Mädchen. Sie war sechzehn Jahre alt, hochgewachsen für ihr Alter, mit wohlgerundeten Brüsten, kleinen Händen und Füßen, und vor ihrer Lähmung war ihr Gang ein anmutiges Wiegen gewesen, das jeden entzückte, der sie sah. Ihre Augen waren groß und dunkel, der Glanz der Jugend leuchtete aus ihnen, das schwarze Haar kräuselte sich natürlich und war so lang, daß sie darauf sitzen konnte, die Haut war bräunlich und sanft, die Wangen von rosiger Wärme, der Mund rot und feucht; und wenn sie lächelte oder lachte, wie sie das vor dem Unglück oft genug tat, zeigte sie weiße, ebenmäßige kleine Zähne. Ihr voller Name lautete Maria de los Dolores Catalina Orta y Perez. Ihr Vater, Pedro

Orta, war bald nach ihrer Geburt nach Amerika gesegelt, um dort sein Glück zu machen, doch seither hatte man nie mehr etwas von ihm gehört. Seine Frau, die mit dem Mädchennamen Maria Perez hieß, wußte nicht, ob er tot war oder noch lebte, aber sie gab die Hoffnung nicht auf, daß er eines Tages mit einer Truhe voll Gold heimkehren und sie alle zu reichen Leuten machen werde. Sie war eine fromme Frau und sagte jeden Morgen bei der Messe ein Gebet für sein Wohlergehn. Sie zürnte ihrem Bruder Domingo, wenn er spottete, Pedro sei längst gestorben, oder aber er lebe mit einer, vielleicht auch mit zwei oder drei eingeborenen Weibern und trage gewiß kein Verlangen, die Familie von Mischlingen zu verlassen, die er zweifellos bereits gezeugt hatte, um zu einer Frau zurückzukehren, mit deren Jugend und Schönheit es nun vorbei war.

Onkel Domingo war überhaupt eine harte Prüfung für seine tugendsame Schwester, aber sie liebte ihn, teils weil es ihre Christenpflicht war, teils aber auch, weil er, trotz seinen schwerwiegenden Fehlern, doch liebenswert war und sie eben nicht anders konnte, als ihn zu lieben. Auch seiner gedachte sie in ihren Gebeten, und sie wollte gern glauben, daß diesen Gebeten und nicht bloß seinen zunehmenden Jahren das Verdienst gebührte, wenn er schließlich die schlimmsten seiner Laster aufgegeben hatte. Domingo Perez war für den geistlichen Stand bestimmt gewesen und hatte auf dem Seminar von Alcalá de Henares die niederen Weihen empfangen. Auch war ihm schon die Tonsur geschoren worden. Einer seiner Mitschüler war eben jener Blasco Suarez de Valero, der Bischof von Segovia, dessen Ankunft in der Stadt die Bürger heute feierten. Maria Perez seufzte, wenn sie daran dachte, wie verschieden die Wege der beiden sich gestaltet hatten. Domingo war ein Nichtsnutz gewesen. Von Anfang an hatte er im Seminar nur Ungelegenheiten gehabt, denn er war eigensinnig, raufsüchtig und liederlich, und weder Ermahnungen noch Strafen vermochten ihn zu zähmen. Schon damals sprach er gern der Flasche zu, und wenn er zuviel getrunken hatte, stimmte er unanständige Lieder an, ein wahrer Greuel für die Mitschüler und vor allem für die Lehrer, denen es oblag, den jungen Seelen Anstand und Ehrfurcht einzuflößen. Noch bevor er zwanzig Jahre alt war, hatte er bereits eine junge Maurin geschwängert, und als die Sache ruchbar wurde, lief er davon und schloß sich einer Truppe wandernder Komödianten an. Mit ihnen zog er zwei Jahre durch das Land, um dann plötzlich in seines Vaters Haus aufzutauchen.

Er bereute seine Sünden und gelobte, sich zu bessern. Offenbar hatte die Vorsehung ihn nicht für den Priesterstand bestimmt, und er setzte seinem Vater zu, ihm doch wenigstens das Allernötigste zu geben, womit er seinen Hunger stillen könnte, dann wäre er bereit, eine Universität zu besuchen und die Rechte zu studieren. Sein Vater war nur zu gern bereit, zu glauben, daß der ungeratene Sohn sich die Hörner abgestoßen hatte; der junge Mann war ja auch nur als ein Haufen Haut und Knochen heimgekehrt, sein Leben schien also nicht gerade sehr üppig gewesen zu sein, und so ließ der alte Herr sich bereden. Domingo ging nach Salamanca und blieb dort acht Jahre, betrieb seine Studien aber auf höchst planlose, unregelmäßige Art. Das geringe Monatsgeld, das er von seinem Vater erhielt, zwang ihn mit einer Gruppe anderer Studenten in einer Herberge zu leben, und die Nahrung, die ihnen dort gewährt wurde, reichte nur dazu, sie nicht Hungers sterben zu lassen. In späteren Jahren pflegte er die Zechkumpane in den Kneipen, die er besuchte, mit Geschichten von der Jämmerlichkeit jener Herberge und von den Schelmenstreichen zu unterhalten, mit denen sie ihre mageren Mahlzeiten aufgebessert hatten. Doch die Armut hielt Domingo nicht davon ab, sich seines Lebens zu freuen. Er hatte eine gelenkige Zunge und angenehme Manieren, er konnte lustige Lieder singen, und so war er in jeder heiteren Gesellschaft willkommen. Vielleicht hatten die zwei Jahre bei den wandernden Komödianten ihn nicht gelehrt, ein guter Schauspieler zu werden, aber er hatte doch manche andere Kunst gelernt, die ihm jetzt zustatten kam. Er hatte gelernt, wie man beim Karten- und Würfelspiel gewann, und wenn ein wohlhabender junger Mann an der Universität auftauchte, so war die Beziehung zu ihm bald hergestellt. Domingo wurde sein Lehrer und Mentor in den Sitten der Stadt, und der Neuangekommene mußte seine Erfahrungen zumeist mit einem guten Stück Geld bezahlen. Zu jener Zeit war Domingo ein recht stattlicher Bursche, und hin und wieder hatte er das Glück, die Leidenschaft solcher Frauen zu wecken, die dem Dienst der Venus huldigten. Sie waren vielleicht nicht mehr in der Blüte ihrer Jugend, dafür aber in günstiger Vermögenslage, und Domingo fand es nur recht und billig, daß sie zum Dank für die Gefälligkeiten, die er ihnen erwies, auch für seine Notdurft sorgten.

Die Zeit, die er als Wanderkomödiant verbracht hatte, war auch in anderer Hinsicht nicht fruchtlos gewesen. Sie weckte in ihm den Drang, Stücke zu schreiben, und jede Stunde, die er anderweitigen Lustbarkeiten absparen konnte, wurde dieser Beschäftigung gegönnt. Er besaß eine bemerkenswert leichte Hand, und, abgesehen von einer Anzahl Komödien, verfaßte er gern Sonette zum Preis des Gegenstands seiner profitbringenden Aufmerksamkeiten oder auch Verse zu Ehren irgendeiner angesehenen Persönlichkeit, von der er dann einen Lohn in barer Münze erwartete. Diese Fertigkeit, Reime aneinanderzureihen, sollte ihm schließlich zum Verhängnis werden. Der Rektor der Universität hatte durch irgendeinen Erlaß den Zorn der Studenten erregt, und als eine Reihe unanständiger gegen ihn gerichteter Spottverse auf einem Kneipentisch gefunden wurde, nahm man sie mit Jubel auf. In kürzester Zeit gingen Abschriften von Hand zu Hand. Allgemein hieß es, der Autor sei kein anderer als Domingo Perez, und obgleich er es leugnete, tat er das immerhin mit solch selbstgefälligem Behagen, daß er seine Urheberschaft ebenso wohl hätte bekennen mögen. Gute Freunde brachten die Verse zur Kenntnis des Rektors und verhehlten ihm auch nicht, wer sie geschrieben hatte. Das Original war verschwunden, und so konnte man Domingo nicht durch Vergleich der Schrift überführen, aber der Rektor stellte insgeheim Nachforschungen an, die ihn davon überzeugten, daß dieser nichtsnutzige Student der Schuldige an der Kränkung war. Der Rektor war viel zu schlau, eine Klage gegen Domingo anzustrengen, die schwer zu beweisen gewesen wäre, aber sein Verlangen nach Rache schlug andere, gewundenere Wege ein. Es war nicht schwer, den Skandal aufzudecken, den Domingo in Alcalá auf dem Seminar erregt hatte, ebenso war die Ruchlosigkeit seiner acht Studienjahre notorisch.

Domingo war ein Spieler, und es war wohlbekannt, daß das Spiel die Quelle aller Laster war. Zeugen traten hervor, die bereit waren zu beschwören, daß sie Domingo die abscheulichsten Flüche ausstoßen gehört hätten, und zwei wußten sogar zu berichten, daß er geäußert habe, sich zu den Glaubensartikeln zu bekennen, sei vor allem Sache der guten Erziehung. Das allein hätte schon genügt, ihn der Aufmerksamkeit der Inquisition zu empfehlen, und so übermittelte der Rektor dieser Stelle, was er in Erfahrung gebracht hatte. Die Inquisition handelte niemals überhastet. Sie sammelte ganz in der Stille und mit großer Sorgfalt die Beweise, und das Opfer erfuhr oft erst, als der Schlag geführt wurde, daß es sich verdächtig gemacht hatte.

Spät in der Nacht, als Domingo im Bett lag und schlief, klopfte der Alguacil* an seine Türe und verhaftete ihn. Er ließ ihm gerade nur die nötige Zeit, sich anzukleiden, seine kümmerlichen Habseligkeiten und sein Bettzeug zusammenzupacken, und führte ihn nicht ins Gefängnis, denn Domingo hatte nun einmal die niederen Weihen erhalten und die Inquisition wollte der Kirche jeden Skandal ersparen, sondern in ein Kloster, wo er in eine Strafzelle eingesperrt wurde. Dort, hinter Schloß und Riegel, wo er keinen Menschen sehen, nichts lesen, ja nicht einmal eine Kerze anzünden durfte, blieb er einige Wochen. Dann wurde ihm der Prozeß gemacht. Es hätte schlecht für ihn ausgehn können, wenn nicht ein glücklicher Umstand zu seinen Gunsten wirksam gewesen wäre. Kurz vorher hatte der Rektor, ein eitler, leicht reizbarer Mann, mit den Inquisitoren einen heftigen Zank über eine Frage des Vorrangs angefangen. Sie lasen Domingos Verse und ergötzten sich daran. Seine Missetaten waren nicht in Abrede zu stellen und mußten ihre Sühne finden, doch sie meinten, wenn sie die Gerechtigkeit mit Milde anwandten, würden sie dem empörten Rektor eine Kränkung zufügen, die er widerspruchslos hinnehmen müßte. Domingo gestand seine Schuld ein und bereute; er wurde verurteilt, im Gerichtssaal die Messe zu hören und dann Salamanca und dessen Umgebung zu verlassen. Er war

---

* Alguacil: Gerichtsdiener

schon in großer Angst gewesen. Nun hielt er es für richtig, dem spanischen Boden zunächst Lebewohl zu sagen, und so ging er als Söldner nach Italien und verbrachte dort einige Jahre spielend, fluchend – wenn Würfel oder Karten ihm untreu waren –, ausschweifend und saufend. Er war vierzig Jahre alt, als er in die Stadt seiner Geburt zurückkehrte, ebenso arm, wie er sie verlassen hatte, mit ein oder zwei Narben geziert, die Wirtshausraufereien entstammten, aber mit zahlreichen Erinnerungen versehen, die seine müßigen Stunden belebten.

Vater und Mutter waren gestorben, und nur seine Schwester Maria war ihm noch geblieben, die ihr Gatte verlassen hatte, und ihre Tochter, zu jener Zeit ein reizendes Kind von neun Jahren. Marias Mann hatte die Mitgift vergeudet, die sie ihm in die Ehe gebracht hatte, und nichts war vorhanden als das kleine Haus, darin sie wohnten. Sie ernährte sich und ihre Tochter mit der Anfertigung jener schwierigen Gold- und Silberstickereien, die die Samtmäntel von Jesus Christus, der Heiligen Jungfrau und der Schutzpatrone verzierten, deren Standbilder bei den Prozessionen der heiligen Osterwoche getragen wurden, die auch Chorröcke, Meßgewänder und Stolen schmückten, die man bei den kirchlichen Zeremonien verwendete. Domingo hatte das Alter erreicht, da er bereit war, das Abenteurerleben, das er nun zwanzig Jahre lang geführt hatte, mit einem seßhafteren zu vertauschen, und seine Schwester, die nicht ungern einen männlichen Beschützer im Hause hatte, bot ihm ein Heim an. Zu Beginn dieser Geschichte hatte er nun schon sieben Jahre bei seiner Schwester gewohnt. Er bedeutete keine finanzielle Belastung für sie, denn er verdiente seinen Lebensunterhalt dadurch, daß er für Leute, die nicht schreiben konnten, Briefe schrieb, für Geistliche, die zu träge oder zu ungebildet dazu waren, Predigten verfaßte und für Prozeßführende die nötigen Dokumente aufsetzte. Auch vermochte er mit viel Geschick die Ahnentafeln jener Leute zusammenzustellen, die eine Bestätigung ihrer Reinblütigkeit brauchten, worunter man verstand, daß ihre Vorfahren seit mindestens hundert Jahren keinerlei Verbindung mit maurischem oder jüdischem Blut eingegangen waren. Mit der kleinen Familie wäre es somit gar nicht so schlecht bestellt gewesen, wenn Domingo es nur über sich gebracht hätte, vom Trinken und Spielen abzulassen. Er gab auch viel Geld für Bücher aus, vor allem für Gedichtsammlungen und Theaterstücke, denn seit seiner Rückkehr aus Italien hatte er wieder begonnen, für die Bühne zu schreiben, und wenn es ihm auch nie gelang, die Aufführung eines seiner Werke zu erreichen, so fand er doch eine Genugtuung darin, wenn er sie seinen Kumpanen in seiner Stammkneipe vorlesen konnte. Da er ein ehrbarer Mann geworden war, trug er auch die Tonsur wieder, die in jenen Zeiten in Spanien eine Sicherung gegen allerlei Gefahren darstellte, und kleidete sich in die ernsten Gewänder, die sich für seinen Stand schickten.

Er gewann Catalina sehr lieb, die so lebhaft, so heiter, so reizend war, und sah sie mit einem Entzücken, in das sich kein Hauch von Verlangen mischte, zu einem schönen Mädchen heranwachsen. Er übernahm es, sie zu unterweisen, lehrte sie lesen und schreiben, lehrte sie die Glaubensartikel und bereitete sie mit dem Stolz eines Vaters auf ihre erste Kommunion vor; im übrigen beschränkte er sich darauf, ihr Verse vorzulesen, und als sie groß genug war, um auch das zu schätzen, las er ihr die Stücke der Dramatiker vor, von denen man zu jener Zeit in Spanien so viel Wesen machte. Vor allen andern bewunderte er Lope de Vega, der nach Domingos Ansicht das größte Genie war, das die Welt je gesehen hatte, und vor dem Unglücksfall, der Catalinas Lähmung herbeiführte, spielte er mit ihr seine Lieblingsszenen durch. Sie hatte ein flinkes Gedächtnis und wußte mit der Zeit lange Abschnitte auswendig herzusagen. Domingo hatte nicht vergessen, daß er einmal Schauspieler gewesen war, und er lehrte sie, wie die Verse zu sprechen waren, wann man sich mäßigen müsse, und wann die Leidenschaft in Flammen auflodern dürfe. Er war derzeit nur noch ein hagerer, schlaksiger Mann mit grauem Haar und einem vergilbten, gefurchten Gesicht, und doch war Feuer in seinen Augen und der richtige Klang in seiner Stimme; und wenn er und Catalina, vor Maria als Publikum, eine effektvolle Szene spielten, dann war er kein verwitterter, bejahrter, trunksüchtiger Nichtsnutz, sondern ein tapferer Jüngling, ein Prinz von Geblüt, ein Liebhaber, ein Held, alles, was gerade verlangt wurde. Doch damit hatte es ein Ende, als Catalina von dem Stier niedergetrampelt wurde. Wochenlang mußte sie zu Bett bleiben, und die Ärzte der Stadt taten, was ihr kümmerliches Wissen ihnen vorschrieb, um dem gelähmten Bein das Leben wiederzugeben. Zuletzt gestanden sie, daß sie mit ihrer Kunst am Ende waren. Es war eben Gottes Wille. Ihr geliebter Diego kam nicht mehr abends ans Fenster, um ihr durch das Eisengitter hindurch den Hof zu machen, und bald berichtete die Mutter von dem Gerücht, daß er die Tochter des »Pedro Alvarez« heiraten werde. Um Catalina zu zerstreuen, las Domingo ihr immer noch Theaterstücke vor, aber die Liebesszenen entlockten ihr so bittere Tränen, daß er damit aufhören mußte.

3

Catalina schlief einige Stunden und erwachte schließlich, als ihre Mutter sich in der Küche zu schaffen machte. Sie griff nach ihrer Krücke und humpelte zu ihr.

»Wo ist Onkel Domingo?« fragte sie, denn er mußte doch hören, was sie so dringend zu berichten wünschte.

»Wo soll er denn sein? In der Schenke. Aber wie ich ihn kenne, wird er zum Abendessen heimkommen.«

In der Regel nahmen sie, wie die andern Leute auch, ihre einzige warme Mahlzeit zur Mittagstunde ein; diesmal aber hatten sie seit dem Morgen nichts gegessen als ein Stück Brot mit Knoblauch, das Maria bei sich gehabt hatte, und sie wußte, Domingo würde hungrig sein. So zündete sie denn das Feuer an, um eine Suppe zu kochen. Catalina aber vermochte keine Minute länger zu warten.

»Mutter, die Heilige Jungfrau ist mir erschienen.«

»Ja, Kind«, erwiderte Maria. »Putz die gelben Rüben und schneide sie klein!«

»Aber Mutter, hör doch! Die Heilige Jungfrau ist mir erschienen. Sie hat zu mir gesprochen.«

»Sei nicht töricht, Mädchen. Als ich nach Hause kam, hast du geschlafen, und ich wollte dich schlafen lassen. Wenn du einen schönen Traum gehabt hast – desto besser. Aber jetzt bist du wach und kannst mir helfen, das Abendessen vorzubereiten.«

»Ich habe nicht geträumt. Es war, bevor ich eingeschlafen bin.«

Und dann erzählte sie die außerordentliche Geschichte, die sie erlebt hatte.

Maria Perez war in ihrer Jugend ganz reizvoll gewesen, jetzt aber, mit den Jahren, war sie, wie so viele spanische Frauen, dick geworden. Sie hatte viel Kummer erlitten, zwei Kinder, die vor Catalina zur Welt gekommen waren, mußten sterben, aber sie fand sich damit ab, ebenso wie mit der Abtrünnigkeit ihres Mannes, sie nahm das alles als Prüfung hin, denn sie war sehr fromm, und da sie zudem eine lebenskundige Frau war und nicht gewohnt, über verschüttete Milch zu weinen, hatte sie Trost in harter Arbeit, im Besuch der Kirche und in ihrer Sorge um ihre Tochter und den liederlichen Bruder Domingo gesucht. Sie lauschte Catalinas Erzählung mit Unbehagen. Das alles wurde so genau und mit so vielen Einzelheiten dargestellt, daß sie es gerne geglaubt hätte, wenn die Sache nur nicht so völlig unglaubhaft gewesen wäre. Die einzig mögliche Erklärung war, daß die Krankheit und der Verlust des Geliebten dem armen Mädchen den Sinn verwirrt hatten. Sie hatte in der Kirche gebetet und war dann in der heißen Sonne gesessen. Nur zu wahrscheinlich, daß ihre Phantasie abgeschweift war; sie hatte sich die ganze Szene mit solcher Kraft vorgestellt, daß sie jetzt keinen Zweifel an der Realität ihrer Wahnbilder mehr hegte.

»Der Sohn des Juan de Valero, der Gott am besten gedient hat, ist der Bischof«, sagte Catalina, als sie zu Ende war.

»Das ist einmal gewiß«, sagte ihre Mutter. »Er ist ein Heiliger.«

»Onkel Domingo war mit ihm bekannt, als die beiden noch junge Leute waren. Er könnte mich zu ihm bringen.«

»Sei still, Kind, und laß mich überlegen!«

Die Kirche sah es nicht gern, wenn Leute behaupteten, sie stünden in unmittelbarer Verbindung mit Jesus Christus oder dessen Mutter, und widersetzte sich solcher Anmaßung mit ihrer ganzen Autorität. Vor einigen Jahren hatte ein Franziskanermönch großes Aufsehen erregt, weil er die Kranken mit übernatürlichen Mitteln heilte, und es suchten so viele Leute bei ihm ihre Zuflucht, daß die Inquisition sich gezwungen sah, einzuschreiten. Er wurde festgenommen, und man hörte nie wieder von ihm. Und aus dem Gerede innerhalb des Klosters der Karmeliterinnen, für die Maria hin und wieder arbeitete, hatte sie erfahren, daß eine Nonne behauptet hatte, Elias, der Gründer des Ordens, sei ihr in der Zelle erschienen und habe sie in mancher Weise ausgezeichnet. Die Äbtissin hatte sie unverzüglich geißeln lassen, bis die Nonne gestand, sie habe die Geschichte nur erfunden, um sich wichtig zu machen. Wenn also Mönche und Nonnen bestraft wurden, weil sie derartiges wagten, war es nur zu wahrscheinlich, daß die Kirche sich auch mit Catalina und ihrer Geschichte näher befassen würde. Maria erschauerte.

»Sag zu keinem Menschen ein Wort«, gebot sie. »Nicht einmal zu Onkel Domingo. Ich will nach dem Essen mit ihm reden, und er soll entscheiden, was zu tun ist. Und jetzt, um Himmels willen, putz die gelben Rüben, sonst haben wir kein Abendessen.«

Damit war Catalina durchaus nicht zufrieden, aber ihre Mutter befahl ihr, zu schweigen und zu tun, was ihr geheißen war.

Nun kam Domingo nach Hause. Er war nicht betrunken, aber auch nicht eigentlich nüchtern, sondern in sehr gesteigerter Stimmung. Er war ein Mann, der sich gern sprechen hörte, und während des Abendessens gab er Catalina eine lebhafte Darstellung der Tagesereignisse. Und dies bietet einen passenden Anlaß, dem Leser zu erklären, wie es kam, daß die Stadt in solcher Aufregung war.

Don Juan Suarez de Valero war von altchristlicher Abkunft und anders als viele Familien sogar des spanischen Hochadels, deren Söhne, bevor Ferdinand und Isabella die Königreiche von Kastilien und Aragonien vereinigt hatten, den Ehebund mit Töchtern reicher und mächtiger Juden eingegangen waren, konnte er eine Ahnentafel aufweisen, die von keiner unebenbürtigen Ehe befleckt wurde. Doch diese Ahnentafel war sein einziger Reichtum. Er besaß sonst nur noch ein paar jämmerliche Morgen Land, eine Meile von der Stadt entfernt, bei einem Weiler, der Valero hieß, und mehr um sich von den andern Familien des Namens Suarez zu unterscheiden, als um sich ein besonderes Ansehen zu geben, hatten seine unmittelbaren Vorfahren und er selbst den Namen des Weilers ihrem Familiennamen hinzugefügt. Er war sehr arm, und seine Heirat mit der Tochter eines Edelmannes aus Castel Rodriguez vermochte nicht, seine Vermögensverhältnisse wesentlich zu bessern. Doña Violante gebar zehn Jahre lang alljährlich ihrem Gatten ein Kind, doch nur drei Söhne blieben am Leben. Sie hießen Blasco, Manuel und Martin.

Blasco, der älteste Sohn, zeigte schon in früher Kindheit Anzeichen von ungewöhnlicher Intelligenz und glücklicherweise auch von Frömmigkeit, und so wurde er für den Priesterstand bestimmt. Im entsprechenden Alter schickte man ihn in das Seminar von Alcalá de Henares, und nachher besuchte er auch die Universität. Er erlangte die akademischen Grade in so jungen Jahren, daß man mit Sicherheit annehmen durfte, ihm sei der Aufstieg zu den höchsten Ämtern der geistlichen Hierarchie offen. Man stellte ihm auch bereits eine glänzende Laufbahn in Aussicht. Plötzlich aber erklärte er, er wünsche von der Welt abgeschieden zu leben und sich völlig dem Studium, der Meditation und dem Gebet zu widmen, und darum gedenke er, in den Mönchsorden der Dominikaner einzutreten. Seine Freunde versuchten, ihn von diesem Entschluß abzubringen, denn die Ordensregel war streng, es gab allmitternächtlich eine Messe, man mußte sich dauernd des Fleischgenusses enthalten, mußte sich häufig kasteien, und auch langes Fasten und Schweigegebot waren den Mönchen auferlegt. Doch da half kein Bitten. Blasco de Valero wurde nun Mönch. Seine Talente waren zu groß, um von seinen Vorgesetzten übersehen zu werden, und als sich herausstellte, daß er außer seinem eindrucksvollen Äußern und seinem gründlichen Wissen auch eine mächtige, klingende Stimme und eine hinreißende Beredsamkeit besaß, wurde er dahin und dorthin als Prediger entsandt; denn der heilige Dominikus war von Papst Innozenz III. ausgeschickt worden, um den Ketzern zu predigen, und seit jeher hatten die Dominikaner sich als Missionare und Prediger hervorgetan. Einmal wurde er auch an seine alte Universität von Alcalá de Henares geschickt. Er genoß damals bereits einen ansehnlichen Ruf, und die ganze Stadt strömte herbei, um ihm zu lauschen. Seine Predigt war eine echte Sensation. Er wandte alle ihm zur Verfügung stehenden Mittel an, um die Versammlung davon zu überzeugen, wie wichtig es sei, den Glauben in seiner Reinheit zu bewahren und die Ketzer zu vernichten. Mit einer Stimme wie rollender Donner gebot er den Hörern, wenn ihnen das Heil ihrer Seele lieb sei und sie die Strenge der Inquisition fürchteten, alles anzugeben, was den Geruch von Sünde und Ketzerei an sich trage, und mit drohenden Worten schärfte er ihnen ein, daß es die religiöse Pflicht jedes einzelnen sei, den Nachbarn nicht zu schonen; der Sohn müsse den Vater anzeigen, die Gattin den Gatten, denn keine Bande natürlicher Neigung erlaubten dem treuen Sohn der Kirche, einem Übel gegenüber Nachsicht zu üben, das eine Gefahr für den Staat und eine Beleidigung Gottes bedeutete. Das Ergebnis dieser Predigt war höchst zufriedenstellend. Es erfolgten zahlreiche Denunziationen, und tatsächlich konnte man drei Marranen* überführen, daß sie das Fett vom Fleisch abgeschnitten und am Sabbat ihre Wäsche gewechselt hatten; sie wurden verbrannt, eine große Zahl anderer Schuldiger zu lebenslänglichem Ker-

---

* Marranen: span. und portugies. Juden, die sich nach der Reconquista unter dem Zwang der Inquisition hatten taufen lassen.

ker verurteilt und ihre Güter beschlagnahmt, und viele andere wurden gegeißelt oder mit Geldstrafen belegt.

Die mächtige Beredsamkeit des Fraters hatte auf die Spitzen der Universität so tiefen Eindruck gemacht, daß er bald darauf zum Professor der Theologie ernannt wurde. Er bedauerte, daß er dieser Ehrung unwürdig sei, und bat, ihn nicht zu solch verantwortlicher Stellung zu erheben, aber seine Vorgesetzten befahlen ihm, das Amt zu übernehmen, und so mußte er natürlich gehorchen. Er erfüllte seine Pflichten mit großer Auszeichnung, und seine Vorlesungen waren so beliebt, daß selbst der größte Hörsaal der Universität nicht alle zu fassen vermochte, die seinen Worten lauschen wollten. Sein Ruhm wuchs immer mehr, und nach einiger Zeit wurde er im Alter von siebenunddreißig Jahren zum Inquisitor von Valencia ernannt.

Obgleich er sich seiner Unwürdigkeit nach wie vor voll bewußt war, übernahm er dieses Amt doch ohne Zaudern. Valencia war ein Seehafen, wo häufig fremde Schiffe, englische, holländische und französische, einliefen. Nicht selten waren ihre Mannschaften Protestanten, und so sah die Inquisition sich genötigt, ihnen ihre Aufmerksamkeit zuzuwenden. Überdies versuchten die Seeleute oft genug, verbotene Bücher einzuschmuggeln, wie etwa Übersetzungen der Bibel in die spanische Sprache und die ketzerischen Schriften des Erasmus. Blasco de Valero erkannte, daß er hier nützliche Arbeit leisten konnte. Zudem lebte noch eine große Zahl Morisken* in Valencia und der Umgebung; sie hatten gezwungenermaßen das Christentum angenommen, doch es war allgemein bekannt, daß bei der überwiegenden Mehrheit die Bekehrung kaum hauttief ging, und daß sie noch an vielen ihrer heidnischen Gebräuche festhielten. Sie wollten kein Schweinefleisch essen, sie trugen daheim Kleider, deren Tragen ihnen verboten war, und sie weigerten sich, Tiere zu verspeisen, die eines natürlichen Todes gestorben waren. Der Inquisition, unterstützt von den königlichen Behörden, war es gelungen, das Judentum auszurotten, und

---

* Morisken: Mauren, die nach der Eroberung der maurischen Gebiete in Spanien zurückblieben und vielfach das Christentum annahmen.

mochte man die Marranen auch noch mit Argwohn betrachten, so hatte die Inquisition doch immer seltener Anlaß, gegen sie einzuschreiten. Mit den Morisken aber stand es anders. Sie waren fleißige Leute, und nicht nur der Ackerbau des ganzen Gebietes lag in ihren Händen, sondern auch der Handel; denn die Spanier waren zu faul, zu stolz und zu liederlich, um sich mit gemeinen Arbeiten abzugeben. Die Folge war, daß die Morisken immer reicher und reicher wurden und, da sie auch außerordentlich fruchtbar waren, ihre Zahl immer stärker anwuchs. Es gab einsichtige Leute, die bereits den Zeitpunkt voraussahen, da der gesamte Reichtum des Landes in ihren Händen sein und es ihrer mehr geben würde, als die eingeborene Bevölkerung betrug. Natürlich mußte man fürchten, daß sie dann die Macht ergreifen und die wehrlosen Spanier knechten würden. So war es denn nötig, sich ihrer irgendwie und um jeden Preis zu entledigen, und zu diesem Zweck waren auch bereits verschiedene Pläne in Erwägung gezogen worden. Ein Vorschlag lautete, man solle sie der Inquisition ausliefern, wegen ihrer offenkundigen Ketzerei verurteilen und so viele von ihnen verbrennen, daß die Verbleibenden keinen Schaden mehr anrichten könnten. Ein anderer, weniger radikaler Plan empfahl, sie zu deportieren; doch die Regierung legte gar keinen Wert darauf, die Macht der Mauren jenseits der Straße von Gibraltar zu mehren, indem man einige hunderttausend fähige, arbeitsame Leute hinüberschickte; und so kam man auf den ingeniösen Einfall, sie, unter dem Vorwand, man wolle sie nach Afrika übersiedeln, auf seeuntüchtige Schiffe zu verladen und dann die Schiffe anzubohren, so daß die Morisken allesamt ertrinken müßten.

Keinen beschäftigte dieses Problem mehr als Blasco de Valero, und es war vielleicht seine wirkungsvollste Predigt, in der er, während seines Aufenthaltes in Alcalá de Henares, vorschlug, die Mauren sollten in großen Mengen nach Neufundland deportiert werden, vorher aber müsse man die Männer kastrieren, so daß in absehbarer Zeit von dem ganzen Volke nichts übrigbliebe. Diese Predigt mochte es gewesen sein, die ihm zu dem hohen, ehrenvollen Posten des Inquisitors von Valencia verhalf.

Frater Blasco ging an seine neuen Pflichten mit dem durch inbrünstige Gebete gestärkten Vertrauen, daß ihm hier die Möglichkeit geboten sei, zu Ehren der Inquisition und zum Ruhme Gottes ein großes Werk zu tun. Er wußte, daß er gegen festgegründete Interessen anzukämpfen haben würde. Die Morisken waren den Adligen lehenspflichtig und zahlten ihren Tribut in Form von Geld, Waren oder Dienstleistungen, und es war der Vorteil der Edelleute, sie zu beschützen. Doch der Mönch kannte kein Ansehen der Person, und er beschloß, daß keiner, wie hoch er auch stehen möge, ihn bei der Ausübung seines Amtes hemmen sollte.

Er war erst wenige Wochen in Valencia, als ihm hinterbracht wurde, ein mächtiger Grande, Don Hernando de Belmonte, Herzog von Tierranueva, habe die Beamten der Inquisition daran gehindert, etliche reiche Vasallen festzunehmen, die, entgegen dem Gesetz, maurische Tracht trugen und badeten; da entsandte er denn seine Bewaffneten, die den Herzog vor ihn schleppten, den er mit einer Buße von zweitausend Dukaten und lebenslänglicher Haft in einem Kloster bestrafte. Es war ein kühner Schritt, eine so hochgestellte Persönlichkeit zu züchtigen, und auch die stärksten Herzen begannen zu zagen. Als es offenbar wurde, daß der Inquisitor entschlossen war, die Morisken auszurotten, erschienen die städtischen Behörden vor ihm und erhoben ihre Einwände. Sie wiesen darauf hin, daß der Wohlstand der Provinz auf den Morisken beruhe und es zum völligen Zusammenbruch kommen müsse, wenn er seinen Weg bis ans Ende gehen wolle. Doch er schalt sie mit heftigen Worten, bedrohte sie mit Exkommunikation und zwang sie auf diese Art zur Unterwürfigkeit und demütigen Entschuldigung. Binnen kurzem gelang es ihm, durch Strafen und Einziehung von Gütern die Morisken in Mangel und Elend zu stürzen. Seine Spione waren überall, und jedem Spanier, ob Laie, ob Geistlicher, erging es schlecht, wenn sich gegen ihn ein Verdacht erhob. Da er in seinen Predigten fortfuhr, dem Volk von Valencia klar zu machen, daß es verpflichtet sei, jeden zu denunzieren, der im Scherz oder im Zorn, aus Unwissenheit oder Unachtsamkeit ein verdächtiges Wort äußerte, war bald die ganze Stadt von Furcht und Bangen erfaßt.

Doch der Inquisitor war ein gerechter Mann. Er war sorgsam darauf bedacht, daß die Strafe dem Verbrechen angemessen zu sein habe. So zum Beispiel verdammte er als Theologe wohl den fleischlichen Verkehr zwischen Unverheirateten als Todsünde; doch nur dann, wenn Leute behaupteten, es sei keine Todsünde, schritt er als Inquisitor ein und verurteilte sie zu hundert Geißelhieben. Andererseits bestrafte er die gleichermaßen ketzerische Behauptung, der Ehestand sei ebenso gut wie das Zölibat, nur mit einer Geldbuße. Auch war er ein barmherziger Mann. Es war nicht der Tod des Ketzers, den er anstrebte, sondern das Seelenheil des Ketzers. Einmal wurde ein englischer Schiffsbesitzer verhaftet und gestand, er gehöre dem reformierten Glauben an; daraufhin wurde sein Schiff samt Ladung konfisziert und er selbst gefoltert, bis seine Kraft versagte und er sich bereit erklärte, zum katholischen Glauben überzutreten; dem Inquisitor bereitete es eine tiefe Befriedigung, daß er auf diese Art den Mann nur zu zehn Jahren auf den Galeeren und zu lebenslänglichem Kerker verurteilen mußte. Noch zwei oder drei andere Beispiele seiner Barmherzigkeit seien angeführt. Als ein Schuldiger an den Folgen von zweihundert Geißelhieben gestorben war, bestand der Inquisitor darauf, daß die Strafe auf hundert Geißelhiebe zu beschränken sei. Als eine schwangere Frau gefoltert werden sollte, verschob er das peinliche Verhör bis nach ihrer Entbindung, und mehr sein liebevolles Herz als die strenge Beobachtung der Gesetze veranlaßte ihn, darauf zu achten, daß die Folter keine dauernde Verkrüppelung und keine Knochenbrüche herbeiführte. Wenn gelegentlich ein Unglücksfall sich ereignete und ein Schuldiger an den Folgen der Folter zugrunde ging, konnte das niemand lebhafter bedauern als der Inquisitor.

Jedenfalls war Frater Blascos Amtsführung außerordentlich erfolgreich. Im Laufe von zehn Jahren veranstaltete er siebenunddreißig Autodafés, bei denen etwa sechshundert Personen gegeißelt und mehr als siebzig lebend oder in effigie verbrannt wurden, was nicht nur einen Dienst an Gott, sondern auch ein erbauliches Schauspiel für das Volk bedeutete. Ein weniger demütiger Mann hätte auf die letzte dieser Feierlichkeiten mit Stolz als auf die Krönung seiner Laufbahn zurückgeblickt, denn das Fest wurde zu Ehren des Prinzen Philipp, des Königssohnes, abgehalten. Die verschiedenen Zeremonien wurden so sorgfältig durchgeführt und bereiteten dem königlichen Prinzen so großes Vergnügen, daß er dem Frater Blasco ein Geschenk von zweihundert Dukaten übersandte und einen Brief schrieb, darin er ihm zu der gelungenen Veranstaltung Glück wünschte und ihn ermahnte, in seinem Eifer zum Ruhme Gottes und der Inquisition und zum Nutzen des Staates nicht zu ermatten. Die hingebungsvolle Frömmigkeit des Inquisitors hatte offenbar tiefen Eindruck auf ihn gemacht, denn als kurz darauf Philipp II. starb und der Prinz den Thron bestieg, machte er Blasco de Valero unverzüglich zum Bischof von Segovia.

Diese neue Würde nahm Blasco erst an, nachdem er eine volle Nacht auf den Knien, mit seinem Gott ringend, verbracht hatte, und dann verließ er Valencia. Groß und klein beklagte sein Scheiden, denn er hatte durch seinen Eifer, seinen unantastbaren Lebenswandel und seine über allen Vorwurf erhabene Ehrenhaftigkeit die Bewunderung der Hochgestellten errungen, und die Armen verehrten ihn seiner Mildtätigkeit wegen. Er bezog als Inquisitor ein ansehnliches Gehalt, und die Domherrenpfründe von Malaga, die ihm zuerkannt worden war, brachte auch ein schönes Stück Geld ein, aber er verwendete alles dazu, die Not der Bedürftigen zu lindern. Die Beschlagnahme des Vermögens überführter Ketzer und die Geldstrafen, die man den Reuigen auferlegte, liefen zu erklecklichen Summen an, die den Schatz der Inquisitionskammer füllten, und diese Beträge dienten dazu, die großen Ausgaben der Organisation zu bestreiten, aber es war nicht ungewöhnlich, daß die Inquisitoren einen ansehnlichen Teil der einfließenden Gelder für sich behielten. Selbst der große Torquemada häufte auf diese Art ein stattliches Vermögen an, mit dem er das Kloster des Thomas von Aquino in Avila baute und das Kloster Santa Cruz in Segovia vergrößerte. Doch Blasco de Valero übte diesen Brauch nicht und verließ Valencia so arm, wie er es betreten hatte.

Er trug nie etwas anderes als das schlichte Kleid seines Ordens, er rührte nie Fleisch an, noch benützte er Leinenwäsche für seinen Leib und für sein Bett, und er kasteite sich regelmäßig mit solcher Inbrunst, daß das Blut die Wand bespritzte. So sehr stand er im Ruf der Heiligkeit, daß die Leute seine Diener bestachen, um einen Fetzen von seinem Gewand zu erhalten, als es so verschlissen war, daß er nicht umhin konnte, sich ein neues zu kaufen. Diese Fetzen trugen sie als Schutzmittel gegen Pocken. Vor seiner Abreise erkühnten sich mehrere einflußreiche Persönlichkeiten und wollten ihm das Versprechen entreißen, daß die Stadt, wenn der Allmächtige ihn eines Tages zu sich nahm, das Vorrecht haben sollte, ihn in ihrem Boden zu begraben, auf dem er so fruchtbare Arbeit geleistet hatte. Sie waren überzeugt, daß sie hinreichend Einfluß besaßen, um in Rom, wenn schon nicht seine Kanonisierung, so doch seine Seligsprechung durchzusetzen, und welch ein Ruhm wäre es dann, seine Gebeine in der Kathedrale der Stadt zu haben! Aber der Mönch durchschaute diese Gedankengänge und wollte nichts davon wissen.

Drei Meilen weit geleitete ihn eine große Schar kirchlicher Würdenträger, die Behörden und eine Anzahl von Edelleuten, und als sie endlich von ihm schieden, blieb in dieser ganzen erlesenen Gesellschaft kein Auge trocken.

5

Es ist überflüssig, sich ebenso ausführlich mit den andern Söhnen Don Juan de Valeros zu befassen.

Der zweite Sohn, Manuel, war einige Jahre jünger als sein Bruder, und war er auch durchaus nicht beschränkten Geistes, so konnte er sich doch an Intelligenz und Arbeitsamkeit nicht mit ihm vergleichen. Seine Neigung galt mehr jenen Spielen und Übungen, die den Körper stählten, als dem Studium. Er wuchs zu einem schönen, mutigen Mann heran, der große Leibeskräfte und eine ungewöhnlich hohe Meinung von sich selbst besaß. Er war ein leidenschaftlicher Jäger und konnte Pferde reiten, die kein anderer zu besteigen vermochte. Von frühester Jugend an übte er sich mit den andern jungen Leuten der Stadt im Stierkampf, und als er das nötige Alter erreicht hatte, versäumte er keine Gelegenheit, in die Arena zu treten und den Stier zu reizen. Mit sechzehn Jahren wurde ihm gestattet, zu Pferd gegen einen Bullen zu kämpfen, und zur größten Begeisterung des Publikums tötete er ihn mit einem einzigen Lanzenstoß. Seit langem war er entschlossen, sich dem Waffenhandwerk zu widmen, denn wenn man nicht Priester wurde, so gab es zu jener Zeit in Spanien keinen andern Weg, um sein Glück zu machen. Trotz seiner Armut genoß Don Juan de Valero allgemeine Achtung, und zufällig war einer der Edelleute der Stadt entfernt mit dem großen Herzog von Alba verwandt. So kam es denn, daß der junge Manuel eines schönen Tages, einen Empfehlungsbrief in der Tasche, zu dem Herzog ritt. Er traf den großen Mann in einem günstigen Augenblick, denn der Herzog war auf sein Schloß Uzeda verbannt worden. Es gefiel dem Herzog, daß der junge Mann dennoch seine Gunst suchte, und als er bald darauf von Philipp II. zurückberufen wurde, um den Befehl im Kriege gegen Portugal zu übernehmen, ritt der junge Manuel in seinem Gefolge. Der Herzog besiegte Don Antonio, den König, und vertrieb ihn aus dem Königreich. In Lissabon bemächtigte der Heerführer sich großer Schätze, und seinen Soldaten erlaubte er, die Hauptstadt und die Umgebung zu plündern. Manuel hatte in der Schlacht tapfer gekämpft und sich nachher bei der Plünderung eine große Zahl wertvoller Gegenstände angeeignet, die er rasch zu Geld machte. Aber Alba war alt und dem Tode nahe, und da der junge Mann seine militärische Laufbahn fortzusetzen wünschte, gab Alba ihm Empfehlungsbriefe an diejenigen seiner früheren Unterführer, die seinerzeit unter ihm in den Niederlanden gedient hatten und jetzt dort unter dem Befehl Alexander Farneses standen.

Zwanzig Jahre lang zeichnete sich Manuel bei den

Kämpfen aus, die dem König von Spanien seine nördlichen Provinzen wiedergewinnen sollten. Er erwies sich nicht nur als tapfer, sondern auch als scharfsinnig, und so wurde er von Alexander Farnese und nach dessen Tod von den Generälen befördert, die dessen Platz besetzten. Ihn plagten weder Bedenken noch Furcht, er war ebenso rücksichtslos wie fähig, so fromm wie brutal, und das hatte zur Folge, daß ihm wichtige Aufgaben anvertraut wurden. Bald entdeckte er, daß man für die Dienste an seinem Land kaum je den entsprechenden Lohn erhielt, wenn man seine Forderungen nicht selbst anmeldete. Das tat er auch ohne Zaudern, und da er durch die Plünderung eroberter Städte, durch die Erpressungen, die er an den Kaufleuten der von ihm verwalteten Gegenden ausübte, durch den Verkauf von Begünstigungen an den Meistbietenden ein beträchtliches Vermögen zusammengebracht hatte, konnte er seine Ansprüche mit soviel Nachdruck geltend machen, daß man sie kaum überhören durfte. Er empfing den vielbegehrten Orden von Calatrava und trug dessen grünes Band mit großem Stolz. Zwei Jahre später wurde er zum Grafen von San Costanzo im Königreich Neapel erhoben, mit dem Recht, über diesen Titel nach seinem Gutdünken zu verfügen. Es war eine wirtschaftlich begründete Gewohnheit der spanischen Könige, ihre Diener auf diese Art zu belohnen, und da diese Titel dann an reiche Bürger verkauft wurden, die sich dergestalt über ihren Stand erheben wollten, konnte die Krone völlig kostenlos für jene sorgen, die sich verdient gemacht hatten. Doch der Ritter des Calatrava-Ordens hatte sein Geld klug angelegt und bedurfte dieser Form der Bereicherung nicht. Er war mehrmals verwundet worden, das letzte Mal so schwer, daß nur seine kräftige Konstitution ihm das Leben rettete. Seine Wunde gab ihm einen vernünftigen Vorwand, den Dienst des Königs zu verlassen, und so beschloß er, heimzukehren und in eine der alten Adelsfamilien seiner Vaterstadt einzuheiraten. Mit seinem Rang und seinem Vermögen würde ihm das gewiß nicht schwerfallen, und dann gedachte er, nach Madrid zu gehen, wo er seine Energie und seine Gaben dazu verwenden wollte, um seinen unermeßlichen Ehrgeiz zu befriedigen. Wer weiß? Wenn er seine Karten gut zu mischen verstand und mit den rechten Leuten verkehrte, mochte ihn sein Weg noch zu großen Höhen führen. Er war damals vierzig Jahre alt, eine prächtige, ritterliche Erscheinung mit kecken schwarzen Augen, eindrucksvollem Schnurrbart und gewandter Zunge. Ein Hauch verwegener Männlichkeit umschwebte ihn.

6

Von dem dritten Sohn, Martin, braucht nicht einmal so viel gesagt zu werden. Jede Familie hat ihr schwarzes Schaf, und die Familie des Don Juan de Valero bildete darin keine Ausnahme. Martin, der jüngste der drei und das letzte Kind, das Doña Violante ihrem Gatten geboren hatte, besaß weder den unbezähmbaren Eifer, der Blasco de Valero befähigt hatte, einen hohen Rang in der Kirche zu erreichen, noch den Ehrgeiz und die Geschicklichkeit, die Don Manuel Ruhm und Vermögen eingetragen hatten. Er schien zufrieden zu sein, wenn er die wenigen armseligen Morgen Land bestellen durfte, von deren Ertrag Vater und Mutter sich ernähren konnten. Infolge der beständigen Kriege und der Anziehungskraft, die Amerika auf die abenteuerlustige Jugend ausübte, herrschte damals in Spanien Mangel an Arbeitskräften. Die Morisken, die tüchtig und fleißig waren, fanden sich in dieser Gegend seit jeher nur in geringer Zahl, und derzeit waren sie, bis auf einige wenige, gezwungen worden, das Land zu verlassen. Martin war eine traurige Enttäuschung für Don Juan, und wenn seine Frau auch meinte, es sei doch ein gewisser Vorteil, einen Sohn zu haben, der kräftig, tätig und zu jeder Arbeit willig war, hörte er nicht auf zu schelten.

Doch das Schicksal hatte einen noch härteren Schlag für ihn bereit. Mit dreiundzwanzig Jahren heiratete Martin, und zwar heiratete er unter seinem Stand. Gewiß, seine

Braut war rein christlicher Abstammung, und es ließ sich beweisen, daß seit vier Generationen keine Eheschließung mit Personen aus maurischem oder jüdischem Blut stattgefunden hatte, aber ihr Vater war Bäcker. Consuelo war sein einziges Kind und sollte alles erben, was er besaß, aber die Tatsache war nun einmal nicht aus der Welt zu schaffen – er war nichts als ein Handwerker. Einige Jahre vergingen, und Consuelo war mit Kindern gesegnet worden, da traf Don Juan ein neuer Schlag. Der Bäcker starb. Don Juan atmete zunächst erleichtert auf, denn nun konnte die Bäckerei verkauft werden und der Schandfleck einer Verbindung mit einem gemeinen Gewerbe wäre gelöscht. Doch kaum war der Bäcker in heiligem Boden zur ewigen Ruhe bestattet worden, da teilte Martin seinen Eltern mit, daß er vorhabe, in die Stadt zu ziehen und die Bäckerei selber zu übernehmen. Sie wollten ihren Ohren nicht trauen. Don Juan tobte, Doña Violante weinte. Ihr Sohn aber wies darauf hin, daß sie es der Mitgift Consuelos zu danken hatten, wenn ihr Leben in den letzten Jahren weniger kärglich gewesen war; diese Mitgift sei nunmehr verbraucht, er habe vier Kinder und sehe nicht ein, warum ihnen nicht noch weitere folgen sollten, bares Geld sei in Spanien sehr rar, und er könne durch den Verkauf der Bäckerei höchstens den Unterhalt von wenigen Jahren bestreiten. Dann aber bliebe nichts als der nackte Mangel. Er brachte auch das lächerliche Argument vor, es sei um nichts unwürdiger, Brot zu backen, als unfruchtbare Felder zu bebauen oder Öl zu pressen.

Martin brachte seine Familie in den Räumen oberhalb der Backstube unter. Lange vor Morgengrauen stand er auf und buk sein Brot, und dann ritt er auf seine Felder hinaus und arbeitete dort bis zur Dämmerung. Sein Wohlstand mehrte sich, denn sein Brot war gut, und nach ein oder zwei Jahren konnte er bereits einen Mann anstellen, der die Feldarbeit übernahm; dennoch ließ er keinen Tag verstreichen, ohne seine Eltern zu besuchen. Nur selten kam er mit leeren Händen zu ihnen, und bald konnten sie an allen Tagen, da es die Kirche erlaubte, Fleisch essen. Sie waren zu Jahren gekommen, und Don Juan konnte nicht leugnen, daß die Geschenke, die sein Sohn mitbrachte, ein Trost für seine alten Tage waren. Dennoch erregte es in der Stadt eine gewisse Überraschung, als der Sohn des Don Juan de Valero sich dem Bäckerhandwerk zuwandte, und die Kinder auf der Straße riefen ihm spottend »panadero, panadero« nach. Aber seine Gutmütigkeit war ebenso entwaffnend wie sein vollkommener Mangel an Verständnis dafür, daß er etwas Seltsames getan hatte. Er war mildtätig, und kein Armer pochte an seine Türe, dem er nicht einen Laib frischen Brotes geschenkt hätte. Er war fromm, ging jeden Sonntag zur Messe und beichtete regelmäßig viermal im Jahr. Er war jetzt ein gesunder, kräftiger Mann von vierunddreißig Jahren, setzte Fett an, denn er war kein Gegner wohlschmeckender Speisen und guten Weins, hatte ein offenes Gesicht mit roten Backen und sah heiter und glücklich in die Welt. »Er ist ein guter Kerl«, sagten die Leute von ihm, »nicht sehr klug und nicht sehr gebildet, aber ehrlich und anständig.«

Er war sehr umgänglich, liebte ein Scherzwort, und im Lauf der Zeit, als er das Leben sich bequemer machen konnte, traten häufig angesehene Männer bei ihm ein, um mit ihm zu schwatzen. So wurde sein Laden gewissermaßen ein Treffpunkt, wo Freunde einander begegneten und fröhlicher Unterhaltung pflegen mochten.

Es war nur gut, daß er die Sorge für seine Eltern auf sich genommen hatte, denn Frater Blasco hatte in den zwanzig Jahren seiner kirchlichen Laufbahn niemals Geld nach Hause geschickt – alles war zu wohltätigen Zwecken verwendet worden –, und ebensowenig hatte Don Manuel ihnen etwas gesendet, weil ja doch kein Mensch so guten Gebrauch von seinem Geld machen konnte wie er selbst. So hingen sie auf ihre alten Tage völlig von Martin ab, schämten sich aber nichtsdestoweniger noch immer seiner und beklagten, daß er mit seinem Leben nichts besseres anzufangen gewußt hatte. Besonders reizte es sie, daß er in diesem kläglichen Dasein die höchste Befriedigung zu finden schien. Sie behandelten seine plebejische Frau mit der förmlichen Höflichkeit, die sie ihrer eigenen Selbstachtung zu schulden glaubten, und gewannen ihre Enkelkinder lieb. Doch ihre zärtlichsten Gedanken gehörten den beiden andern Söhnen, die den alten Namen zu Ehre und Ansehen gebracht hatten.

7

Man kann sich unschwer ausmalen, mit welcher Freude Don Juan und Doña Violante dem Wiedersehen mit diesen beiden Söhnen nach so langer Trennung entgegensahen. Der Mönch hatte in langen Abständen geschrieben, und da weder Don Juan noch sein Sohn, der Bäcker, gut mit der Feder umzugehen verstanden und keinesfalls fähig waren, in jenem eleganten Stil zu schreiben, der einem hochgestellten Würdenträger der Kirche gegenüber am Platz gewesen wäre, überließen sie es Domingo Perez, diese Briefe zu beantworten. Das hatte er denn zur vollkommenen Zufriedenheit beider und auch seiner selbst getan, denn er bildete sich nicht wenig auf seinen Stil ein. Don Manuel andrerseits hatte ihnen überhaupt nicht geschrieben; nur als er seine Ränke spann, um den Orden von Calatrava zu erlangen, und zu diesem Zweck den Beweis unbefleckter Herkunft erbringen mußte, fand er Zeit, sich seiner Eltern zu erinnern. Auch hier wurden die guten Dienste Domingos in Anspruch genommen, der eine Ahnentafel vorbereitete, die von den Behörden der Stadt ordnungsgemäß beglaubigt wurde, und darin er den Ursprung der Familie, ohne jede Beimischung jüdischen Blutes, auf Alphons VIII., König von Kastilien, zurückführte, der Eleonore, die Tochter König Heinrichs II. von England geehelicht hatte.

Der Anlaß zu dem Besuch von Don Juans Söhnen war nicht bloß die Rückkehr Don Manuels nach langem Kriegsdienst und die Ernennung Blascos zum Bischof von Segovia, sondern auch die Feier der goldenen Hochzeit ihrer Eltern. Die beiden Brüder richteten es so ein, daß sie sich in einem Ort, zwanzig Meilen von der Stadt entfernt, trafen, um dann miteinander ihren feierlichen Einzug zu halten. Für Don Juan war es eine erfreuliche Vorstellung, daß die Pracht des Empfanges dieser beiden Söhne gewissermaßen einen Ausgleich für den Abstieg des armen Martin bilden würde. Es war natürlich ausgeschlossen, daß er seine beiden Söhne und ihr Gefolge in seinen verfallenen Scheunen beherbergen konnte, und so sollte der Bischof im Dominikanerkloster untergebracht werden, während der Verwalter des Herzogs von Castel Rodriguez, der gerade in Madrid weilte, Don Manuel entsprechende Räume im herzoglichen Palast anbot.

Der große Tag war gekommen. Die Adligen der Stadt ritten auf ihren Rossen, die Amtspersonen und die Geistlichen auf ihren Maultieren; Don Juan und Doña Violante, Martin und seine Familie folgten ihnen in einem Wagen, den eine hochgestellte Persönlichkeit ihnen geliehen hatte; und schon erblickte man die beiden spannungsvoll erwarteten Gäste auf der staubigen Straße. Der Bischof in seiner Dominikanerkutte ritt auf einem Maultier neben seinem Bruder, der auf einem prächtigen Schlachtroß saß. Don Manuel trug eine prunkvolle mit Gold eingelegte Rüstung. Hinter ihnen kamen die beiden Sekretäre des Bischofs, Mitglieder seines Ordens und seine Diener, und dann das Gefolge des Feldhauptmanns in reich geschmückter Livree. Nachdem sie die vornehmen Persönlichkeiten, die ihnen entgegengezogen waren, begrüßt und auch verschiedene wortreiche Reden angehört hatten, erkundigte der Bischof sich nach seinem Vater und seiner Mutter. Die beiden waren bescheiden im Hintergrund geblieben, jetzt aber traten sie näher. Doña Violante wollte schon niederknien und den bischöflichen Ring küssen, aber der Bischof ließ das, zum hellen Entzücken der Zuschauer, nicht zu, sondern umarmte sie und küßte sie auf beide Wangen. Sie begann zu weinen, und viele der Anwesenden waren derart von der Rührung überwältigt, daß auch ihnen die Tränen über die Backen rollten. Er küßte auch seinen Vater, und dann, während die beiden alten Leute ihren zweiten Sohn begrüßten, fragte er nach Martin.

»El panadero«, rief eine Stimme, »der Bäcker!«

Martin bahnte sich mit Weib und Kindern einen Weg

durch das Gedränge. Sie waren alle mit ihren Festkleidern angetan, und der fröhliche, rotwangige, wohlbeleibte Mann sah recht stattlich aus. Der Bischof begrüßte ihn zärtlich, Don Manuel tat es mit einer gewissen Herablassung, und Consuelo und die Kinder knieten nieder und küßten den Bischofsring. Er beglückwünschte seinen Bruder huldvoll zu der Anzahl und dem guten Aussehen seines Nachwuchses. In ihren Briefen an den Bischof hatten Don Juan und Doña Violante ihm die Heirat des jüngsten Sohnes und die Geburten der Kinder mitgeteilt, niemals aber gewagt, ihn darüber aufzuklären, daß dieser Bruder Handwerker geworden war. Mit einiger Beunruhigung beobachteten sie jetzt dieses Zusammentreffen. Sie wußten, daß die Wahrheit bald genug an den Tag kommen mußte, wollten aber alles vermeiden, was geeignet gewesen wäre, die Freude der Begrüßung zu beeinträchtigen. Nach vielem Hin und Her hatte man festgelegt, wer zur Rechten der beiden vornehmen Gäste reiten sollte und wer zur Linken, und wenn auch etliche Verstimmung zurückblieb, formte sich jetzt der Zug und setzte sich in Bewegung. Als das Stadttor erreicht wurde, begannen die Kirchenglocken zu läuten, Feuerwerk wurde angezündet, die Trompeter bliesen aus Leibeskräften, und die Trommler ließen ihre Schlägel wirbeln. Die Straßen waren dicht gedrängt, und es gab laute Zurufe und Händeklatschen, als der Zug sich zur Kollegialkirche wandte, wo das Te Deum zelebriert werden sollte.

Der kirchlichen Feier folgte ein Bankett, und die Gastgeber bemerkten, daß der Bischof trotz des festlichen Anlasses weder Fleisch aß noch Wein trank. Nach Tisch sprach er den Wunsch aus, für kurze Zeit mit seiner engsten Familie allein gelassen zu werden, und so holte Martin seine Mutter, die mit seiner Frau und den Kindern in das Haus des Bäckers gegangen war. Als er zurückkam, fand er seinen Bruder Blasco allein mit seinem Vater, doch kaum hatte er mit Doña Violante den Raum betreten, da erschien auch Don Manuel. Seine Stirne war gerunzelt, seine Augen dunkel vor Zorn.

»Bruder«, sagte er zum Bischof gewandt, »weißt du auch, daß dieser Martin, der Sohn eines Adligen aus altem Geschlecht, Kuchenbäcker geworden ist?«

Don Juan und seine Frau fuhren zusammen, doch der Bischof lächelte nur.

»Kein Kuchenbäcker, Bruder. Schlicht und einfach Bäcker.«

»Willst du damit sagen, daß du es gewußt hast?«

»Ich weiß es seit Jahren. Wenn auch meine heiligen Pflichten mich gehindert haben, die Sorge für unsere Eltern zu übernehmen, wie ich das so gern getan hätte, so habe ich doch aus der Ferne über ihnen gewacht und mich ihrer ständig in meinen Gebeten erinnert. Der Prior unseres Klosters in dieser Stadt hat mich dauernd über ihr Ergehen benachrichtigt.«

»Wie konntest du dann zulassen, daß solche Schande über unsere Familie gebracht wurde?«

»Unser Bruder Martin ist ein frommer, tugendhafter Mann. Er ist ein geachteter Bürger und mildherzig zu den Armen. Er hat für unsere Eltern gesorgt, als sie alt wurden. Ich kann ihn nicht tadeln, weil er getan hat, wozu die Umstände ihn zwangen.«

»Ich bin Soldat, Bruder, und meine Ehre geht mir vor mein Leben. Dies vernichtet alle meine Pläne.«

»Daran zweifle ich sehr.«

»Woher willst du das wissen?« brauste Don Manuel auf. »Du hast keine Ahnung, was ich im Sinne habe.«

Der Anflug eines Lächelns erhellte einen Augenblick lang die strengen Züge des Bischofs.

»Du kannst nicht sehr welterfahren sein, Bruder«, entgegnete er, »wenn du dir nicht bewußt bist, daß nur sehr wenig von unseren persönlichen Angelegenheiten vor unseren Dienern verborgen bleibt. Du vergißt, daß wir auf dem Weg hierher zwei Tage unter dem gleichen Dach verbracht haben. Es ist mir zu Ohren gekommen, daß deine Reise in unsere Vaterstadt nicht allein der Erfüllung deiner Sohnespflichten gilt, sondern auch der Wahl einer Gattin unter den adeligen Familien unserer Heimat. Ungeachtet des Berufs, den unser Bruder ausübt, wird es dir, wie ich wohl glauben darf, mit dem Titel, den Seine Majestät dir zu verleihen geruht hat, und mit dem Vermögen, das du in seinen Diensten erworben hast, nicht schwer fallen, dein Ziel zu erreichen.«

Martin hatte zugehört, ohne durch das leiseste Zeichen

zu verraten, daß er sich etwa schämte. Eher ließen seine Züge eine gewisse Erheiterung merken.

»Vergiß nicht, Manuel«, sagte er jetzt, »daß Domingo Perez unsere Abstammung auf einen König von Kastilien und einen König von England zurückgeführt hat. Das sollte doch den Ausschlag bei der Familie geben, deren Tochter du mit deiner Wahl zu beehren gedenkst. Domingo hat mir erzählt, daß auch einer der englischen Könige Kuchen gebacken hat, und so ist es vielleicht keine große Schande, wenn ein Nachkomme von Königen Brot bäckt, zumal dieses Brot nach allgemeiner Ansicht das beste Brot in der Stadt ist.«

»Wer ist dieser Domingo Perez?« fragte der Feldhauptmann mürrisch.

Diese Frage war nicht leicht zu beantworten, aber Martin zog sich geschickt aus der Affäre.

»Ein studierter Mann und ein Dichter.«

»Ich entsinne mich seiner«, sagte der Bischof. »Wir waren miteinander auf dem Seminar.«

Don Manuel warf ungeduldig den Kopf zurück und wandte sich zu seinem Vater.

»Warum habt Ihr ihm erlaubt, solche Schande über uns zu bringen?«

»Ich habe es nicht gebilligt. Ich habe mein Möglichstes getan, um ihn davon abzuhalten.«

Jetzt fuhr Don Manuel seinen jüngeren Bruder an.

»Und du hast gewagt, die Wünsche deines Vaters beiseitezuschieben? Sie hätten für dich ein Befehl sein müssen! Gib mir einen Grund an, einen einzigen, warum du, jeden Anstand mißachtend, so tief gesunken bist, ein Bäcker zu werden!«

»Hunger!«

Das Wort schien auf den Fußboden niederzukrachen wie eine zusammenbrechende Mauer. Don Manuel unterdrückte einen Ausruf des Ekels. Abermals kräuselte ein schwaches Lächeln die Lippen des Bischofs. Selbst Heilige bewahren doch ein gewisses Maß von Menschentum, und während der zwei Tage, die sie miteinander verbracht hatten, mußte der Bischof erkennen, daß er nur wenig Liebe für seinen kriegerischen Bruder empfand. Er machte sich das zum Vorwurf, aber all seine christliche

Barmherzigkeit vermochte nicht den Eindruck zu verdrängen, daß Don Manuel ein roher, brutaler, herrschsüchtiger Patron war.

Glücklicherweise wurde das Zusammensein der Familie durch den Eintritt Fremder unterbrochen, die meldeten, es sei Zeit, zum Stierkampf zu gehen. Die beiden Brüder hatten die Ehrenplätze inne. Die städtischen Behörden hatten hinreichend Mittel aufgebracht, um gute Stiere zu kaufen, und so war der Kampf des Anlasses würdig. Nachher zog sich der Bischof mit den Mönchen seines Gefolges in das Dominikanerkloster zurück, und Don Manuel in die Gemächer, die für ihn bereit standen. Das Stadtvolk wanderte nach Hause oder ging in die Schenken, um sich über den ereignisreichen Tag zu unterhalten, und Domingo Perez fand schließlich auch den Weg in das Haus seiner Schwester.

8

Nach Tisch ging Domingo, wie das seine Gewohnheit war, hinauf in sein Zimmer. Bald darauf folgte ihm Maria. Von unten her hatte sie ihn schon laut und mit dramatischem Ausdruck lesen gehört, und als sie an seine Türe pochte, gab er keine Antwort. Sie trat ein. Es war ein kleiner, kahler Raum, der nichts enthielt als ein Bett, eine Truhe für die Kleider, einen Tisch und einen Stuhl. Dann gab es noch ein Gestell mit Büchern, und Bücher lagen auch auf dem Tisch, auf dem Boden, auf der Truhe. Das Bett war nicht gemacht, und er hatte seine Soutane darauf geworfen. Er saß in Hemd und Hosen da. Auf dem Tisch häuften sich Papiere, und in einer Ecke des Zimmers lag ein großer Stoß von Manuskripten. Maria seufzte, als sie die Unordnung erblickte, mit der sie sich nie abzufinden vermocht hatte. Er aber achtete nicht auf sie, sondern fuhr fort, Stellen aus einem Theaterstück zu deklamieren.

»Domingo, ich muß mit dir sprechen«, sagte sie.

»Unterbrich mich nicht, Weib! Lausche den herrlichen Versen des größten Genies unserer Zeit!«

Abermals rollten prunkende Worte von seinen Lippen. Maria stampfte mit dem Fuß auf.

»Leg das Buch weg, Domingo. Ich habe dir etwas sehr Wichtiges zu sagen.«

»Verzieh dich! Was kannst du mir zu sagen haben, was wichtiger wäre als die göttliche Eingebung des Phönix dieser Tage, des unvergleichlichen Lope de Vega?«

»Ich gehe nicht, bevor du mich angehört hast.«

Domingo legte das Buch wütend zur Seite.

»Dann sag, was du zu sagen hast, aber sag es schnell, damit die Sache erledigt sei!«

Sie erzählte ihm Catalinas Geschichte, wie die Heilige Jungfrau ihr erschienen sei und gesagt habe, der Bischof, Don Juans Sohn, habe die Macht, sie von ihrem Unglück zu befreien.

»Es war ein Traum, meine arme Maria«, sagte er, als sie geendet hatte.

»Das habe ich ihr auch gesagt. Aber sie erklärt, sie sei hellwach gewesen. Daran hält sie fest.«

Domingo war beunruhigt.

»Ich gehe mit dir hinunter und will die Geschichte von ihr selber hören.«

Zum zweiten Male erzählte Catalina, was geschehen war. Domingo mußte sie nur ansehen, um zu wissen, daß sie an jedes Wort glaubte, das sie sagte.

»Woher weißt du so bestimmt, daß du nicht geschlafen hast, Kind?«

»Wie hätte ich zu jener Morgenstunde schlafen sollen. Ich war ja eben erst aus der Kirche gekommen. Ich weinte, und als ich heimkam, war mein Taschentuch noch naß von meinen Tränen. Hätte ich mir die Augen im Schlaf trocknen können? Ich hörte die Glocken läuten, als der Bischof und Don Manuel in die Stadt einzogen. Ich hörte die Trommeln und Trompeten und das Geschrei der Leute.«

»Satan hat mancherlei Schlingen, um den Unbesonnenen darin zu verstricken. Selbst Mutter Teresa de Jesû, die Nonne, die alle diese Klöster gegründet hat, fürchtete lange, daß die Bilder, die sie sah, das Werk des Bösen seien.«

»Könnte ein böser Geist jene liebende Güte der Heiligen Mutter Gottes annehmen, mit der sie zu mir sprach?«

»Satan ist ein guter Schauspieler«, meinte Domingo lächelnd. »Wenn Lope de Rueda mit den Mitgliedern seiner Truppe die Geduld verlor, pflegte er zu sagen, wenn er nur den Teufel dazu kriegen könnte, für ihn zu spielen, würde er ihm gern alle Seelen seiner Truppe als Entgelt geben. Doch höre, liebes Herz, wir wissen, daß manchen frommen Menschen die Gnade zuteil wurde, mit eigenen Augen unsern Herrn und seine jungfräuliche Mutter zu erschauen, aber das empfingen sie zum Lohn für Gebet, Fasten und Kasteiungen und ein dem Dienste Gottes geweihtes Leben. Was hast du vollbracht, um eine Gunst zu verdienen, die andern nur als Preis langer Jahre der Selbstaufopferung gewährt wurde?«

»Nichts«, sagte Catalina, »aber ich bin arm und unglücklich; ich flehte die Heilige Jungfrau an, mir zu helfen, und sie hatte Erbarmen mit mir.«

Domingo schwieg eine Weile. Catalina war eigensinnig und entschlossen, und er hatte Angst. Sie hatte ja keine Ahnung von den Gefahren, die ihr drohen konnten.

»Unsere heilige Kirche liebt es nicht, wenn einzelne Personen behaupten, sie stünden in Verbindung mit dem Himmel. Das Land wimmelt geradezu von Leuten, die erklären, sie hätten übernatürliche Gunstbeweise erhalten. Einige davon sind arme, schwachsinnige Geschöpfe, die redlich glauben, was sie sagen; andere sind Betrüger, die solche Behauptungen aufstellen, um Ruhm oder Reichtum zu gewinnen. Die Inquisition beschäftigt sich von Rechts wegen mit ihnen, denn sie erregen Verwirrung unter den Unwissenden und verführen sie manchmal zur Ketzerei. Die einen wirft die Inquisition in den Kerker, andere geißelt sie, andere schickt sie auf die Galeeren, andere schließlich auf die Scheiterhaufen. Bei deiner Liebe zu uns flehe ich dich an, kein Wort von dem auszuplaudern, was du uns erzählt hast.«

»Aber Onkel, lieber Onkel, mein Glück steht auf dem Spiele. Jedermann weiß, daß es im ganzen Königreich keinen heiligeren Mann gibt als den Bischof. Es ist allgemein bekannt, daß selbst Fetzen seiner Kutte wundertätige Kraft besitzen. Wie kann ich schweigen, wenn die Heilige Mutter Gottes selbst mir gesagt hat, er könne mich von meiner Lähmung heilen, die mir die Liebe meines Diego geraubt hat?«

»Es geht nicht nur um dich. Wenn das Sanctum Officium den Fall untersucht, kann es sehr wohl geschehen, daß auch der Prozeß gegen mich wieder aufgenommen wird, denn die Inquisition hat ein langes Gedächtnis, und wenn wir ins Gefängnis gesteckt werden, dann wird dieses Haus verkauft, um die Kosten für unsern Unterhalt zu decken, und deine Mutter wird auf die Straße gesetzt und muß sich ihr Brot erbetteln. Versprich mir wenigstens, daß du nichts sagen willst, bevor wir die Sache reiflich überlegt haben.«

In Domingos Ausdruck war solche Furcht, solche Bestürzung zu lesen, daß Catalina nachgab.

»Ja, das will ich dir versprechen.«

»Du bist ein braves Mädchen. Und jetzt laß dich von deiner Mutter zu Bett bringen, denn wir alle sind von den Ereignissen dieses Tages müde.«

Er küßte sie und verließ die beiden Frauen. Doch von der Treppe her rief er seine Schwester. Sie ging ihm nach.

»Gib ihr ein tüchtiges Abführmittel«, flüsterte er. »Wenn die Därme gesäubert sind, wird sie zur Vernunft kommen, und wir können ihr morgen klarmachen, daß die ganze Geschichte nichts als ein unglückseliger Traum war.«

9

Doch das Abführmittel hatte keine Wirkung – oder zumindest nicht die gewünschte. Catalina behauptete nach wie vor, sie habe die Heilige Jungfrau mit eigenen Augen gesehen und mit ihr gesprochen. Sie beschrieb ihre Kleidung so genau, daß Maria Perez nicht ein noch aus wußte. Nun war zufällig der nächste Tag ein Freitag, und Maria ging zur Beichte. Sie hatte seit vielen Jahren denselben Beichtvater, Pater Vergara, und vertraute seinem Wohlwollen ebensosehr wie seiner Einsicht. Und so erzählte sie ihm, nachdem sie die Absolution empfangen hatte, die seltsame Geschichte Catalinas und vieles von dem, was Domingo gesagt hatte.

»Euer Bruder hat sich mit einer Zurückhaltung und einer Klugheit benommen, die um so bewunderungswürdiger sind, als man diese Gaben bei ihm kaum erwarten konnte. Dies ist ein Fall, den man mit Vorsicht behandeln muß. Wir dürfen nichts überhasten. Es darf kein Ärgernis geben, und Ihr müßt Eurer Tochter gebieten, zu niemandem von der Sache zu sprechen. Ich werde darüber nachdenken und, wenn nötig, meine Vorgesetzten befragen.«

Marias Beichtvater war auch der Beichtvater ihrer Tochter, und er kannte die beiden Frauen, wie ein Beichtiger seine Beichtkinder kennt. Er wußte, daß sie einfache, redliche, arglose, gottesfürchtige Menschen waren. Selbst Domingo hatte nicht vermocht, ihre Unschuld zu gefährden oder ihre Ehrlichkeit zu verfälschen. Catalina war ein vernünftiges Mädchen mit gesundem Menschenverstand, und wenn sie ihr Unglück auch nicht mit Resignation auf sich genommen hatte, so doch mit Mut. Sie war zu unbefangen, um solch eine Geschichte aus irgendeinem Hintergedanken heraus zu erfinden, und, seiner Überzeugung nach, auch zu erdgebunden, um sich solch ein Erlebnis einzubilden. Pater Vergara war Dominikaner, und in seinem Kloster war der Bischof mit Gefolge untergebracht. Er war ein einfacher Mann ohne großes Wissen, und Marias Geschichte von dem Abenteuer ihrer Tochter setzte ihm derart zu, daß er sich verpflichtet fühlte, seinem Prior Bericht zu erstatten. Nach einigem Nachdenken gelangte der Prior zu dem Schluß, der Bischof müsse verständigt werden, und so sandte er einen Novizen zu dem Kirchenfürsten, um zu fragen, ob es ihm genehm wäre, den Prior und Pater Vergara in einer Angelegenheit anzuhören, die von einiger Bedeutung sein mochte. Kurz darauf kam der Novize wieder und meldete, der Bischof werde sich freuen, sie zu empfangen.

Man hatte ihm die behaglichste Zelle des Klosters eingeräumt. Sie war durch einen doppelten Bogen mit einer Säule in zwei Teile geteilt, deren einer als Schlafgemach, der andere als Betplatz diente. Als der Prior und Pater Vergara eintraten, diktierte der Bischof einem seiner Sekretäre Briefe. Der Prior erklärte, was sie hierhergeführt habe, und überließ es dem Pater Vergara, mit allen Einzelheiten zu wiederholen, was sein Beichtkind ihm mitgeteilt hatte. Der Pater begann damit, daß er dem Bischof sagte, wie gut und fromm die beiden Frauen seien, wie einwandfrei ihr Lebenswandel, dann schilderte er den Vorfall, bei dem die arme Catalina den Gebrauch ihres Beins und die Gunst ihres Liebsten verloren hatte, und berichtete schließlich, wie die Heilige Jungfrau dem Mädchen erschienen sei und gesagt habe, der Bischof könne sie von ihrer Lähmung heilen. Dann fügte er auch, nicht ganz ohne Hintergedanken, hinzu, daß Domingo Perez, Catalinas Onkel, ihr das Versprechen abgenommen habe, die Sache geheim zu halten, bis man alles wohl erwogen hätte. Als er ans Ende seiner Geschichte kam, hatte das Antlitz des Bischofs einen so strengen Ausdruck angenommen, daß dem armen Beichtvater die Stimme versagte und er aus allen Poren schwitzte. Es herrschte tiefe Stille.

»Ich kenne diesen Domingo«, sagte der Bischof schließlich. »Er ist ein Mann von schlimmem Lebenswandel und einer, mit dem niemand zu tun haben sollte, dem an seinem Heil gelegen ist. Aber er ist kein Dummkopf. Wenn er seiner Nichte das Versprechen abgerungen hat, zu schweigen, so hat er vorsichtig gehandelt. Ihr seid der Beichtvater des Kindes?« Der Pater verbeugte sich. »Ihr wäret gut beraten, dem Mädchen die Absolution zu verweigern, wenn sie nicht verspricht, zu keinem Menschen ein Wort von der Sache verlauten zu lassen.«

Der arme Pater starrte den Bischof verwirrt an. War er, nach allgemeinem Dafürhalten, nicht ein Heiliger? Pater Vergara hatte gemeint, der Bischof würde die Gelegenheit willkommen heißen, seine Gabe, Wunder zu tun, bestätigt zu sehen, und dadurch nicht nur zu Gottes Ruhm handeln, sondern auch manch einen Sünder bekehren. Doch der Bischof blickte kalt. Man hatte den

Eindruck, daß er nur mit großer Willenskraft seinen Zorn zu bemeistern vermochte.

»Und nun möchte ich, wenn ihr vergönnt, mit meiner Arbeit fortfahren«, sagte er und wandte sich zum Sekretär. »Lest mir den letzten Satz vor, den ich diktiert habe!«

Ohne ein weiteres Wort verzogen sich die Mönche.

»Warum ist er erzürnt?« fragte Pater Vergara.

»Wir hätten ihm nichts davon sagen sollen. Mich trifft die Schuld. Wir haben ihn in seiner Demut gekränkt. Er weiß nicht, welch großer Heiliger er ist, und hält sich nicht für würdig, Wunder zu wirken.«

Das klang recht glaubhaft, und da es das Ansehen des Bischofs nur erhöhen konnte, beeilte sich Pater Vergara, den andern Brüdern davon zu erzählen. Bald summte das ganze Kloster vor Erregung. Die einen priesen des Bischofs Bescheidenheit, die andern bedauerten, daß er die Gelegenheit nicht ergriff, etwas zu tun, was seinen Ruf und gleichzeitig den Ruhm des Ordens so sehr erhöht hätte.

Unterdessen zog die Geschichte auch noch andere Kreise. Die Kirche, in der Catalina gebetet hatte, und aus der, wenn man dem Mädchen glauben durfte, die Heilige Jungfrau gekommen war, gehörte, wie schon erwähnt, zu dem Kloster der Karmeliterinnen. Das Kloster war reich, und seit vielen Jahren pflegte die Äbtissin Maria Perez Arbeit zu geben, teils aus Barmherzigkeit, teils auch, weil die Frau in ihrem schweren, mühsamen Handwerk sehr geschickt war. So hatten sich zwischen Maria und vielen der Nonnen freundschaftliche Beziehungen angesponnen. Da die Ordensregel verhältnismäßig milde war, genossen die Schwestern einige Freiheit, und nicht selten geschah es, daß eine von ihnen Marias Mahlzeit teilte und mit ihr schwatzte. Zwei oder drei Tage nach der Beichte hatte Maria eine Veranlassung, ins Kloster zu gehen, und nach getaner Arbeit unterhielt sie sich mit der Nonne, mit der sie am engsten befreundet war. Sie ließ die Schwester strengste Verschwiegenheit schwören und erzählte ihr dann Catalinas seltsames Erlebnis. Die Nonnen hatten nichts gegen ein wenig Klatsch einzuwenden, und solch eine Geschichte mußte notwendig in dem frommen, aber eintönigen Einerlei ihres Daseins ein gewaltiges Erlebnis bedeuten. Und so wußten binnen vierundzwanzig Stunden sämtliche Insassinnen des Klosters alles. Schließlich drang die Nachricht auch an die Ohren der Äbtissin. Da diese Dame in unserer Erzählung keine unwichtige Rolle zu spielen bestimmt ist, läßt es sich nicht umgehen, daß hier, auf die Gefahr hin, den Leser zu langweilen, ihre Geschichte erzählt wird.

10

Beatriz Henriquez y Braganza, mit ihrem Ordensnamen Beatriz de Santo Domingo, war die einzige Tochter des Herzogs von Castel Rodriguez, eines Granden von Spanien und Ritters des Goldenen Vlieses. Er besaß großen Reichtum und große Macht. Es gelang ihm, dauerhaft das Vertrauen des galligen und argwöhnischen Königs Philipp II. zu gewinnen, und er hatte wichtige Ämter in Spanien und Italien mit Auszeichnung bekleidet. In beiden Ländern hatte er große Landgüter, und obgleich seine Dienstpflichten ihn zwangen, bald da, bald dort zu sein, liebte er doch nichts mehr, als im Kreise seiner Familie – er hatte drei Söhne und eine Tochter – in seiner Heimatstadt zu weilen, wo die Luft gesund und die Landschaft schön war. Hier war der Stammsitz seiner Familie, und dadurch, daß einer seiner Ahnen einen Angriff der Mauren auf die Stadt erfolgreich abgewehrt hatte, war sein Geschlecht zu hohem Ruhm gelangt. Keiner konnte sich in Castel Rodriguez mit dem Herzog vergleichen, und er lebte in einem fast königlichen Prunk. Im Laufe der Jahre hatten die Mitglieder seiner Familie vorteilhafte eheliche Verbindungen geknüpft, und er war mit allen großen Geschlechtern Spaniens verschwägert. Als seine Tochter Beatriz dreizehn Jahre alt war, hielt er nach einem passenden Bewerber Ausschau, und nachdem er verschiedene Möglichkeiten geprüft hatte, blieb sein Blick an dem einzigen Sohn des Herzogs von Antequera hängen, der ein illegitimer Nachkomme Ferdinands von Aragonien war. Der Herzog von Castel Rodriguez war bereit, seiner Tochter eine prächtige Mitgift zu geben, und so stießen die Verhandlungen auf keinerlei Schwierigkeiten. Die jungen Leute wurden verlobt, doch da der Sohn des Herzogs von Antequera erst fünfzehn Jahre zählte, wurde beschlossen, die Hochzeit zu verschieben, bis er das entsprechende Alter erreicht hatte. Beatriz durfte ihren künftigen Gatten in Gegenwart beider Elternpaare, der Onkel und Tanten und anderer entfernterer Verwandten sehen. Er war ein untersetzter kleiner Junge, nicht größer als sie, hatte einen dichten Schopf spröder, schwarzer Haare, eine Stupsnase und einen trotzigen Mund. Er war ihr sogleich unsympathisch, aber sie wußte, daß jeder Widerstand nutzlos war, und so begnügte sie sich damit, ihm Grimassen zu schneiden. Und seine Antwort war, daß er ihr die Zunge herausstreckte.

Nach der Verlobung sandte der Herzog sie zur weiteren Ausbildung in das Kloster der Karmeliterinnen in Avila, dessen Äbtissin seine Schwester war. Dort fühlte sie sich wohl. Es gab auch andere Mädchen, die Töchter von Adligen, in der gleichen Lage wie sie selbst, und eine Anzahl von Damen, die aus diesem oder jenem Grund im Kloster wohnten, ohne doch dessen Zucht unterworfen zu sein. Die Ordensregel der Karmeliterinnen war nicht streng, und obgleich manche von den Nonnen sich dem Gebet und der Meditation widmeten, gingen viele andere, ohne doch ihre Pflichten zu vernachlässigen, zu Besuch zu ihren Freundinnen und blieben hin und wieder wochenlang fern. Das Sprechzimmer war stets voll von Besuchern, männlichen und weiblichen, so daß es geradezu ein heiteres geselliges Leben gab; man stiftete Ehen, erörterte die Kriegslage, und auch der Stadtklatsch fand williges Gehör. Es war ein friedliches, harmloses Dasein mit bescheidenen Freuden, und für die Nonnen kein allzu mühsamer Weg zur ewigen Seligkeit.

Im Alter von sechzehn Jahren wurde Beatriz aus dem Kloster genommen und kam mit ihrer Mutter und großem Gefolge nach Castel Rodriguez. Mit der Gesundheit ihrer Mutter stand es schlecht, und die Ärzte hatten ihr vorgeschrieben, das rauhe Klima von Madrid mit einem milderen zu vertauschen. Der Herzog, mit Staatsgeschäften überhäuft, mußte wider Willen in der Hauptstadt bleiben. Die Zeit näherte sich, da Beatriz verheiratet werden sollte, und ihre Eltern fanden es angebracht, daß sie sich vorher mit der Führung eines großen Haushaltes vertraut machte. So widmete die Herzogin einige Monate der Aufgabe, ihre Tochter in der Ausübung der gesellschaftlichen Pflichten zu unterweisen, über die sie im Kloster der Karmeliterinnen ja nicht belehrt worden war. Beatriz war zu einem Mädchen von großer Schönheit herangewachsen, die Pocken hatten ihre Haut verschont, ihre Züge zeigten geradezu klassische Regelmäßigkeit, und ihre Gestalt war schlank und geschmeidig. Die Spanier zogen üppigere Formen vor, und manche Damen, die im Hause der Herzogin erschienen, bedauerten, daß Beatriz so mager war, aber die stolze Mutter meinte, die Ehe würde diesem Mangel bald abhelfen.

In jenem Alter war Beatriz heiter, tanzte leidenschaftlich und war von irdischen Gelüsten erfüllt. Sie war eigenwillig und neigte dazu, den andern Leuten Possen zu spielen. Sie besaß eine herrische Gemütsart, denn sie war verzogen und hatte bisher stets ihren Willen durchgesetzt; auch war ihr vom frühesten Kindesalter an klar geworden, daß sie zu einer hohen Stellung im Leben ausersehen war, und daß die übrige Welt sich nach ihren Launen zu richten hatte. Ihrem Beichtvater machte diese Herrschsucht große Sorgen, und er sprach davon zu ihrer Mutter, doch die Herzogin nahm seine Mahnungen mit ziemlicher Kälte entgegen.

»Meine Tochter ist zum Herrschen geboren«, sagte sie. »Ihr könnt von ihr nicht die Unterwürfigkeit einer Wäscherin erwarten. Sollte ihr ein Übermaß an Stolz eigen sein, so wird ihr Gatte, wenn er Charakter hat, dem zweifellos abhelfen können, und wenn er keinen hat, dann wird ihr sicherer Sinn für das, was ihr zukommt, ihm nur dienlich sein.«

Im Kloster hatte Beatriz leidenschaftlich Ritterromane gelesen, die Lieblingslektüre der Damen, die bei den Karmeliterinnen wohnten, und wenn die beaufsichtigende Nonne diese Lektüre auch nicht gestattete, so gelang es dem Mädchen dennoch, immer wieder einen Blick in diese endlosen Erzählungen zu werfen. Als sie nach Castel Rodriguez kam, fand sie einige dieser Bücher im Palast, und da ihre Mutter häufig krank und ihre Dueña willfährig war, verschlang sie die Romane mit großer Gier. Ihre jugendliche Einbildungskraft entzündete sich daran, und nur mit Widerwillen sah sie der unvermeidlichen Heirat mit dem jungen Menschen entgegen, der in ihren Augen immer noch ein ruppiger, finsterer, ungehobelter Bursche war. Sie war sich ihrer Schönheit wohl bewußt, und wenn sie mit ihrer Mutter zur Messe ging, merkte sie die bewundernden Blicke sehr wohl, die alle jungen Herren der Stadt ihr zuwarfen. Sie sammelten sich an den Kirchenstufen, um Beatriz zu sehen, wenn sie aus der Kirche kam, und obgleich sie die Augen züchtig zu Boden gesenkt hielt, die Herzogin an ihrer Seite schritt und zwei livrierte Diener ihnen folgten, in den Händen die Kissen, auf denen die Damen gekniet hatten, spürte sie doch sehr deutlich die Erregung, die ihr Erscheinen verursachte, und ihre Ohren lauschten den begeisterten Worten, mit denen die jungen Leute, nach der Art der Spanier, ihren Gefühlen Luft machten.

Wenn sie ihnen auch keinen Blick gönnte, kannte sie sie doch alle vom Sehen, und bald wußte sie auch ihre Namen, wußte, zu welchen Familien sie gehörten, und alles andere, was an ihnen wissenswert war. Ein- oder zweimal brachten die Kühnsten ihr ein Ständchen dar, doch die Herzogin schickte sogleich ihre Dienstleute hinaus, um die zudringlichen Anbeter zu verjagen. Einmal fand sie auch einen Brief auf ihrem Kissen. Ohne Zweifel hatte jemand ihre Zofe bestochen und sich diesen Dienst erkauft. Sie öffnete den Brief und las ihn zweimal. Dann zerriß sie ihn in kleine Stückchen, die sie an der Kerzenflamme verbrannte. Es war der erste und einzige Liebesbrief, den sie in ihrem Leben erhalten hatte. Er war nicht unterzeichnet, und sie hatte keine Ahnung, von wem er stammte.

Die Herzogin fand, bei ihrem schlechten Zustand genüge es, am Sonntag und an Festtagen zur Messe zu gehen, Beatriz aber ging mit ihrer Dueña jeden Morgen in die Kirche. Es war sehr früh, und die Frommen fanden sich nur spärlich ein, aber es gab einen jungen Seminaristen, der niemals fehlte. Er war schlank und hochgewachsen, hatte entschlossene Züge und dunkle, leidenschaftliche Augen. Manchmal, wenn sie in Ausübung der Pflicht christlicher Barmherzigkeit mit ihrer Dueña durch die Straßen ging, begegnete sie ihm.

»Wer ist das?« fragte Beatriz einmal, als er ihnen, den Kopf in ein Buch gesenkt, entgegenkam.

»Das? Niemand. Der älteste Sohn von Don Juan Suarez de Valero. *Hidalguia de Gutierra.*«

Dieses Wort bedeutet etwa »Rinnsteinadel« und war die verächtliche Bezeichnung für Edelleute, die nicht die Mittel besaßen, ihrem Stande entsprechend zu leben. Die Dueña, eine Witwe und sehr entfernt mit dem Herzog verwandt, war stolz, bigott, fand an allem etwas auszusetzen und besaß keinen Pfennig. Sie hatte ihr ganzes Leben in Castel Rodriguez verbracht, und als Beatriz das Kloster verließ, war die würdige Dame auserwählt worden, um die Tochter des Herzogs zu betreuen. Sie kannte sämtliche Geheimnisse sämtlicher Bewohner der Stadt, und bei aller Frömmigkeit neigte sie dazu, von ihrem Nächsten nicht immer nur das Beste zu sagen.

»Was macht er zu dieser Jahreszeit hier?« fragte Beatriz.

Die Dueña hob die mageren Schultern.

»Er ist im Seminar vor Überarbeitung krank geworden, und man hatte für sein Leben gefürchtet. So wurde er nach Hause geschickt, um hier Genesung zu finden, was ihm durch Gottes Gnade auch gelungen ist. Er soll sehr begabt sein. Vermutlich hoffen seine Eltern, daß er durch den Einfluß des Herzogs, Eures Vaters, zu einer Pfründe gelangen wird.«

Beatriz sagte kein Wort mehr.

Dann aber, aus einem Grunde, den die Ärzte nicht zu entdecken vermochten, verlor sie den Appetit und die gute Laune. Sie verlor ihre frischen Farben und wurde blaß und blässer. Sie achtete kaum auf das, was sich in ihrer Umgebung ereignete, und oft fand man sie von Tränen überströmt. Sie, deren Heiterkeit, deren lustige Streiche und reizvolle Unarten den düsteren, prunkvollen Palast belebt hatten, war jetzt trübsinnig und niedergeschlagen. Die Herzogin wußte sich keinen Rat mehr und fürchtete, es könnte mit dem Kinde ein schlimmes Ende nehmen; sie schrieb ihrem Gatten und bat ihn zu kommen, um mit ihr zu erwägen, was da zu tun sei. Er kam und war von der Veränderung, die mit seiner Tochter vorgegangen war, ganz entsetzt. Sie war magerer denn je, und unter ihren Augen lagerten dunkle Schatten. Man gelangte zu der Überzeugung, es sei das Beste, sie sogleich zu verheiraten, doch als Beatriz von diesem Beschluß verständigt wurde, übermannte sie ein hysterischer Schreikrampf, so daß die Eltern beunruhigter waren als vorher und zunächst ihr Projekt fallen ließen. Sie wurde mit Medizinen gefüttert, mußte Eselsmilch und Ochsenblut trinken, doch obgleich sie gehorsam schluckte, was man ihr gab, blieb doch alles fruchtlos. Sie war nach wie vor blaß und elend. Man tat, was man konnte, um sie zu zerstreuen. Man ließ Musikanten kommen, die ihr vorspielten, man führte sie zu einem religiösen Schauspiel in der Kollegialkirche, nahm sie zu Stierkämpfen mit; aber immer noch ging es mit ihr abwärts. Die Dueña hatte ihren Schützling mit der Zeit sehr liebgewonnen, und da Beatriz nicht einmal die Romane lesen wollte, an denen sie vorher so großen Gefallen gefunden hatte, wußte die wackere Frau kein anderes Mittel zur Unterhaltung des kranken Mädchens, als ihm den Stadtklatsch zu berichten. Beatriz lauschte höflich, aber ohne jegliches Interesse. Einmal wurde zufällig erwähnt, der älteste Sohn von Don Juan Suarez de Valero sei in den Dominikanerorden eingetreten. Die Dueña fuhr fort über diesen und jenen zu schwatzen, bis plötzlich Beatriz ohnmächtig zusammensank. Sie rief um Hilfe, um das Mädchen zu Bett zu bringen.

Ein oder zwei Tage später, als ihr Zustand sich gebessert hatte, erbat sie die Erlaubnis, zur Beichte zu gehen. Seit mehreren Wochen hatte sie sich geweigert zu beichten; sie fühle sich nicht wohl genug, hatte sie erklärt, und der Beichtvater der Herzogin, der auch des Mädchens Beichtvater war, meinte, es sei besser, sie nicht zu zwingen. Jetzt aber versuchten beide Eltern, sie von ihrem Entschluß abzubringen, doch diesmal drängte sie so sehr, weinte sie so bitterlich, daß man ihr am Ende nachgab. So wurde die große Karosse angespannt, die nur bei ganz feierlichen Anlässen zur Verwendung kam, und, von der Dueña begleitet, fuhr Beatriz zur Dominikanerkirche. Als sie zurückkehrte, schien sie einen Anflug ihres alten Ichs wiedergefunden zu haben. Eine schwache Röte zeigte sich auf den blassen Wangen, und ihren Augen entstrahlte ein neues Licht. Sie kniete vor ihrem Vater nieder und bat um die Erlaubnis, in ein Kloster einzutreten. Das war ein harter Schlag für ihn, nicht bloß, weil er gar keinen Wert darauf legte, seine einzige Tochter an die Kirche zu verlieren, sondern auch, weil er nicht geneigt war, auf die bedeutsame Verbindung zu verzichten, die er geplant hatte. Immerhin war er ein gütiger, frommer Mann, und er antwortete ihr ohne jegliche Härte, dies sei eine Angelegenheit, über die man nicht so leichten Herzens entscheiden könne, und zudem käme dergleichen gar nicht in Frage, weil ihr Gesundheitszustand es nicht erlaube. Sie sagte, sie habe bereits mit ihrem Beichtvater gesprochen, und der Plan finde seine volle Zustimmung.

»Pater Garcia ist ohne Zweifel ein würdiger frommer Mann«, sagte der Herzog mit leicht gerunzelter Stirne, »aber sein Amt hindert ihn vielleicht daran, zu erkennen, wie groß die Verantwortung ist, die sich an edle Geburt und hohen Rang knüpft. Ich werde morgen mit ihm sprechen.«

So wurde denn der Pater am nächsten Tag in den Palast befohlen und vom Herzog und der Herzogin empfangen. Sie wußten natürlich, daß er nichts von dem enthüllen werde, was Beatriz ihm im Beichtstuhl anvertraut hatte, und sie versuchten auch gar nicht, festzustellen, ob sie ihm einen Grund für den Schritt genannt hatte, der ihnen so unerwünscht war; aber sie erzählten ihm, daß Beatriz gewiß jederzeit die Vorschriften der Kirche pünktlich befolgt habe, dennoch aber ein frohmütiges Mädchen gewesen sei, weltlichen Zerstreuungen sehr zugeneigt, und niemals das leiseste Zeichen einer religiösen Berufung gezeigt habe. Sie sprachen von der Eheschließung, über die man sich geeinigt hatte, und wie ungelegen, wie peinlich ein Bruch dieser Vereinbarung sei. Und schließlich meinten sie, es sei, bei allem Respekt vor seinem Gewand, doch unklug von ihm gewesen, ihren Wunsch zu billigen, der so offenkundig nur durch ihren mysteriösen Zustand entstanden war. Sie sei jung und im Grunde ganz gesund; man habe keine Veranlassung, anzunehmen, daß sie bei ihrem Entschluß bleiben würde, wenn sie einmal ihre Kräfte wiedererlangt hätte. Doch sie stießen bei dem Dominikaner auf eine seltsame Hartnäckigkeit. Er erklärte, der Wunsch des Mädchens sei viel zu stark, als daß man sich ihm entgegenstellen dürfe, und ihre Berufung sei echt. Er ging so weit, diesen hochgestellten Persönlichkeiten vorzuhalten, sie hätten kein Recht, ihre Tochter an einem Schritt zu hindern, der ihr Frieden in dieser Welt und Glückseligkeit in der nächsten sichere. Dies war die erste von sehr vielen Diskussionen. Beatriz blieb fest bei ihrem Entschluß, und ihr Beichtvater unterstützte sie mit jedem Argument, das ihm zu Gebote stand. Endlich erklärte der Herzog, wenn sie nach drei Monaten noch immer auf ihrem Willen beharre, werde er seine Zustimmung geben.

Von da an ging es ihr beständig besser. Drei Monate verstrichen, und sie trat als Novizin in das Kloster der Karmeliterinnen in Avila ein. Angetan mit ihrer ganzen Pracht von Samt und Seide, mit all ihren Edelsteinen geschmückt, wurde sie von ihrer Familie und einer Anzahl der vornehmsten Adligen der Stadt geleitet. Am Tore nahm sie von ihnen allen frohgemut Abschied und wurde von der Pförtnerin eingelassen.

Doch der Herzog hatte seine Entschlüsse gefaßt, um sich mit dieser neuen Lage abzufinden. Er beabsichtigte, in Castel Rodriguez, zu seinen eigenen Ehren und zum Ruhme Gottes, ein Kloster zu stiften, in das seine Tochter nach Ablauf des Noviziats eintreten und dessen Äbtissin sie werden sollte, sobald ein schicklicher Zeitraum verstrichen war. Er hatte Grundbesitz in der Stadt und wählte eine Parzelle aus, die seinen Zwecken entsprach. Dort baute er eine schöne Kirche, ein Kloster, die andern für ein Klosterleben nötigen Gebäude und ließ auch einen Garten anlegen. Er beschäftigte die besten Architekten, die er auftreiben konnte, die besten Bildhauer, die besten Maler, und als alles bereit war, übersiedelte Beatriz, jetzt unter dem Namen Doña Beatriz de San Domingo bekannt, mit einigen andern Nonnen, die ihrer Tugend,

Klugheit und gesellschaftlichen Verbindungen wegen gewählt worden waren, von Avila in den Palast. Der Herzog hatte bestimmt, daß keine Nonne zugelassen werden solle, die nicht von adliger Herkunft war. Die Äbtissin wurde unter der Voraussetzung ernannt, daß sie zurücktreten solle, sobald Beatriz de San Domingo das passende Alter erreicht hatte, um ihren Platz einzunehmen. Die Dueña war, auf das ziemlich dringliche Zureden des Herzogs hin, zur gleichen Zeit, als Beatriz nach Avila gegangen war, in ein Kloster in Castel Rodriguez eingetreten und konnte ihren früheren Schützling jetzt wieder begrüßen. Pater Garcia las die Messe, das Allerheiligste wurde ausgesetzt, und die Nonnen bezogen ihr neues Haus.

Zur Zeit, in der diese Erzählung spielt, war Doña Beatriz de San Domingo bereits seit vielen Jahren Äbtissin. Sie hatte die Achtung der Bewohner von Castel Rodriguez und die Bewunderung, ja, auch die Liebe ihrer Nonnen errungen. Sie vergaß niemals ihren hohen Rang, aber sie vergaß auch nicht, daß ihre Schutzbefohlenen von edler Geburt waren. Im Refektorium saßen sie genau in der Ordnung, die ihrer Herkunft entsprach, doch wenn es über diesen Punkt – wie das sich manchmal ereignete – Streit gab, so entschied ihn Doña Beatriz mit großer Festigkeit. Sie hielt auf strenge Disziplin, und wie hochgeboren eine Nonne auch sein mochte, ließ sie sie dennoch geißeln, wenn sie einem Befehl nicht gehorcht hatte. Doch solange ihre Autorität unbestritten war, konnte sie umgänglich und duldsam sein. Das Kloster stand unter der milden Regel des Papstes Eugenius IV., und wenn die Nonnen ihren religiösen Pflichten nachkamen, sah sie keinen Anlaß, ihnen die Vorrechte zu verweigern, deren sie sich bisher erfreut hatten. Sie durften ihre Freunde in der Stadt besuchen, und wenn sie gute Gründe angeben konnten, war ihnen auch nicht verwehrt, längere Zeit bei Verwandten an andern Orten zu bleiben. Viele Besucher, Laien wie Geistliche, kamen und gingen im Kloster ein und aus; wie in Avila wohnten auch hier etliche Damen aus freien Stücken bei den Nonnen, und so gab es angenehme Geselligkeit in reicher Fülle. Das Schweigegebot wurde nur von der Komplet bis zur Prim streng eingehalten. Laienschwestern besorgten die niedrigen Arbeiten, damit die Nonnen über mehr Zeit für ihre Gebetsübungen und für standesgemäßere Beschäftigungen verfügen konnten. Doch bei all dieser Freiheit und den Versuchungen der Weltlichkeit befleckte niemals der Hauch eines Ärgernisses den guten Namen dieser tugendhaften Frauen. Der Ruf des Klosters war so groß, daß mehr Bewerberinnen um Eintritt baten, als die Äbtissin aufnehmen konnte, und darum durfte sie bei der Auswahl der Kandidatinnen sehr hohe Anforderungen stellen.

Sie war eine stark beschäftigte Frau. Neben ihren religiösen Pflichten mußte sie auch die Leitung der Wirtschaft des Klosters besorgen und sich um das Verhalten ihrer Nonnen wie um ihr geistiges und leibliches Wohl kümmern; das Kloster war mit Häusern in der Stadt und Landbesitz reichlich beschenkt worden, und so hatte sie mit den Agenten zu tun, die die Miete einzogen, und den Bauern, die das Land gepachtet hatten. Sie besuchte sie häufig, um sich davon zu überzeugen, daß alles in guter Ordnung war und die Ernte zur rechten Zeit eingebracht wurde. Da die Regel ihr gestattete, Eigentum zu besitzen, hatte der Herzog ihr mehrere Häuser und ein schönes Gut überschrieben, und nach seinem Tode war ihr noch eine große Erbschaft zugefallen. Sie verwaltete ihren Besitz so geschickt, daß sie Jahr für Jahr große Summen für wohltätige Zwecke ausgeben konnte. Was übrigblieb, verwandte sie dazu, die Kirche, das Refektorium und das Sprechzimmer auszuschmücken, und Betkapellen im Garten zu errichten, in die sich die Nonnen zurückziehen konnten. Die Kirche war prächtig. Die Meßgeräte waren aus purem Gold, und die Monstranz mit Edelsteinen verziert. Die Gemälde oberhalb der verschiedenen Altäre hatten schwere, kunstvoll geschnitzte, reich vergoldete Rahmen, und die Standbilder des Erlösers und der Heiligen Jungfrau trugen lange Samtmäntel mit prunkvoller Goldstickerei – das Werk der Maria Perez – und ihre Kronen glitzerten von Edelsteinen und Halbedelsteinen.

Um den zwanzigsten Jahrestag ihres Ordensgelübdes zu feiern, errichtete Doña Beatriz dem heiligen Dominikus, dem sie einen ganz besonderen Kult weihte, eine

Kapelle, und als sie von einer der Nonnen, die aus Toledo gebürtig war, hörte, dort lebe ein Grieche, der Bilder male, durch deren Anblick die Frömmigkeit der Beter ganz besonders gesteigert werde, schrieb sie ihrem Bruder, dem jetzigen Herzog, er möge doch ein solches Bild bestellen. Da sie eine geschäftstüchtige Frau war, gab sie gleich die genauen Maße an. Doch ihr Bruder antwortete ihr, der König habe bei diesem Griechen ein Bild des heiligen Mauritius und der Thebaischen Legion für seine neue Kirche im Escorial bestellt, aber als es ihm geliefert wurde, sei er so unzufrieden gewesen, daß er es nicht aufhängen lassen wollte. Unter diesen Umständen halte er es für unpassend, dem Maler einen Auftrag zu erteilen, und er sende ihr als Geschenk ein Bild des Lodovico Caracci, eines berühmten italienischen Malers, das zufällig genau die passenden Maße aufweise.

Der verstorbene Herzog hatte beim Bau des Klosters Räumlichkeiten anlegen lassen, die ihr vorbehalten sein sollten, sobald sie einmal Äbtissin wäre, und die ihrem Amt und Rang entsprachen. Sie hatte eine Zelle, zu der niemand Zutritt besaß als die Laienschwester, die den Raum in Ordnung zu halten hatte. Von dieser Zelle führte eine schmale Treppe zu einem Gemach in das obere Stockwerk. Hier sammelte sie sich im Gebet, erledigte ihre Geschäfte und empfing Besucher. Es war ein ernster, aber dennoch eindrucksvoller Raum. Oberhalb des kleinen Altars, an dem sie betete, hing ein großes Kreuz mit der holzgeschnitzten Gestalt Christi fast in Lebensgröße und sehr realistisch bemalt; oberhalb des Tisches, an dem sie arbeitete, hing eine Madonna, gemalt von einem catalanischen Maler. Zu jener Zeit war Doña Beatriz zwischen vierzig und fünfzig, eine hochgewachsene, hagere, blasse Frau, mit fast faltenfreien Zügen und großen dunklen Augen. Das Alter hatte den Ausdruck ihres Gesichtes verfeinert, und sie besaß jetzt die Ruhe und strenge Schönheit der adligen Frauen auf einem gotischen Grabmal. Sie hielt sich sehr straff und aufrecht. In ihrem Wesen war etwas Gebieterisches, das ahnen ließ, daß sie niemanden als höherstehend und nur wenige als ebenbürtig ansah. Sie hatte einen Zug scharfen, ja, bitteren Humors, und obgleich sie häufig lächelte, geschah es gewissermaßen mit ernster Duldung, und wenn sie lachte, was sehr selten vorkam, so hatte man das Gefühl, daß es ihr eine Qual bedeutete.

Solcher Art war die Frau, an deren Ohren die Nachricht drang, daß auf den Stufen der Karmeliterinnenkirche die Heilige Jungfrau dem Mädchen Catalina Perez erschienen sei.

11

Doña Beatriz war nicht bloß eine vortreffliche Organisatorin mit einem ausgezeichneten Sinn für praktische Fragen, sondern auch eine hochintelligente, jeder Überspanntheit abholde Frau. Sie hatte Visionen und Verzükkungszustände bei ihren Nonnen niemals gutgeheißen. Sie erlaubte ihnen keine übertriebene Strenge gegen sich selbst, noch andere Kasteiungen, als die von der Ordensregel vorgeschriebenen; nichts entging ihrer Aufmerksamkeit, und wenn eine Nonne Zeichen einer Frömmigkeit zeigte, die die Äbtissin für übersteigert hielt, wurde sie sogleich purgiert, durfte nicht fasten, und wenn das alles nichts fruchtete, so sandte man sie für einige vergnügliche Wochen zu Verwandten oder Freunden. Die Strenge der Doña Beatriz in dieser Hinsicht entstammte ihrer Erinnerung an den Skandal, den eine Nonne im Kloster der Inkarnation in Avila dadurch hervorgerufen hatte, daß sie versicherte, sie habe Jesus Christus, die Heilige Jungfrau und verschiedene Heilige gesehen und von ihnen besondere Gnadenbeweise empfangen. Die Äbtissin leugnete die Möglichkeit solcher Vorkommnisse durchaus nicht, da es ja bewiesen war, daß manche Heiligen die Empfänger ähnlicher Gnaden gewesen waren, aber sie konnte es nicht über sich bringen, zu glauben, daß die Nonne von Avila, Teresa de Cepeda, mit der sie so oft gesprochen hatte, als sie noch Schülerin im Kloster gewesen war, etwas anderes sein sollte, als das hysterische, irregeleitete Opfer der Wahnvorstellungen einer ungezügelten Phantasie.

Es war höchst unglaubhaft, daß an Catalinas seltsamer Geschichte etwas Wahres sein konnte, aber da die Nonnen so aufgeregt waren, daß sie von nichts anderem sprachen, hielt Doña Beatriz es für geraten, das junge Mädchen kommen zu lassen, um die Geschichte aus ihrem eigenen Munde zu hören. Sie rief eine ihrer Nonnen und schickte sie, Catalina zu holen. Bald darauf kam die Nonne wieder und meldete, Catalina sei pflichtschuldigst bereit, dem Befehl der ehrwürdigen Mutter zu gehorchen, aber ihr Beichtvater habe ihr verboten, vor irgend jemandem ihr Erlebnis zu erzählen. Doña Beatriz, nicht gewöhnt, ihren Willen mißachtet zu sehen, runzelte die Stirne. Und wenn sie die Stirne runzelte, zitterte das ganze Kloster.

»Ihre Mutter ist hier«, sagte die Nonne und hielt den Atem an.

»Was soll ich mit ihr anfangen?«

»Sie hat die Geschichte von des Mädchens eigenen Lippen, sogleich nachdem die Heilige Jungfrau erschienen war. Der Pater hat übersehen, auch ihr ein Schweigegebot aufzuerlegen.«

Ein hartes Lächeln erschien auf den blassen Lippen der Äbtissin.

»Ein würdiger, aber kein vorausblickender Mann. Du hast wohlgetan, meine Tochter. Ich will die Frau sprechen.«

Maria Perez wurde in das Gemach der Äbtissin geführt. Sie hatte Beatriz häufig gesehen, aber noch nie mit ihr geredet, und sie war sehr aufgeregt. Doña Beatriz saß in einem hohen Lehnstuhl mit Ledersitz und Lederlehne, die oben mit Akanthusblättern aus vergoldetem Holz geschmückt war. Maria Perez konnte sich nicht vorstellen, daß eine Königin würdiger, stolzer und unzugänglicher ausgesehen hätte. Sie kniete nieder und küßte die weiße Hand, die ihr gereicht wurde. Dann, aufgefordert zu berichten, wiederholte sie Wort für Wort, was Catalina ihr erzählt hatte. Als sie am Ende war, neigte die Äbtissin leicht den edelgeformten Kopf.

»Ihr könnt gehen.«

Einige Zeit lang überlegte sie. Dann setzte sie sich an den Tisch und schrieb einen Brief, darin sie den Bischof von Segovia bat, ihr die Ehre zu erweisen, sie aufzusuchen, da sie über eine Frage mit ihm sprechen wolle, die ihr von einiger Bedeutung zu sein scheine. Sie schickte eine Botin mit diesem Brief, und eine Stunde später erhielt sie die Antwort. Mit der gleichen Förmlichkeit erklärte der Bischof, er würde der Aufforderung der Äbtissin mit Freuden nachkommen und am folgenden Tag das Kloster besuchen.

Die Nonnen waren in hellem Aufruhr, als sie hörten, diese erhabene, im Ruf der Heiligkeit stehende Persönlichkeit werde erwartet, und sogleich gelangten sie zu der richtigen Annahme, dieser Besuch stehe im Zusammenhang mit dem Erscheinen der Heiligen Jungfrau auf den Stufen ihrer eigenen, prächtigen Kirche. Er kam nachmittags, nach der Siesta, die sich die Nonnen in der Sommerhitze gönnten, begleitet von zwei Fratres, die seine Sekretäre waren, und wurde im Sprechzimmer von der Stellvertreterin der Äbtissin empfangen. Die Nonnen waren, zu ihrem großen Kummer, geheißen worden, sich in ihren Zellen aufzuhalten. Nachdem die Stellvertreterin von Doña Beatriz den Bischofsring geküßt hatte, sagte sie, sie wolle ihn nunmehr zu der Äbtissin führen. Die beiden Sekretäre schickten sich an, ihm zu folgen.

»Die ehrwürdige Mutter wünscht Eure Bischöflichen Gnaden allein zu sprechen«, sagte sie demütig.

Der Bischof zauderte sekundenlang, dann neigte er zustimmend den Kopf. Die Sekretäre blieben im Sprechzimmer, und der Kirchenfürst folgte der Nonne durch die kühlen, geweißten Gänge und über eine Stiege, bis er zu dem Gemach der Oberin kam. Seine Führerin öffnete die Türe und ließ ihn eintreten, während sie selbst draußen blieb. Doña Beatriz erhob sich, ging ihm entgegen, kniete nieder und küßte den Bischofsring. Dann wies sie auf einen Stuhl und setzte sich.

»Ich hatte gehofft, Eure Bischöflichen Gnaden würden es für passend halten, dieses Kloster zu besuchen«, sagte sie. »Doch da Ihr nicht gekommen seid, habe ich gewagt, Euch einzuladen.«

»Mein Theologielehrer in Salamanca hieß mich, so wenig wie möglich mit Frauen umzugehn, höflich gegen sie zu sein, mich aber von ihnen fern zu halten.«

Sie unterdrückte die scharfe Antwort, die sie auf den Lippen hatte, und musterte ihn statt dessen aufmerksam. Er senkte die Augen und wartete. Es war ihr gar nicht eilig, mit dem Sprechen zu beginnen. Dreißig Jahre war es jetzt beinahe her, seit sie ihn zuletzt gesehen hatte, und dies waren die ersten Worte, die sie miteinander wechselten. Seine Kutte war alt und verschlissen. Sein Kopf war geschoren bis auf jenen Ring von schwarzem, kaum leicht angegrautem Haar, der ein Symbol der Dornenkrone darstellte. Seine Schläfen waren hohl, seine Wangen eingesunken, sein Gesicht trug in den tiefen Furchen die Merkmale des Leidens. Nur die Augen, von einem seltsamen Licht erhellt, dunkel, leidenschaftlich, waren geblieben, um sie an den jungen Seminaristen zu erinnern, den sie vor langer Zeit gekannt – gekannt und bis zum Wahnsinn geliebt hatte.

Als Scherz hatte es begonnen. Sie hatte ihn bemerkt, als er in der Kirche, die sie mit ihrer Dueña besuchte, dem Meßpriester an die Hand ging, wie er das gelegentlich tat. Er war auch damals hager, sein Haar war schwarz und dicht, denn er trug nur die Tonsur der niederen Weihen, seine Züge waren klar und scharfgeschnitten, und in seiner Haltung lag eine ungewöhnliche Anmut. Er sah wie einer jener Heiligen aus, die schon als Knaben ihre Berufung erhalten, so daß sie ein Gegenstand der Verehrung für alle sind und in Jugend und Schönheit sterben. Wenn er dem Priester nicht behilflich war, kniete er in der kleinen Kapelle unter den wenigen, die zu so früher Stunde erschienen waren. Er war ganz dem Gebet hingegeben, und seine Blicke verließen den Altar nicht. In jenen Tagen war Beatriz leichtherzig und zu Scherzen geneigt. Sie kannte die verheerende Macht ihrer wunderbaren Augen. Sie meinte, es wäre doch ein köstlicher Spaß, wenn sie den ernsten jungen Seminaristen auf sich aufmerksam machen könnte, und so fixierte sie ihn mit ihrem Blick und legte ihre ganze Willenskraft in ihren Wunsch, er möge sie doch ansehen. Tagelang bemühte sie sich jedoch vergeblich, und dann kam die Stunde, da eine Eingebung ihr verriet, daß er sich unbehaglich fühlte; sie vermochte nicht zu sagen, wie sie zu diesem Wissen gekommen war, aber sie war dessen sicher; mit angehaltenem Atem wartete sie; plötzlich schaute er auf, als hätte er einen unerwarteten Laut gehört, sah ihren Blick auf sich gerichtet und wandte sich im Nu wieder ab. Von da an vermied sie, ihn anzuschauen, doch ein oder zwei Tage später, war ihr bewußt, daß er sie anstarrte, obgleich sie selbst den Kopf gesenkt hatte, als betete sie. Sie blieb völlig reglos, aber sie spürte, daß er sie bestürzt und mit einem Blick betrachtete, der nie zuvor einem andern Menschen gegönnt worden war. Sie genoß ihren Triumph, hob den Kopf und erwiderte unverhohlen diesen Blick. Da wandte er sich ebenso rasch ab wie zuvor, und sie sah, wie sein Antlitz von Scham rot übergossen war.

Zwei- oder dreimal, wenn sie mit der Dueña über die Straße ging, begegnete sie ihm, und mochte er auch den Kopf abwenden, so wußte sie doch, daß er zutiefst erschüttert war. Einmal, als er sie kommen sah, drehte er sich sogar brüsk um und ging seinen Weg zurück. Beatriz kicherte derart, daß die Dueña fragte, was denn so unterhaltend sei, und sie mußte ihr zum erstenmal, seit sie denken konnte, eine Lüge sagen. Und dann, eines Morgens, betraten sie die Kirche gerade in der Minute, da der Seminarist die Finger in das Weihwasser tauchte, um sich zu bekreuzigen. Beatriz streckte die Hand aus, um seine Finger zu berühren und auf diese Art das Weihwasser mit ihren Fingern zu empfangen. Das war ein allgemein üblicher Brauch, und er konnte ihr diesen Dienst nicht versagen. Er wurde kreidebleich, und abermals trafen sich ihre Blicke. Das dauerte nur eine Sekunde, aber in dieser Sekunde wußte Beatriz, daß er sie mit sehr menschlicher Liebe liebte, mit der Liebe eines leidenschaftlichen jungen Burschen für ein schönes Mädchen, und gleichzeitig spürte sie einen scharfen Schmerz in ihrem Herzen, als sei es von einem Degen durchbohrt, und sie wußte, daß auch sie ihn mit der gleichen menschlichen Liebe liebte, der Liebe eines leidenschaftlichen Mädchens für einen liebenswerten jungen Mann. Ein Glücksgefühl erfüllte sie. Nie zuvor hatte sie solche Seligkeit gekannt.

An jenem Tage half er dem Priester bei der Messe. Ihre Blicke hafteten beständig an ihm. Ihr Herz pochte derart, daß sie es kaum ertragen konnte, doch die Pein – wenn es eine Pein bedeutete – war größer als jede Lust, die sie bisher empfunden hatte. Sie hatte bereits entdeckt, daß irgendeine Beschäftigung ihn täglich zu einer bestimmten Stunde an dem herzoglichen Palast vorüberführte, und sie fand Vorwände, um an einem Fenster zu sitzen, von dem aus sie die Straße beobachten konnte. Sie sah ihn kommen, sie sah, wie seine Schritte zauderten, als wollte er verweilen, und dann sah sie, wie er seinen Weg hastig weiterging, als flüchtete er vor einer Versuchung. Sie hoffte, er werde einmal aufschauen, doch das tat er nie, und einmal, um ihn zu necken, ließ sie, gerade als er sich näherte, eine Nelke fallen. Instinktiv sah er auf, aber sie lehnte sich zurück, so daß sie ihn beobachten konnte, er aber nicht sie. Er blieb stehen und hob die Blume auf. Er hielt sie mit beiden Händen fest, als wäre sie ein kostbares Kleinod, und auf seinem Gesicht erschien ein Ausdruck des Entzückens. Dann warf er sie mit heftiger Gebärde zu Boden, stampfte sie in den Straßenstaub und lief, lief, so rasch seine Beine ihn tragen wollten. Beatriz brach in ein Gelächter aus, das unvermittelt in ein Schluchzen umschlug.

Als er einige Tage lang nicht mehr bei der Frühmesse erschien, vermochte sie ihre Beklemmung nicht länger zu ertragen.

»Was ist denn mit diesem Seminaristen geschehen, der gewöhnlich bei der Messe geholfen hat?« fragte sie die Dueña. »Ich habe ihn in der letzten Zeit nicht mehr gesehen.«

»Woher sollte ich das wissen? Er ist vermutlich in das Seminar zurückgekehrt.«

Sie sah ihn nie wieder. Sie erfuhr unterdessen, daß das, was als Komödie begonnen hatte, zur Tragödie geworden war, und ihr blieb nur die bittere Reue über ihr törichtes Benehmen. Sie liebte ihn mit der heftigen Leidenschaft ihres jungen Leibes. Niemals war ihr versagt worden, wonach sie verlangt hatte, und sie konnte nicht ertragen, daß es diesmal nicht nach ihrem Willen gehen sollte. Die Heirat, die man für sie in Aussicht genommen hatte, sollte eine Konvenienzehe werden, und das hatte sie als notwendige Folge ihres Ranges hingenommen. Sie fand sich damit ab, daß sie ihrem Gatten, wie das ihre Pflicht war, Kinder gebären müsse, war aber entschlossen, daß er ihr nicht mehr bedeuten sollte als ein Lakai; nun aber erfüllte der Gedanke, mit diesem verächtlichen, stumpfsinnigen Geschöpf vereinigt zu werden, sie mit Ekel. Sie wußte, daß ihre Liebe zu dem jungen Blasco de Valero aussichtslos war. Gewiß, er hatte erst die niederen Weihen empfangen und konnte ihrer entbunden werden, aber sie mußte sich nicht einmal daran erinnern, daß ihr Vater zu solch einer Mesalliance niemals seine Zustimmung geben würde; ihr eigener Stolz hätte ihr ebenso wenig gestattet, ihre Hand dem Rinnsteinadligen zu reichen, der er nun einmal war. Und Blasco? Er liebte sie, dessen war sie gewiß; doch noch mehr gehörte seine Liebe dem Allmächtigen. Als er die Blume, die sie vor seine Füße fallen ließ, wütend zerstampfte, da hatte er die unwürdige Leidenschaft in den Staub treten wollen, die ihn entsetzte. Sie hatte furchtbare, beklemmende Träume, glaubte in seinen Armen zu liegen, seinen Mund auf dem ihren, ihre Brust an seine Brust gepreßt, und sie erwachte in Scham, Angst und Verzweiflung. Damals setzte der Niedergang ihrer Gesundheit ein. Man wurde aus ihrem Zustand nicht klug, aber sie wußte, was es war – ihr gebrochenes Herz würde ihr Ende herbeiführen. Sie hörte zu jener Zeit, er sei in einen Mönchsorden eingetreten, und da kam auch ihr die Eingebung; als hätte er ihr ausdrücklich mitgeteilt, so klar wußte sie, daß er mit dieser Weltflucht seiner Liebe zu ihr entrinnen wollte, und das erregte in ihr eine seltsame Beglückung, ein Gefühl triumphierender Macht. Sie wollte das gleiche tun; in ein Kloster einzutreten, würde sie vor diesem verhaßten Ehebund bewahren, und in der Liebe zu Gott könnte sie Frieden finden. Und in ihrer tiefsten Seele, niemals ausgesprochen oder auch nur angedeutet, war die Gewißheit, daß sie in jenem Klosterleben, weit voneinander getrennt und jedes dem Dienst des Herrn geweiht, doch auf eine mystische Art vereint sein würden.

All das, so ausführlich geschildert, glitt jetzt blitzschnell durch den Geist der strengen, düsteren Äbtissin. Sie sah es vor sich wie eines jener großen Fresken, die man auf den hohen Wänden eines Klosters mit verständnisvollem Blick beschaut. Die Leidenschaft, die sie im törichten Überschwang ihrer Jugend für unzerstörbar gehalten hatte, war längst tot. Die Zeit, die eintönige Frömmigkeit des Klosterdaseins, Gebet und Fasten, die mannigfaltigen Pflichten ihrer Stellung hatten sie nach und nach abgestumpft, bis jetzt nichts mehr davon vorhanden war als eine bittere Erinnerung. Als sie diesen Mann, so verbraucht und hager, den Ausdruck des Leidens in den Zügen, vor sich sah, fragte sie sich, ob er dessen gedachte, daß er einst wider Willen, ja, aber aus tiefstem Herzen ein schönes Mädchen geliebt hatte, mit dem er nie ein Wort sprechen durfte, und das dennoch zur Folter seiner Träume wurde. Das Schweigen lastete auf dem Bischof, und er rückte unbehaglich auf seinem Stuhl.

»Ihr ließet mich wissen, daß Ihr mich in einer wichtigen Angelegenheit zu Rate ziehen wolltet«, sagte er.

»Ja, doch zuerst erlaubt mir, Euren Bischöflichen Gnaden meine Glückwünsche zu der Rangerhöhung darzubringen, die Seine Majestät Euch zu verleihen geruht hat.«

»Ich kann nur hoffen, daß ich mich würdig erweisen werde, die Pflichten einer so hohen Stellung auszuüben.«

»Daran darf niemand zweifeln, dem bekannt ist, mit welchem Eifer und welcher Umsicht Ihr während Eurer zehn Amtsjahre in Valencia vorgegangen seid. Mag auch diese kleine Stadt in den Bergen abgelegen sein, so gelingt es uns doch, zu erfahren, was sich draußen in der großen Welt ereignet, und der Ruhm von Eurer Bischöflichen Gnaden hohem Sinn, Tugendhaftigkeit und unablässigem Eifer in der Verteidigung der Reinheit unseres Glaubens ist uns nicht unbekannt geblieben.«

Eine Sekunde lang blickte der Bischof sie unter seinen buschigen Brauen an.

»Señora, ich bin Euch für Eure Höflichkeit sehr verbunden, aber ich muß Euch doch bitten, mir Eure Lobreden zu ersparen. Ich habe niemals Gefallen daran gefunden, wenn die Leute zu mir über mich sprachen. Ich wäre Euch dankbar, wenn Ihr mir ohne weitere Verzögerung mitteilen wolltet, aus welchem Grunde Ihr meinen Besuch gewünscht habt.«

Die Äbtissin ließ sich durch diesen Vorwurf durchaus

nicht aus dem Gleichgewicht bringen. Mochte er auch Bischof sein, so war er doch, wie ihre gottselige Dueña gesagt hatte, aus dem Rinnsteinadel, und sie war die Tochter des Herzogs von Castel Rodriguez, eines Granden von Spanien und Ritters des Goldenen Vlieses. Ein Wort von ihr zu ihrem Bruder, dem Günstling König Philipps III., würde diesen Prälaten an einen obskuren Bischofssitz auf den Kanarischen Inseln verbannen.

»Ich bedaure, wenn ich Eurer Bischöflichen Gnaden Bescheidenheit verletzt habe«, erwiderte sie kühl, »aber eben Eure Tugend, Eure Strenge, Eure Heiligkeit, wenn ich so sagen darf, sind es, die mich veranlaßt haben, die Ehre Eures Besuches zu erbitten. Seid Ihr von dem seltsamen Erlebnis eines Mädchens namens Catalina Perez unterrichtet worden?«

»Das bin ich. Ihr Beichtvater, ohne Zweifel ein würdiger Mann, aber weder gebildet noch sonderlich klug, hat mir die Geschichte erzählt. Ich habe ihn weggeschickt. Ich habe den Brüdern im Kloster verboten, die Angelegenheit vor mir zu erwähnen oder auch untereinander davon zu sprechen. Das Mädchen ist entweder eine Betrügerin, die die Aufmerksamkeit auf sich lenken will, oder eine arme, irregeleitete Törin.«

»Ich kenne sie nicht, Señor, aber allem Vernehmen nach ist sie ein braves, verständiges, frommes Geschöpf. Urteilsfähige Leute, die sie kennen, sind überzeugt, daß sie nicht imstande ist, solch eine Geschichte zu erfinden. Sie ist glaubwürdig und, wie man mir berichtet, keineswegs phantasiebegabt.«

»Wenn sie eine Vision gehabt haben sollte, wie sie selbst sie schildert, so kann das nur ein Blendwerk des Satans sein. Es ist sehr wohl bekannt, daß böse Geister die Macht besitzen, auch himmlische Formen anzunehmen, um den Unbesonnenen vom rechten Wege abzubringen und zu verderben.«

»Das Kind leidet an einem unverschuldeten Unglück. Wir müssen dem Bösen nicht größere Klugheit zuschreiben, als er besitzt. Wie könnte er so albern sein, zu glauben, ihre Seele wäre in Gefahr, wenn ein heiliger Mann im Namen des Vaters, des Sohnes und des Heiligen Geistes seine Hand auf sie legt?«

Während dieses Gesprächs hatte der Bischof die Augen bisher zu Boden gesenkt, jetzt aber sah er die Äbtissin an, und in seinem Blick war Besorgnis.

»Señora, Luzifer, der Sohn des Morgens, ist durch seine Hoffart zu Fall gebracht worden; wie könnte es anders als durch Hoffart geschehen, daß ich, ein sündiger, unwürdiger Mensch, es auf mich nehmen sollte, Wunder zu wirken?«

»Es mag Eurer Demut entsprechen, daß Ihr selbst Euch als sündigen, unwürdigen Menschen bezeichnet, aber die übrige Welt ist sich Eurer großen Tugenden wohl bewußt. Bedenkt, Señor, diese Geschichte ist nun einmal bekannt geworden, und die ganze Stadt spricht von nichts anderem. Jedermann zittert vor Erregung und Erwartung. Irgendwie muß dem Volk eine Genugtuung gegeben werden.«

Der Bischof seufzte.

»Ich weiß, daß der Sinn des Volkes in Unruhe geraten ist; vor dem Kloster stehen Gruppen von Menschen, als erwarteten sie irgend etwas, und wenn ich das Haus verlassen muß, knien sie nieder und bitten mich um meinen Segen. Irgend etwas muß geschehen, um sie wieder zur Vernunft zu bringen.«

»Würden Eure Bischöflichen Gnaden mir erlauben, Euch einen Rat zu erteilen?« fragte die Äbtissin im Ton tiefster Ehrfurcht, aber mit einem leicht ironischen Glitzern in ihren Augen, das ihre Haltung Lügen strafte.

»Ich wäre Euch sehr dankbar dafür.«

»Ich habe nicht mit dem Mädchen gesprochen, weil ihr Beichtvater ihr verboten hat, die Geschichte zu wiederholen; Ihr aber habt die Macht, Euch über dieses Verbot hinwegzusetzen. Wäre es nicht von Nutzen, wenn Ihr selbst sie empfangen wolltet? Mit Eurer Urteilskraft, Eurer Menschenkenntnis und der Erfahrung, die Ihr Euch im Dienste der Inquisition bei der Prüfung Verdächtiger angeeignet habt, würdet Ihr sehr schnell entscheiden können, ob sie eine Betrügerin ist, ob der Teufel sie getäuscht hat, oder aber ob tatsächlich die Heilige Jungfrau sich herabließ, ihr zu erscheinen.«

Der Bischof hob den Blick und betrachtete das Bild des Gekreuzigten, das über dem Altar hing, an dem die Äbtissin zu beten pflegte. Sein Gesicht war tieftraurig. Eine qualvolle Unentschlossenheit plagte ihn.

»Ich brauche Euch nicht daran zu erinnern, daß dieses Kloster unter dem besonderen Schutz Unserer Lieben Frau vom Karmel steht. Wir armen Nonnen sind zweifellos dieser Ehre unwert, aber es mag sein, daß sie dieser Kirche, die mein Vater, der Herzog, ihr in dieser Stadt errichtet hat, ihre besondere Huld zuwendet. Es wäre eine große Gnade und ein großer Ruhm für unser Haus, wenn, mit dem Beistand Eurer Bischöflichen Gnaden, unsere himmlische Schutzpatronin dieses arme Kind von seinem Leiden erlösen würde.«

Lange Zeit blieb der Bischof in Gedanken versunken. Endlich seufzte er schwer.

»Wo kann ich mit diesem Mädchen sprechen?«

»Gäbe es einen geeigneteren Ort als die Kapelle, die in unserer Kirche der Anbetung der Heiligen Jungfrau geweiht ist?«

»Was geschehen muß, geschehe schnell. Laßt sie morgen hierher kommen, Señora, und ich werde da sein.« Er erhob sich von seinem Stuhl, und als er sich abschiednehmend vor der Äbtissin neigte, war der Schatten eines wehmütigen Lächelns auf seinen Lippen bemerkbar. »Eine sorgenvolle Nacht erwartet mich, ehrwürdige Mutter.«

Abermals kniete sie nieder und küßte den Bischofsring.

12

Am nächsten Tage, zur festgesetzten Stunde betrat der Bischof, von seinen zwei Sekretären begleitet, die reichgeschmückte Kirche. Catalina wartete mit einer der Nonnen in der Kapelle der Mutter Gottes; mit Hilfe ihrer Krücke hielt sie sich aufrecht, doch als der Bischof erschien, berührte die Nonne ihren Arm, und sie wollte niederknien. Aber er hob abwehrend die Hand.

»Ihr mögt uns jetzt allein lassen«, sagte er zur Nonne, und als sie verschwunden war, gebot er seinen beiden Sekretären: »Zieht euch zurück, bleibt aber in der Nähe. Ich will allein mit diesem Mädchen reden.«

Die beiden glitten lautlos aus der Kapelle. Der Bischof sah ihnen nach. Er wußte, daß sie neugierig waren, und wollte sie nicht hören lassen, was gesprochen wurde. Dann musterte er das gelähmte Mädchen mit langem Blick. Er hatte ein weiches Herz, und Unglück, Not oder Leiden rührten ihn stets. Sie zitterte ein wenig und war sehr blaß.

»Hab keine Angst, Kind«, sagte er gütig. »Du hast nichts zu fürchten, wenn du die Wahrheit sprichst.«

Sie sah sehr einfach und sehr unschuldig aus. Er erkannte, daß sie ungewöhnlich schöne Züge hatte, aber der Blick, mit dem er das feststellte, war ebenso gleichgültig, wie wenn er feststellen würde, ein Pferd sei weiß oder grau. Er begann damit, daß er sie über ihre persönlichen Verhältnisse befragte. Sie antwortete anfangs sehr schüchtern, aber als er immer weiter fragte, wuchs ihr Vertrauen. Ihre Stimme war sanft und melodiös, und sie wußte sich korrekt auszudrücken. Sie berichtete ihm die simple Geschichte ihres Lebens. Es war die Geschichte eines beliebigen armen Mädchens, eine Geschichte von harter Arbeit, von harmlosen Vergnügungen, von Kirchgang, von erster Liebe; doch sie erzählte sie so natürlich, so unbefangen, daß der Bischof ergriffen war. Er vermochte nicht zu glauben, daß dieses Mädchen etwas erfunden haben sollte, um sich wichtig zu machen. Jedes ihrer Worte atmete Bescheidenheit und Demut. Dann berichtete sie von dem Unglücksfall, und wie ihr Bein gelähmt wurde, und wie Diego, des Schneiders Sohn, den sie liebte und heiraten wollte, sie verlassen hatte.

»Ich tadle ihn nicht darum«, sagte sie. »Euer Gnaden wissen vielleicht nicht, wie hart das Leben der Armen ist, und ein Mann kann keine Frau brauchen, die nicht für ihn zu arbeiten vermag.«

Ein Lächeln, so zart, wie es die hageren Züge des Bischofs nur aufbringen konnten, glitt rasch über sein Gesicht.

»Wie kommt es, meine Tochter, daß du so klar und wohlgesetzt zu sprechen weißt?« fragte er.

»Mein Onkel Domingo Perez hat mich schreiben und lesen gelehrt. Er hat sich große Mühe mit mir gegeben. Er ist zu mir wie ein Vater gewesen.«

»Ich habe ihn einmal gekannt.«

Catalina wußte wohl, daß ihr Onkel keinen guten Ruf genoß, und schon fürchtete sie, seine Erwähnung könnte ihr in den Augen des heiligen Mannes nur wenig nützen. Ein Schweigen folgte, und sekundenlang dachte sie, nun sei der Empfang beendet.

»Und jetzt erzähle mir mit deinen eigenen Worten die Geschichte, die du deiner Mutter erzählt hast«, sagte er und richtete seine Blicke forschend auf sie.

Sie zauderte, und er entsann sich, daß der Beichtvater ihr verboten hatte, davon zu sprechen. Er erklärte ihr mit tiefem Ernst, daß er die Befugnis habe, sich über das Verbot des Beichtvaters hinwegzusetzen.

Und nun wiederholte sie mit größter Genauigkeit, was sie ihrer Mutter erzählt hatte. Sie berichtete ihm, wie sie auf den Stufen gesessen sei und geweint habe, weil jedermann in der Stadt glücklich war und sie allein elend, und wie eine Frau aus der Kirche getreten sei und zu ihr gesprochen habe, und wie sie gesagt habe, daß der Bischof die Macht besitze, ihr Leiden zu heilen, und wie es ihr dann aufgegangen sei, daß sie mit der Heiligen Jungfrau selbst gesprochen habe.

Sie endete, und abermals folgte ein langes Schweigen. Der Bischof war erschüttert, doch gleichzeitig quälte ihn die Unentschlossenheit. Das Mädchen war keine Betrügerin; dessen war er gewiß, denn ihre Unschuld, ihre Aufrichtigkeit waren unverkennbar; es konnte kein Traum gewesen sein, denn sie hatte die Glocken läuten, die Trommeln schlagen, die Trompeten dröhnen gehört, als er und sein Bruder in die Stadt eingezogen waren, und zu diesem Zeitpunkt war sie gerade im Gespräch mit der Frau, in der sie nicht mehr vermuten konnte, als der Augenschein bezeugte. Und wie sollte Satan die Macht haben, diese Gestalt anzunehmen, wenn das Mädchen ihr armes kleines Herz der Mutter ausschüttete und ihre Hilfe in diesem Jammer erflehte? Sie war ein frommes Geschöpf, und von Anmaßung konnte keine Rede sein. Auch anderer Menschen Gebete waren erhört worden, auch andere Menschen hatten überirdische Gnaden empfangen oder Heilung ihrer Leiden gefunden. Wenn er sich aus Angst weigerte, zu tun, was ihm anscheinend aufgetragen worden war – beging er damit nicht eine schwere Unterlassungssünde?

»Ein Zeichen!« flüsterte er. »Ein Zeichen!«

Er ging einen oder zwei Schritte vorwärts, bis er an den Altar kam, über dem in langem Mantel aus blauem Samt mit Goldstickerei verziert, die goldene Krone auf dem Haupt, das Standbild der Mutter Gottes sich erhob. Er kniete nieder und betete. Er flehte um ihre Führung. Er betete leidenschaftlich, aber sein Herz war trocken, und er fühlte, daß nächtiges Dunkel seine Seele umhüllte. Endlich erhob er sich mit einem traurigen Seufzer und stand da, die Arme flehend ausgestreckt, den verzweifelten Blick auf die milden Augen der Jungfrau geheftet. Plötzlich schrie Catalina leise auf. Die beiden Fratres hatten sich wohl außer Sehweite zurückgezogen, aber wenn sie auch nicht hören konnten, was gesprochen wurde, vernahmen sie doch den Schrei. Sie stürzten eiligst hinzu wie Kaninchen in ihren Bau, doch was sie sahen, hemmte ihren Schritt. Sie brachten keinen Laut hervor. Sie standen mit offenem Mund, als wären sie, wie Lots Frau, in Salzsäulen verwandelt worden. Don Blasco de Valero, Bischof von Segovia, hob sich langsam in die Luft, so langsam, wie Öl über eine leicht geneigte Platte gleitet, hob sich mit kaum merklicher Bewegung, wie das Wasser der Flut in einer Flußmündung steigt. Der Bischof hob sich, bis sein Gesicht in gleicher Höhe mit dem Gesicht des Standbildes oberhalb des Altars war, schwebte in der Luft, allen sichtbar, wie ein Falke auf seinen weitgespreizten Schwingen. Einer der Brüder fürchtete, der Bischof könnte herabfallen, und wollte einen Schritt vorwärts machen, aber der andere, Frater Antonio, hielt ihn zurück; und der Bischof glitt sachte, so daß man die Bewegung kaum merkte, hinab, bis seine Füße wieder den Marmorboden vor dem Altar berührten. Seine Arme sanken zu beiden Seiten seines Körpers, und er wandte sich um. Die beiden Fratres eilten auf ihn zu, knieten vor ihm nieder und küßten den Saum seines Gewandes. Er schien sich ihrer Anwesenheit gar nicht bewußt zu sein. Er ging die drei Stufen hinunter, die vom Altar abwärts führten, und wie in einem Rausch wandelte er aus der Kapelle. Die beiden Fratres hielten sich in seiner Nähe, für den Fall, daß er taumeln sollte. Catalina war vergessen. Sie traten aus der Kirche. Der Bischof blieb auf der obersten Stufe stehn, jener Stufe, auf der Catalina gesessen hatte, als die Heilige Jungfrau ihr erschienen war, und betrachtete die kleine Plaza, die im Licht der Augustsonne flimmerte. Der wolkenlose Himmel war so blau, so hell nach der weihrauchgeschwängerten Dämmerung der Kirche, daß sein Anblick blenden mußte. Die weißen Häuser, deren Läden zum Schutz gegen die Hitze geschlossen waren, schienen in ihrem eigenen diamantgleichen Glanz zu funkeln. Der Bischof erschauerte, obgleich der Tag glühend heiß war. Er kam zur Besinnung.

»Laßt das Mädchen wissen, daß sie von mir hören wird.«

Er stieg die Stufen hinunter, und die Fratres folgten ihm in ehrerbietiger Entfernung. Er ging über die Plaza, den Kopf gesenkt, und sie wagten nicht, ihn anzureden. Als sie in das Dominikanerkloster kamen, blieb er stehen und wandte sich zu ihnen.

»Bei Strafe der Exkommunikation dürft ihr kein Wort von dem sagen, was ihr heute gesehen habt!«

»Es war ein Wunder, Señor«, sagte Frater Antonio. »Ist es recht und billig, daß ein solches Zeichen göttlicher Gnade vor unseren Brüdern geheimgehalten werden soll?«

»Als du dein Gelübde abgelegt hast, mußtest du auch Gehorsam schwören.«

Frater Antonio war des Bischofs Schüler gewesen, als Blasco de Valero in Alcalá Theologie unterrichtet hatte, und, vom Bischof beeinflußt, war er in den Dominikanerorden eingetreten. Er war von raschem, gewecktem Geist, und als Frater Blasco zum Inquisitor von Valencia ernannt wurde, nahm er diesen Schüler als Sekretär mit. Blasco de Valero war dankbar für die Hingabe des jungen Mönchs, und obgleich er häufig versuchte, ihm diese schrankenlose Verehrung auszureden, schien jedes Wort, das er sagte, dieses Gefühl nur zu steigern. Frater Antonio war so fromm und so sehr auf Erfüllung seiner religiösen Pflichten bedacht, wie der Bischof es nur wünschen konnte, ganz ohne Makel in seinem Leben und sehr eifrig im Dienste der Kirche, aber er litt an einem Übel, das Juvenal cacoethes scribendi* genannt hat; nicht zufrieden damit, dem Inquisitor als Sekretär zu dienen, bei seiner großen Korrespondenz zu helfen, die mannigfachen Berichte, Dokumente, Entscheidungen niederzuschreiben, die zu den Geschäften des Sanctum Officium gehörten, verbrachte er jeden freien Augenblick damit, selber zu schreiben; und der Inquisitor entdeckte, wie er ja alles entdeckte, was ihn oder sein Amt betraf, daß Frater Antonio über jedes Wort genau Buch führte, das sein Vorgesetzter sprach, über jede Handlung und über die vielfältigen Ereignisse in dessen Laufbahn. Der Bischof war sich in Demut bewußt, daß der Sekretär diese Verehrung übertrieb, und in seiner Selbstprüfung fragte er sich oft, ob er diesem Werk nicht ein Ende machen sollte, denn es konnte ihm ja nicht verborgen bleiben, zu welchem Zweck der Frater seine Chronik niederschrieb. Der junge Mensch hatte sich in den töricht-klugen Kopf gesetzt, daß er, Frater Blasco de Valero, aus jenem Stoff war, daraus man Heilige macht, und daß ein Dokument wie dieses für die Kurie von Wert sein würde, wenn nach dem Tode des Bischofs der Prozeß seiner Seligsprechung eingeleitet werden sollte. Obgleich der Inquisitor sich seiner Unwürdigkeit wohl bewußt war, konnte er doch nicht umhin, einen frommen Schauer zu spüren, wenn er daran dachte, daß für ihn eine, wenn auch ferne Möglichkeit vorhanden war, unter die Heiligen der Kirche aufgenommen zu werden. Für diese Anmaßung geißelte er sich, bis das Blut floß, aber er brachte es dennoch nicht über sich, den guten, harmlosen, jungen Mann von seiner Tätigkeit abzuhalten, die an sich doch gewiß ungefährlich war. Und wer weiß? Vielleicht befähigte die einfache Frömmigkeit des Schreibens ihn dazu, ein Werk hervorzubringen, das – so gering auch der behandelte Gegenstand sein mochte – zur Erbauung der Frommen zu dienen imstande war.

Und jetzt, mit tiefem Blick in das Herz des Bruders,

* cacoethes scribendi: Schreibsucht

wußte Bischof Blasco ganz genau, daß wohl kein Wort von dem Vorfall in der Karmeliterinnenkirche über die Lippen Antonios kommen, daß aber eine ausführliche Darstellung in seinem Buche Platz finden werde. Das Wunder des Schwebens, das der Bischof an sich erfahren hatte, war ihm aus den Lebensbeschreibungen verschiedener Heiligen bekannt, und in ganz Spanien wußte man, daß in den letzten Jahren dieses Zeichen göttlicher Gunst dem Peter von Alcantara, der Mutter Teresa de Jesù und mehr als einer Nonne des Ordens der Unbeschuhten Karmeliterinnen vergönnt gewesen war. Der Bischof konnte nicht erwarten, daß Antonio einen so außerordentlichen Vorfall in seinem Buch mit Schweigen übergehn werde, er hatte ja vielleicht nicht einmal das Recht dazu. Und so trat Blasco de Valero ohne ein weiteres Wort in das Kloster und ging in seine Zelle.

13

Doch er hatte nicht daran gedacht, Catalina die Zunge zu binden, und kaum hatten die drei Mönche die Kirche verlassen, als sie auch schon nach Hause eilte, so rasch es ihre Lähmung erlaubte. Domingo war ausgegangen, er hatte in einem Vorort zu tun, und ihre Mutter war allein. Ihr berichtete Catalina jetzt mit Worten tiefster Ehrfurcht das Wunder, dessen Zeugin sie gewesen war, und kaum hatte sie geendet, so begann sie von neuem.

Maria Perez besaß einiges von dem Gefühl für dramatische Wirkung, das ihrem stückeschreibenden Bruder offenbar versagt war, und so hielt sie ihre Ungeduld im Zaum, was sie gar nicht leicht ankam, und wartete bis zur Stunde der Erholung im Kloster, da die meisten Nonnen, wie sie wohl wußte, versammelt waren und mit den Damen, die im Kloster wohnten, sowie mit den Besuchern aus der Stadt plauderten; auf diese Art konnte sie den erstaunlichen Vorfall zur größtmöglichen Wirkung bringen. Tatsächlich fand sie ein großes Publikum, als sie ihre Geschichte erzählte, und das Aufsehen, das sie belohnte, war nicht gering. Die Vertreterin der Äbtissin war so tief beeindruckt, daß sie keinen Augenblick verstreichen lassen wollte; sogleich sollte Doña Beatriz das Ereignis erfahren. Nur wenig später wurde Maria Perez zur Äbtissin geführt und mußte ihre Geschichte wiederholen. Die Äbtissin lauschte mit einer Genugtuung, die sie durchaus nicht zu verhehlen bemüht war.

»Jetzt kann es kein Zaudern mehr geben«, sagte sie. »Das wird nicht nur den Ruhm dieses Klosters, sondern auch des ganzen Ordens Unserer Lieben Frau vom Karmel erhöhen.«

Sie entließ die beiden Frauen und griff zu dem Federkiel, um dem Bischof einen Brief zu schreiben, darin sie ihm berichtete, daß sie von dem Wunder gehört habe, das ihm heute morgen widerfahren sei. Keiner weiteren Probe bedürfe es, um zu beweisen, daß das Mädchen Catalina Perez wahr gesprochen habe, und ihr Erlebnis nicht den Machenschaften des Bösen, sondern der Barmherzigkeit Unserer Lieben Frau zuzuschreiben sei. Sie beschwor ihn, Zweifel und Ungewißheit fahren zu lassen, denn nichts konnte gewisser sein, als daß es seiner christlichen Pflicht entspreche, die Sendung zu erfüllen, die ihm auferlegt sei. Es war ein guter Brief, kurz gefaßt, aber wohlgesetzt, respektvoll, aber fest, und sie bat mit tiefer Demut, er möge doch geruhen, das Wunder in jener Kirche zu vollbringen, darin sich ihm die göttliche Gnade offenbart hatte, und die sich sichtlich der besonderen Huld der Heiligen Jungfrau erfreue. Diesen Brief sandte sie mit einem Boten.

Zwei der Herren, die im Besuchsraum waren, als Maria Perez dort ihre Geschichte erzählte, waren so tief beeindruckt, daß sie unverzüglich in das Dominikanerkloster gingen, um die Wahrheit zu erforschen. Die Brüder wußten natürlich von nichts, doch als sie die Darstellung hörten, waren sie nichts weniger als überrascht. Es war ihnen wohlbekannt, daß der Bischof ein Mann von großer Heiligkeit war, und nichts konnte wahrscheinlicher sein, als daß Gott ihn so sichtbar mit seiner Gnade ausgezeichnet hatte. Unterdessen war eine der Damen, die im Kloster wohnten, zu Freunden in die Stadt geeilt, um auch ihnen von dem wunderbaren Ereignis zu berichten, und zwei Stunden später wußte es schon ganz Castel Rodriguez. Immer zahlreicher erschienen die Herren im Dominikanerkloster, um ihre Erkundigungen sozusagen an der Quelle einzuziehen. Die Mönche lebten in einem Rausch religiöser Begeisterung. Zuletzt mußte Antonio zum Bischof gehen und ihm melden, daß der Vorfall nunmehr allgemein bekannt war, obgleich weder er noch der andere Sekretär ein Wort davon gesprochen hatten. Der Brief der Äbtissin lag offen auf dem Tisch. Der Bischof wies mit der Hand auf das Blatt.

»Diese unglückseligen Weiber können ihre Zungen nicht im Zaum halten«, sagte er. »Es bedeutet für mich eine schwere Demütigung, daß die Sache bekannt geworden ist.«

»Unsere Brüder in diesem Kloster hoffen, daß Eure Gnaden sich jetzt bereit finden werden, das unglückliche Mädchen von ihrer Lähmung zu heilen.«

Es wurde an die Türe geklopft. Antonio öffnete. Ein Mönch erschien mit der Frage, ob der Prior den Bischof aufsuchen dürfe.

»Er möge kommen.«

Antonio war bei dieser Unterredung anwesend und zeichnete sie mit aller Umständlichkeit auf. Zum Schluß gab der Bischof zu, er habe die Überzeugung gewonnen, es sei Gottes Wille, daß er tun solle, was die Heilige Jungfrau von ihm verlange. Er stellte immerhin einige Bedingungen, die der Prior, sehr gegen seinen Willen, zugestehen mußte. Des Priors Wunsch war eine Zeremonie, bei der alle Brüder versammelt wären, ferner auch die Würdenträger der Stadt, und zwar die weltlichen wie die kirchlichen; doch davon wollte der Bischof nichts wissen. Er bestand auf strengster Geheimhaltung. Er sei bereit, am folgenden Tage in die Karmeliterinnenkirche zu gehen und dort die Messe zu lesen. Die Türen müßten aber verschlossen bleiben, und kein Mensch dürfe Einlaß finden. Er würde nur von seinen Sekretären begleitet sein. Der Prior war nicht wenig erbost über diese – wie er es nannte – Mißachtung seiner Würde. Der Bischof entsandte Antonio, um Doña Beatriz von seinem Entschluß zu benachrichtigen. Er erteilte ihr die Erlaubnis, die Nonnen mitzubringen, nicht aber die Damen, die im Kloster wohnten. Catalina möge sich bereit halten, nach der Messe die Kommunion zu empfangen. Und er bat die Äbtissin, in der kommenden Nacht mit ihren Nonnen für ihn zu beten.

Eine Stunde später kam eine Nonne in größter Erregung zu Maria Perez und verlangte Catalina zu sprechen, der sie eine sehr wichtige Mitteilung zu machen habe. Als Catalina das Zimmer betrat, legte die Nonne den Finger an die Lippen, um ihr klar zu machen, daß unverbrüchliches Schweigen notwendig sei.

»Es ist ein tiefes Geheimnis«, sagte sie. »Du darfst es keinem Menschen verraten. Seine Gnaden wird dich heilen, und morgen sollst du auf deinen beiden Füßen laufen können wie irgendein anderer Christenmensch.«

Catalina verschlug es den Atem, und ihr Herz schlug in heftigen Stößen.

»Morgen?«

»Du sollst die Kommunion empfangen, und so darfst du von Mitternacht an nichts mehr zu dir nehmen. Das weißt du wohl!«

»Ja, das weiß ich, aber ich esse niemals etwas nach Mitternacht.«

»Und du mußt dich in den Stand der Gnade versetzen. Nachdem du die Kommunion empfangen hast, wird er an dir tun, wie unser Herr an dem Aussätzigen getan hat.«

»Und meine Mutter? Und Onkel Domingo? Dürfen sie auch mitkommen?«

»Darüber ist nicht gesprochen worden. Bestimmt dürfen sie kommen. Es wird deinen armen Onkel vielleicht von seinem bösen Weg abbringen.«

Domingo kehrte erst spät abends nach Hause zurück, doch kaum war er da, als Catalina ihm bereits, zitternd vor Erregung, die erstaunliche Nachricht brachte. Er sah sie ganz bestürzt an.

»Freust du dich denn nicht, Onkel?« rief sie.

Er sagte kein Wort. Er ging im Zimmer auf und ab. Catalina vermochte sein seltsames Benehmen nicht zu begreifen.

»Was hast du denn, Onkel? Bist du denn nicht froh darüber? Ich meinte, du müßtest ebenso glücklich sein wie ich. Willst du denn nicht, daß ich geheilt werde?«

Er zuckte gereizt die Achseln und setzte seinen Gang fort. Er war nie völlig sicher gewesen, daß die Erscheinung nicht am Ende doch nur das Werk von Catalinas verwirrtem Geist war, und er fürchtete die Folgen für sie, wenn das Eingreifen des Bischofs sich als ergebnislos erweisen sollte. Dann würde die Inquisition gewiß finden, die Sache bedürfe näherer Aufklärung. Das bedeutete den Ruin. Plötzlich blieb er stehen und sah Catalina an. Er blickte ihr mit einer Strenge in die Augen, die ihr an ihm bisher unbekannt gewesen war.

»Sag mir genau, was die Heilige Jungfrau zu dir gesprochen hat.«

Sie wiederholte ihre Geschichte.

»Und dann sagte sie: ›Jener Sohn des Don Juan de Valero, der Gott am besten gedient hat, besitzt die Macht, dich zu heilen.‹«

Domingo unterbrach sie rauh.

»Das klingt doch ganz anders, als das, was du deiner Mutter erzählt hast! Ihr hast du gesagt, daß Blasco de Valero die Macht besitze, dich zu heilen!«

»Ist das nicht dasselbe? Der Bischof ist ein heiliger Mann; das weiß alle Welt. Welcher von den Söhnen Don Juans hat Gott so gut gedient?«

»Du Närrin!« schrie er. »Du kleine Närrin!«

»Du selber bist ein Narr«, erwiderte sie hitzig. »Du hast nie glauben wollen, daß die Heilige Jungfrau mir erschienen ist und zu mir gesprochen hat und dann mit einem Mal verschwunden war. Du hast es für einen Traum gehalten. Laß dir jetzt von mir erzählen, was geschehen ist.«

Und sie berichtete ihm, wie der Bischof sich vom Fußboden erhoben hatte, um in der Luft zu schweben und nachher wieder auf die Marmorplatten herabzusinken.

»Das war kein Traum. Die beiden Mönche, die mit ihm waren, haben es mit eigenen Augen gesehen.«

»Es sind schon merkwürdigere Dinge geschehen«, murrte er.

»Und dennoch willst du nicht glauben, daß die Heilige Jungfrau mir erschienen ist?«

Er sah sie aus zwinkernden Augen an.

»Doch. Ich habe es vorher nicht geglaubt, aber jetzt glaube ich es. Nicht um dessentwillen, was du heute früh gesehen hast, aber wegen der Worte, die die Heilige Jungfrau zu dir gesprochen hat. In ihnen liegt eine Bedeutung, die mich vollständig überzeugt.«

Catalina war verwirrt. Sie konnte nicht verstehen, was an diesem unerheblichen Unterschied zwischen den beiden Versionen so befremdend sein sollte. Er tätschelte ihr freundlich die Wange.

»Ich bin ein großer Sünder, mein armes Kind, und meine Lage ist deshalb so verzweifelt, weil es mir nie gelungen ist, meine Sünden zu bereuen. Ich habe ein leichtfertiges, unwürdiges Leben geführt, aber ich habe viele Bücher gelesen, alte und neue, und so habe ich manche Dinge gelernt, die ich, meines Seelenheils wegen, lieber nicht wissen sollte. Sei nur frischen Mutes, mein Liebling, vielleicht wird alles gut ausgehen.«

Er griff nach seinem Hut.

»Wohin gehst du, Onkel?«

»Ich hatte heute einen sehr arbeitsreichen Tag, und ich brauche eine kleine Erholung. Ich gehe in die Schenke.«

Darin sprach er nicht die Wahrheit, denn statt in die Schenke zu gehen, begab er sich unverzüglich in das Dominikanerkloster. Wohl war es noch hell, aber die Stunde war vorgerückt, und der Pförtner wollte ihn nicht einlassen. Domingo beharrte darauf, er müsse den Bischof in einer Sache von größter Bedeutung sprechen, aber der Pförtner, der sich nur durch die Luke in der Türe mit ihm unterhielt, weigerte sich, auch nur die Türe aufzuschließen. Domingo sagte ihm, er sei der Onkel von Catalina Perez, und bat ihn, doch wenigstens einen der Sekretäre des Bischofs zu rufen. Auch dazu hatte der Pförtner keine Lust, doch Domingo drängte so sehr, daß er schließlich nachgab. Wenige Minuten später erschien Bruder Antonio an der Türe. Domingo flehte ihn an, ihm eine Audienz beim Bischof zu erwirken; er habe ihm eine dringende Mitteilung zu machen, die für den Bischof von lebenswichtiger Bedeutung sei. Der Mönch wußte sichtlich, mit wem er es zu tun hatte, und antwortete sehr kühl. Er sagte, es sei unmöglich, Seine Bischöflichen

Gnaden zu behelligen, denn der fromme Mann verbringe die Nacht im Gebet und habe befohlen, ihn unter keiner Bedingung zu stören.

»Wenn Ihr mir nicht ermöglicht, ihn zu sprechen, so werdet Ihr die Verantwortung für ein schreckliches Unglück zu tragen haben.«

»Trunkenbold«, sagte Antonio verächtlich.

»Ja, ich bin ein Trunkenbold, aber derzeit bin ich vollkommen nüchtern. Ihr werdet es bitter bereuen, wenn Ihr mich jetzt nicht einlaßt.«

»Welche Botschaft soll ich ihm bestellen?«

Domingo zauderte. Er war mit seiner Weisheit am Ende.

»Sagt ihm, daß bei der Liebe, die Domingo Perez für ihn empfindet, er ihm folgende Botschaft sendet: Der Stein, den die Bauleute verworfen haben, ist zum Eckstein geworden.«

»*Hijo de puta!*« schrie der Mönch Antonio, denn ihn widerte es an, daß dieser nichtswürdige Lump die Schrift zitierte.

Er warf die Klappe der Luke zu. Domingo wandte sich ab. Er war in düsterer Stimmung. Die Gewohnheit lenkte seine Schritte zur Schenke, und er trat ein. Er war umgänglich und hatte wohl nicht gerade viele Freunde, aber zahlreiche Zechkumpane. Er betrank sich, und als er betrunken war, ging ihm die Zunge durch. Er hörte sich gern sprechen, und bei dieser Gelegenheit wie bei so vielen anderen machte es ihm keine Schwierigkeit, Zuhörer zu finden.

Am nächsten Morgen, als – wie Domingo es poetisch ausgedrückt hätte – Aurora sich mit den rosigen Fingern den Schlaf aus den Augen rieb und Phoebus die schnellen

Sonnenrosse vor den güldenen Wagen spannte, oder, in weniger schwungvollen Worten, der Tag anbrach, schlüpften drei Dominikanermönche, die Kapuzen über die geschorenen Köpfe gezogen, teils um unkenntlich zu bleiben, teils auch, um sich gegen die schädlichen Dünste der schwindenden Nacht zu schützen, aus der Klostertüre. Doch trotz der frühen Stunde hatten die Stadtleute gewittert, daß irgend etwas im Gange war, und schon sammelte sich eine Gruppe vor dem Kloster. In der hohen Gestalt zwischen den beiden andern Mönchen erkannte man sogleich den Bischof. Die drei Mönche gingen, in respektvoller Entfernung gefolgt von den Neugierigen, rasch auf das Kloster der Karmeliterinnen zu. Hier warteten noch zahlreiche Gruppen. Einer der Brüder klopfte an das Tor. Es wurde gerade so weit aufgetan, daß die drei, einer nach dem andern, hindurchschlüpfen konnten, und sogleich wieder geschlossen. Als die Neugierigen einzutreten versuchten, fanden sie das Tor verriegelt, und ihr Klopfen verhallte vergebens.

Catalina wartete in der Kapelle der Madonna. Maria Perez und Domingo hatten sie begleitet, man hatte ihnen aber den Einlaß verweigert. Doña Beatriz empfing den Bischof an der Kirchentüre mit ihren Nonnen, insgesamt zwanzig, denn dies war die Zahl, die der Herzog von Castel Rodriguez als Höchstmaß festgelegt hatte. Der Bischof wurde mit seinen zwei Begleitern in die Sakristei geführt, und sie legten dort die Meßgewänder an. Langsam schritten sie in die Kapelle. Die Nonnen lagen auf den Knien. Catalina kniete, auf ihre Krücke gestützt, am Fuß der Altarstufen. Der Bischof las die Messe. Die Nonnen gaben ehrfurchtsvoll die Antworten. Der Bischof reichte Catalina die Hostie. Nach dem Segen und der Verlesung des Schlußevangeliums kniete er an dem Altar und betete still. Dann erhob er sich und schritt, die großen Augen mit tragischem Ausdruck auf Catalina geheftet, die Stufen hinunter. Er legte seine magere, braune Hand auf ihren Kopf.

»Ich, das unwürdigste Werkzeug des Höchsten, gebiete dir im Namen des Vaters und des Sohnes und des Heiligen Geistes, deine Krücke von dir zu werfen und zu wandeln!«

Er hatte zitternd und so leise begonnen, daß die Nonnen es kaum hören konnten, doch die letzten Worte sprach er laut, klar und gebieterisch. Catalina, die Züge blaß vor Erregung, die Augen leuchtend, stand auf, warf die Krücke von sich, machte einen Schritt vorwärts und brach mit einem Schrei auf dem Fußboden zusammen. Das Wunder war ausgeblieben.

Sogleich erhob sich unter den Nonnen ein gewaltiger Tumult. Die einen kreischten laut, zwei wurden ohnmächtig. Die Äbtissin trat hinzu. Sie warf einen Blick auf Catalina, und dann sah sie den Bischof an. Eine ganze Weile sahen sie einander in die Augen. Die Nonnen hinter ihnen schluchzten. Dann schritt der Bischof aus der Kapelle, die beiden Mönche hinter ihm, und kehrte in die Sakristei zurück. Er sagte kein Wort. Als sie ihre Gewänder abgelegt und sich wieder in ihre Kutten gehüllt hatten, gingen sie erneut in die Kirche. Die Pförtnerin stand bereit, um die Türe zu öffnen. Der Bischof, die Kapuze über den Kopf gezogen, trat in den hellen Sonnenschein des Sommermorgens hinaus.

Die Nachricht, daß er zu dieser Stunde ein Wunder tun sollte, hatte sich verbreitet, und alle Fenster der Plaza waren voll von Zuschauern. Sie standen dicht gedrängt auf den Stufen der Kirche, und auch auf dem Platz wimmelte es von ihnen. Sekundenlang empfand der Bischof diese Menschenmenge als bedrückend, aber nur sekundenlang; dann zog er die Kutte eng um den Leib und richtete sich auf. Kaum war er erschienen, da ging schon ein Raunen der Bestürzung durch das Gedränge; denn irgendwie, auf seltsame Art, wußten alle sogleich – obschon sie nicht zu sagen vermocht hätten, wie es geschah –, daß das Wunder ausgeblieben war. Man trat zur Seite, und der Bischof mit seinen zwei Begleitern ging die Stufen hinunter. Die Leute auf der Plaza drängten einander zurück, als er über den schmalen Weg schritt, den man ihm eingeräumt hatte, das Gesicht verborgen, die hohe Gestalt in die schwarzweiße Kutte seines Ordens gehüllt. Ein tiefes entsetztes Schweigen lag über der Menge. Man hätte meinen können, allen diesen Menschen drohe eine furchtbare und unvermeidliche Katastrophe.

15

Die Brüder des Dominikanerklosters waren verärgert gewesen, weil der Bischof ihnen nicht erlaubt hatte, der Zeremonie beizuwohnen, und als er nun mit seinen beiden Begleitern zurückkehrte, standen sie in Gruppen herum, um ihn zu sehen. Die Nachricht war bereits zu ihnen gedrungen. Er ging zwischen ihnen hindurch, als wären sie nicht vorhanden.

Als sie gehört hatten, daß sie solch einen vornehmen Gast bei sich beherbergen sollten, hatten sie eine Zelle mit allem Luxus ausgestattet, der ihnen seinem Rang zu entsprechen schien. Doch er hatte sogleich alles entfernen lassen, was seine strenge Einfachheit verletzte. Er zwang sie, die weiche Matratze des Bettes gegen eine Strohmatratze zu vertauschen, nicht stärker als eine Decke, und die beiden Lehnstühle, die man in den Betraum gestellt hatte, ließ er durch zwei dreibeinige Schemel ersetzen. Sie hatten einen schönen Tisch für ihn vorbereitet, daran er schreiben sollte, aber er verlangte statt dessen einen Tisch aus rohem Holz. Er wollte nichts haben, was den Sinnen schmeichelte, und ließ auch die Bilder entfernen, mit denen man die Wände geschmückt hatte. Jetzt waren sie völlig nackt, bis auf ein einfaches schwarzes Kreuz, ohne die Gestalt des Erlösers, und das aus dem Grunde, weil er sich auf diese Art selbst an das Kreuz geschlagen fühlen und in seinem Leib die Qualen nachempfinden konnte, die der Heiland um der Menschheit willen auf sich genommen hatte.

Als der Bischof seine Zelle betreten hatte, sank er auf den harten Holzschemel nieder und starrte auf den Steinboden. Langsam, schmerzlich tropften die Tränen über seine eingesunkenen Wangen. Frater Antonios Herz war voll Mitleid erfüllt, als er seinen Lehrer in einem Zustand erblicken mußte, der tiefer Verzweiflung glich. Er flüsterte seinem Gefährten einige Worte zu, der augenblicklich verschwand und wenige Minuten später mit einer Schale Suppe wiederkam. Antonio reichte sie dem Bischof.

»Señor, hier ist eine Kleinigkeit für Euch.«

Der Bischof wandte den Kopf ab.

»Ich könnte nichts essen.«

»O Herr, seit gestern morgen ist keine Speise mehr über Eure Lippen gekommen. Ich flehe Euch an, doch ein wenig zu Euch zu nehmen.«

Er kniete nieder, füllte einen Löffel mit dampfender Suppe und hielt ihn an die Lippen des Bischofs.

»Du bist sehr gut zu mir, mein Sohn«, sagte der Bischof. »Ich bin die Sorge nicht wert, die du mir zuwendest.«

Um nicht unfreundlich zu scheinen, schluckte er die Suppe, und dann fütterte der Mönch den gebrochenen Mann, als wäre er ein krankes Kind. Der Bischof war sich der tiefen Neigung seines treuen Schülers voll bewußt und hatte ihn mehr als einmal vor den Gefahren solch übertriebener Gefühle gewarnt, denn ein Geistlicher sollte sich immer hüten, für irgendeinen Menschen zu tief zu empfinden, da dies nur seine restlose Hingabe an Gott schmälern konnte, der allein das Ziel aller Liebe war; und was die Menschenwesen betraf, ob Laien oder Geistliche, sollte er sie mit Wohlwollen anblicken, denn sie waren nun einmal Gottes Geschöpfe, doch auch, da sie vergänglich waren, mit einer Gleichgültigkeit, die es unwichtig erscheinen ließ, ob sie anwesend waren oder nicht. Neigung aber läßt sich schwer beherrschen, und so sehr er es auch versuchte, war Antonio nicht imstande, die Liebe, die ekstatische Verehrung zu zerstören, die sein armes Herz erfüllte.

Nachdem der Bischof gegessen hatte, stellte Antonio die Schale beiseite, und, noch immer kniend, wagte er die Hand seines Lehrers zu ergreifen.

»Nehmt es nicht so schwer, Señor. Das Mädchen ist von bösen Geistern betrogen worden.«

»Nein, die Schuld ist an mir. Ich bat um ein Zeichen, und das Zeichen wurde mir gegeben. In meiner eitlen Anmaßung hielt ich mich nicht für unwert, zu tun, was nur den Heiligen vorbehalten ist, die Gott erwählt hat. Ich bin ein Sünder, und ich habe die gerechte Strafe für meine Hoffart erhalten.«

Der Bischof war so gebrochen, daß der Frater zu ihm zu sprechen wagte, wie er das sonst nie getan hätte.

»Wir alle sind Sünder, Señor; aber ich habe den Vorzug genossen, viele Jahre in Eurer Nähe leben zu dürfen, und niemand kennt besser als ich Eure nie versagende Güte zu allen Menschen, Eure unablässige Mildtätigkeit und Euer liebevolles Herz.«

»Es ist deine eigene Güte, die da spricht, mein Sohn. Es ist die Neigung, die du für mich empfindest und vor der ich dich so oft gewarnt habe, weil ich sie so wenig verdiene.«

Antonio betrachtete mitleidvoll des Bischofs schmerzverzerrte Züge. Noch immer hielt er die kalte, entfleischte Hand fest.

»Würde es Euren Geist nicht zerstreuen, wenn ich Euch ein wenig vorlese, Señor?« fragte er nach einer Pause. »Ich habe kürzlich etwas geschrieben, worüber ich gern Eure Ansicht hören wollte.«

Der Bischof wußte, wie bitter es den armen Frater schmerzte, daß dieses Wunder, das er mit solch felsenfester Sicherheit erwartet hatte, nicht geschehen war, und er war gerührt, zu sehen, wie der gute einfache Mensch seine eigene furchtbare Enttäuschung meisterte, nur um ihm zu dienen und ihn zu trösten. Er hatte bisher nie eingewilligt, ein Wort aus dem Buch zu hören, das sein Sekretär mit solchem Eifer schrieb, jetzt aber hatte er nicht das Herz, ihm eine so sehnlichst erwünschte Freude zu versagen.

»Lies nur, mein Sohn. Ich werde dir gern zuhören.«

Der Frater, die Wangen gerötet vor Vergnügen, raffte sich auf und zog aus den zahlreichen Akten, mit denen er von Amts wegen zu tun hatte, einige Manuskriptseiten hervor. Er setzte sich auf einen Schemel. Der andere Sekretär hockte, da kein anderer Platz für ihn da war, auf dem Boden nieder. Antonio begann zu lesen.

Er war ein gelehrter Mann, der einen eleganten Stil schrieb, und kein Kunstgriff der Rhetorik war ihm fremd. Seine Schreibweise war reich an Gleichnissen und Metaphern, Metonymien, Synekdochen und Katachresen[*], und kein Hauptwort blieb ohne die Eskorte von

---

[*] Metonymie: übertragener Gebrauch eines Wortes (z.B. Stahl für Dolch); Synekdoche: Ersetzen eines Begriffs durch einen engeren oder weiteren Begriff (z.B. Kiel für Schiff); Katachrese: Vermengung von nicht zusammengehörenden Metaphern (z.B. Das schlägt dem Faß die Krone ins Gesicht).

zwei handfesten Adjektiven. Bilder entblühten seinem Geiste im Überfluß und so üppig wie Pilze nach dem Regen, und da er belesen in den heiligen Schriften, in den Werken der Kirchenväter und der lateinischen Moralisten war, fehlte es ihm nie an versteckten Anspielungen. Er verstand sich auf den Satzbau, einfach, zusammengesetzt, verschnörkelt, wußte nicht bloß Perioden mit raffiniert gegliederten Nebensätzen zu konstruieren, sondern sie mit triumphierender Steigerung zu einem Abschluß zu bringen, der einen Knalleffekt hatte, wie wenn einem die Türe vor der Nase zugeschlagen wird. Diese Schreibweise, der ein sinnreicher Kritiker den Namen Mandarinenstil gegeben hat, wird sehr von jenen bewundert, die sie verschwenden, hat aber den nicht eben schwerwiegenden Nachteil, daß sie auf ziemlich umständliche Art darstellt, was auch kurz gesagt werden kann; und jedenfalls steht sie im Widerspruch zu dem einfachen, ungeschliffenen Stil, mit dem diese Darstellung sich begnügt. Und so, statt den vergeblichen Versuch zu wagen, die Beredsamkeit des guten Mönchs wiederzugeben, hielt der Verfasser dieser Geschichte es für richtiger, das Wesentliche auf seine eigene, aber simple Art zu schildern.

Frater Antonio hatte nicht ohne Taktgefühl die Darstellung jenes großen Autodafés gewählt, das die Krönung der Laufbahn Frater Blascos innerhalb des Sanctum Officium bedeutete, und das, wie bereits erwähnt, dem Thronfolger, dem jetzigen Philipp III., so viel Genugtuung bereitet hatte und, nach entsprechendem zeitlichen Abstand, der Anlaß zur Erhebung des frommen Inquisitors auf den Bischofssitz von Segovia gewesen war.

Die eindrucksvolle Zeremonie war angetan, die Ehrfurcht vor der Inquisitionsbehörde zu steigern und das Volk zu erbauen. Sie fand an einem Sonntag statt, so daß keiner einen Vorwand hatte, ihr nicht beizuwohnen, denn dies war eine fromme Pflicht; und um eine möglichst große Zuschauerschaft zu sichern, war allen, die kamen, für vierzig Tage ein Erlaß aller Sünden gewährt worden. Drei Estraden waren auf der großen Plaza der Stadt errichtet worden, eine für die Büßenden mit ihren geistlichen Beiständen, eine für die Inquisitoren, die Beamten des Sanctum Officium und die Geistlichkeit, und eine dritte für die Zivilbehörden und die Würdenträger der Stadt. Die Festlichkeit hatte aber bereits den Abend zuvor mit der Prozession des grünen Kreuzes begonnen. Zuerst, mit einer Standarte aus rotem Damast, bestickt mit dem königlichen Wappen kam eine Schar von Edelleuten, dann die religiösen Orden mit dem weißen Kreuz; das Kreuz des Kirchspiels trugen die Weltgeistlichen. Und am Ende des Zuges schritt der Prior der Dominikaner mit dem grünen Kreuz, begleitet von den fackeltragenden Brüdern. Unterwegs sangen sie das Miserere. Das grüne Kreuz wurde oberhalb der Estrade aufgepflanzt, die den Inquisitoren vorbehalten war, und die ganze Nacht hielten die Dominikaner dabei Wache. Das weiße Kreuz wurde dorthin gebracht, wo die Exekutionen stattfanden, und es wurde von den Soldaten der Zarza bewacht, einer Schar, deren Pflicht es war, auf dem *quemadero* Wache zu halten, dem Platz, auf dem der Scheiterhaufen errichtet wurde, und sie hatten auch dafür zu sorgen, daß hinreichend Holz vorhanden war.

Zu den Amtspflichten der Inquisitoren gehörte es auch, in der Nacht die zum Tode Veurteilten zu besuchen, ihnen das Verdammungsurteil bekanntzugeben und zwei Fratres zu bezeichnen, die den Schuldigen auf das Erscheinen vor Gottes Richterstuhl vorzubereiten hatten. Diesmal aber war Frater Baltasar, der jüngere Inquisitor, an Koliken erkrankt, und um am nächsten Tag soweit hergestellt zu sein, daß er an den Feierlichkeiten teilnehmen könnte, bat er Frater Blasco, ihn von dem Besuch bei den Verurteilten zu entbinden.

Bei Morgengrauen wurde im Gerichtssaal des Sanctum Officium und am Altar des grünen Kreuzes die Messe zelebriert. Die Gefangenen erhielten ihr Frühstück und ebenso die Fratres, die bei den zum Tode Verurteilten gewacht hatten. Dann wurden die Verurteilten nach dem Grad der Schwere ihres Verbrechens gegen den Glauben geordnet und mit *sambenitos* bekleidet. Die *sambenitos* waren gelbe Kittel, auf einer Seite mit Flammen bemalt, wenn der Scheiterhaufen die Träger erwartete, und auf der anderen Seite mit ihrem Namen, Wohnort und Verbrechen beschrieben. Sie mußten grüne Kreuze tragen, und in der Hand hielten sie gelbe Kerzen.

Ein zweiter Zug reihte sich an. Die Soldaten der Zarza marschierten voran, gefolgt von einem Mönch, der ein schwarzverhülltes Kreuz trug, und einem Meßgehilfen, der von Zeit zu Zeit eine Glocke läutete. Dann kamen die reuigen Sünder, einer nach dem andern, von den Inquisitoren und Beamten begleitet, dann die Bilder oder die Schreine mit den Knochen jener, deren Flucht oder Tod das Sanctum Officium seiner rechtmäßigen Beute beraubt hatte. Dann jene, die sterben sollten, mit den Fratres, die bei ihnen gewacht hatten. Ihnen folgten Beamte hoch zu Roß, Mönche paarweise in langem Zug, die städtischen Behörden und die kirchlichen Würdenträger ihrem Range nach. Ein hochgestellter Edelmann trug ein Kästchen aus rotem Samt mit goldenen Fransen, das die Urteilssprüche der armen Sünder barg. Dann kam die Fahne der Inquisition, von dem Prior der Dominikaner getragen, dem seine Mönche folgten, und das Ende des Zuges bildeten die Inquisitoren.

Es war ein schöner, sonniger Tag, einer jener Tage, die die Herzen von jung und alt erheben, so daß alle fühlen, wie schön es ist, auf der Welt zu sein.

Langsam bewegte sich die Prozession durch die gewundenen Gassen, bis sie die Plaza erreichte. Hier ging es lebhaft zu. Das Volk war von den fruchtbaren Haciendas zusammengeströmt, die rings um die Stadt lagen, von den Reisfeldern und Olivenhainen; andere kamen gar von Alicante und dessen Weinbergen her und von Elche und dessen Dattelpalmen. In den Fenstern der Häuser drängte sich der hohe und niedere Adel, und der Prinz mit seinem Gefolge beobachtete das Schauspiel von einem Balkon des Rathauses.

Die Schuldigen saßen auf der Estrade, die für sie aufgerichtet worden war, in der Reihenfolge, in der sie marschiert waren, die weniger schweren Verbrecher auf den unteren Bänken, die schwersten Verbrecher auf den höchsten Bänken. Auf der Richterestrade standen zwei Pulte, und von dem einen wurde eine Predigt gehalten. Dann verlas ein Sekretär mit weithin hallender Stimme, allen vernehmlich, den Eid, der die Anwesenden verpflichtete, dem Sanctum Officium gehorsam zu sein und Ketzer und Ketzereien zu verfolgen. Und jedermann sagte Amen. Dann betraten zwei Inquisitoren den Balkon, auf dem der Prinz saß, und ließen ihn auf Kreuz und Evangelium schwören, dem katholischen Glauben und der Inquisition gehorsam zu sein, Ketzer und Abtrünnige zu verfolgen und der Inquisition zu helfen und beizustehen, auf daß sie die Ungläubigen, welchen Ranges und Namens sie auch seien, ergreifen und bestrafen könne.

»Das beschwöre ich und gelobe ich bei meinem Glauben und meinem königlichen Wort«, erwiderte feierlich der Prinz.

Zwischen den beiden Pulten war eine Bank, zu der die Sünder, einer nach dem andern, gebracht wurden. Mit Ausnahme jener, die zum Flammentode verurteilt waren, hörten sie hier zum erstenmal ihren Richterspruch, und da manche dabei ohnmächtig wurden, hatte die Inquisition in ihrer Barmherzigkeit an der Bank ein Geländer anbringen lassen, für den Fall, daß sie zusammenbrechen und sich verletzen sollten. Bei dieser Gelegenheit sank ein von der Folter geschwächter Mann um und starb auf der Stelle. Das letzte Urteil war verlesen worden, und die Sünder wurden dem Arm der weltlichen Gerechtigkeit überliefert. Das Sanctum Officium sprach kein Urteil aus, das mit Blutvergießen verbunden gewesen wäre, und ging sogar so weit, den Zivilbehörden zu empfehlen, das Leben des Verbrechers zu schonen. Immerhin wurden die Behörden durch das kanonische Gesetz aufgefordert, die ihnen von der Inquisition bezeichneten Verbrecher unverzüglich zu bestrafen, und den Frommen, die Holz zum Scheiterhaufen trugen, wurde ein Ablaß ihrer Sünden gewährt.

Damit war das Werk der Inquisitoren beendet, und sie zogen sich zurück. Nun marschierten die Soldaten der Zarza auf den Platz und feuerten ihre Musketen ab. Dann umringten sie die Gefangenen und brachten sie an den Ort der Exekution, um sie vor der Wut des Volkes zu schützen, das sie, in seinem Haß gegen die Ketzerei, mißhandelt und am Ende gar erschlagen hätte. Die Fratres erwarteten sie und bemühten sich noch einmal, sie zur

Reue und Bekehrung zu veranlassen. Unter den Sündern waren vier maurische Frauen, deren Schönheit allgemeine Bewunderung erregte, ein verstockter holländischer Kaufmann, den man dabei erwischt hatte, wie er eine Übersetzung des Neuen Testamentes in Spanien einschmuggeln wollte, ein Maure, der überführt war, ein Huhn dadurch getötet zu haben, daß er ihm den Kopf abgeschnitten hatte, ein der Bigamie Schuldiger, ein Kaufmann, der einen Flüchtling vor der Inquisition versteckt hatte, und ein Grieche, der schuldig befunden war, Meinungen zu vertreten, die von der Kirche verworfen wurden. Ein Alguacil und ein Sekretär traten mit den Zivilbehörden hinzu, um darauf zu achten, daß die Urteilssprüche auch richtig vollzogen wurden. An jenem Tage war Frater Antonio der Sekretär, so daß er Gelegenheit hatte, einen vollständigen Bericht über die Ereignisse dieses Autodafés abzufassen.

Der *quemadero* war außerhalb der Stadt. An dem Scheiterhaufen waren auch Halseisen angebracht, so daß jene, die das Verlangen ausgesprochen hatten, im christlichen Glauben zu sterben, selbst solche, die das erst im letzten Augenblick erklärten, vom Feuertode verschont blieben und durch die barmherzigere Hinrichtungsart der Erdrosselung sterben durften. Die Menge drängte sich hinter Soldaten und Verbrechern, und viele waren vorausgelaufen und füllten den freien Raum, wo der letzte Akt der Prozedur stattfinden sollte, um einen besseren Ausblick zu haben. Es war viel Volk zusammengeströmt. Das war nur natürlich, denn es bot sich ein sehenswertes Schauspiel, eine des königlichen Gastes würdige Festlichkeit; und der Zuschauer hatte überdies die Genugtuung, zu wissen, daß er eine fromme Tat und einen Dienst an Gott vollbrachte. Jene, die erdrosselt werden sollten, wurden erdrosselt, und dann züngelten die Flammen hoch auf, und die Lebenden und die Toten wurden zu Asche verbrannt, auf daß ihr Gedächtnis erloschen sei für alle Zeiten. Das Volk brüllte und klatschte, während die Flammen prasselten, so daß das Geschrei der Opfer fast vollständig übertönt wurde, und da und dort erhob eine Frau mit schriller Stimme einen Lobgesang auf die Heilige Jungfrau oder den gekreuzigten Christus. Der Abend sank herab, und die Leute strömten, müde vom langen Stehen und von der Aufregung, in die Stadt zurück, das Herz erfüllt von dem Bewußtsein, daß sie einen glücklichen Tag erlebt hatten. Sie verzogen sich in die Schenken. Die Bordelle machten glänzende Geschäfte, und mancher Mann stellte in jener Nacht die Wirksamkeit von Frater Blascos Kuttenfetzen auf die Probe, den er um den Hals gebunden trug.

Auch Antonio war müde, aber es war seine erste Pflicht, den beiden Inquisitoren Bericht zu erstatten, und dann widerstand er seiner Erschöpfung, die ihn ins Bett locken wollte, und setzte sich als gewissenhafter Mann hin und schrieb einen ausführlichen Bericht über alle Ereignisse des Tages, denn jetzt waren die Einzelheiten noch frisch in seinem Gedächtnis. Er schrieb schnell und mit einer Beredsamkeit, die vom Himmel selbst eingegeben zu sein schien, und wenn er überlas, was er geschrieben hatte, fand er kein Wort, das einer Änderung bedürftig gewesen wäre. Dann endlich, glücklich im Bewußtsein, seine Pflicht erfüllt und sein kleines Scherflein zu dem frommen Werk beigetragen zu haben, ging er zu Bett und schlief den unschuldigen Schlaf eines Kindes.

All dies las er jetzt, mit dramatischer Betonung der bedeutsamsten Episoden, laut und tönend dem unglücklichen Bischof vor. Er las, die Augen fest auf die Schrift geheftet. Er fühlte sich eigentümlich erhoben. So wurde Gott gedient, und so wurde die Reinheit des katholischen Glaubens bewahrt. Er endete. Ja, er war der großen Zeremonie gerecht geworden. Er selbst war ganz ergriffen von der Lebendigkeit seiner Schilderung und von der kunstvollen Art, mit der er seine Darstellung, er wußte selbst nicht wie, zu einem eindrucksvollen Höhepunkt geführt hatte. Er sah auf. Wie so mancher Autor, der sein Werk dem Urteil eines Hörers unterwirft, wäre auch er erfreut gewesen, wenn ein Wort des Lobes ihn belohnt hätte. Doch dies war nur ein rasch verfliegender Wunsch; sein Hauptziel war gewesen, die düstere Stimmung seines verehrten und heißgeliebten Vorgesetzten zu zerstören, indem er ihn an das glorreichste Ereignis seiner Laufbahn gemahnte. Mochte er auch ein Heiliger sein, so mußte er doch einen gewissen Stolz empfinden, wenn vor seinen geistigen Augen jener Tag wiedererschien, da er das Werkzeug gewesen war, um eine so große Zahl verfluchter Ketzer der ewigen Verdammnis zu überliefern, und er auf diese Art Gott gedient hatte, indem er sein Gewissen entlastete und dem Volk ein erbauliches Schauspiel bot. Frater Antonio war überrascht, mehr als überrascht, bestürzt, zu sehen, daß über die hageren Wangen des Bischofs die Tränen rollten, und daß seine Hände krampfhaft verschränkt waren, um das Schluchzen zu meistern, das seine Brust zerriß.

Antonio warf sein Manuskript beiseite, sprang auf und stürzte sich vor seines Meisters Füße.

»Señor, was ist geschehen?« rief er. »Was habe ich getan? Ich habe doch nur gelesen, um Euch von Euren trüben Gedanken abzulenken!«

Der Bischof schob ihn von sich, stand auf und reckte die Arme flehend zu dem schwarzen Kreuz an der Wand empor.

»Der Grieche!« stöhnte er. »Der Grieche!«

Und dann konnte er sich nicht länger beherrschen und brach in ein leidenschaftliches Weinen aus. Die beiden Brüder starrten ihn entsetzt an. Nie zuvor hatten sie den strengen Mann als Beute seiner Gefühle gesehen. Ungeduldig wischte der Bischof die Tränen mit der Handfläche aus den Augen.

»Ich verdiene Tadel«, ächzte er, »schweren Tadel! Ich habe eine furchtbare Sünde begangen, und meine einzige Hoffnung ist, daß die unendliche Gnade Gottes mir Vergebung gewähren wird.«

»Um des Himmels willen, Señor, erklärt Euch! Ich bin ganz verwirrt. Ich bin wie ein Seemann im Sturm, wenn die Masten seiner Barke gebrochen sind und er sein Steuer verloren hat.« Die Worte seines Manuskriptes noch immer in den Ohren, sprach Antonio auch jetzt, wider Willen, in erhabenem Stil. »Der Grieche? Warum spricht Euer Gnaden von dem Griechen? Er war ein Ketzer und erlitt seine gerechte Strafe für sein Verbrechen.«

»Du weißt nicht, wovon du redest. Du weißt nicht, daß mein Verbrechen größer ist als seines. Ich flehte um ein Zeichen, und das Zeichen wurde mir gegeben. Ich hielt es für ein Zeichen von Gottes Huld; jetzt aber weiß ich, daß es ein Zeichen von Gottes Zorn war. Es ist gerecht, daß ich vor den Augen der Menschen gedemütigt werde, denn ich bin nur ein kläglicher Sünder.«

Er wandte sich seinen Gefährten nicht zu. Er sprach nicht zu ihnen, sondern zu dem Kreuz, an dem er sich so oft in Gedanken selbst gesehen hatte, Nägel durch Hände und Füße getrieben.

»Er war ein guter alter Mann und trotz seiner Armut mildtätig gegen die Bedürftigen, und in den vielen Jahren, da ich ihn gekannt hatte, kam nie ein böses Wort über seine Lippen. Mit Liebe und Güte betrachtete er alle Menschen. Er besaß den wahren Adel der Seele.«

»Viele Menschen, die im öffentlichen wie im privaten Leben tugendhaft waren, sind mit Recht von der Inquisition verurteilt worden; denn moralische Rechtschaffenheit ist ohne Gewicht gegen die Todsünde der Ketzerei.«

Der Bischof drehte sich um und sah Antonio an. In seinen Augen war ein düsteres Feuer.

»Und der Lohn der Sünde ist der Tod«, flüsterte er.

Der Grieche, von dem sie sprachen, Demetrios Christopoulos, war aus Zypern gebürtig, ein Mann von einigem Vermögen, was ihm erlaubt hatte, sich dem Studium zu widmen. Als die Türken unter Selim II. die Insel besetzten, eroberten sie Nikosia, die Hauptstadt, und zwanzigtausend Einwohner fanden dabei den Tod durch das Schwert. Famagusta, wo Demetrios Christopoulos wohnte, wurde belagert und mußte sich nach einem Jahr erbitterten Widerstandes ergeben. Das ereignete sich im Jahre 1571. Er floh aus der zerstörten Stadt und hielt sich im Gebirge verborgen, bis es ihm möglich war, auf einem Fischerboot zu entkommen und nach manchen Abenteuern in Italien zu landen. Er war mittellos, fand aber nach einiger Zeit Beschäftigung als Lehrer der griechischen Sprache und als Deuter der alten Philosophen. Und auf diese Art konnte er sein Leben fristen. Dann, in einer unseligen Stunde zog er die Aufmerksamkeit eines spanischen Adligen auf sich, der der Botschaft in Rom zugeteilt war und sich während seines Aufenthaltes in Italien dem in Mode gekommenen Kult der platonischen Lehre ergeben hatte. Der Edelmann nahm ihn in seinen Palast auf, und sie lasen miteinander die unsterblichen Dialoge des Philosophen. Nach etlichen Jahren wurde der Edelmann nach Spanien zurückberufen, und er überredete den Griechen, ihn zu begleiten. Sein Gönner war zum Vizekönig von Valencia ernannt worden und starb schließlich auch in dieser Stadt. Der Grieche, damals schon bejahrt, verließ den Palast und fand im Hause einer Witwe eine bescheidene Unterkunft. Er hatte durch seine Gelehrsamkeit einen gewissen Ruf erworben und verdiente einen kümmerlichen Lebensunterhalt dadurch, daß er denjenigen Leuten griechischen Unterricht gab, die eine Kenntnis dieser edlen Sprache erlangen wollten.

Frater Blasco de Valero hatte von ihm gehört, als er noch an der Universität von Alcalá de Henares Theologie lehrte; und nach seiner Berufung zum Amt des Inquisitors in Valencia zog er Erkundigungen über den Griechen ein, der ihm als Mann von gutem Ruf und tugendhaftem Lebenswandel geschildert wurde. Da ließ er ihn zu sich kommen. Er fand Gefallen an den freundlichen Umgangsformen und dem bescheidenen Wesen des alten Mannes und fragte ihn, ob er ihn die Sprache lehren wolle, darin das Neue Testament geschrieben ist, damit er die heiligen Worte mit noch größerer Hingabe lesen konnte. Neun Jahre lang, wann immer es ihm seine mannigfaltigen Pflichten erlaubten, arbeitete der Inquisitor mit dem Griechen. Frater Blasco war ein fleißiger, fähiger Schüler, und nach einigen Monaten überredete ihn der Grieche, der mit Leidenschaft der großen alten Literatur seines Landes ergeben war, sich auch mit dem Studium der klassischen Autoren zu befassen. Er selbst war ein glühender Platoniker, und bald darauf lasen sie miteinander die Dialoge. Dann gingen sie zu Aristoteles über. Der Frater weigerte sich, die Ilias zu lesen, die er brutal fand, oder die Odyssee, die er als leichtfertig ansah, doch an den Werken der Dramatiker fand er viel zu bewundern. Am Ende aber kehrten sie immer wieder zu den Dialogen zurück.

Der Inquisitor war ein Mann von empfänglichem Geist, und ihn entzückte die Anmut, Frömmigkeit und Tiefe Platos. In diesen Schriften gab es vieles, was ein Christ billigen konnte. Sie boten den beiden Männern reichlich Anlaß, mancherlei ernste Gegenstände zu erörtern. Es war eine neue Welt, in die Frater Blasco eintrat, und bei der Lektüre dieser großen Werke fühlte er eine eigentümliche Erhebung und überdies eine segensreiche Erholung nach den Mühen des Tages. In ihrem langen, fruchtbaren Verkehr hatte er eine ausgesprochene Neigung für den weltabgewandten Griechen gewonnen, und alles, was er von ihm, von seinem einfachen, würdigen Lebenswandel, seiner Güte, seiner Mildtätigkeit hörte, war nur dazu angetan, die Bewunderung des Inquisitors für diesen reinen Charakter zu steigern.

So war es ein furchtbarer Schlag für ihn, als ein Holländer, ein Lutheraner, von den Dienern der Inquisition festgenommen, weil er Übersetzungen des Neuen Testaments nach Spanien gebracht hatte, auf der Folter gestand, er habe ein Exemplar dem Griechen gegeben. Im Verhör, das durch ein schärferes Anziehen der Streckfolter unterstützt wurde, erklärte er, sie hätten sich sehr oft über religiöse Dinge unterhalten und seien in vielen Punkten einer Meinung gewesen. Das genügte, um der Inquisition Veranlassung zu genaueren Nachforschungen zu geben. Wie gewöhnlich vollzog sich das im geheimen, aber mit großer Gründlichkeit. Der Grieche durfte nicht ahnen, daß er verdächtigt wurde. Als Frater Blasco die endgültigen Berichte las, war er entsetzt. Es war ihm nie in den Sinn gekommen, daß dieser Grieche, der so gütig, so demütig war, in den langen Jahren seines Aufenthaltes in Italien und Spanien weder seinen schismatischen Meinungen abgeschworen noch den katholischen Glauben Roms angenommen haben sollte. Zeugen wurden vorgeladen, die unter Eid versicherten, sie hätten ihn verdammenswerte ketzerische Äußerungen von sich geben gehört. Er leugnete den Ausgang des Heiligen Geistes von dem Sohne, er verwarf die Oberhoheit des Papstes, und wenn er auch die Jungfrau verehrte, so glaubte er doch nicht an die unbefleckte Empfängnis. Die Frau in dem Hause, darin er wohnte, hatte ihn äußern gehört, der Sündenablaß sei wertlos, und ein anderer Zeuge sagte aus, daß der Grieche die römische Lehre vom Fegefeuer nicht anerkenne.

Frater Blascos Kollege beim Sanctum Officium, Don Baltasar de Carmona, war Doktor der Rechte und ein strenger Moralist. Er war ein ausgedörrter kleiner Mann mit langer, scharfer Nase, schmalen Lippen und winzigen, ruhelosen Augen. Er litt an irgendeiner Darmkrankheit, die seinen Charakter ungünstig beeinflußte. Seine Stellung verlieh ihm unermeßliche Machtbefugnisse, und er übte sie mit wilder Freude. Als diese belastenden Tatsachen vorlagen, bestand er auf der Festnahme des Griechen. Frater Blasco tat, was er konnte, um ihn zu retten. Er brachte vor, als Schismatiker sei der Grieche kein Häretiker und falle daher nicht unter die Gerichtsbarkeit der Inquisition; doch da war nicht nur die beweiskräftige Aussage des gefolterten Lutheraners, auch ein französischer Calvinist, den er beschuldigt hatte, erklärte, er habe von dem Griechen Reden gehört, die nach Protestantismus rochen, und daraufhin fühlte Frater Blasco sich gezwungen, seine beschworene Pflicht zu tun, was es ihn auch kosten mochte. Die Schergen der Inquisition drangen in die Wohnung des Mannes ein und schleppten ihn in den Kerker. Er wurde verhört und gab die Beschuldigungen ohne weiteres zu. Man bot ihm die Möglichkeit an, dem falschen Glauben abzuschwören und sich zum Katholizismus zu bekehren, doch, zu Frater Blascos größtem Kummer, weigerte er sich, das zu tun. Die Schuld war groß, aber der Beweis des Protestantismus war nicht schlüssig, und um dem Griechen Gelegenheit zur Sühne seiner Schuld zu geben, drängte Frater Blasco seinen Kollegen, der für ein rasches Urteil eintrat, man möge den Mann, um seine Bekehrung herbeizuführen und dadurch seine Seele zu retten, vorher auf die Folter spannen.

Wenn es zum peinlichen Verhör kam, waren beide Inquisitoren gesetzmäßig verpflichtet, anwesend zu sein, ferner war noch die Gegenwart eines Vertreters des Bischofs und eines Notars erforderlich, der ein Protokoll über den Vorgang aufnahm. Es war ein Schauspiel, das Frater Blasco jedesmal mit solchem Grauen erfüllte, daß er nachher nächtelang von furchtbaren Träumen gequält wurde.

Der Grieche wurde in die Folterkammer geschleppt, entkleidet und an den Schragen gebunden. Sein schwacher alter Körper war völlig entfleischt. Er wurde feierlich aufgefordert, um Gottes Liebe willen die Wahrheit zu sagen, denn die Inquisitoren wünschten nicht, ihn leiden zu sehen. Er schwieg. Seine Knöchel wurden zu beiden Seiten des Gestells gefesselt, Stricke wurden um seine Arme, seine Schenkel und Waden gezogen, und die Enden dieser Stricke wurden an einer Garotte angebracht, einem Stück Holz, mittels dessen sie stärker angezogen werden konnten. Der Folterknecht gab der Garotte eine scharfe Drehung, und der Grieche schrie auf, eine zweite, und Haut und Muskel wurden bis auf die Knochen durchschnitten. In Anbetracht des hohen Alters des Griechen hatte Frater Blasco durchgesetzt, daß nur vier Drehungen der Garotte angewendet werden sollten, denn obgleich sechs oder sieben das Höchstmaß waren, überschritt man gewöhnlich selbst bei kräftigen Männern kaum je die Zahl von fünf Drehungen. Der Grieche flehte, man möge ihn doch sogleich töten und von seinen Qualen erlösen. Frater Blasco mußte wohl von Amts wegen anwesend sein, aber er war nicht gezwungen, die Folter mitanzusehen, er starrte auf die Steinfliesen; aber das Schmerzgeschrei dröhnte in seinen Ohren und riß an seinen Nerven. Das war die Stimme, mit der sein Freund jene gewaltigen edlen Verse des Sophokles rezitiert; das war die Stimme, mit der er, von kaum beherrschter Rührung gepackt, die letzten Worte des Sokrates gelesen. Vor jeder Drehung der Garotte wurde der Grieche ermahnt, die Wahrheit zu sprechen, aber er biß die Zähne zusammen und schwieg. Als er losgebunden worden war, vermochte er sich nicht aufrecht zu halten und mußte in den Kerker zurückgetragen werden.

Obgleich er nichts zugegeben hatte, wurde er doch auf Grund dessen verurteilt, was in seinen vorausgegangenen Geständnissen enthalten war. Frater Blasco versuchte, sein Leben zu retten, doch Don Baltasar, der Rechtsgelehrte, behauptete, er sei eben so schuldig wie die andern Lutheraner, die man auf den Holzstoß geschickt hatte. Der bischöfliche Vertreter und die andern Beamten, die man zu Rate zog, stimmten mit ihm überein. Da das Autodafè erst in einigen Wochen stattfinden sollte, hatte Frater Blasco Zeit, dem Großinquisitor zu schreiben und ihm den Fall vorzulegen. Der Großinquisitor antwortete, er habe keinen Grund, die Entscheidung des Gerichtes anzugreifen. Mehr vermochte Frater Blasco nicht zu tun, aber noch immer hallten die Schreie des alten Mannes in seinen Ohren, und er litt unablässig. Er schickte geistliche Berater zu ihm, die ihn bekehren sollten, denn wenn auch nichts sein Leben retten konnte, so würde seine Reue es ermöglichen, daß man ihn erdrosselte und ihm so das Grauen des Feuertodes erspart. Doch der Grieche war halsstarrig. Trotz der Folter und der langen Kerkerhaft blieb sein Geist klar und durchdringend. Auf die Argumente der Geistlichen antwortete er mit Argumenten, die so stichhaltig waren, daß die Mönche ihn im Zorn verließen.

Schließlich brach der Morgen des Autodafés an. Bisher waren Feierlichkeiten dieser Art Frater Blasco nicht persönlich nahegegangen, denn die rückfälligen Marranen, die Morisken, die an ihren teuflischen Praktiken festhielten, die Protestanten, sie alle waren Verbrecher vor Gott und den Menschen, und um der Sicherheit von Kirche und Staat willen war es durchaus in Ordnung, daß sie leiden mußten. Doch niemand wußte besser als er, wie gütig, wie hilfreich zu den Bedürftigen der Grieche gewesen war. Ungeachtet der Autorität seines Kollegen, eines grausamen Mannes mit trockenem, kaltem Herzen, bezweifelte Blasco die Gesetzlichkeit der furchtbaren Strafe. Es war zu einem scharfen Wortwechsel gekommen, und Don Baltasar hatte ihn beschuldigt, den Verbrecher zu begünstigen, weil er in freundschaftlichen Beziehungen zu ihm stand. In seinem Herzen wußte Frater Blasco sehr wohl, daß eine Spur von Wahrheit an diesem Vorwurf war; hätte er den Griechen nicht selbst gekannt, so hätte er den Schuldspruch ohne Widerrede gelten lassen. Er konnte nun nicht mehr das Leben des Griechen retten, aber er konnte vielleicht seine Seele vor der Hölle bewahren. Jene Fratres, die er ausgeschickt hatte, um den Griechen von seinen Irrtümern abzubringen, waren diesem gelehrten Manne nicht gewachsen. Frater Blasco beschloß, einen noch nie dagewesenen Schritt zu unternehmen. Eine Stunde vor Morgengrauen ging er in den Kerker der Inquisition und ließ sich in die Zelle des Griechen führen. Zwei Mönche hatten seine letzte Nacht auf Erden bei ihm verbracht. Frater Blasco schickte sie weg.

»Er hat sich geweigert, auf unsere Ermahnungen zu hören«, berichtete der eine, bevor er ging.

Ein Lächeln erschien auf den Lippen des Griechen, nachdem sie die Zelle verlassen hatten.

»Eure Fratres sind ohne Zweifel würdige Männer, Señor«, sagte er, »aber mit ihrer Intelligenz ist es nicht weit her.«

Er war sehr ruhig, und trotz Alter und Hinfälligkeit hatte er doch seine Würde bewahrt.

»Ihr werdet mir vergeben, wenn ich auf meinem Lager liegen bleibe. Aber die Folter hat mich sehr geschwächt, und ich möchte meine ganze Kraft für die Zeremonien dieses Tages aufsparen.«

»Wir wollen unsere Zeit nicht mit eitlen Reden verlieren. In wenigen Stunden müßt Ihr ein furchtbares Schicksal erleiden. Gott weiß, daß ich mit Freuden zehn Jahre meines Lebens gegeben hätte, um Euch davor zu retten. Die Beweise waren überzeugend, und ich wäre meinem Eid untreu gewesen, wenn ich in meiner Pflicht gewankt hätte.«

»Ich bin der letzte, der wünschen würde, daß Ihr dergleichen getan hättet.«

»Euer Leben ist verwirkt, und ich kann es nicht retten. Wenn Ihr aber abschwört und Euch bekehrt, so kann ich Euch doch zum mindesten das schreckliche Ende auf dem Holzstoß ersparen. Ich habe Euch geliebt, Demetrios. Ich kann Euch meine große Schuld nur bezahlen, indem ich Eure unsterbliche Seele rette. Diese Mönche sind unwissende, engstirnige Menschen. Ich bin gekommen, um einen letzten, verzweifelten Versuch zu unternehmen, Euch aus dem Irrtum zu erlösen.«

»Ihr vergeudet nur Eure Zeit, Señor. Wir würden sie besser verwenden, wenn wir miteinander, wie wir es so oft getan haben, von dem Tode des Sokrates sprächen. Man wollte mir nicht erlauben, Bücher in meinem Kerker zu haben, aber mein Gedächtnis ist gut, und ich fand Tröstung darin, daß ich mir jene Worte wiederholte, in denen er auf so edle Art von der Seele sprach.«

»Ich befehle Euch nicht, Demetrios, ich flehe Euch an, auf mich zu hören!«

»Diese letzte Höflichkeit bin ich Euch wohl schuldig.«
Mit ernsten Worten, mit Gelehrsamkeit und Klugheit setzte der Inquisitor Punkt für Punkt die Argumente auseinander, die von der Kirche ersonnen wurden, um ihre Behauptungen zu bekräftigen und die Irrmeinungen von Ketzern und Schismatikern zu widerlegen. Er war an Beweisführungen dieser Art gewöhnt, und er drückte sich geschickt und mit eindrucksvoller Überzeugungskraft aus.
»Ich würde geringe Achtung verdienen, wenn ich aus Furcht vor einem qualvollen Tod tun wollte, als nähme ich Glaubenssätze an, die ich für irrig halte«, sagte der Grieche, nachdem der Inquisitor geendet hatte.
»Ich verlange nicht, daß Ihr das tut. Ich fordere Euch auf, von ganzem Herzen die Wahrheit zu glauben.«
»Was ist die Wahrheit, fragte Pontius Pilatus. Ein Mensch kann seinen Glauben ebenso wenig bezwingen, wie er das Meer besänftigen kann, wenn stürmische Winde es aufwühlen. Ich danke Euch für Eure Güte, und, glaubt mir, ich trage es Euch nicht nach, daß dieses Unglück mich ereilt hat. Ihr habt nach Eurem Gewissen gehandelt, und mehr vermag kein Mensch zu tun. Ich bin ein alter Mann, und ob ich heute sterbe oder in einem oder zwei Jahren, ist nicht sehr erheblich. Nur eine Bitte möchte ich noch an Euch richten. Wollet nicht, weil ich sterben muß, Eure Studien der erhabenen Literatur der alten Griechen vernachlässigen. Ihr könnt dadurch Euren Geist erweitern und Eure Seele adeln.«
»Fürchtet Ihr nicht die gerechte Strafe Gottes für Eure grenzenlose Verstocktheit?«
»Gott hat viele Namen und zahllose Eigenschaften. Die Menschen haben ihn Jehova, Zeus, Brahma genannt. Was hat es zu bedeuten, welchen Namen ihr ihm gebt? Doch unter seinen zahllosen Eigenschaften ist die hervorragendste, wie schon Sokrates, trotz seines Heidentums aussprach, seine Gerechtigkeit. Er muß wissen, daß der Mensch nicht glaubt, was er will, sondern was er kann, und ich vermag ihm kein so schweres Unrecht zuzufügen, daß ich annehmen sollte, er würde seine Geschöpfe für etwas verdammen, was nicht ihre Schuld ist. Ihr müßt nicht glauben, Euer Gnaden, daß es mir an Achtung man-

gelt, wenn ich Euch jetzt bitte, mich meiner Meditation zu überlassen.«

»So kann ich nicht von Euch scheiden. Ich muß bis zuletzt versuchen, Eure unsterbliche Seele vor den tobenden Flammen der Hölle zu retten. Sagt nur ein einziges Wort, das mich hoffen läßt. Ein einziges Wort, um zu zeigen, daß Ihr nicht unbußfertig seid, damit ich wenigstens Eure irdische Strafe mildern kann!«

Der Grieche lächelte, und es mochte wohl sein, daß sich in sein Lächeln eine leise Ironie mischte.

»Ihr werdet Eure Rolle spielen und ich die meine«, sagte er. »Eure Rolle ist es, zu töten, und meine, ohne Zagen zu sterben.«

Den Inquisitor blendeten die Tränen so sehr, daß er kaum den Weg aus dem Kerker fand.

Viel von diesen Ereignissen erzählte der Bischof jetzt den beiden Fratres, und nun verhüllte er sein Gesicht, als schämte er sich bis zur Unerträglichkeit, in seinem Bericht fortzufahren. Sie hatten ihm mit Schmerzen und doch auch mit verzückter Aufmerksamkeit gelauscht, und Antonio merkte sich in seinem Geiste sorgfältig jede Rede und jede Widerrede, um sie in seinem Buch aufzuzeichnen.

»Dann tat ich etwas Schreckliches. Don Baltasar war krank und zu Bett, und ich wußte, er werde bis zuletzt in seinem Bett bleiben, denn er hatte ja die größte Angst, er könnte zu krank sein, um dem Autodafè beizuwohnen. Er war ein ehrgeiziger Mann und wollte sich dem Prinzen bemerkbar machen. Ich war frei, nach eigener Initiative zu handeln. Ich vermochte den Gedanken nicht zu ertragen, daß der arme alte Mann von den grausamen Flammen verzehrt werden sollte. Noch hallten seine Schreie, als er gefoltert worden war, mir in den Ohren. Ich meinte, ich müsse sie wohl mein ganzes Leben lang hören. Ich sagte jenen, die es anging, ich hätte selbst mit ihm gesprochen, und er habe so weit widerrufen, daß er bereit sei, den Ausgang des Heiligen Geistes von dem Sohne anzuerkennen. Ich gab den Befehl, ihn vor der Verbrennung zu erdrosseln, und ich sandte überdies dem Henker Geld, damit er sein Werk rasch vollbringe.«

Hierzu muß wohl vermerkt werden, daß der Henker

durch Anziehen und Lockern des Eisenrings um den Hals des Opfers dessen Todeskampf um Stunden verlängern konnte und darum bestochen werden mußte, wenn man dem Verurteilten einen raschen Tod beschaffen wollte.

»Ich wußte, daß es eine Sünde war. Ich war in tiefer Verzweiflung. Ich wußte kaum, was ich tat. Es war eine Sünde, die ich mir mein Leben lang vorwerfen werde. Ich gestand sie meinem Beichtvater und nahm die Buße auf mich, die er mir auferlegte. Ich erhielt Absolution, aber ich kann mich selber nicht ledig sprechen, und die Ereignisse des heutigen Tages sind meine Strafe.«

»Ja aber, Señor, es war doch eine Tat der Barmherzigkeit«, sagte Antonio. »Wenn man so lange unter Eurer Leitung gearbeitet hat wie ich, kennt man auch die Güte Eures Herzens, und wer kann Euch einen Vorwurf daraus machen, daß Ihr Eurer Menschenliebe einmal erlaubt habt, sich über Euren Gerechtigkeitssinn hinwegzusetzen?«

»Es war keine Tat der Barmherzigkeit. Wer weiß, ob der Grieche nicht durch meine Ausführungen in seiner Verstocktheit erschüttert worden war, und wer weiß, ob die Gnade Gottes ihn nicht, wenn die Flammen schon sein nacktes Fleisch umzüngelten, dazu bekehrt hätte, den Irrtümern seines widerspenstigen Geistes abzuschwören? Viele haben in diesem letzten furchtbaren Augenblick, da sie ihrem Schöpfer entgegentreten sollen, auf diese Art ihre Seele gerettet. Diese Möglichkeit habe ich ihm geraubt und ihn dadurch zu den ewigen Qualen verurteilt.«

Ein heiseres Schluchzen entrang sich seiner Kehle, ein Laut, wie der erstickte, geheimnisvolle Schrei eines Nachtvogels im dunklen Schweigen des Waldes.

»Ewige Qualen! Wer vermag sich ihre Pein auszumalen? Die Verdammten winden sich in einem feurigen See, daraus verderbliche Dünste aufsteigen, die sie in ihren Schmerzen einatmen. Ihre Leiber wimmeln von Würmern. Rasender Durst und reißender Hunger martern sie. Das Geschrei, das die lodernden Flammen ihnen entlokken, ist ein Aufruhr, ein Toben, dem verglichen das Rollen des Donners, das Heulen sturmgepeitschten Meeres tödliche Stille sind. Teufel, entsetzlich zu schauen, höhnen sie grinsend, schlagen sie mit unersättlicher Wut, aber die Reue zehrt grausamer an ihnen als alle Martern dieser abscheulichen Unholde. Der Wurm des Gewissens nagt in ihren Eingeweiden. Feuer kreuzigt ihre Seelen, und es ist ein Brand, an dem gemessen das Feuer dieser Welt wie ein gemaltes Feuer ist, denn der Zorn des Herrn ist es, der es durchleuchtet und zu dem furchtbaren Werkzeug seiner Rache macht – in alle Ewigkeit!

Und diese Ewigkeit! Wie furchtbar ist die Ewigkeit! So viele Millionen Jahre ziehen über die Verdammten hin, wie Wassertropfen seit Beginn der Zeiten auf die Erde gefallen sind; so viele Millionen Jahre, wie es Wassertropfen in allen Meeren und Flüssen der Welt gibt; so viele Millionen Jahre, wie es Blätter auf allen Bäumen gibt, und so viele Millionen Jahre, wie es Sandkörner an allen Küsten aller Ozeane gibt. So viele Millionen Jahre wie Tränen von Menschen geweint, seit Gott unsere Urelternerschaffen hat. Und wenn diese unvorstellbare Zahl von Jahren vorüber ist, soll die Qual dieser unseligen Geschöpfe andauern, als hätte sie eben erst begonnen, als sei der erste Tag angebrochen. Und die Ewigkeit verharrt, als wäre keine Sekunde vergangen. Und zu dieser Ewigkeit des Leidens habe ich jenen unglücklichen Mann verdammt. Welche Strafe kann solch furchtbare Missetat sühnen? Oh, wie fürchte ich mich!«

Er war ein gebrochener Mann. Tiefe Seufzer erschütterten seine Brust. Er starrte die beiden Fratres mit Augen an, die schwarz vor Grauen waren, und als sie in diese Augen blickten, war in deren Tiefe eine Rötung, als loderten in weiter Ferne die blutigen Flammen der Hölle.

»Ruft die Brüder zusammen, und ich will ihnen sagen, daß ich gesündigt habe, und ihnen um meiner Seele willen befehlen, mich gemeinschaftlich zu geißeln.«

Das war jene demütigende Strafe, bei der alle Anwesenden die Geißel über dem Schuldigen schwingen. Entsetzt warf Antonio sich auf die Knie und, die Hände wie zum Gebet gefaltet, flehte er seinen Lehrer an, nicht auf einer solch schrecklichen Prüfung zu bestehen.

»Die Brüder lieben Euch nicht, Señor, sie sind erzürnt, weil Ihr ihnen nicht gestattet habt, heute morgen mit uns in die Kirche zu gehn. Sie werden Euch nicht schonen. Mit aller Kraft werden sie die Geißel gebrauchen. Unter ihren Streichen sind schon oft Brüder gestorben.«

»Ich will nicht, daß sie mich schonen. Wenn ich sterbe, so wird der Gerechtigkeit Genüge getan sein. Ich befehle dir bei dem geschworenen Gehorsam zu tun, wie ich dir sagte.«

Der Bruder stand auf.

»Señor, Ihr habt kein Recht, Euch einer so tödlichen Kränkung preiszugeben. Ihr seid der Bischof von Segovia. Ihr werdet die Gesamtheit der Bischöfe Spaniens besudeln. Ihr werdet die Autorität aller untergraben, die von Gott zu Eurem hohen Range bestimmt wurden. Seid Ihr so sicher, daß nicht auch ein Drang zur Prahlerei darin liegt, wenn Ihr Euch dieser Schmach preisgeben wollt?«

Er hatte nie gewagt, zu seinem Vater in Gott in solch heftigen Worten zu sprechen. Der Bischof war tief bestürzt. War in seinem Verlangen, sich in der Öffentlichkeit zu demütigen, tatsächlich ein Schatten von Großtuerei? Lange sah er den Frater an.

»Ich weiß es nicht«, sagte er kläglich. »Ich bin wie ein Mensch, der im Dunkel der Nacht durch eine unbekannte Gegend stolpert. Vielleicht hast du recht. Ich habe nur an mich selbst gedacht. Ich habe nicht daran gedacht, wie es auf andere wirken würde.«

Antonio atmete erleichtert auf.

»Ihr beide werdet mich hier und ohne Zeugen geißeln!«

»Nein, nein, nein, das werde ich nicht. Ich könnte es nicht ertragen, Eurem geheiligten Leibe Gewalt anzutun.«

»Muß ich dich an dein Gelübde mahnen?« fragte ihn der Bischof mit der wiedergewonnenen alten Strenge. »Ist deine Liebe zu mir so gering, daß du zaudern kannst, mir, zum Besten meiner Seele, eine kleine Strafe aufzuerlegen? Hier unter der Bettstatt sind die Geißeln.«

Schweigend, unglücklich zog der Frater sie hervor. Sie waren von Blut befleckt. Der Bischof ließ den oberen Teil seiner Kutte bis zum Gürtel fallen. Dann zog er sein Hemd aus; es war aus Blech und durchlöchert wie ein Reibeisen, so daß es das Fleisch peinigen mußte. Antonio wußte, daß der Bischof zumeist ein härenes Hemd trug, nicht immer, denn dann hätte er sich daran gewöhnt, sondern nur so oft, daß die Schmerzen sich immer erneuten; jetzt hielt er den Atem an, als er das Blechhemd erblickte, aber gleichzeitig war er höchst erbaut. Ja, das war in der Tat ein Heiliger! Dieser Umstand mußte in Antonios Buch entsprechende Erwähnung finden. Des Bischofs Rücken war mit Narben bedeckt von den Kasteiungen, denen er sich mindestens einmal in der Woche unterzog, und es gab auch offene, eiternde Wunden.

Der Bischof schlang die Arme um die schmale Säule, die die beiden Bogen trug, durch die der Raum in zwei Hälften geteilt war, und bot seinen Rücken den Brüdern dar. Jeder der beiden griff schweigend nach seiner Geißel, und abwechselnd peitschten sie das blutende Fleisch. Bei jedem Schlag erzitterte der Bischof, doch kein Stöhnen entrang sich seinen Lippen. Noch war kein Dutzend Streiche gefallen, als er ohnmächtig zu Boden sank. Sie benetzten ihn mit Wasser, aber er kam nicht zum Bewußtsein, und sie begannen schon um ihn zu fürchten. Antonio schickte seinen Kollegen hinaus; ein Laienbruder möge sogleich einen Arzt holen, der Bischof sei krank; gleichzeitig ließ er die andern Brüder bitten, die Zelle keinesfalls zu betreten. Er wusch den zerfleischten Rücken; er tastete angstvoll nach dem flackernden Pulsschlag. Eine Weile lang glaubte er, der Bischof liege im Sterben. Doch schließlich öffnete der heilige Mann die Augen; er vermochte nicht gleich, seine Gedanken zu sammeln. Dann erzwang er ein schwaches Lächeln.

»Armseliges Geschöpf, das ich bin«, sagte er. »Ich habe die Besinnung verloren!«

»Sprecht nicht, Señor. Liegt still.«

Aber der Bischof hob sich auf einen Ellbogen.

»Reich mir mein Hemd!«

Frater Antonio warf einen entsetzten Blick auf das Marterwerkzeug.

»O Herr, Ihr könnt es jetzt nicht anlegen!«

»Reich es mir!«

»Der Doktor kommt gleich. Ihr werdet doch nicht wollen, daß er dieses Gewand der Kasteiung sieht?!«

Der Bischof sank auf das harte Lager zurück.

»Reich mir mein Kreuz«, sagte er.

Endlich erschien der Arzt, verordnete dem Leidenden Bettruhe und sagte, er werde eine Medizin senden. Es war ein Beruhigungsmittel, und bald darauf war der Bischof eingeschlafen.

16

Am nächsten Tag ließ er sich nicht davon abhalten, aufzustehen. Er las seine Messe. Trotz Schwäche und Erschütterung war er ruhig und ging seinen Geschäften nach, als wäre nichts geschehen.

Gegen Abend kam ein Laienbruder und meldete, sein Bruder, Don Manuel, sei im Sprechzimmer und wünsche ihn zu sehen. Der Bischof nahm an, sein Bruder habe von seiner Erkrankung gehört, ließ ihm daher sagen, er danke ihm für den Besuch, aber dringende Arbeit verhindere ihn, Don Manuel zu empfangen. Der Laienbruder kam mit dem Bescheid zurück, Don Manuel weigere sich, zu gehen, bevor er mit seinem Bruder gesprochen habe; es handle sich nur um eine kurze Mitteilung. Mit einem Seufzer fügte sich der Bischof. Seit ihrer Ankunft in Castel Rodriguez hatte er ihn nicht häufiger gesehen, als die Höflichkeit es unumgänglich machte. Mochte er sich auch seinen Mangel an brüderlicher Liebe zum Vorwurf machen, so war er doch nicht imstande, das Mißbehagen zu überwinden, das er in Gegenwart dieses eitlen, rauhen, brutalen Mannes empfand.

Don Manuel trat ein, prunkvoll angetan, vollblütig, robust, gesund, eine geradezu aggressive Lebenskraft ausstrahlend. Sein Gang war ein selbstgefälliges Wiegen, und auch sein Gesicht trug den Ausdruck unendlicher Selbstzufriedenheit. Wenn der Bischof sich nicht täuschte, glaubte er in den verwegenen, funkelnden Augen eine gewisse Boshaftigkeit zu erkennen. Der Feldhauptmann lächelte grimmig, als er sich in der kahlen, ernsten Zelle umsah. Der Bischof wies auf einen Schemel.

»Hast du keine bequemere Sitzgelegenheit für mich als dies hier, Bruder?« fragte Manuel.

»Nein.«

»Ich höre, daß du krank warst.«

»Ein vorübergehendes, unbedeutendes Unwohlsein. Heute bin ich wieder so gesund wie gewöhnlich.«

»Das ist gut.«

Ein Schweigen folgte. Don Manuel sah ihn beständig mit einem Lächeln an, dem sich Spott beimischte.

»Du hast gesagt, daß du mir eine Mitteilung machen willst«, meinte der Bischof schließlich.

»Ja, Bruder, das will ich. Es scheint, daß die Zeremonie des gestrigen Morgens deine Hoffnungen nicht erfüllt hat.«

»Sei so freundlich, mir zu sagen, was dich herführt, Manuel.«

»Was hat in dir den Glauben geweckt, daß du das erwählte Werkzeug seist, um dieses Mädchen von seinem Leiden zu heilen?«

Der Bischof zauderte. Er war geneigt, die Antwort zu verweigern, doch schließlich nahm er es als Kasteiung auf sich, diesem grobschlächtigen Mann eine Erklärung zu geben.

»Ich empfing eine Bestätigung dafür, daß das Mädchen wahr gesprochen hatte, und wenn ich auch wußte, daß ich unwürdig war, fühlte ich mich doch verpflichtet, dementsprechend zu handeln.«

»Du hast einen Irrtum begangen, Bruder. Du hättest sie mit größerer Sorgfalt verhören sollen. Die Heilige Jungfrau hatte ihr gesagt, daß jener Sohn des Juan de Valero, der Gott am besten gedient hat, die Macht besitze, sie zu heilen. Warum bist du so übereilt zu dem Schluß gelangt, daß du damit gemeint seist? Hat es dir nicht ein wenig an christlicher Demut gefehlt?«

Der Bischof erblaßte.

»Was meinst du damit?« rief er. »Sie berichtete mir, die Heilige Jungfrau habe ihr gesagt, daß ich es sei.«

»Sie ist ein unwissendes, törichtes Mädchen. Sie nahm an, du müßtest der Erwählte sein, weil du Bischof bist, und weil – ich weiß nicht, woher – die Leute in dieser Stadt viel von deiner Heiligkeit und deinen Kasteiungen gehört haben.«

Der Bischof schickte ein kurzes Stoßgebet zum Himmel, um Zorn und Scham zu zügeln, mit denen die Worte seines Bruders ihn erfüllten.

»Woher weißt du das? Wer hat dir gesagt, daß dies die Worte der Heiligen Jungfrau gewesen sind?«

Don Manuel fand, das sei ein köstlicher Spaß, und schüttelte sich vor Lachen.

»Das Mädchen hat nämlich einen Onkel, der Domingo Perez heißt. Wir haben ihn gekannt, als wir noch Kinder waren. Wenn ich mich recht erinnere, bist du auch mit ihm auf dem Seminar gewesen.«

Bejahend neigte der Bischof den Kopf.

»Nun, dieser Domingo Perez ist ein Trunkenbold. Er kommt in Kneipen, wo auch meine Leute einkehren, und er hat sich mit ihnen angefreundet – zweifellos, um auf ihre Kosten zu saufen. Gestern abend war er wieder einmal betrunken. Ganz natürlich ergab es sich, daß von den Ereignissen des Morgens gesprochen wurde, denn dein Fiasko, mein lieber Bruder, ist ja das Tagesgespräch der Stadt. Domingo sagte ihnen, er habe nichts anderes erwartet und habe dich warnen wollen, aber er sei nicht ins Kloster eingelassen worden. Dann wiederholte er die Worte, die Unsere Liebe Frau gesprochen haben soll, und zwar genau, wie seine Nichte sie ihm erzählt hatte.«

Der Bischof war in tiefer Verwirrung. Er wußte nicht, was er erwidern sollte. Don Manuel fuhr fort, und diesmal war der Spott in seinem Blick ganz unverhohlen. Der Bischof fragte sich, welch ein Geschöpf das doch sein mußte, das ein so grausames Vergnügen daran fand, seinen eigenen Bruder zu quälen.

»Ist es dir nicht in den Sinn gekommen, daß ich es sein könnte, der gemeint war?«

»Du?«

Der Bischof vermochte kaum seinen Ohren zu trauen. Wenn er überhaupt fähig gewesen wäre, zu lachen, so hätte er jetzt gelacht.

»Überrascht dich das, Bruder? Vierundzwanzig Jahre lang habe ich meinem König gedient. Hundertmal habe ich mein Leben in die Schanze geschlagen. Ich habe in ruhmreichen Schlachten gekämpft, und mein Leib trägt die Narben ehrenvoller Wunden. Ich habe Hunger und Durst gelitten, die bittere Kälte jener verwünschten Niederlande im Winter und die dörrende Hitze im Sommer. Du hast ein paar Dutzend Ketzer auf dem Scheiterhaufen gebraten, und ich habe, zu Gottes Preis, diese verdammten Ketzer zu Tausenden getötet. Zur Ehre Gottes habe ich ihre Felder verwüstet und ihre Ernten verbrannt. Ich habe blühende Städte belagert, und wenn sie sich ergaben, habe ich alle ihre Bewohner, Männer, Frauen, Kinder über die Klinge springen lassen.«

Der Bischof erschauerte.

»Die Inquisition verurteilt den Angeklagten erst nach gesetzmäßigem Prozeß. Sie gibt ihm die Möglichkeit, zu bereuen und seine Sünden zu büßen. Sie übt ihre Gerechtigkeit mit Sorgfalt, und wenn sie auch den Schuldigen straft, so spricht sie doch den Unschuldigen frei.«

»Ich kenne diese Niederländer nur allzu gut, um zu glauben, daß sie der Reue fähig seien. Die Ketzerei liegt ihnen im Blut. Sie sind Verräter am heiligen Glauben und an ihrem König, und sie verdienen den Tod. Keiner, der mich kennt, vermag zu leugnen, daß ich Gott gut gedient habe.«

Der Bischof überlegte. Die Brutalität und Ruhmredigkeit seines Bruders erfüllte ihn mit Widerwillen. Es schien sehr unglaubhaft, daß Gott solch ein Werkzeug für ein Wunder erwählt haben sollte, und dennoch mochte es sein, daß er es getan hatte, gerade weil dieser Mann hier so war, wie er eben war, und das, um Blasco de Valero seiner nicht vergebenen Sünde wegen zu beschämen. Wenn es sich so verhielte, dann war es an ihm, die Zuchtrute zu küssen.

»Gott weiß, daß ich mir meiner Unwürdigkeit bewußt bin«, sagte er schließlich. »Würdest du den Versuch wagen und keinen Erfolg haben, so wäre das ein Ärgernis in der ganzen Stadt und den Bösen ein höchst erwünschter Anlaß zum Spott. Ich bitte dich, nichts Übereiltes zu tun; das ist eine Angelegenheit, die sorgfältigste Überlegung erfordert.«

»Die hat sie bereits erhalten, Bruder«, sagte Don Manuel kühl. »Ich habe mich mit meinen Freunden beraten, und sie sind die einflußreichsten Männer der Stadt. Ich habe den Erzpriester und den Prior dieses Klosters um ihre Meinung befragt, und sie alle stimmen mir zu.«

Abermals schwieg der Bischof. Er wußte, daß es viele Leute in der Stadt gab, die seinem Bruder und ihm ihre Stellungen neideten, denn, wenn auch von edler Geburt, waren sie doch aus einer unbedeutenden Familie. Es mochte sehr wohl sein, daß sie der Anmaßung seines Bruders nur zugestimmt hatten, um beide Brüder mit einem Schlage um ihr Ansehen zu bringen.

»Du darfst nicht vergessen, daß noch eine andere Möglichkeit vorhanden ist – das Mädchen Catalina kann getäuscht worden sein.«

»Man kann den Kuchen nur probieren, indem man hineinbeißt. Wenn es auch mir nicht gelingt, so ist der Beweis erbracht, daß das Mädchen eine Hexe ist und der Inquisition zur Bestrafung ausgeliefert werden muß.«

»Wenn du die Zustimmung der Behörden besitzt und entschlossen bist, den Versuch zu wagen, so vermag ich nicht, dich daran zu hindern. Aber ich bitte dich, alles in tiefstem Geheimnis zu tun, damit sich ein Skandal vermeiden läßt, der größer wäre als der bereits vorhandene.«

»Ich bin dir für deinen Rat sehr verbunden, Bruder. Ich werde ihm die Erwägung zuwenden, die er verdient.«

Mit diesen Worten zog Don Manuel sich zurück. Der Bischof seufzte tief. Ihm schien es, daß sein Kelch bis zum Rande gefüllt sei. Er kniete vor dem schwarzen Kreuz an der Wand nieder und betete still. Dann rief er einen Laienbruder und trug ihm auf, Domingo Perez zu holen.

»Wenn du ihn nicht in seinem Hause findest, so wirst du ihn in der Schenke neben dem Palast finden, wo mein Bruder Don Manuel wohnt. Ich lasse ihn bitten, er möge so freundlich sein, mich unverzüglich zu besuchen.«

17

Nur wenig später trat Domingo in die Zelle des Bischofs. Eine Weile lang musterten die beiden Männer einander schweigend. Sie waren einander nicht mehr begegnet, seit sie junge Leute, fast Knaben gewesen waren und das Seminar in Alcalá de Henares besucht hatten. Beide waren jetzt in mittleren Jahren, und beide waren abgezehrt und vorzeitig gealtert. Aber bei dem einen war das eine Folge der Kasteiungen, der langen Fasten, der Nachtwachen und der unablässigen Arbeit, bei dem andern eine Folge des Trinkens und des leichtfertigen Lebenswandels. Und doch – wenn es eine gewisse Ähnlichkeit in ihrer äußeren Erscheinung gab, so gab es keine Ähnlichkeit in ihrem Ausdruck. Der Bischof wirkte gequält und verstört, während der Lohnschreiber sorglos und wohlgelaunt dreinschaute. Da er die niederen Weihen empfangen hatte, trug er eine Kutte, die schäbig, verschlissen und von oben bis unten mit den Spuren von Speise und Trank befleckt war. Immerhin war beiden ein gewisses asketisches Aussehen und eine unleugbare Geistigkeit gemeinsam.

»Eure Gnaden haben mich zu sprechen gewünscht«, sagte Domingo.

Ein leises, aber freundliches Lächeln glitt über die blassen Lippen des Bischofs.

»Es ist lange her, seit wir uns zuletzt gesehen haben, Domingo.«

»Wir sind sehr verschiedene Wege gegangen. Ich hätte gemeint, daß Eure Gnaden das Vorhandensein eines so armseligen, unwürdigen Geschöpfs wie des Domingo Perez längst vergessen haben müßten.«

»Wir haben einander unser ganzes Leben lang gekannt. Ich schäme mich, weil du so zeremoniell zu mir sprichst. Viele Jahre sind vergangen, seit ich mich von einem Freund Blasco nennen gehört habe.«

Domingo lächelte sein liebenswürdiges, entwaffnendes Lächeln.

»Die Großen haben keine Freunde, mein lieber Blasco. Das ist der Preis, den sie für ihre Größe zahlen müssen.«

»Vergessen wir für eine Stunde meine armselige Größe und sprechen wir miteinander wie die alten, vertrauten Kameraden, die wir einst gewesen sind. Du irrst dich, wenn du meinst, ich hätte dich je vergessen; dafür haben wir einander doch zu nahe gestanden. Ich habe mich immer über dein Leben unterrichten lassen.«

»Es ist nicht gerade erbaulich gewesen.«

Der Bischof setzte sich auf einen Schemel und lud Domingo ein, auf dem andern Platz zu nehmen.

»Doch mehr noch bin ich mit dir durch deine Briefe in Verbindung gewesen.«

»Wie ist das möglich? Ich habe dir noch nie geschrieben!«

»Nicht als ob es von dir gekommen wäre, aber ich habe zu viele der Gedichte gelesen, die du geschrieben hast, als wir noch Knaben waren, um deinen Stil nicht zu kennen. Glaubst du, daß ich ihn nicht in den Briefen wiedergefunden habe, die mein Vater und mein Bruder Martin mir schrieben? Ich wußte sehr wohl, daß sie nie imstande gewesen wären, sich mit solcher Eleganz und solcher Reinheit des Satzbaues auszudrücken. Und da gab es Wendungen, Phrasen, Reflexionen, in denen ich deinen launischen Geist erkannt habe.«

Domingo lachte hell auf.

»Ja, die literarischen Gaben Don Juans und deines Bruders Martin sind nicht hervorragend. Wenn sie einmal gesagt hatten, sie seien bei bestem Wohlsein und hofften das gleiche von dir, und daß die Ernte mager ausgefallen sei, so hatten sie ungefähr alles gesagt, was ihnen in den Sinn gekommen war. Um meinetwillen und auch um ihretwillen fühlte ich mich verpflichtet, ihre kargen Mitteilungen ein wenig durch den Stadtklatsch und durch Witze und Possen zu beleben, die mir gerade einfielen.«

»Wie traurig, Domingo, daß du deine großen Gaben vergeudet hast. Was ich mir mit Fleiß und Mühe erwerben mußte, war dir wie durch Eingebung geschenkt worden. Oft hast du mich durch die Kühnheit deiner Gedanken erschreckt, durch diese Flut unerwarteter Einfälle, die deinem Geist ebenso mühelos zu entspringen schienen, wie das Wasser aus einer Quelle, aber an deinen

Fähigkeiten habe ich nie gezweifelt. Du warst geboren, um zu glänzen, und wäre dir nicht dieses unruhige Wesen zuteil geworden, so könntest du heute ein leuchtender Schmuck unserer heiligen Kirche sein.«

»Statt dessen«, erwiderte Domingo, »bin ich nichts als ein armseliger Studierter, ein Stückeschreiber, der keine Schauspieler finden kann, die seine Stücke spielen wollen, ein Taglöhner, der Predigten für Priester abfaßt, die zu dumm sind, um sie selber zu schreiben, ein Trunkenbold und Nichtsnutz. Mir fehlte die Berufung, mein guter Blasco. Das Leben hat mich angelockt. Mein Platz war weder im Kloster noch am häuslichen Herd, sondern auf der Landstraße mit ihren Abenteuern und Gefahren, ihren zufälligen Begegnungen und ihren Abwechslungen. Ich habe gelebt. Ich habe Hunger und Durst gelitten, ich habe mir die Füße wundgelaufen, ich bin verprügelt worden, ich habe jedes Mißgeschick erfahren, das einem Mann zustoßen kann, aber ich habe gelebt. Und selbst jetzt, da das Alter mich beschleichen will, bedauere ich die Jahre nicht, die ich vergeudet habe, denn auch ich durfte auf dem Parnassus schlafen; und wenn ich in irgendein abgelegenes Dorf wandere, um für einen analphabetischen Dummkopf etwas zu schreiben, oder wenn ich, umgeben von meinen Büchern, in meiner Kammer sitze und die Monologe in Theaterstücken reime, die niemals aufgeführt werden dürften, dann fühle ich mich so beglückt, daß ich mit keinem Kardinal und Papst tauschen möchte.«

»Fürchtest du nicht, was einst über dich kommen wird? Der Lohn der Sünde ist der Tod.«

»Ist es der Bischof von Segovia, der mir diese Frage stellt, oder mein lieber alter Freund Blasco de Valero?«

»Ich habe nie jemanden verraten – weder einen Freund noch einen Feind. Solange du nichts sagst, was den Glauben beleidigt, magst du reden, was du willst.«

»Dann muß dies meine Antwort sein: Wir wissen, daß die Eigenschaften Gottes zahllos sind, und mir ist es immer seltsam erschienen, daß man ihm niemals den einfachen, gesunden Verstand zugeschrieben hat. Es will mir nicht in den Sinn, daß er eine so herrliche Welt geschaffen hat und nicht gewünscht haben sollte, daß die Menschen sich ihrer erfreuen. Hätte er den Sternen ihren Glanz, den Vögeln ihren süßen Sang und den Blumen ihren Duft verliehen, wenn er nicht gewollt hätte, daß wir uns daran ergötzen? Ich habe gesündigt vor den Menschen, und die Menschen haben mich verurteilt. Gott hat mich zu einem Menschen gemacht mit den Leidenschaften eines Menschen, und hat er sie mir nur verliehen, auf daß ich sie unterdrücken soll? Er hat mir meinen abenteuerlichen Sinn gegeben und meine Lebenslust. Ich hege die demütige Hoffnung, daß er mir dereinst, wenn ich meinem Schöpfer gegenübertrete, meine Unvollkommenheit vergeben wird und daß ich Gnade vor seinen Augen finden werde.«

Der Bischof sah beunruhigt drein. Er hätte diesem armseligen Dichter sagen können, daß wir auf diese Erde gesetzt wurden, um ihre Genüsse zu verachten, ihren Versuchungen zu widerstehen, uns selbst zu überwinden und unser Kreuz auf uns zu nehmen; so daß wir am Ende, obgleich wir jämmerliche Sünder sein mögen, doch der Gemeinschaft mit den Seligen würdig befunden werden. Könnten seine Worte aber irgendwie von Nutzen sein? Er konnte nur beten, daß die Gnade Gottes sich auf diesen unseligen Mann herabsenken möge, bevor der Tod ihn ereilte, auf daß er seine Missetaten bereuen könne. Es wurde still im Raum.

»Ich habe dich heute nicht hierherkommen lassen, um dich zu mahnen, daß du dich bessern sollst«, sagte der Bischof endlich. »Es würde mir nicht schwerfallen, deine irrigen Ansichten zu widerlegen, aber ich weiß von alters her, wie geschickt du es vermagst, Böses in Gutes zu verdrehen, und ich kenne auch das Vergnügen, das du darin findest, den andern mit Trugschlüssen zu hänseln. Ich bin bereit zu glauben, daß vieles von dem, was du gesagt hast, nur dazu dienen soll, dich auf meine Kosten zu erheitern. Du hast eine Nichte.«

»Jawohl.«

»Wie beurteilst du die Geschichte, die so viel Unheil über diese Stadt gebracht hat?«

»Sie ist ein tugendhaftes, wahrheitsliebendes Mädchen. Sie ist eine gute Katholikin, aber von nicht mehr als durchschnittlicher Frömmigkeit.«

»Da sie, soviel ich weiß, dir ihre Erziehung schuldet, kann ich mir das sehr wohl vorstellen.«

»Noch weniger ist sie die Beute von Phantasiegebilden. Sie ist, wie es die Armen sein müssen, dem festen Boden der Tatsachen verhaftet. Keiner könnte sie beschuldigen, die unglückselige Gabe der Einbildungskraft zu besitzen.«

»Glaubst du also, daß die Heilige Jungfrau ihr wirklich erschienen ist?«

»Ich war im Zweifel bis gestern, als sie mir wortgetreu wiederholte, was die Heilige Jungfrau zu ihr gesprochen hat. Dann war ich überzeugt. Darum hatte ich dich ja auch sprechen wollen. Ich wußte sogleich, wer gemeint war, und ich wollte dir ein zweckloses Eingreifen ersparen. Man hat mich aber nicht eingelassen.«

Der Bischof seufzte.

»Es ist nicht das leichteste Kreuz, das uns zu tragen aufgegeben wurde, daß die Genossen unseres Werks, in ihrem eifervollen Bemühen um unsere Wohlfahrt, jene von uns fernhalten, deren Umgang uns von Nutzen sein könnte.«

»Die Zeit hat nicht vermocht, die Neigung zu vermindern, die mich in meiner Jugend an dich knüpfte, denn ich, ein Sünder, kann mir erlauben, mich den Trieben meines Herzens blind zu überlassen. Ich wollte dir eine Demütigung ersparen, von der ich wußte, daß sie dich sehr hart treffen würde. In der Sekunde, da das Mädchen mir die Worte der Heiligen Jungfrau wiederholte, wußte ich, wer berufen ist, sie von ihrem Leiden zu heilen.«

»Sie sagte mir, die Heilige habe mich genannt.«

»Das war ein ganz natürlicher Irrtum bei einem Mädchen, das von deiner Tugend, deiner Frömmigkeit, deinen Kasteiungen gehört hatte. Die Heilige Jungfrau sagte ihr, die Macht, sie zu heilen, liege in den Händen desjenigen Sohnes deines Vaters, der Gott am besten gedient hat.«

»Das habe ich eben erst vernommen.«

»Und du weißt nicht, wer das getan hat? Das ist doch sonnenklar!«

Der Bischof erblaßte. Er warf Domingo einen angstvollen Blick zu.

»Mein Bruder Martin?«

»Der Bäcker.«

Schweißtropfen traten auf die Stirne des Bischofs. Er schauerte, als ginge gerade in diesem Augenblick jemand über sein Grab.

»Das ist unmöglich. Er ist gewiß ein würdiger Mann, aber erdgebunden, völlig der Erde hörig!«

»Warum sollte es unmöglich sein? Weil er kein Studierter ist? Es ist eines der Mysterien unseres Glaubens, daß Gott, der dem Menschen die Vernunft gab und ihn dadurch über das Tier erhob, niemals – soweit uns bekannt ist – großen Wert auf die Intelligenz legte. Dein Bruder ist ein guter und einfacher Mann. Er ist seinem Weib ein treuer Gatte, seinen Kindern ein liebevoller Vater gewesen. Er hat Vater und Mutter geehrt. Er hat sie genährt, als sie hungrig waren, und sie gepflegt, wenn sie an Krankheit litten. Ergeben hat er die Verachtung seines Vaters und die Mißstimmung seiner Mutter ertragen, die es ihm verübelten, daß er, ein Edelmann von Geburt, einer Berufung folgte, die ihn in der Einschätzung von Toren herabsetzte. Er duldete mit heiterem Gemüt die Verachtung der Adligen und den Hohn der Gemeinen. Wie unser Vater Adam erntete er sein Brot im Schweiße seines Angesichtes, und sein bescheidener Stolz war es, daß dieses Brot gut schmeckte. Er nahm die Freuden des Lebens dankbar und die Sorgen ergeben hin. Er unterstützte die Bedürftigen. Er war freundlich im Gespräch, und seine Miene war heiter. Er war ein Freund aller Menschen. Die Wege Gottes sind unerforschlich, und es mag sehr wohl sein, daß in seinen Augen Martin, der Bäcker, ihm durch Fleiß und Ehrbarkeit, durch liebevolle Güte und unschuldige Fröhlichkeit besser gedient hat als du, der du das Heil durch Gebet und Kasteiungen gesucht hast, oder euer Bruder Manuel, der sich mit den Frauen und Kindern brüstet, die er gemordet, und mit den blühenden Städten, die er in Trümmern und Verzweiflung zurückgelassen hat.«

Der Bischof fuhr sich mit der Hand schwerfällig über die Stirn. Sein Gesicht war verzerrt von Kummer.

»Du kennst mich zu gut, Domingo«, sagte er mit zitternder Stimme, »um zu glauben, daß ich das, was ich tat, ohne angstvolle Erforschung meines Herzens getan hätte. Ich wußte, daß ich unwürdig war, und meine Seele bangte, aber ich nahm das Zeichen, das mir gegeben worden war, als ein Gebot, das zu tun, was ich für Gottes Willen hielt. Ich hatte unrecht. Und jetzt ist mein Bruder Manuel entschlossen, zu versuchen, was mir mißlungen ist.«

»Schon als Knabe zeichnete er sich mehr durch die Kraft seines Leibes aus als durch einen verständnisvollen Geist.«

»Er ist so verstockt, wie er verschroben ist. Die Standespersonen dieser Stadt ermutigen ihn, um sich nachher über ihn lustig machen zu können. Er hat die Bewilligung des Erzpriesters und des Priors dieses Klosters erlangt.«

»Du mußt ihn um jeden Preis daran hindern!«

»Dazu habe ich keine Macht.«

»Wenn dein Bruder auf seinem törichten Vorhaben besteht, so wird er seine Niederlage an dem unglücklichen Mädchen zu rächen suchen. Das Volk wird ihn darin unterstützen. Sie werden kein Erbarmen kennen. Im Namen unserer alten Freundschaft flehe ich dich an, sie vor der Feindseligkeit und vor der blinden Gewalt des Pöbels zu schützen.«

»Bei dem Kreuz, daran unser Erlöser geschlagen wurde, schwöre ich dir, daß ich, wenn nötig, mein Leben hingeben will, um dieses Kind vor jedem Harm zu bewahren.«

Domingo stand auf.

»Ich danke dir von ganzem Herzen. Leb wohl, mein Teurer! Unsere Wege gehen in verschiedene Richtungen, und wir werden uns nie mehr begegnen. Leb wohl für immer!«

»Leb wohl. O Domingo, ich bin ein unglücklicher Mensch! Bete für mich, bete für mich in allen deinen Gebeten, daß Gott sich herablassen möge, mich von der grausamen Bürde des Lebens zu erlösen!«

Er war so erschüttert, seine Miene so bejammernswert, daß der alte Trunkenbold von Mitleid ergriffen wurde. In plötzlichem Impuls umarmte er den Bischof und küßte ihn auf beide Wangen. Der Sünder drückte den Heiligen an sein Herz und verschwand rasch.

In jener Nacht begab sich etwas sehr Seltsames. Der Vollmond auf seinem vorgezeichneten Lauf strahlte mit solch blendendem Glanz, daß der wolkenlose Himmel blau schimmerte wie der samtene Mantel, der das weiße Gewand der Heiligen Jungfrau bedeckte. Die Leute von Castel Rodriguez schliefen. Mit einem Male begannen alle Glocken der Stadt so mächtig zu läuten, als sollten die Toten aus ihren Gräbern auferstehen. Sie weckten die Schläfer, und manche stürzten ans Fenster, während andere in dürftigster Bekleidung auf die Straße eilten. Das Läuten der Kirchenglocken zu so ungewohnter Stunde bedeutete, daß in einem Teil der Stadt Feuer ausgebrochen war, und ängstliche Hausfrauen trugen alle Wertsachen zusammen, denn wenn einmal ein Feuer ausgebrochen war, konnte man nicht wissen, wie weit seine Wut sich erstrecken würde, und man tat besser, zu retten, was zu retten war, bevor die Flammen das Haus erfaßten. Manche gingen in panischer Furcht so weit, daß sie ihr Bettzeug aus den Fenstern warfen, und andere schleppten Möbelstücke die Treppen hinunter und stellten sie vor ihre Haustüren.

Die Leute strömten aus den Häusern, und bald waren die Straßen überfüllt. In einem gemeinschaftlichen Antrieb eilten sie nach der großen Plaza, die der Stolz der Stadt war. Ein jeder fragte den Nachbarn, wo es denn eigentlich brenne. Die Männer fluchten, und die Frauen rangen die Hände. Sie rannten dahin und dorthin, um festzustellen, welche Häuser in Flammen stünden; sie schauten zum Himmel auf und suchten den Widerschein der Glut, der ihnen die Brandstelle verraten sollte. Aber es war nichts zu sehen. Aus den verschiedenen Stadtvierteln kamen die Leute auf die Plaza und berichteten, daß bei ihnen kein Feuer ausgebrochen sei. Nirgends war etwas von einem Feuer zu sehen. Und dann, als wäre plötzlich ein Wind aufgesprungen und wehte über sie hinweg, kam ihnen allen der Gedanke, junge Burschen hätten sich in ihrem Übermut einen Streich erlaubt, die Glocken zu läuten, um die Bürger aus den Betten zu schrecken und Verwirrung anzustiften. Einige Leute stürmten zornig zu den Kirchtürmen, um die Schuldigen so zu verprügeln, wie sie es verdienten. Doch, da bot sich ihnen ein verblüffendes Schauspiel. Die Stränge der Glocken pendelten hin und her, aber keine Hand zog an ihnen. Ganz verstört spähten sie aufwärts, und dann eilten sie mit Fackeln und Laternen die steilen Stufen hinauf. Als sie oben anlangten, wo die Glocken hingen, betäubte sie fast das Dröhnen. Die Glocken schwangen unaufhaltsam, und die Klöppel hämmerten an ihre erzenen Flanken. Kein Mensch war zu erblicken. Kein Mensch hätte vermocht, diese schweren Glocken zu so donnerndem Schlagen zu schwingen. Es war, als seien die Glocken mit einem Male wahnsinnig geworden. Sie läuteten völlig ohne die Hilfe menschlicher Hände.

Keuchend, die Herzen von Grauen aufgewühlt, stolperten die Leute hastig die Turmtreppen hinunter, als wäre der Leibhaftige ihnen auf den Fersen, sie liefen durch die Straßen, und mit abgerissenen, wild hervorgestoßenen Worten und entsetzten Gesten berichteten sie, was sie gesehen hatten.

Es war ein Wunder. Gott selber war es, der die Glocken erdröhnen ließ, und niemand wußte, ob es für die Stadt Gutes oder Böses zu bedeuten hatte. Zahlreich waren die Menschen, die auf die Knie sanken und laut beteten. Sünder gedachten ihrer Sünden und zitterten vor der Strafe, die hereinbrechen wollte. Die Pfarrer der verschiedenen Sprengel hatten die Türen ihrer Kirchen geöffnet, und die Menge strömte hinein und vereinigte sich mit ihrem Geistlichen zu dem Gebet, der Allmächtige möge sich doch seiner Geschöpfe erbarmen. Lange dauerte es, bevor Beruhigung eintrat und die Menschen schweigend und verstört in ihre Häuser zurückkehrten.

Niemand wußte, wo das Gerücht seinen Ausgang genommen hatte; ob ein einzelner phantasievoller Mensch es ausgeheckt oder mehrere gleichzeitig und voneinander unabhängig. Es war wie die Cholera; man weiß nicht, ob ein Fremder sie aus fernen Gegenden in die Stadt gebracht hat, oder ob ein übler Wind sie verbreitet. Hier erkrankt ein Mann, dort stirbt eine Frau, und ehe man sich der Gefahr noch bewußt ist, jagt die Seuche durch die Straßen, und die Totengräber können gar nicht schnell genug Gräber graben, um die Toten aufzunehmen. Noch war der Tag nur wenige Stunden alt, da hatte es sich allgemein unter den Bewohnern von Castel Rodriguez herumgesprochen, daß das geheimnisvolle Ereignis irgendwie damit zusammenhängen mußte, daß die Heilige Jungfrau dem Mädchen Catalina Perez erschienen war. Man sprach von nichts anderem. Die Behörden erörterten den Fall in ihrem Ratszimmer, die Adligen in ihren Palästen, die Priester in den Sakristeien. Das gemeine Volk auf der Straße, die Hausfrauen auf dem Markt, die Krämer in ihren Läden sprachen davon und staunten. Mönche in ihren Klöstern, Nonnen im Konvent wurden von ihren Gebeten abgelenkt.

Und derzeit war man sich allgemein einig, daß gar kein Zweifel daran bestehen konnte, wen die rätselhaften Worte der Heiligen bezeichnet hatten. Nicht wenige gab es, zumal unter den Weltgeistlichen, die die Frage aufwarfen, ob Gott die Überspanntheit von des Bischofs Strenge nicht mißbillige, und ob eine gewisse Überheblichkeit in seiner Demut nicht tatsächlich die göttliche Strafe verdient habe. Doch an Don Manuel de Valero fand man weder Makel noch Vorwurf. Er hatte die besten Jahre seines Lebens dem Dienste Gottes und des Königs geweiht. Seine Majestät, der als Gottes Stellvertreter über diese Erde regiert, hatte ihn mit Ehren überhäuft und somit seiner Tugend und seinem Wert das letzte Siegel aufgedrückt. Es war allen offenbar, Laien und Geistlichen, Reichen und Armen, Adligen und Gemeinen, daß

Don Manuel der Mann war, den der göttliche Wille bestimmt hatte, um Wunder zu wirken. Eine Abordnung, bestehend aus hervorragenden Dienern der Kirche, Mitgliedern des Adels und angesehenen Bürgern, die dem Stadtrat angehörten, begab sich zu ihm und teilte ihm mit, wie die einhellige Meinung sei. Don Manuel erklärte ihnen in seiner freimütigen soldatischen Art, er sei bereit, sich ihnen zur Verfügung zu stellen. Es wurde beschlossen, daß die Zeremonie am folgenden Tage in der Kollegialkirche stattfinden solle. Don Manuel bat den Erzpriester, nachmittags seine Beichte zu hören, und da er vorschlug, am nächsten Morgen die Kommunion zu empfangen, sagte er ein Festmahl ab, zu dem er seine Freunde für diesen Abend eingeladen hatte. Er war ein gewissenhafter Mann und entschlossen, nichts zu versäumen, was sein Tun bei so feierlichem Anlaß wirksam machen konnte. Dreifach gewappnet ist jener, losgesprochen und frei von Schuld, der sein Vertrauen in Gott setzt.

Der Prior des Dominikanerklosters selbst unterrichtete den Bischof von dem, was entschieden worden war, und gleichzeitig forderte er ihn auf, an der Spitze der Brüder zu schreiten, die sich in feierlichem Zuge zu der Zeremonie begeben würden. Don Blasco merkte sehr wohl die Bosheit in der Aufforderung des Priors, dankte ihm aber dennoch für die Ehrung und nahm an. Er war hilflos. Den Worten Domingos über seinen Bruder Martin maß er keine große Bedeutung bei; er kannte nur allzu gut Domingos Vorliebe für derlei Scherze und das Vergnügen, das der einstige Seminarist darin fand, paradoxe Behauptungen aufzustellen. Nichtsdestoweniger war er fest überzeugt, daß Don Manuel nicht der Mann war, Wunder zu tun. Er hätte sich gern der Verpflichtung entzogen, die Niederlage seines Bruders mitanzusehen, aber er wußte, daß seine Weigerung als gekränkte Eigenliebe ausgelegt würde. Es hätte seinem hohen Amt schlecht angestanden, Böswilligen Gelegenheit zu geben, niedrig von ihm zu denken. Doch davon abgesehen mußte er ja auch das Versprechen halten, das er Domingo gegeben hatte. Er kannte die Torheit und Brutalität des Pöbels – des Pöbels, der aus Adligen oder Gemeinen bestehen konnte –, und es war nur zu wahrscheinlich, daß die

Menge, wenn das erwartete Wunder abermals ausbliebe, an dem unglücklichen Mädchen ihre Rache nehmen würde. Wenn er anwesend war, mochte er sie vielleicht vor der entfesselten Volkswut retten.

Und so schritt er mit schwerem Herzen, gefolgt von den zwei treuen Sekretären, an der Spitze der Mönche vom Kloster in die Kirche. Bis zur Türe standen die Menschen in dichtem Gedränge, und immer noch mehr Leute verlangten Einlaß, um mit eigenen Augen das Wunder zu sehen. Mühsam bahnte man einen Weg, und der Bischof führte die Mönche feierlich durch das Schiff. Er setzte sich in einen großen Stuhl, der, ein wenig an der Seite, dem Hochaltar gegenüberstand. Den Chor füllten die Würdenträger der Stadt. Jetzt erschien Don Manuel mit einem Gefolge von Edelleuten und setzte sich auf einen Stuhl, der an der andern Seite des Altars für ihn aufgestellt worden war. Er trug seine beste Rüstung, die Brustplatte aus Damaszener-Stahl mit Gold ausgelegt, und ihn umhüllte der weite Mantel mit dem grünen Kreuz des Ordens von Calatrava. Auch die Adligen im Chor hatten sich in große Gala geworfen. Sie schwatzten und lachten. Sie tauschten Nicken und Lächeln miteinander aus. Im Schiff der Kirche unterhielt die Menge sich laut und benahm sich wie bei einem Stierkampf. Der Bischof musterte sie entrüstet. Es war eine Verhöhnung der Religion, und er hatte nicht übel Lust, aufzustehen und ihnen ihre Leichtfertigkeit und ihren Mangel an Ehrerbietung vorzuhalten.

Am Fuß der Stufen kniete, auf ihre Krücke gestützt, Catalina.

Von der Orgel her ertönten die ersten Takte eines Präludiums, und die blühenden Klänge schwebten freudenvoll über die Köpfe der Versammlung. Die Kirche war ursprünglich schlicht und einfach, aber die Häupter des mächtigen Hauses Henriquez hatten sie mit einem Plafond aus bemaltem Holz geschmückt, die Bilder oberhalb des Altars mit massiven, vergoldeten Rahmen versehen und den Standbildern prunkvolle Kleider gestiftet. Die Chorstühle waren kunstvoll geschnitzt. In den Kapellen standen die Gräber, die älteren waren ernst und streng in Stein gehauen, die neueren, darin die sterblichen Überreste der toten Herzöge und ihrer Gemahlinnen lagen, reich mit Skulpturen geziert. Dämmerig fiel das Licht durch die bunten Glasfenster, die Luft war schwer von Weihrauch.

Die Priester traten ein, in die kostbaren Gewänder gekleidet, die der Kirche von frommen, vornehmen Damen gestiftet worden waren und nur bei großen Anlässen Verwendung fanden. Der Subdiakonus trug den Kelch und den Hostienteller, eingehüllt in ein Tuch. Die Messe wurde gelesen. Ein ehrfurchtsvoller Schauer erfaßte die Menge, und alles sank auf die Knie, als ein dünnes Läuten der Glocke die Aufmerksamkeit darauf lenkte, daß die Hostie und der Kelch gehoben wurden. Der Erzpriester nahm die Hostie und reichte sie auch Don Manuel und Catalina. Nun war der Augenblick gekommen, den die Menge mit solcher Ungeduld erwartet hatte. Ein seltsames Geräusch wurde laut, nicht der Klang von Stimmen, nicht von unruhigen Bewegungen, sondern ein Geräusch wie das Seufzen des Windes im Fichtenwald, als sei es die allgemeine Erwartung selbst, die sich hören ließ.

Don Manuel stand auf und schritt auf das kniende Mädchen zu. In seiner Rüstung, den weiten Mantel des Ordens von Calatrava um die Schultern, war er eine eindrucksvolle, prächtige Erscheinung. Stunde und Schauplatz hatten ihm eine ungewöhnliche Würde verliehen. Er vertraute seiner Kraft. Er legte die Hand auf den Kopf des Mädchens, und mit lauter Stimme, als erteilte er seinem Regiment den Befehl zum Angriff, und im letzten Winkel des weiten Raumes vernehmbar, wiederholte er die Worte, die ihm zu sagen aufgetragen worden war:

»Im Namen des Vaters und des Sohnes und des Heiligen Geistes fordere ich dich, Catalina Perez, auf, dich zu erheben, deine unnütze Krücke wegzuwerfen und zu wandeln!«

Das Mädchen, im Bann der packenden Szene, erschauerte, hob sich mühsam auf ihre Füße und warf die Krücke weg. Sie machte einen Schritt vorwärts und stürzte mit einem Entsetzensschrei der Länge nach zu Boden. Abermals hatte das Wunder sich nicht ereignet.

Da erhob sich ein unbeschreiblicher Aufruhr, und es war, als hätte plötzlich eine Tobsucht die Menge ergriffen. Die Männer brüllten, die Weiber kreischten. Wütend gellte es durch die Kirche:

»Eine Hexe! Eine Hexe! Auf den Scheiterhaufen! Auf den Scheiterhaufen! Verbrennt sie!«

Dann stürzte die Menge vorwärts und hätte das arme Mädchen am liebsten Glied für Glied in Stücke gerissen ... In wildem Wahn stieß einer den andern beiseite, manche fielen, wurden niedergetrampelt, und ihr Geschrei steigerte das Toben.

Der Bischof sprang auf und trat mit raschem Schritt der rasenden Menge entgegen. Er hob die Arme über seinen Kopf, und seine großen, dunklen Augen blitzten.

»Zurück! Zurück!« rief er mit Donnerstimme. »Wer seid ihr, daß ihr diesen heiligen Ort zu entweihen wagt? Zurück, sage ich euch! Zurück!«

Sein Anblick war so furchterregend, daß sich ein Keuchen des Entsetzens tausend Kehlen entrang. Als hätte ein Abgrund sich vor ihnen aufgetan, blieben die Menschen plötzlich wie angewurzelt stehen. Jetzt wichen sie zurück. Sekundenlang musterte sie der Bischof, die schwarzen Augen von Empörung erfüllt.

»Nichtswürdige! Nichtswürdige!« rief er, ballte die Fäuste und schwang die Arme, als wollte er das Gewitter seines Zornes über sie entfesseln. »Kniet, kniet nieder und betet, daß euch die Schmach vergeben werde, die ihr Gottes Haus angetan habt!«

Bei diesen Worten, unter dem Eindruck seiner mächtigen Persönlichkeit, sanken viele schluchzend auf die Knie. Andere waren zu betäubt, um sich zu rühren, blieben stehen und schauten mit leeren Augen auf die drohende Gestalt. Langsam glitten die Blicke des Bischofs von einer Seite zur andern, bis sie die ganze Menge umfaßt hatten, und jeder einzelne diese zornigen Blicke auf sich spürte. Ein tiefes Schweigen senkte sich herab, nur da und dort von dem hysterischen Schluchzen einer Frau unterbrochen.

»Hört«, begann nun der Bischof. »Hört, was ich euch zu sagen habe.« Und nun klang seine Stimme nicht mehr drohend, sondern ernst, streng, gebieterisch. »Hört! Ihr kennt die Worte, die die Heilige Jungfrau zu dem Mädchen Catalina Perez gesprochen hat, und ihr wißt, welche

Wunder sich in dieser Stadt ereignet und euren Sinn verwirrt und beängstigt haben. Die Heilige Jungfrau sagte diesem Mädchen, derjenige Sohn des Don Juan de Valero, der Gott am besten gedient habe, besitze durch Gottes Gnade die Macht, sie von ihrem Leiden zu heilen. In sündiger Eitelkeit und Anmaßung hatten ich, der ich zu euch spreche, und Don Manuel, mein Bruder, die Kühnheit, zu glauben, einer von uns beiden sei zu diesem Dienst erwählt. Wir sind für unseren Hochmut bitter bestraft worden. Doch Don Juan hat noch einen dritten Sohn.«

Die Menge unterbrach ihn mit Geschrei und Gelächter.

»*El panadero*«, tönte es, »der Bäcker!«

Dann stimmten die Leute in einem rauhen Rhythmus verächtlich einen Spottgesang an: »*El panadero, el panadero!*«

»Schweigt!« rief der Bischof.

Es wurde langsam still.

»Ihr lacht! Wie das Prasseln dürren Reisigs unter dem Kochtopf ist das Lachen der Toren. Was verlangt denn der Herr von euch, als gerecht zu sein, Barmherzigkeit zu üben und demütig vor euren Gott zu treten. Heuchler und Lästerer! Unzüchtige! Nichtswürdige, Nichtswürdige, Nichtswürdige!«

Mit immer beißenderer Verachtung wiederholte er das Wort, und jene, die ihn hörten, duckten sich, als würde ihnen eisiges Wasser ins Gesicht gespritzt. Sein Zorn war furchtbar anzusehen. Mit verzehrender Verachtung blickte er über die Menge.

»Sind die Beamten der Inquisition anwesend?«

Ein entsetztes Raunen glitt durch die Hörerschaft, und alles hielt den Atem an, denn diese Werkzeuge der Inquisition waren der Schrecken des Volkes. Man wußte nicht, welche Bedeutung man den unheimlichen Worten beimessen sollte, und alle zitterten. Hinter dem Bischof erhoben sich einige Männer.

»Sie mögen hierherkommen!« sagte er.

Da die Beamten des Sanctum Officium Macht und Einfluß genossen und vor allem selbst gegen sein schreckensvolles Verfahren geschützt waren, begehrten auch Männer von höchstem Rang diese Stellungen. In Castel Rodriguez gab es ihrer acht. Tiefe Stille herrschte, als sie ihre Plätze verließen und hinter den Bischof traten. Er wartete, bis ihre Schritte verstummt waren, und er mit Sicherheit wußte, daß sie jetzt hinter ihm standen.

»Hört«, begann er von neuem, und der Zeigefinger seiner ausgestreckten Hand schien anklagend auf jeden einzelnen Menschen in diesem Gedränge zu weisen. »Das Sanctum Officium tut nichts in Zorn oder in Hast. Es verdammt den Schuldigen, aber es ist barmherzig gegen den reuigen Sünder.«

Er schwieg, und dieses Schweigen war bedrückend.

»Nicht an euch ist es, ihr Natterngezücht, Hand an dieses unglückliche Mädchen zu legen. Wenn sie getäuscht wurde oder von einem Teufel besessen ist, dann steht es dem Sanctum Officium zu, den Fall zu untersuchen. Wenn sie die Probe nicht besteht, so haben diese Männer hier sie dem Tribunal zu übergeben. Doch die Probe ist noch nicht vollständig. Wo ist Martin de Valero?«

»Hier, hier!« riefen verschiedene Stimmen.

»Er möge vortreten!«

»Nein, nein, nein!«

Das war die Stimme Martin des Bäckers.

»Wenn er nicht freiwillig kommen will, so zwingt ihn!« sagte der Bischof streng.

Es gab eine kleine Balgerei zwischen Martin und den Leuten, die ihn schoben und stießen, doch schließlich teilte sich die Menge, und er wurde bis zu den Altarstufen gedrängt. Dann wichen die Leute wieder zurück, und er stand allein. Er war aus seinem Bäckerladen hierhergekommen, um das Wunder zu sehen, von dem jedermann sprach, und er war noch in seinem Arbeitskittel. Sein Gesicht war von der Hitze des Backofens und von den vergeblichen Anstrengungen, sich den zupackenden Händen zu entziehen, stark gerötet. Der Tag war heiß, und Schweißperlen rollten über seine Stirn. Sein gutmütiges, rundliches Gesicht trug den Ausdruck tiefster Bestürzung.

»Komm!« sagte der Bischof.

Wie von einer Kraft gezogen, der er nicht zu widerstehen vermochte, stieg der Bäcker die Stufen hinauf.

»Bruder, Bruder«, rief er, »was hast du mit mir vor? Wie

soll ich vollbringen, was du nicht zu tun vermocht hast? Ich bin nur ein einfacher Handwerker und kein besserer Christ als mein Nachbar.«

»Schweig!«

Der Bischof glaubte nicht im entferntesten daran, daß sein Bruder ein Wunder tun könne, und er hatte seiner in der Not der Stunde nur als Mittel gedacht, mit dem er Catalina vor der Volkswut retten wollte. Er brauchte eine Atempause, die ihm ermögliche, die Gemüter zu besänftigen. Er wußte, daß das Mädchen jetzt in Sicherheit war. Die Beamten des Sanctum Officium waren da und konnten sie beschützen, und da es in der Stadt kein Inquisitionsgefängnis gab, würden sie sie auf sein Geheiß in das Kloster bringen, und war sie einmal hinter dessen Mauern, so hätte man Zeit, zu erwägen, welche Schritte zu unternehmen wären. Abermals wandte der Bischof sich an die wütende Menge.

»Hat nicht der Töpfer die Macht über den Lehm, um aus dem gleichen Klumpen ein Gefäß der Ehre zu formen oder ein Gefäß der Unehre? Bei Gott gibt es kein Ansehen der Person. Wer sich erniedrigt hat, soll erhöht werden, und den Hoffärtigen werde Demütigung zuteil. Bringt das Mädchen her!«

Catalina lag noch, wo sie gestürzt war, das Gesicht in den Armen verborgen, und Schluchzen erschütterte den schmächtigen Körper. Niemand hatte ihr jetzt größere Beachtung geschenkt als einem toten Hund im Straßengraben. Zwei Beamte der Inquisition hoben sie auf und führten sie vor den Bischof. Tränen strömten über ihr Gesicht.

»O Herr, o Herr, habt Erbarmen mit mir!« weinte sie. »Nicht noch einmal, ich flehe Euch an; es kann nichts daraus werden. Laßt mich heim zu meiner Mutter!«

»Knie nieder!« gebot er ihr. »Knie nieder!«

Mit verzweifeltem Schluchzen sank das Mädchen auf die Knie.

»Lege deine Hand auf ihren Kopf«, befahl er seinem Bruder.

»Ich kann nicht. Ich will nicht. Ich habe Angst!«

»Bei der Strafe der Exkommunikation gebiete ich dir, zu tun, was ich gesagt habe«, befahl der Bischof scharf.

Ein Schauder schüttelte den unglücklichen Mann, denn er wußte, daß sein Bruder die furchtbare Drohung ohne Zaudern verwirklichen würde. Zagend legte er eine zitternde Hand auf des Mädchens Kopf. Die Hand war nicht einmal sauber.

»Und jetzt sprich die Worte, die du deinen Bruder Manuel sprechen gehört hast!«

»Ich kann mich ihrer nicht entsinnen.«

»Dann werde ich sie dir vorsagen, und du wirst sie wiederholen. Ich, Martin de Valero, Sohn des Juan de Valero...«

Martin wiederholte:

»Ich, Martin de Valero, Sohn des Juan de Valero...«

Der Bischof sprach die letzten schicksalsvollen Worte mit lauter, starker Stimme, aber Martin wiederholte sie kaum hörbar. Catalina richtete sich, wie sie geheißen wurde, mühsam auf und warf mit verzweifelter Geste die Krücke von sich. Einen Augenblick lang schwankte sie. Sie fiel nicht. Sie blieb stehen. Und dann mit einem Aufschrei und einem Schluchzen, des Ortes und des Anlasses nicht achtend, wandte sie sich um und lief die Stufen hinunter.

»Mutter! Mutter!«

Maria Perez, die neben Domingo stand, war außer sich vor Freude; sie erzwang sich einen Weg durch die Menge und lief ihrer Tochter entgegen. Catalina warf sich ihr in die Arme und brach in lautes Schluchzen aus.

Die Zuschauer waren zunächst so gebannt, daß sie keine Geste wagten; vor Staunen hielten sie den Atem an. Dann aber brach ein Tumult aus, wie ihn dieser heilige Raum noch nie erlebt hatte.

»Das Wunder! Das Wunder!«

Sie schrien, sie klatschten in die Hände, Frauen winkten mit ihren Tüchern, die Männer brüllten olé, olé, wie sie das bei einem Stierkampf taten, wenn einer der Toreros einen gefährlichen Schritt gewagt hatte, sie warfen ihre Hüte hoch in die Luft, wie sie sie dem Matador zu Füßen warfen, wenn er mit seiner *cuadrilla* hinter sich rund um den Ring ging und den Beifall des Publikums entgegennahm. Das Geschrei übertönend, schrillten da und dort aus Frauenkehlen die durchdringenden Töne einer Hymne an die Heilige Jungfrau nach einer seltsamen, halb maurischen Melodie. Es war, als wollte der Lärm kein Ende nehmen. Fremde Menschen umarmten einander, Männer und Frauen weinten vor Glück. Mit eigenen Augen hatten sie ein Wunder erblickt.

Plötzlich besänftigte sich das wilde, bis zur Tollheit erregte Getümmel, und alle Augen wandten sich dem Bischof zu. Martin, in seiner Schüchternheit, war kaum imstande, zu begreifen, was sich ereignet hatte, und wich zurück, und der Dominikaner stand allein auf der obersten Stufe, den Rücken zum Hochaltar. In seinem fleckigen, verschlissenen Mönchsgewand, hager und hohläugig, aber straff aufgerichtet, war er eine ehrfurchtgebietende Erscheinung. Doch das Wundersame war, daß er in Licht gebadet dastand; es war kein Heiligenschein, der seinen Kopf umgab, sondern ein Schimmer, der ihn vom Kopf bis zu den Füßen einzuhüllen schien.

»Ein Heiliger! Ein Heiliger!« rief das Volk, und alle starrten gebannt auf das eigentümliche, erhebende Schauspiel. »Gesegnet die Frau, die dich gebar!« riefen sie. »Jetzt lässest du deinen Knecht in Frieden scheiden. O seliger, seliger Tag!«

Sie wußten nicht, was sie riefen. Vor Freude und Liebe und Furcht waren sie völlig außer sich. Nur Domingo bemerkte, daß eine Scheibe der bunten Kirchenfenster zerbrochen war und, dank einem glücklichen Zufall, ein Sonnenstrahl durch diese Lücke auf den Bischof fiel und ihn umglänzte.

Der Bischof erhob die Hand, um Schweigen zu gebieten, und sogleich wurde es still. Er beobachtete sekundenlang das Meer von Gesichtern, das vor ihm wogte, seine Züge waren traurig und ernst; dann hob er den Kopf, in seinen Augen war eine Verzückung, als hätte er mit den Augen seines Geistes den Herrn des Himmels erschaut, und langsam und feierlich begann er das Nikäische Glaubensbekenntnis vorzutragen. Die Worte waren allen Hörern vertraut, denn sie lauschten ihnen jeden Sonntag in der Messe, und so tönte ein dumpfes Summen wie das ferne Geräusch scharrender Füße, als sie ihm die Worte nachsagten. Jetzt war es zu Ende. Er wandte sich um und ging auf den Hochaltar zu. Das Licht, das auf ihn gefallen war, verblich, und Domingo, der nach dem Fenster blickte, sah, daß die Sonne auf ihrer unaufhaltsamen Fahrt über den Himmel weitergezogen war und keinen Strahl mehr durch das zerbrochene Fenster entsandte. Der Bischof warf sich vor dem Altar nieder und dankte Gott in stillem Gebet. Eine schwere Last war von seinem gemarterten Herzen genommen worden, denn ihm war es jetzt, ohne die leiseste Spur eines Zweifels, klar, daß es wohl die Hand Martins gewesen war, die auf dem Kopf des Mädchens geruht, Martin selbst aber dennoch nur als Instrument, als Werkzeug gewirkt hatte, das einzusetzen Gott sich herabließ, auf daß er, Blasco de Valero, zu Gottes Ehren ein Wunder tun könne.

Mehr noch, es war ein Zeichen, ein sicheres, zuverlässiges Zeichen dafür, daß Gott ihm die schwere Sünde verzieh, die er begangen hatte, als er, in seiner Schwäche, den Griechen erdrosseln ließ, statt ihn dem Flammentod zu übergeben. Gott, der alle Dinge wußte, die gewesenen, die gegenwärtigen und die kommenden, kannte die Härte des Herzens eines Irrgläubigen und verdammte ihn zu ewigem Tode. Es war gut, Mitleid mit den Verurteilten in ihren Qualen zu haben, aber zu murren, hieß, die Gerechtigkeit Gottes anzufechten.

Der Bischof erhob sich und wandte sich langsam vom Altar ab. Er ging wie ein Träumender. Die beiden Mönche, seine Freunde und Sekretäre, merkten seine Absicht und folgten ihm, woraufhin der Prior seinen Mönchen ein Zeichen gab und sich anschloß. Als der Bischof auf der obersten Stufe der Altartreppe angekommen war, blieb er stehen.

»Die Gnade des Herrn Jesus Christus und die Liebe Gottes und die Gemeinschaft des Heiligen Geistes sei mit euch allen!«

Er stieg hinunter. Die Menge teilte sich, um ihm und den Mönchen, die ihm folgten, einen Weg freizugeben. Die Mönche stimmten das Te Deum an, und ihre starken Stimmen widerhallten in der Kirche. Der Bischof ging wie in einem Trancezustand durch die kniende Schar und erteilte den Gläubigen seinen Segen. Domingos ironischen Blick sah er nicht.

In dieser Sekunde begannen die Glocken des Turmes

zu läuten, und nach kurzer Weile läuteten auch die Glocken aller andern Kirchen der Stadt. Dies aber war keiner übernatürlichen Fügung zu danken. Don Manuel hatte, als wohlausgebildeter Kriegsmann, auch der kleinsten Kleinigkeit seine Aufmerksamkeit zugewandt und den Auftrag erteilt, daß, sobald die Glocken der Kollegialkirche zur Feier des Wunders ertönten, das er vollbringen würde, die Glocken der andern Kirchen einstimmen sollten.

Die großen Tore wurden weit geöffnet, als der Bischof sich näherte, und er trat in den blendenden Sonnenschein des Augusttages hinaus. Die Menge strömte hinter ihm aus der Kirche und folgte der Prozession der Mönche bis zum Dominikanerkloster. Der Bischof wollte eintreten, doch da erhob sich lautes Geschrei aus dem Volke. Man wollte ihn sprechen hören. An der Mauer des Klosters gab es eine Kanzel, die verwendet wurde, wenn ein Prediger in die Stadt kam, der seiner Beredsamkeit wegen so berühmt war, daß die Klosterkirche nicht ausreichte, um die Hörbegierigen zu fassen. Der Prior trat vor, teilte dem Bischof mit, was das Volk wünschte, und bat ihn, diesen Wunsch zu erfüllen. Der Bischof sah sich um, als wüßte er nicht, wo er war. Man hätte glauben mögen, daß er sich bis zu diesem Augenblick der frommen, furchtsamen Geschöpfe gar nicht bewußt geworden war, die sich an seine Spuren hefteten. Es sammelte sich kurz und stieg dann ohne ein weiteres Wort auf die Kanzel.

Seine Stimme war von herrlicher Fülle und mit einer unendlichen Vielfalt von Biegungen und Modulationen begabt.

Er hob an: »Man kann die Tiefe des menschlichen Herzens nicht ermessen, noch kann man erfassen, welche Gedanken in ihm sind; wie also könnte man Gott erforschen, der alle diese Dinge geschaffen hat, und seinen Geist kennen oder seine Wege begreifen?«

Seine Gesten waren voll Kraft und Bedeutung. Seine Stimme reichte bis zu den letzten Reihen, und wenn er sie im Erbarmen senkte, so war seine Aussprache doch so hervorragend, daß jedes Wort hörbar blieb. Als er sie in leidenschaftlicher Klage über die Sünden der Menschen zu ihrer ganzen Fülle erhob, rollte sie wie der Donner in den rauhen Sierras. Er machte plötzlich Pausen, und die Stille in dieser Sturzflut der Beredsamkeit war wie ein Vorgeschmack des Jüngsten Gerichts. Das Volk stöhnte, als er es an die Vergänglichkeit des Lebens mahnte, an die Unglücksfälle, die den Sohn Adams auf seinem Weg von der Wiege bis zum Grabe umlauerten, an die Hinfälligkeit seiner Freuden, an die Qual seiner Sorgen. Die Menschen zitterten, als er die Schrecknisse der Hölle und die immerwährenden Foltern der Verdammten schilderte, und sie weinten, als seine Stimme zärtlich schmolz und er ihnen in ekstatischen Worten die Gemeinschaft der Heiligen und die ewigen Freuden des Himmels beschrieb. Viele bereuten ihre Sünden und waren von Stund an andere Menschen. Er schloß mit einem mächtigen Aufschwung zum Preise der Heiligen Jungfrau und zum Ruhme Gottes. Niemals hatte er mit so überwältigender Beredsamkeit gesprochen, noch mit herzergreifenderem Pathos.

Als man ihn in seine Zelle geleitete, war er so gebrochen, daß er seinen treuen Sekretären erlaubte, ihn auf sein hartes Bett zu legen. Rührung und Müdigkeit hatten ihn übermannt.

20

An jenem Abend herrschte große Freude in der Stadt. In den Schenken vermochten die Zapfer die Becher und Trinkhörner gar nicht rasch genug zu füllen. Laut schwatzend zogen Gruppen rund um die Plaza und sprachen von dem wunderbaren Ereignis des Tages. Kein Mensch zweifelte daran, daß es der heilige Bischof war, der das Wunder vollbracht hatte, und alle waren gerührt, weil er in seiner Bescheidenheit seinen Bruder, den Bäkker, als Werkzeug seiner Macht verwendet hatte. So hatte er ihnen die Lehre erteilt, daß der Demütige erhöht und er Hoffärtige gedemütigt werden solle. Manch einer schwur, er habe mit eigenen Augen gesehen, wie der Bischof sich zwei Fuß vom Boden erhoben habe – andere behaupteten, es seien vier Fuß gewesen – und wie er in Glanz und Herrlichkeit geschwebt.

21

Als die Menge hinter dem Bischof aus der Kirche strömte, war Martin, der sich zurückgezogen hatte und nur hoffte, man werde ihn nicht bemerken, schließlich allein zurückgeblieben. Er wartete, um ungesehen zu entkommen, aber mit einiger Ungeduld, denn er wußte, diese Aufregung würde eine Menge Kunden bringen, und er hatte seinen Laden zwei Lehrlingen zu hüten überlassen, die kaum imstande wären, den Zulauf der Kunden zu bewältigen. Denn er buk nicht bloß Brot, sondern briet auch jenen Leuten Fleisch, die nicht daheim kochen konnten. Viele unter ihnen würden wohl meinen, dies sei eine willkommene Gelegenheit zu einem kleinen Schwatz. Als er eben den Zeitpunkt für gekommen hielt, bemerkte er Catalinas Krücke auf dem Marmorboden an der Stelle, wo sie sie weggeworfen hatte, und da er ein ordentlicher Mann war, der nicht gern sah, daß Dinge unnütz umherlagen, hob er sie auf und nahm sie mit sich.

Doch als der Erzpriester nach Hause kam und sich zu dem wohlverdienten und dringend erwünschten Mahl hinsetzte, ging ihm durch den Sinn, daß die Krücke in der Kirche liegen geblieben war, und daß es doch unrecht wäre, wenn sie verlorengehen würde. Er schickte unverzüglich seinen Diener, die Krücke zu holen, und war verärgert, als der Diener meldete, sie sei nicht mehr zu finden. Nein, ein so wertvoller Gegenstand durfte nicht so sang- und klanglos verschwinden. Darum entsandte der Erzpriester, nachdem er sein Mahl beendet hatte, Leute aus, die nachforschen sollten, was aus der Krücke geworden sei; aber erst am nächsten Tag erfuhr er, daß sie in einer Ecke des Bäckerladens stand. Er schickte jemanden zu Martin und verlangte die Herausgabe der Krücke. Und der Bäcker überließ sie ihm, und der Erzpriester bewahrte sie sorgfältig, um gelegentlich zu entscheiden, wie sie am besten zu verwenden sei.

Kaum aber hatte Doña Beatriz die große Nachricht vernommen, da entsandte sie zwei Nonnen zu Maria Perez, um sich in aller Ausführlichkeit berichten zu lassen, wie alles sich zugetragen habe, um selbst mit dem Mädchen zu sprechen, und wenn sie feststellten, daß sie tatsächlich geheilt war, wie alle Berichte es meldeten, sollten sie ihr eine prächtig gearbeitete goldene Kette reichen, die die Äbtissin den Nonnen gab, und als Gegengeschenk die Krücke erbitten, die Catalina während der Zeit ihrer Lähmung benützt hatte. Das wäre eine würdige Opfergabe für die Kapelle der Madonna in der Klosterkirche. Sie war nicht sehr erfreut, als die Nonnen mit der Botschaft zurückkehrten, weder Catalina, noch ihre Mutter, noch ihr Onkel hätten eine Ahnung, was aus der Krücke geworden sei. Die Äbtissin war entschlossen, die Krücke in ihren Besitz zu bringen, doch da das keine Angelegenheit war, die sie ihren Nonnen anvertrauen konnte, ließ sie den Verwalter ihrer Güter holen und beauftragte ihn damit, herauszubringen, wer sich des wertvollen Gegenstandes bemächtigt hatte und den Betreffenden in ihrem Namen um Aushändigung der Krücke zu ersuchen. Nach zwei Tagen erst meldete ihr der Verwalter, der Erzpriester habe die Krücke und wolle sie nicht herausgeben.

Doña Beatriz machte kein Hehl aus ihrer Erbostheit und schalt den Verwalter einen Esel und Schelm. Aber sie war eine kluge Frau. Sie setzte sich an ihren Tisch und schrieb dem Erzpriester einen höflichen, schmeichelhaften Brief, darin sie ihn mit honigsüßen Worten bat, ihr die Krücke zu überlassen, die ihren Platz in der Kirche finden sollte, auf deren Stufen die Heilige Jungfrau dem Mädchen Catalina erschienen war. Sie wies darauf hin, daß dies doch gewiß der gegebene Ort sei, wo die Krücke zur Erbauung künftiger Geschlechter aufbewahrt werden sollte. Der Erzpriester erwiderte nicht weniger höflich und salbungsvoll, erklärte aber, so gern er ihr jeden

Dienst erweisen wolle, halte er es doch für seine Pflicht, die Krücke, dieses sichtbare Zeichen von Gottes Gnade, in der Kollegialkirche aufzubewahren, wo sich ja das Wunder ereignet hatte. Er meinte, der Umstand, daß die Krücke vor dem Altar liegen geblieben sei, zeige doch deutlich, daß sie, nach Gottes Willen, dort zu verbleiben habe. Daraufhin entwickelte sich ein Briefwechsel zwischen den beiden, aus dem nach und nach alle Höflichkeit sowie alle Versicherungen gegenseitiger Schätzung verschwanden. Die Äbtissin wurde in ihrem Begehren immer entschiedener, der Erzpriester immer verstockter. Beide Parteien fanden Anhänger, und was der eine sagte, wurde dem andern schnurstracks hinterbracht. Die Äbtissin stellte den Erzpriester als unverschämten Esel dar, der von Habgier zerfressen sei, der Erzpriester wiederum schilderte die Äbtissin als eine alte Hexe, die ihre Nase in alles steckte, und deren Verwaltung des Klosters ein Skandal für die ganze Christenheit sei.

Schließlich fand Doña Beatriz, sie habe sich solange beherrscht, wie die christliche Sanftmut es nur verlangen könne, und sei jetzt frei, der gerechten Empörung Ausdruck zu geben, die das unverschämte Benehmen des Erzpriesters hervorgerufen hatte. Sie ließ abermals ihren Verwalter holen. Sie trug ihm auf, den Erzpriester zu besuchen und ihm, bei allem Respekt, der seinem Gewand zukam, klarzumachen, er habe, wenn er die Krücke nicht unverzüglich herausgebe, nicht auf die Protektion des Herzogs, ihres Bruders, in dem Rechtsstreit zu zählen, in den er verwickelt war, noch auf irgendein höheres Amt in der kirchlichen Hierarchie, das andernfalls ihr Einfluß bei Hof ihm verschaffen könnte, daß sie dagegen nicht länger die Ohren vor den skandalösen Gerüchten verschließen würde, die über seine Beziehungen zu einer bestimmten Dame in Umlauf waren, sondern sich gezwungen sähe, den Fall zur Kenntnis des Bischofs der Diözese zu bringen. Die Äbtissin rechnete mit seiner Habgier, seinem Ehrgeiz und seinem unkeuschen Lebenswandel. Durch den Einfluß des regierenden Herzogs von Castel Rodriguez war ihm eine Domherrenpfründe bei der Kathedrale von Sevilla zuerkannt worden; und das Kapitel wollte durch einen Prozeß seinen Rücktritt erzwingen, weil er nicht in Sevilla wohnte. Er wünschte nicht, die ansehnlichen Einkünfte dieses Amtes einzubüßen, doch da weder Gesetz noch Recht auf seiner Seite waren, konnte er nur durch die Protektion seines Schutzherrn auf den Sieg seiner Sache hoffen. Überdies war ihm auch der Wunsch nicht fremd, der Kirche als Bischof zu dienen. Aus diesen Gründen konnte er sich nicht leisten, die Äbtissin zur Feindin zu haben; und da sein Bischof sehr streng auf Moral hielt, wurde ihm auch unbehaglich zumute, als sie ihm drohte, die Sündhaftigkeiten an die Öffentlichkeit zu bringen, deren er sich in der Schwäche seines Fleisches schuldig gemacht hatte. Er mußte bald einsehen, daß er der Besiegte war, und da er nun einmal nachzugeben hatte, war er vernünftig genug, es mit Anstand zu tun. Er lieferte dem Boten die Krücke aus und schrieb einen Brief voll der Bezeugungen seiner tiefen Ehrfurcht vor ihrer Tugend. Nach reiflicher Überlegung sei auch er zu dem Schlusse gelangt, daß der wertvolle Gegenstand seinen Platz in der Kirche Unserer Lieben Frau vom Karmel zu finden habe.

Die Äbtissin ließ einen silbernen Behälter anfertigen und hängte die Krücke zur dauernden Erbauung der Gläubigen in der Kapelle der Madonna auf.

22

Als die Menge dicht gedrängt hinter dem Bischof aus der Kirche strömte, schob Domingo Schwester und Nichte durch eine Seitentüre hinaus und führte sie über wenig begangene Wege sicher nach Hause. Maria Perez trat entschieden dafür ein, ihre Tochter zu Bett zu bringen, ihr ein Abführmittel zu geben, den Barbier zu rufen, der sie zur Ader lassen sollte, doch Catalina, in der Freude der freien Verwendung ihrer Gliedmaßen, wollte von all dem nichts hören. Rein des Spaßes halber lief sie die Treppe hinauf und hinunter, und nur die Schicklichkeit hinderte sie daran, in der Stube Purzelbäume zu schlagen. Nachbarinnen erschienen, um ihr Glück zu wünschen und das Wunder zu bestaunen, das an ihr vollbracht worden war. Immer wieder mußte sie erzählen, wie die Heilige Jungfrau ausgesehen hatte, als sie ihr erschienen war, was für ein Kleid sie getragen und welche Worte sie gesprochen hatte. Die Nachbarinnen ihrerseits berichteten von der herrlichen Predigt, die der Bischof gehalten habe, und daß seine Beredsamkeit überwältigend gewesen sei. Nachmittags ließen alsdann die großen Damen der Stadt Catalina holen, sie mußte vor ihnen auf und ab gehen, und die Damen kreischten vor Entzücken, als hätten sie bis zu diesem Tage noch niemanden gehen gesehen. Sie gaben ihr Geschenke, Taschentücher, seidene Schärpen, Strümpfe und sogar Kleider, die nur wenig getragen waren; eine goldene Nadel, Ohrringe aus Halbedelstein und ein Armband. In ihrem ganzen Leben hatte Catalina noch nie so schöne, prunkvolle Dinge besessen. Schließlich warnten sie sie und sagten, sie möge nicht hoffärtig werden, weil eine so große Gnade ihr gewährt worden sei, sondern sich dessen erinnern, daß sie nur eine Arbeiterin sei und ihren niedrigen Stand nicht vergessen. Und damit schickten sie sie wieder heim.

Es wurde Abend. Maria Perez, Domingo und Catalina saßen bei Tisch. Sie waren müde von den großen Abenteuern des Tages, aber gleichzeitig ruhelos. Mutter und Tochter hatten miteinander gesprochen, bis sie kein Wort mehr zu sagen wußten. Domingo drängte sie, zu Bett zu gehen, aber Catalina erklärte, sie sei noch zu erregt, um Schlaf zu finden, und um die beiden zu beruhigen und ihre Seelen durch die Zaubergewalt der Kunst der Aufnahme idealer Schönheit zugänglich zu machen, begann er ihnen ein Theaterstück vorzulesen, das er jüngst beendet hatte. Catalina lauschte nicht sehr aufmerksam, aber Domingo, von der dramatischen Situation, dem melodischen Fluß seiner Verse, den eleganten, vielfach wechselnden Bildern hingerissen, merkte das nicht. Plötzlich sprang sie auf.

»Er ist da!« rief sie.

Domingo hielt inne, und auf seinem gutmütigen Gesicht zeigte sich eine gewisse Gereiztheit. Von der Straße her tönten die Klänge einer Gitarre.

»Wer ist da?« fragte ihr Onkel rauh, denn kein Autor liebt es, unterbrochen zu werden, wenn er eines seiner Werke vorliest.

»Diego! Mutter darf ich an die *reja* gehen?«

»Ich hätte geglaubt, daß du verständiger sein wirst!«

Die *reja* war das Gitter, durch das die Fenster vor dem Eindringen von Dieben, aber auch von unternehmungslustigen Liebhabern geschützt wurden. Als wohlerzogenes Mädchen, dem bekannt war, daß die Männer mit ihren lüsternen Begierden die Jungfräulichkeit eines Mädchens als ersehnte Beute ansahen, hätte Catalina niemals einen Verehrer ins Haus gelassen, aber es war üblich, daß die Mädchen abends am Fenster saßen und durch das Gitter mit dem Gegenstand ihrer Neigung von all den geheimnisvollen Dingen sprachen, mit denen Liebende sich nun einmal die Zeit zu vertreiben pflegen.

»Er hat dich verlassen, als du gelähmt warst«, fuhr Maria Perez fort. »Und jetzt, da du eine Berühmtheit bist und die ganze Stadt von dir redet, kommt er demütig angelaufen.«

»Ach, Mutter, du kennst die Männer nicht so gut wie ich«, sagte Catalina. »Sie sind schwach und leicht zu lenken. Wie sollte die Welt weiterbestehen, wenn wir kein Verständnis für ihre Torheiten hätten? Natürlich wollte er mich nicht heiraten, als ich gelähmt war. Seine Mutter und sein Vater hatten eine gute Partie für ihn gefunden. Er hat mir hundertmal versichert, daß er mich mehr liebt als seine Seele.«

»Du bist ein sehr albernes Mädchen. Er ist ein schamloser Kerl, und du solltest mehr Selbstachtung besitzen.«

»Laß sie nur«, sagte Domingo. »Sie liebt ihn, und darauf kommt es an. Ich möchte meinen, daß er nicht schlimmer ist als irgendein anderer junger Mann in dieser entarteten Zeit.«

Mit einem Achselzucken stand Maria Perez auf und griff nach der hohen Kerze, bei deren Licht Domingo vorgelesen hatte.

»Komm in die Küche und lies mir dort dein Stück zu Ende.«

»Das tu ich nicht«, erwiderte er. »Jetzt ist der Faden gerissen, und ich bin nicht mehr in Stimmung. Du bist eine gute Frau, Maria, aber du kannst einen Pentameter nicht von einem Kuhschwanz unterscheiden, und ich habe selbst kein richtiges Urteil, wenn ich nicht ein verständnisvolles Publikum finde.«

Catalina blieb allein. Sie ging ans Fenster, und in der Dunkelheit sah sie eine Gestalt, und dieser Anblick ließ ihr Herz rascher schlagen.

»Diego!«

»Catalina!«

In diesem späten Stadium wird nun ein Held in den Gang der Handlung eingeführt.

Sein Vater war Schneider und zwar ein sehr guter Schneider, der die Anzüge für die angesehensten Leute der Stadt anfertigte; von seiner frühesten Kindheit an hatte Diego gelernt, die Nadel zu führen, Hosen zuzuschneiden und ein Wams anzupassen. Er war zu einem langen, stämmigen Burschen herangewachsen, hatte prächtige Beine, eine schlanke Taille und breite Schultern. Er hatte schönes Haar, das von dem reichlich verwendeten Öl glänzte, eine olivenfarbene Haut, kecke schwarze Augen, einen sinnlichen Mund, eine gerade Nase. Kurz, er war ein junger Mensch von angenehmem Äußeren, und Catalina fand, er sei schöner als der Tag. Er war überdies von kühnem Geist, und es quälte ihn, daß er Stunde um Stunde mit untergeschlagenen Beinen dasitzen und unter den kritischen Blicken des Vaters seidene, samtene, damastene Gewänder nähen mußte, welche Glücklichere als er tragen sollten. Er glaubte sich zu größeren Dingen geboren, und in seinen geheimen Träumen spielte er manche herrliche Rolle auf der Bühne des Lebens.

Er verliebte sich. Für seine Eltern war es ein schwerer Schlag, als er ihnen erklärte, wenn sie ihre Einwilligung zur Heirat mit Catalina Perez nicht gäben, würde er sich als Soldat zur Armee in den Niederlanden anwerben lassen oder in Amerika Abenteuer suchen. Catalinas gesamtes Vermögen war das Haus, das sie nach dem Tode ihrer Mutter erben sollte, und ihre einzige Zukunftshoffnung die unwahrscheinliche Aussicht darauf, daß ihr

Vater eines Tages mit Gold beladen aus den unbekannten Ländern im Westen heimkehren würde. Aber Diegos Eltern waren schlau; er war erst achtzehn Jahre alt, und sie meinten, sein jugendlicher Liebesdrang werde sich nach angemessener Zeit einem würdigeren Ziel zuwenden; sie hielten ihn hin, sie sagten recht vernünftig, es sei unsinnig, an eine Heirat zu denken, solange er noch Lehrling war; wenn er aber nach der Lehrzeit noch gleichen Sinnes sein werde, würde er sie bereit finden, die Angelegenheit zu erörtern. Sie erhoben keinen Einwand dagegen, daß er allabendlich vor Catalinas Fenster erschien und sie mit kleinen Ständchen auf seiner Gitarre und verliebtem Geschwätz unterhielt. Als aber der Stier das Mädchen niedergetrampelt hatte und sie teilweise gelähmt geblieben war, mußten sie darin, ob sie wollten oder nicht, einen Wink der Vorsehung erkennen. Diego war über das Unglück zutiefst erschüttert, aber er mußte zugeben, daß die Heirat mit einem Krüppel nicht in Frage kam, und als dann seine Mutter ihm berichtete, sie habe aus guter Quelle erfahren, daß die einzige Tochter eines wohlhabenden Schnittwarenhändlers eine Neigung für ihn gefaßt habe und nichts dagegen hätte, seine Bewerbung entgegenzunehmen, schmeichelte ihm das so sehr, daß er ihr einige Aufmerksamkeit zuwandte. Die beiden Väter der jungen Leute trafen sich und stellten fest, daß diese Verbindung zum gegenseitigen Besten wäre. Nur die näheren Bedingungen waren noch zu besprechen, und da beide gewiegte Geschäftsmänner waren, führte das zu langwierigen Unterhandlungen.

So standen die Dinge, als Diego sich neuerlich vor Catalinas Fenster zeigte. Er hatte im Verlauf seines kurzen Lebens nicht nur Maßnehmen, Zuschneiden und Nähen gelernt, sondern auch, daß ein Mann sich niemals entschuldigen soll, und sie ihrerseits wußte, trotz ihrer Jugend, bereits, daß es zwecklos war, einem Mann Vorwürfe zu machen. Wie abscheulich die Kränkung auch sein mag, die er der Frau zufügt, reizt es ihn doch nur, wenn man sie ihm vorwirft. Eine verständige Frau wird sich damit begnügen, daß diese Kränkungen auf seinem Gewissen lasten, wenn er eins hat, und hat er keins, so ist jeder Vorwurf verschwendet. Sie verloren darum keine

Zeit; weder schalt ihn Catalina, noch entschuldigte er sich, sondern sie gingen sogleich zur Sache selbst über.

»Herz meiner Seele«, sagte er, »ich bete dich an!«

»Mein Liebster, mein Vielgeliebter«, erwiderte sie.

Doch es ist überflüssig, all die süßen, törichten Dinge zu wiederholen, die sie einander sagten. Sie sagten, was Liebende eben sagen. Diego war recht zungengewandt, und die Phrasen kamen ihm zwanglos über die Lippen und versetzten Catalina in so helles Entzücken, daß sie fand, es sei beinahe lohnend gewesen, diese langen jammervollen Wochen auszuhalten, um jetzt solch eine Seligkeit zu ernten. Die Dunkelheit des Raumes entzog sie beinahe vollständig seinen Blicken, aber der leise, weiche Klang ihrer Stimme und das Plätschern ihres Lachens befeuerten sein Blut.

»Verdammt sei dieses Gitter, das uns trennt! Oh, warum darf ich dich nicht in meine Arme schließen und dein Gesicht mit Küssen bedecken und mein pochendes Herz an das deine drücken!«

Sie wußte sehr wohl, wohin das führen würde, und diese Vorstellung mißfiel ihr durchaus nicht. Sie wußte, daß der Mann nun einmal ein Geschöpf voll zügelloser Leidenschaft ist, und es weckte ihren Stolz, und gleichzeitig rührte es schmerzlich ihr Herz, daß Diego sie so heftig begehrte. Sie verlor darüber ein wenig den Atem.

»Ach, mein Schatz, was könntest du von mir verlangen, das ich dir nicht gern geben wollte? Aber wenn du mich liebst, darfst du mich um nichts bitten, was eine Todsünde wäre und was jedenfalls diese Eisenstäbe unmöglich machen.«

»Gib mir dann deine Hand!«

Das Fenster, daran sie saß, war ein wenig höher als die Straße, und so mußte sie auf den Boden knien, um seinen Wunsch zu erfüllen. Sie ließ die Hand durch das Gitter gleiten, und er preßte seine gierigen Lippen darauf. Ihre Hände waren sehr klein mit spitzen Fingern, die Hände einer Dame aus adligem Geblüt; sie war sehr stolz auf ihre Hände, und damit sie weiß und weich blieben, wusch sie sie allabendlich sorgsam. Sanft streichelte sie sein Gesicht, und sie errötete und lachte, als er ihren Daumen zwischen die Lippen nahm.

»So ein unverschämter Mensch!« sagte sie. »Was wirst du noch alles tun?« Sie entzog ihm ihre Hand. »Benimm dich anständig, und wir wollen vernünftig reden.«

»Wie kann ich vernünftig reden, wenn du mir die Vernunft raubst? Ebensogut kannst du verlangen, daß ein Fluß bergauf fließt!«

»Dann tust du besser, dich zu verziehen. Es wird spät, und ich bin müde. Die Tochter des Schnittwarenhändlers erwartet dich, und du hast gar keinen Anlaß, sie zu kränken.«

Das wurde mit so niederträchtiger Süßigkeit vorgebracht, daß die erwartete Antwort nicht ausblieb.

»Clara? Was bedeutet sie mir? Sie hat einen Buckel auf dem Rücken, schielt und hat Haare wie ein räudiger Hund.«

»Du Lügner«, sagte Catalina heiter. »Es ist wohl wahr, daß sie einige Pockennarben hat, ihre Zähne gelb sind, und der eine fehlt, sonst aber ist sie nicht häßlich, und sie hat ein angenehmes Wesen. Ich kann deinem Vater keinen Vorwurf machen, daß er dich mit ihr verheiraten will.«

»Mein Vater mag hingehen –«

Wohin sein Vater gehn und was er dort tun sollte, klang viel zu grob, als daß ein auf Anstand bedachter Erzähler es wiedergeben könnte. Er muß es der Einbildungskraft des Lesers überlassen. Catalina war an die unverblümte Ausdrucksweise ihrer Zeit gewöhnt und nahm keinen Anstoß daran. Im Gegenteil, ihres Liebsten tiefgefühlte Worte bereiteten ihr eine gewisse Genugtuung.

»Ich war heute früh in der Kirche«, fuhr er fort, »und als ich dich in deiner ganzen Schönheit dastehen sah, war es wie ein Degenstich in mein Herz, und ich weiß, daß sämtliche Väter der Erde mich nicht mehr von dir trennen können.«

»Ich war wie in einem Rausch. Ich wußte nicht, wo ich war, und wie mir geschah. Mir schwindelte. Und dann war es, als ob eine Million Nadeln sich in mein Bein bohrten, so daß ich den Schmerz keine Sekunde länger ertragen konnte; und mehr wußte ich nicht. Ich kam erst zu Bewußtsein, als ich in den Armen meiner Mutter lag, und sie lachte und weinte, und ich brach in Tränen aus.«

»Du bist gelaufen, und als du gelaufen bist, haben wir alle vor Staunen und Freude aufgeschrien. Du bist wie eine Hindin gelaufen, die vor dem Jäger flieht, wie eine Waldnymphe, wenn sie Menschenstimmen hörte, du bist gelaufen wie ...« hier versagte seine Phantasie, und er setzte zahmer fort: »Du bist gelaufen wie ein Engel vom Himmel. Du warst schöner als die Morgenröte.«

Catalina lauschte sehr zufrieden seinen Worten und hätte gern auch mehr gehört, doch da unterbrach die Stimme ihrer Mutter.

»Komm zu Bett, Kind«, sagte sie. »Du willst doch nicht, daß alle Nachbarn etwas zum Klatschen haben, und überdies brauchst du deine Ruhe!«

»Gute Nacht, Liebster!«

»Licht meiner Augen, gute Nacht!«

Nun traf es sich, daß Diegos Vater und der Schnittwarenhändler seit einigen Tagen um ein Grundstück stritten, das, nach der Ansicht des Schneiders, zur Mitgift des Mädchens gehören sollte; davon aber wollte der Schnittwarenhändler nichts hören. Die Sache wäre höchstwahrscheinlich in aller Freundschaft durch einen Ausgleich erledigt worden, wenn der Schneider nicht plötzlich eine ganz unbegründete und in den Augen des Schnittwarenhändlers höchst unpassende Hartnäckigkeit an den Tag gelegt hätte. Gereizte Worte fielen von beiden Seiten, und am Ende wurde das Heiratsprojekt aufgegeben. Nicht ganz ohne Grund weigerte der Schneider sich, seine Ansprüche zu mäßigen: das Wunder hatte Catalina zu einem Ansehen verholfen, das seinem Geschäft nur von Nutzen sein konnte; sie war schließlich nicht bloß ein gutes, ehrbares Mädchen, sondern auch eine geschickte Schneiderin. Und es verlautete, daß verschiedene Damen der Stadt, von ihrer Bescheidenheit und ihren guten Manieren entzückt, bereit waren, sich zusammenzutun, und ihr eine anständige Mitgift zu geben. Wenn er also der Heirat zustimmte, die er zuvor mißbilligt hatte, machte er nicht nur seinen Sohn glücklich, sondern überdies ein gutes Geschäft. Und so war das letzte Hindernis behoben, das dem Glück der Liebenden im Wege stand.

23

Während sie fortfuhren, Abend für Abend mit geringen Abweichungen, aber zu beiderseitiger Zufriedenheit die schon einmal mitgeteilten Worte durch das Gitter zu wechseln, ahnten sie nicht, daß eine große Dame in ihrer Zelle, einen Steinwurf von ihnen entfernt, einen Plan ausheckte, der die beiden betraf.

Doña Beatriz war eine fromme Frau, die ihre Pflichten gewissenhaft erfüllte. Das Kloster, das sie leitete, war ein Muster für die Gemeinde, und die Inspektoren, die es besichtigen kamen, hatten niemals etwas auszusetzen gefunden. Sie hielt auf sehr strenge Zucht. Die Gottesdienste wurden mit vorbildlicher Würde abgehalten. In ihrem Benehmen wie in ihrer Frömmigkeit war sie über jeden Vorwurf erhaben. In ihrem Herzen aber trug sie einen tödlichen Haß gegen eine bestimmte Nonne in Avila, namens Teresa de Cepeda. Und kein Gebot der Religion, noch der wiederholte Tadel ihres Beichtvaters vermochten daran etwas zu ändern. Diese Nonne, bekannt unter ihrem Klosternamen als Teresa de Jesû, von der Äbtissin aber immer nur als La Cepeda bezeichnet, war in das Kloster der Inkarnation in Avila eingetreten, wo Doña Beatriz erst Schülerin und dann Novizin gewesen war. Sie hatte einige Entrüstung erregt, weil sie behauptete, daß ihr besondere Huldbeweise, Verzückungen und der Anblick des Herrn zuteil geworden seien. Sein Gesicht habe gestrahlt. Gar nicht davon zu reden, daß sie vorgab, sie habe den Teufel, der auf ihrem Gebetbuch saß, vertrieben, indem sie ihn mit Weihwasser besprengte. Doch der Höhepunkt war erst erreicht, als sie, unbefriedigt von der Laxheit der Karmeliterregel, das Kloster verlassen und ein neues gegründet hatte, das einer strengeren Regel gehorchte. Die Nonnen, die sie im Stich gelassen hatte, sahen das als persönlichen Vorwurf und als Kränkung für den Orden an, und sie taten, was in ihrer Macht stand, um ein Verbot dieser neuen Gründung zu erwirken. Doch Teresa de Cepeda war eine Frau von Energie, Entschlossenheit und Mut, sie überwand die hartnäckigen

Widerstände und gründete ein Kloster nach dem andern; ihre Nonnen wurden Unbeschuhte Karmeliterinnen genannt, weil sie statt der festen Schuhe der andern Ordensmitglieder nur Sandalen mit Bastsohlen trugen; und noch vor ihrem Tode, einige Jahre vor der Zeit, in der diese Geschichte spielt, hatte sie den Triumph ihrer Reform erlebt.

Kein Mensch hatte sie mit größerer Zähigkeit bekämpft als Doña Beatriz. Ihr waren diese übertriebenen Kasteiungen, die Visionen und Verzückungszustände unerträglich, deren die Nonnen der Cepeda sich rühmten. Es bestand ein natürlicher Gegensatz zwischen diesen beiden willensstarken Frauen. Wer war denn diese stolze, anmaßende, niederträchtige Kreatur, die sich in alles einmischte und mehr sein wollte als alle andern? Einmal war sie doch sogar so weit gegangen, den Bischof um die Bewilligung zu ersuchen, auch in Castel Rodriguez eines ihrer Klöster zu gründen; sie hatte sich mächtige Beziehungen bei Hof und unter dem Klerus geschaffen, und Doña Beatriz, entschlossen, nicht zuzulassen, daß diese Frau in einer Stadt Fuß faßte, die sie selbst als ihren Bereich ansah, war gezwungen gewesen, ihren ganzen Einfluß zu gebrauchen, um diesen Plan zu Fall zu bringen. Ein verzweifelter Kampf begann, und der Ausgang war noch ungewiß, als Teresa de Jesû starb.

Obgleich sie für diese mißleitete Seele betete, konnte Doña Beatriz dennoch einen Seufzer der Erleichterung nicht unterdrücken. Sie war überzeugt, daß jetzt, da der Cepeda unruhiger, herrschsüchtiger Geist nicht mehr tätig war, die Reformen bald vergessen sein und die Nonnen, nach einem entsprechenden Zeitraum, zur alten Regel zurückkehren würden. Sie ahnte nicht, wie stark die Wirkung war, die Teresa auf ihre Nonnen und auf die Priester ausgeübt hatte, die mit ihr in Berührung gekommen waren. Bald darauf waren Geschichten von den Wundern im Umlauf, die sie zu ihren Lebzeiten vollbracht hatte, und von den Wundern, von denen ihr Hinscheiden begleitet gewesen war. Als sie starb, stieg ein so süßer Duft aus ihrem Körper auf, daß die Fenster ihrer Zelle geöffnet werden mußten, sonst wären die Anwesenden ohnmächtig geworden, und als ihre Leiche neun Monate später ausgegraben wurde, war sie völlig unversehrt und unberührt, und das ganze Kloster war von dem gleichen süßen Duft erfüllt. Kranke wurden durch Berührung ihrer sterblichen Überreste geheilt. Schon verlangten mächtige Persönlichkeiten ihre Seligsprechung, und schließlich wurde Doña Beatriz zugetragen, daß La Cepeda früher oder später auch heiliggesprochen werden sollte.

Der Gedanke daran hatte sie einige Zeit ernstlich beunruhigt. Wie würden – um es profan auszudrücken – die Unbeschuhten Karmeliterinnen sich damit wichtig machen! Gewiß, auch die Karmeliterinnen, deren Ordensregel sanfter war, hatten ihre Heiligen; waren doch ihre Gründer kanonisiert worden! Aber das war lange her, und die Menschen waren so leichtfertig, daß sie einem neuen Heiligen lieber ihre Ehrfurcht bezeigten, als jenen, die nun schon seit Jahrhunderten Heilige waren. Doch wenn die Äbtissin nichts tun konnte, um zu verhindern, daß der neue Ordenszweig eine Ehrung empfing, für die sie keinen rechten Anlaß zu erkennen vermochte, so konnte sie immerhin etwas tun, um das Gleichgewicht wiederherzustellen, indem sie in ihrem eigenen Orden eine Kandidatin für die Heiligsprechung fand. Die Vorsehung hatte ihr den Weg gewiesen, und es wäre eine Sünde, wenn sie ihn nicht einschlüge. Lazarus war nur darum ein Heiliger, weil er den Anlaß zu einem Wunder Gottes gegeben hatte. Catalina war ein frommes, tugendhaftes Mädchen, und das Wunder, durch das sie ihre Gesundheit wiedererlangt hatte, war nicht nur von zwei oder drei aufgeregten Nonnen oder eigennützigen Priestern bezeugt, sondern von einer ganzen Volksmenge. Da sie nun ein so deutliches Zeichen der göttlichen Gnade empfangen hatte, schien es nur recht und billig, daß sie den Rest ihres Lebens dem Dienste Gottes weihte. Doña Beatriz hatte gehört, das Mädchen sei in einen jungen Mann aus der Stadt verliebt, doch das war kein ernsthafter Einwand; sie konnte sich nicht vorstellen, daß eine Frau, die voll bei Sinnen war, zweimal daran denken sollte, einen Schneider zu heiraten, wenn ihr die geistlichen und weltlichen Vorteile des Eintritts in ein Kloster winkten, dessen Äbtissin Doña Beatriz war. Wenn das Mädchen dem entsprach, was die Nonnen von ihr hielten, so konnte sie nicht verfehlen, eine Zierde des Klosters zu werden, und die Gnade, die sie empfangen hatte, würde den Ruhm der Stiftung des Herzogs weiterhin erhöhen. Sie war jung genug, um noch bildsam zu sein, und Doña Beatriz besaß das feste Vertrauen, daß sie eine würdige Karmeliterin aus ihr machen könnte. Es bestand kein Grund, zu fürchten, die Heilige Jungfrau werde ihr Interesse an dem Mädchen verlieren, im Gegenteil, es war durchaus nicht unmöglich, daß Catalina noch weitere Huldbeweise empfangen würde. Ihr Ruf würde sich verbreiten, und wenn sie, nach einem entsprechenden Zeitraum, von dem Märtyrertum des Lebens erlöst sein sollte, wäre sie eine nicht minder passende Kandidatin für die Seligsprechung wie die unruhestiftende Nonne von Avila.

Einige Tage lang brütete Doña Beatriz über diesem Plan, und je mehr sie ihn erwog, desto verlockender erschien er ihr; aber da sie eine lebenskluge Frau war, hielt sie es für vorsichtig, ihn nicht ohne die Billigung ihres Beichtvaters in Angriff zu nehmen. Sie ließ ihn kommen. Er war ein würdiger, einfacher Mann, dessen Frömmigkeit sie schätzte, von dessen Intelligenz sie aber keine allzuhohe Meinung hegte. Er begrüßte ihren Wunsch, dem Herrn jene Braut zu geben, der ja die Mutter des Herrn selber eine so große Gnade zu erweisen geruht hatte, und die somit einen Gewinn für das Kloster darstellen würde; und die Zustimmung des Geistlichen war nur natürlich, denn wenn die Äbtissin auch betont hatte, wie dankbar das Mädchen für die Wunderheilung sein müsse und wie sehr bereit, den Rest ihres Lebens im Dienste Gottes zu verbringen, hatte sie es doch für überflüssig gehalten, dem guten Mann die verborgenen Gründe zu enthüllen, die zu ihrem Wunsch die Veranlassung gegeben hatten. Doch er erhob einen Einwand.

»Durch die Statuten, die bei der Stiftung dieses Klosters festgelegt wurden, ist es Damen von adliger Geburt vorbehalten. Catalina Perez mag wohl von reinem Blut – *de sangre limpia* – sein, ist aber dennoch von niedriger Herkunft.«

Darauf war die Äbtissin gefaßt gewesen.

»Ich sehe die Huld, die Unsere Liebe Frau ihr erwiesen

hat, als einen Adelsbrief an. In meinen Augen ist sie dadurch den Edelsten in diesem Lande gleichgestellt.«

Solch eine Antwort aus dem Munde einer Dame von so hoher Geburt erfüllte den Frater mit Bewunderung und erhöhte, wenn noch möglich, die Achtung, die er für sie empfand. Nachdem dies erledigt war, blieben nur noch die Mittel und Wege zu erörtern. Ihr Plan war, Catalina holen zu lassen und ihr dann vorzustellen, wie nützlich es für ihr Seelenheil wäre, sich für einige Zeit ins Kloster zurückzuziehen, um dem Schöpfer den gebührenden Dank für die Wohltaten abzustatten, mit denen er sie überhäuft hatte; und da sie voraussah, daß Catalina, angesichts der unglückseligen Neigung, die sie zu dem jungen Menschen gefaßt hatte, Schwierigkeiten machen könnte, bat sie den Frater, ihren Plan dem Beichtvater des Mädchens bekanntzugeben, der ihr dann zureden, wenn nötig, auftragen sollte, den Vorschlag anzunehmen. Dafür war der Beichtvater der Äbtissin mit Freuden zu haben.

So ließ denn die Äbtissin schon am nächsten Tage Catalina holen. Sie hatte sie vorher nur einmal gesehen und kaum beachtet. Sogleich war sie von der Schönheit des Mädchens berührt, und mit einem Lächeln, das wenig von ihrer gewohnten Strenge verriet, machte sie eine liebenswürdige Bemerkung darüber. Sie schätzte reizlose Nonnen nicht sehr. Sie hatte es immer für unziemlich gehalten, dem himmlischen Bräutigam Bräute anzubieten, welche geistige Anmut nicht auch mit vorteilhafter Erscheinung zu verbinden wußten. Sie war entzückt von Catalinas bescheidenem Wesen, ihrer süßen Stimme und der Vornehmheit ihrer Haltung. Nichts an ihr war vulgär, und ihre Ausdrucksweise war, dank Domingos Unterricht, nicht bloß korrekt, sondern sogar elegant. Die Äbtissin konnte ihr Erstaunen darüber nicht unterdrücken, daß eine so liebliche Blume aus so dürftigem Erdreich erwachsen war. Jeder Zweifel an der Richtigkeit ihres Vorhabens war gewichen: das Mädchen war sichtlich zu hohen Ehren berufen, und welche Ehren konnten höher sein als der Dienst an Gott?

Catalina stand scheu und ehrfürchtig vor der großen Dame, deren Ruf von Tugend und Strenge ihr wohlbekannt war, aber Doña Beatriz tat ihr Möglichstes, damit das Mädchen sich behaglich fühlen sollte. Ihr Gesicht trug einen Ausdruck von Wohlwollen, den die Nonnen nur selten bemerkten, und Catalina fragte sich bereits, warum denn alle Welt solche Angst vor ihr hatte. Das Mädchen war redselig, und da sie huldvoll zum Sprechen ermuntert wurde, erzählte sie der gütigen Lauscherin bald die ganze Geschichte ihres kurzen Daseins, mit all den Härten der Armut, den Sorgen und den Freuden, und keine Ahnung warnte sie und verriet ihr, mit welcher Geschicklichkeit die Äbtissin diese Schilderung so zu lenken wußte, daß Catalina ihr ganzes Selbst, ihre ungeschminkte Natur und den Reiz ihres Wesens enthüllte. Ohne mit der Wimper zu zucken, sondern mit geduldiger Freundlichkeit hörte die Äbtissin die Schilderung von Diegos Schönheit und Tüchtigkeit an, seiner Güte und Liebe; auch daß seine Eltern, bisher so ablehnend, sich jetzt erweichen ließen, so daß dem Glück der beiden jungen Menschen nichts mehr im Wege stand. Die Äbtissin wünschte von Catalinas eigenen Lippen zu hören, wie die Heilige Jungfrau ihr erschienen sei, die Worte, die die Madonna gesprochen hatte, und wie sie unversehens verschwunden war. Dann aber kam Doña Beatriz ernst und doch mild mit der Anregung, Catalina sollte sich zum Dank für die empfangene Gnade für einige Zeit ins Kloster zurückziehen, um sich zu sammeln und ihren Geist der Betrachtung des Unirdischen zu weihen. Catalina war tief bestürzt. Aber sie war es gewöhnt, zu sagen, was ihr gerade durch den Kopf ging, und sie hatte unterdessen die Scheu vor der Äbtissin so weit verloren, daß sie ohne zu zaudern ganz aufrichtig ausrief:

»O ehrwürdige Mutter, das kann ich nicht tun. Wir sind so lange voneinander getrennt gewesen, und es würde das Herz meines Diego brechen, wenn wir abermals getrennt würden. Er sagt, er lebe nur für die Stunde, da wir uns miteinander durch das Fenster unterhalten. Ich würde verschmachten, wenn ich ihn nicht sehen könnte!«

»Ich möchte dich nicht drängen, mein Kind, etwas zu tun, was dir widerstrebt. Solch eine zeitweilige Abkehr von den irdischen Dingen könnte dir nur dann nützen, wenn du um Gottes Liebe willen dazu bereit bist. Ich wäre aber – das gestehe ich – enttäuscht, wenn du dich der Heiligen Jungfrau für ihre Huld so wenig dankbar zeigen solltest, daß du ihr nicht einmal eine kurze Spanne Zeit gönnen willst, um ihr zu danken; und ich vermag nicht zu glauben, daß dieser junge Mann, wenn er dich so innig liebt, wie du sagst, und wenn er so brav ist, es übel nehmen würde, wenn du eine Weile – nicht länger als zwei oder drei Wochen – zum Dank für den Segen, der euch wieder vereint hat, damit verbringen solltest, für sein und für dein Seelenheil zu beten. Aber wir wollen nicht weiter davon sprechen; ich möchte dich nur bitten, dich mit deinem Beichtvater zu beraten. Vielleicht hält er meine Anregung für wertlos, und in diesem Fall wird dein Gewissen beruhigt sein.«

Und so entließ sie das Mädchen, nicht ohne ihr noch einen Rosenkranz aus Bernsteinkugeln geschenkt zu haben.

24

Es war für die Äbtissin keine Überraschung, als ihr zwei oder drei Tage später gemeldet wurde, Catalina sei im Sprechzimmer und bitte um die Erlaubnis, sich für einige Zeit ins Kloster zurückziehen zu dürfen. Sie ließ sie kommen, begrüßte sie herzlich, küßte sie und übergab sie dann jener Schwester, der die Novizinnen anvertraut waren. Catalina erhielt eine Zelle mit dem Ausblick auf den wohlgepflegten Garten der Nonnen. Wenn auch einfach möbliert, war die Zelle doch geräumig, sauber und kühl.

Doña Beatriz brauchte nicht eigens darum zu bitten – und ihre Bitten waren Befehle –, daß Catalina duldsam und gütig behandelt werden solle, denn ihre Schönheit, ihre Bescheidenheit und ihr Charme bezauberten alle Herzen. Nonnen, Novizinnen, Laienschwestern und auch die Damen, die im Kloster wohnten, alle waren entzückt von ihr. Sie liebten ihre Fröhlichkeit, sie verwöhnten sie wie ein Lieblingskind. Wenn auch das Bett, darin sie schlief, der Regel des Ordens entsprach, war es doch luxuriös im Vergleich mit dem Bett, an das sie gewöhnt war, und die Speisen waren wohl einfach und ungewürzt, dennoch hatte sie dergleichen in der Armut ihres Heims nie gekannt. Fische, Hühner, Wild kamen von den Gütern der Äbtissin, und die Damen luden sie in ihre Zimmer und gaben ihr Süßigkeiten und Delikatessen zu kosten.

Doña Beatriz erwog den Fall gründlich; sie war zufrieden, daß das Mädchen sich selbst von den Freuden des Klosterlebens überzeugen konnte, von dessen Frieden, seinen angenehmen Beschäftigungen und seiner Abgeschlossenheit vor Unrast und Unruhe der Welt. Die Eintönigkeit des Klosters wurde während der Erholungsstunde durch die Besuche vornehmer Damen und würdiger Herren aus der Stadt unterbrochen, meist Verwandte der Äbtissin oder ihrer Nonnen, und das Gespräch beschränkte sich durchaus nicht auf rein religiöse Themen. Catalina war durch die Aufmerksamkeit, die ihr zuteil wurde, nicht wenig geschmeichelt. Sie war nicht ganz ohne Widerstände auf den Befehl ihres Beichtvaters eingetreten, dessen Ansicht sich auch ihre Mutter angeschlossen hatte, jetzt aber fand sie den Aufenthalt recht angenehm. Es wäre auch erstaunlich gewesen, wenn sie das glückliche, geordnete Leben der Nonnen nicht reizvoller gefunden hätte als das Leben daheim mit seiner unaufhörlichen Plackerei und der ständigen Bedrohung durch das Gespenst der Not. Es hatte Zeiten gegeben, da keine Nachfrage für ihre und ihrer Mutter Arbeit bestand, und dann schützten nur die ungewissen Einnahmen Domingos sie vor dem Mangel. Sie hatte ihre Freude an den kirchlichen Zeremonien, an denen sie mit allen Mitgliedern der Gemeinschaft in der kleinen, aber schönen Klosterkirche teilnahm. Die Äbtissin war musikalisch und achtete darauf, daß schön gesungen und die Riten nicht bloß mit Strenge, sondern auch mit einem gewissen Glanz zelebriert wurden. Catalina, die sehr empfindsam war, fand darin nicht nur einen Genuß für ihre Sinne, sondern auch geistige Bereicherung. Zu ihrer großen Überraschung entdeckte sie, daß das Klosterleben nichts von einem Gefängnis an sich hatte – denn das war ihre ständige Furcht gewesen –, sondern weit mehr von einer Befreiung. Es machte ihr Freude, zu gefallen, und sie gefiel; ihr Wunsch war es, geliebt zu werden, und sie wurde geliebt. Wenn sie Diego auch vermißte und beständig an ihn dachte, hatte sie doch das Gefühl, daß sie später auf diese Zeit als auf eine der angenehmsten Episoden ihres Lebens zurückblicken würde.

Jeden Tag gegen Abend ließ Doña Beatriz sie kommen und hielt sie eine Stunde fest. Niemals erwähnte sie ihren Wunsch, Catalina möge sich völlig der Religion weihen; obgleich sie es bald nicht nur aus den bereits dargelegten Beweggründen sehr wünschte, sondern weil sie mit ihrem Scharfblick rasch erkannt hatte, daß Catalina nicht allein tugendhaft, sondern auch intelligent und bildungsfähig war, daß sie Persönlichkeit besaß und eine Zierde des Klosters werden könnte. Die Äbtissin sprach mit ihr nicht wie eine große Dame und wie die Vorsteherin eines Klosters, sondern wie eine liebevolle Freundin. Wohl bemühte sie sich, Einfluß auf das Mädchen zu gewinnen, aber es war ihr klar, daß sie behutsam vorgehen mußte. Sie erzählte ihr Geschichten von Heiligen, um sie zu erbauen, und Geschichten vom Hof, um ihr zu zeigen, daß auch Mönche und Nonnen eine Rolle in den Staatsgeschäften spielen konnten. Sie sprach zu ihr von den Angelegenheiten des Klosters und von der Verwaltung ihrer Besitzungen, nicht ohne den Hintergedanken, daß es günstig auf Catalina wirken könnte, wenn sie merkte, welch eine wichtige, verantwortungsvolle Stellung eine Äbtissin des Karmeliterklosters von Castel Rodriguez bekleidete. Die Möglichkeit solch einer Zukunft war sehr wohl angetan, die Tochter der Schneiderin Maria Perez zu verlocken.

Aber in einem Kloster kann nur sehr wenig geheimgehalten werden, und wenn Doña Beatriz auch zu keinem Menschen von ihrem Plan gesprochen hatte, war es doch unter den Nonnen und den Damen bald bekannt, welchem Zweck die Vorrechte dienten, deren Catalina sich erfreute, ebenso wie die große Aufmerksamkeit, die ihr die Äbtissin zuwandte. Eine besonders gefühlvolle Nonne sagte ihr eines Tages, wie sehr alle sie liebten, und wie allgemein der Wunsch sei, sie dauernd im Kloster zu behalten. Eine der Damen wiederum, die im Kloster wohnte, weil ihr Mann im Felde stand, erklärte ihr, sie wünschte nur, frei zu sein, um Nonne werden zu können.

»Wenn ich an deiner Stelle wäre, Kind«, sagte sie, »würde ich die ehrwürdige Mutter schon morgen bitten, mich als Novizin aufzunehmen.«

»Ja, aber ich will doch heiraten!«

»Du wirst nie aufhören, das zu bedauern. Die Männer sind ihrem Wesen nach brutal, nachlässig und treulos.«

Die Dame hatte ein teigiges Gesicht, war dick und lethargisch. Catalina konnte sich nicht des Gedankens erwehren, daß ihr Gatte, wenn er wirklich so war, wie sie ihn schilderte, gewisse mildernde Umstände anführen durfte.

»Wie kannst du nur zögern, wenn der himmlische Bräutigam die Arme ausbreitet, um dich zu empfangen?« fuhr die Dame fort und steckte ein Stück Kuchen in den Mund.

Ein andermal, während der Erholungsstunde, tätschelte eine Dame aus der Stadt Catalinas Wange und sagte verschmitzt:

»Nun, nun, ich höre, daß wir bald eine nette kleine Heilige hier im Kloster haben werden. Du mußt mir versprechen, in deinen Gebeten meiner zu gedenken, denn ich bin eine große Sünderin, und ich rechne auf dich, um dennoch ins Paradies zu gelangen.«

Catalina erschrak. Sie hatte keineswegs den Wunsch, Nonne zu werden, geschweige denn eine Heilige. Jetzt fiel ihr eine ganze Anzahl Bemerkungen ein, die sie nicht gleich beachtet hatte. Und mit einem Male wurde ihr klar, daß sie alle von ihr erwarteten, sie werde sich völlig dem religiösen Leben weihen. Als sie an jenem Abend, wie gewöhnlich, in das Gemach der Äbtissin trat, war ihr unbehaglich zumute. Doña Beatriz merkte sogleich, daß irgend etwas nicht stimmte. Und sie machte keine Umschweife.

»Was hast du denn, Kind?« unterbrach sie plötzlich Catalina mitten in einem Satz.

Das Mädchen fuhr zusammen und errötete.

»Nichts, ehrwürdige Mutter.«

»Fürchtest du dich, es mir zu sagen? Weißt du denn nicht, daß ich dich liebe, als ob du meine eigene Tochter wärest? Ich hoffte doch, daß auch du mir eine gewisse Zuneigung entgegenbringen würdest.«

Catalina brach in Tränen aus. Die Äbtissin hielt ihre Arme zärtlich geöffnet.

»Setz dich hierher, Kind, und erzähle mir, was dich so beunruhigt.«

Catalina setzte sich zu Füßen der Äbtissin.

»Ich möchte nach Hause zurückkehren«, schluchzte sie.

Doña Beatriz reckte sich auf, doch rasch besann sie sich wieder.

»Bist du hier nicht glücklich, Kind? Wir haben doch alles getan, um dir das Leben angenehm zu machen. Du hast die Liebe aller gewonnen.«

»Diese Liebe ist wie ein Kerker. Ich bin wie ein Hase in der Falle. Die Nonnen, die Damen, sie scheinen es alle als selbstverständlich anzusehen, daß ich ins Kloster gehe. Und das will ich nicht.«

Die Äbtissin war erbost, weil diese törichten Frauenzimmer im Übereifer ihren Plan ausgeplaudert hatten, doch davon ließen ihre ernsten Züge keine Spur merken. Sie antwortete freundlich:

»Niemand könnte wünschen, dich zu etwas zu zwingen, das nur ein freier Willensakt unter der göttlichen Eingebung sein darf. Du mußt den Damen daraus keinen Vorwurf machen, denn in der Neigung, die sie für dich gefaßt haben, wünschen sie eben, dich nicht zu verlieren. Ich meinerseits kann nicht leugnen, daß auch ich mir erlaubt habe, den Wunsch zu hegen, die Heilige Jungfrau möge in deinem Herzen das Bedürfnis wecken zum Dank für die große Gnade, die sie dir erwiesen hat, in unsern Kreis einzutreten. Du wärest eine Ehre und eine Zierde unseres Klosters. Ich weiß, daß du nicht nur demütig und fromm bist, sondern auch ein kluges Köpfchen auf den Schultern trägst. Allzu viele Nonnen gibt es, die leider nicht imstande sind, Güte mit Einsicht zu verbinden. Ich bin eine alte Frau, die Last meines Amtes beginnt, meine Kräfte zu übersteigen; es mag eine Sünde sein, sich eitlen

Träumen hinzugeben, aber ich hätte es als großes Glück empfunden, dich, mit deinem Takt, deiner natürlichen Güte und deinem gesunden Verstand, zur Seite zu haben, damit du meine Arbeit teilst, und zu wissen, daß du einst, wenn der himmlische Vater mich zu sich ruft, meinen Platz einzunehmen vermagst.«

Sie hielt inne und wartete auf eine Antwort. Freundlich streichelte sie die Wange des Mädchens.

»Ihr seid sehr gütig zu mir, ehrwürdige Mutter. Ich kann Euch für Eure Liebe gar nicht genug danken. Es würde mir das Herz brechen, wenn Ihr mich für undankbar halten solltet. Ich bin der großen Ehre unwürdig, die Ihr für mich im Sinne habt.«

Obgleich diese Worte keine ausdrückliche Ablehnung des glänzenden Angebotes enthielten, konnte dem klaren Blick der Äbtissin dennoch nicht entgehen, daß es so gemeint war. Sie fühlte, daß in diesem Mädchen nicht nur eine Angst lebendig war, sondern auch eine Verstocktheit, und es schien ihr, als würde der bloße Versuch weiteren Zuredens diese Hartnäckigkeit nur verstärken. Sie gab sich nicht geschlagen, aber die Klugheit empfahl zunächst einen Rückzug.

»Das ist eine Frage, die du ganz allein mit deinem Gewissen entscheiden mußt, und es liegt mir fern, dich beeinflussen zu wollen.«

»Darf ich also nach Hause gehen, ehrwürdige Mutter?«
»Du bist frei, zu gehen, wann es dir beliebt. Ich erbitte von dir als Gefallen und aus Achtung vor deinem Beichtvater, daß du so lange hier bleibst, wie er es dir aufgetragen hat. Du wirst doch gewiß nicht so herzlos sein, uns die wenigen noch übrigen Tage der Freude deiner Anwesenheit zu berauben.«

Darauf konnte Catalina nur erwidern, sie werde gern bleiben. Die Äbtissin entließ sie mit einem Kuß. Dann, in der Einsamkeit ihrer Zelle, erwog sie die Frage angestrengt und gründlich. Sie war nicht die Frau, die sich mit einer Niederlage abfand. Catalinas Hartnäckigkeit war ihr einen Augenblick lang ein Ärgernis, doch da dieses Gefühl völlig unnütz war, unterdrückte sie es rasch. Ihr Geist war stark und erfinderisch, und verschiedene Pläne stiegen in ihr auf. Sie überlegte Vorteile und Nachteile eines jeden. Sie fühlte sich berechtigt, jedes Mittel anzuwenden, solange es nicht sündhaft war, um des Mädchens Wohlfahrt in dieser und ihr Seelenheil in jener Welt sicherzustellen, und gleichzeitig etwas zu vollbringen, was das Ansehen des Ordens erhöhen mußte. Zunächst mußte offenbar versucht werden, ob Catalina nicht durch eine wirksamere Überredungskraft als die der Äbtissin in die entsprechende Geistesverfassung versetzt werden konnte. Sie vermochte zu diesem Behuf keinen geeigneteren Menschen zu entdecken als Don Blasco de Valero, Bischof von Segovia. Er hatte das Wunder vollbracht, durch das sie geheilt worden war, sein hohes Amt konnte nicht ohne Eindruck bleiben, seine Heiligkeit flößte tiefe Ehrfurcht ein. So setzte sie sich denn an ihren Tisch und schrieb ihm einen Brief, darin sie ihn ersuchte, sie einer Angelegenheit wegen aufzusuchen, in der sie seines Rates bedürfe.

25

Er sandte ihr die Botschaft, daß er am nächsten Tage kommen werde, und mit einer in Spanien ungewöhnlichen Pünktlichkeit erschien er zur festgesetzten Stunde.

»Ich wünschte mit Euer Gnaden über das Mädchen Catalina Perez zu sprechen.«

Der Bischof setzte sich auf den Stuhl, den Doña Beatriz ihm anbot, aber nur auf den Rand, als sei es ihm zuwider, sich dieser allzu bequemen Sitzgelegenheit zu überlassen. Er wartete schweigend und mit gesenkten Augen ab, was die Äbtissin ihm zu sagen hatte.

»Auf das Geheiß ihres Beichtvaters hat sie sich in unser Haus zurückgezogen. Ich hatte Gelegenheit, mit ihr zu reden. Ich habe ihren Charakter und ihre Anlagen geprüft. Sie besitzt mehr Bildung als viele Damen edler Herkunft. Ihre Manieren sind ausgezeichnet und ihr Benehmen musterhaft. Sie ist der Heiligen Jungfrau tief ergeben. Sie ist in jeder Beziehung wie geschaffen für das religiöse Leben, und nach der Gnade, die Gott ihr durch Eure Hände zuteil werden ließ, erscheint es doch wohl nur als selbstverständliche Dankbarkeit, wenn sie ihr Leben jetzt dem Dienste Gottes widmet. Sie wäre eine Zierde für unsern Orden, und ich würde nicht zögern, sie, trotz ihrer geringen Herkunft, in diesem Hause aufzunehmen.«

Der Bischof antwortete nicht. Ohne aufzusehen, neigte er leicht den Kopf, aber daraus ließ sich nicht entnehmen, ob es ein Zeichen der Billigung war, oder ob er lediglich zeigen wollte, daß er zuhörte. Die Äbtissin hob die Brauen.

»Das Mädchen ist jung, sie kennt ihre Seele selber noch nicht, und vielleicht ist es nur natürlich, daß sie sich von den eitlen Freuden der Welt angezogen fühlt. Ich bin eine unwissende, sündige Frau, ich habe nicht den Eindruck, daß ich mit einigem Nutzen zu ihr über diese Frage sprechen könnte. Aber da ist mir in den Sinn gekommen, daß es eine verdienstliche Tat wäre, wenn Euer Gnaden mit ihr reden und sie darauf hinweisen wollten, wie das niemand besser kann als Ihr, auf welchem Wege ihre Pflicht und gleichzeitig ihr Glück zu finden ist.«

Nun erwiderte er:

»Ich wünsche nicht, mit Frauen Umgang zu haben. Ich habe mir zur Regel gemacht, von der ich nie abgegangen bin, auch ihre Beichte nicht entgegenzunehmen.«

»Ich bin mir bewußt, daß Euer Gnaden nichts mit meinem Geschlecht zu tun haben wollen, doch dies ist ein Ausnahmefall. Ihr habt sie dem Leben wiedergegeben, Ihr könnt nicht zulassen, daß sie ihre Seele gefährdet, weil es ihr an einem Wort der Ermahnung fehlt. Es ist, als hättet Ihr einen Menschen vom Ertrinken gerettet und ließet ihn jetzt am Strande vor Hunger und Kälte sterben.«

»Wenn sie keine Berufung zum religiösen Leben fühlt, kann es nicht meine Pflicht sein, sie dazu zu drängen.«

»Eure Gnaden weiß bestimmt, daß viele Frauen sich infolge sehr weltlicher Gründe dazu entschlossen haben, sei es, daß man sie aus dieser oder jener Ursache nicht passend verheiraten konnte, sei es auch eines Liebeskummers halber. Das hat sie nicht gehindert, ausgezeichnete Nonnen zu werden.«

»Daran zweifle ich nicht, und ich muß wohl glauben, daß Gott gelegentlich den Pokal von den Lippen der weltlich Gesinnten reißt, um sie zu seinem Dienst zu berufen, doch im Falle dieses Mädchens habe ich keine Veranlassung anzunehmen, daß eine der Ursachen vorhanden sein sollte, die Ihr erwähnt habt. Ich möchte mir gestatten, Euch daran zu erinnern, daß es nicht minder möglich ist, sein Seelenheil in der Welt zu finden als im Kloster.«

»Aber schwieriger und unsicherer. Warum sollte die Heilige Jungfrau Euch die Macht verliehen haben, dieses Wunder zu ihrem Ruhme zu wirken, wenn nicht mit der Absicht, das Licht dieses Mädchens vor allen Menschen leuchten zu lassen und sie zum Leben im Kloster zu bewegen?«

»Es ist nicht an uns sündigen Geschöpfen, die Gründe des allmächtigen Gottes erforschen zu wollen.«

»Doch wir dürfen zum mindesten gewiß sein, daß sie gut sind.«

»Das dürfen wir.«

Die lakonische Ausdrucksweise des Bischofs war Doña Beatriz nicht angenehm. Sie war bei denen, die sie bekehren wollte, an weit größere Beredsamkeit gewöhnt. Darum wurde ihr Ton schärfer, als sie jetzt fortfuhr.

»Es ist eine geringe Gegenleistung, die ich für all die Gunst und all den Schutz erbitte, die meine Familie Eurem Orden stets erwiesen hat. Wollt Ihr mir den Wunsch verweigern, dieses Mädchen zu empfangen, ihre Anlagen zu prüfen und ihr, wenn Eure Meinung sich mit der meinen deckt, zu zeigen, wo ihr wahres Glück liegt?«

Jetzt hob der Bischof endlich die Augen, nicht aber, um den Blicken der Äbtissin zu begegnen, sondern um zum Fenster hinauszusehen; es ging nach dem Garten, aber von seinen Gedanken erfüllt, sah er weder die schlanken Zypressen, die dort aufragten, noch den Oleander in voller Blüte.

Ihre Hartnäckigkeit überraschte ihn. Er konnte nicht glauben, daß diese strenge, stolze Frau keine andere Sorge auf dem Herzen haben sollte als das Seelenheil einer kleinen Schneiderin. Was hatte der Prior des Klosters, in dem er wohnte, ihm nur von ihr erzählt? Sie hatte mit Nägeln und Zähnen gekämpft, um Mutter Teresa de Jesû an der Gründung eines Klosters in Castel Rodriguez zu verhindern. Daß die Karmeliterinnen des alten Ordens jene haßten, die sich selbständig gemacht hatten, war allgemein bekannt. In seinem Geist gewann der Verdacht Gestalt, dies könnte irgendwie damit zusammenhängen, daß Doña Beatriz versuchte, Catalina zum Eintritt in ihr Kloster zu bewegen; und wenn sie seine Hilfe in Anspruch nahm, so tat sie das, weil das Mädchen sich sträubte. Zum erstenmal sah er die Äbtissin an, und seine dunklen, umwölkten Augen suchten, ihre innersten Gedanken zu erforschen. Sie ertrug seinen Blick mit überlegener Haltung.

»Angenommen, ich würde dieses junge Weib empfangen und käme zu dem Schlusse, es sei meine Pflicht, ihr mit Gottes Hilfe den Weg zum religiösen Leben zu weisen, dann wäre ich doch eher geneigt, zu glauben, daß sie in einem Kloster der Unbeschuhten Karmeliterinnen an ihrem Platz sein sollte und nicht in diesem Haus adliger Damen.«

Ein zorniges Aufleuchten in den Augen von Doña Beatriz, das sogleich wieder erlosch, bewies ihm, daß er sich der Wahrheit genähert hatte.

»Es wäre schwer für die Mutter des Mädchens, sich vollständig von ihrem Kinde zu trennen«, erwiderte die Äbtissin unschuldig. »Die Unbeschuhten Karmeliterinnen haben kein Haus in dieser Stadt.«

»Nur – wenn ich recht berichtet bin – weil Ihr, ehrwürdige Mutter, den Bischof bestimmt habt, der Mutter Teresa de Jesû die Erlaubnis zur Gründung eines Klosters in Castel Rodriguez zu verweigern.«

»Es gibt schon zu viele Klöster hier in der Stadt. La Cepeda wollte keine Stiftung einnehmen, und so wäre ihr Kloster der Stadt zur Last gefallen, die eine solche Bürde nur schwer ertragen kann.«

»Ihr sprecht von einer sehr heiligen Frau mit geringer Achtung.«

»Sie ist eine Frau von niedriger Herkunft.«

»Da irrt Ihr Euch, Señora. Sie ist adliger Geburt.«

»Unsinn«, erwiderte die Äbtissin scharf. »Ihr Vater ist zu Beginn des Jahrhunderts geadelt worden. Ihr müßt mir vergeben, wenn ich mit diesen Leuten, die ohne jede Berechtigung einen Rang einnehmen, auf den sie keinen Anspruch haben, nicht so geduldig bin wie unser verewigter, erlauchter König. Das Land ist überfüllt von solchem Rinnsteinadel.«

Dies war auch der Stand, zu dem der Bischof gehörte, und er lächelte leise.

»Wie auch immer ihre Herkunft gewesen sein mag – es läßt sich kaum leugnen, daß Mutter Teresa eine fromme Frau war, die zahlreiche Gnadenbeweise vom Höchsten empfing und deren Tätigkeit für die Sache der Religion das größte Lob verdient.«

Doña Beatriz war zu verärgert, um wahrzunehmen, daß der Bischof den Ausdruck ihres Gesichtes, jede Geste ihrer schönen Hände beobachtete.

»Eure Gnaden müssen mir gestatten, anderer Meinung zu sein. Ich kannte sie und hatte Gelegenheit, mit ihr zu sprechen. Sie war eine unstete, ruhelose Person, die sich unter dem Vorwand der Religiosität mit törichten Streichen unterhielt. Was ist ihr eingefallen, ihr Kloster zu verlassen und, zum Ärgernis ihrer Mitbürger, ein neues zu gründen? In dem Kloster der Inkarnation waren gute, fromme Schwestern, und die Ordensregel war streng.«

Diese Regel, vom Patriarchen Albert im Jahre 1209 in Jerusalem aufgestellt, befahl Fasten zu bestimmten Zeiten des Jahres, verbot den Genuß des Fleisches und den Privatbesitz; die Nonnen mußten sich Montag, Mittwoch und Freitag kasteien, und von der Komplet bis zur Prim war Redeverbot. Die Tracht war schwarz, und die Nonnen durften Schuhe tragen. Die Lagerstätten hatten keine Leintücher. Papst Innozenz IV. milderte diese Regel.

»Ich bin gewiß eine sehr törichte Frau«, fuhr die Äbtissin fort, »aber ich vermag nicht einzusehen, warum das Tragen von Sandalen zu größerer Heiligkeit führen soll, als das Tragen von Lederschuhen, noch auf welche Art es den Ruhm Gottes erhöht, wenn man sackleinene Gewänder trägt statt Stoffgewänder. La Cepeda behauptete, sie habe sich vom alten Orden getrennt, um mehr Gelegenheit zu Gebet und frommer Beschauung zu haben, und doch hat sie ihr ganzes Leben damit verbracht, von Ort zu Ort zu schweifen. Sie erlegte ihren Nonnen ein Redeverbot auf, und war selbst die größte Plaudertasche, die ich je kennengelernt habe.«

»Wenn Ihr, Señora, die Beschreibung ihres Lebens lesen wolltet, die sie selbst verfaßt hat, dann würdet Ihr Euch gewiß veranlaßt fühlen, diese heilige Frau mit größerer Duldsamkeit zu betrachten«, sagte der Bischof eisig.

»Ich habe sie gelesen. Die Prinzessin Eboli hat sie mir geschickt. Es ist nicht die Sache von Frauen, Bücher zu schreiben; das sollten sie den Männern überlassen, die größere Gelehrsamkeit und mehr Verstand besitzen.«

»Mutter Teresa de Jesú schrieb sie, ihrem Beichtvater gehorchend.«

Die Äbtissin lächelte ingrimmig.

»Ist es nicht auffallend, daß ihr Beichtvater ihr niemals anderes auftrug, als was sie bereits zu tun beschlossen hatte?«

»Ich beklage es, daß Ihr, Señora, so hart von einer Frau sprecht, die nicht bloß Neigung und Achtung ihrer Nonnen genoß, sondern eines jeden, der den Vorzug hatte, sich ihr nähern zu dürfen.«

»Mit ihren Neuerungen spaltete sie unsern alten Orden und drohte, ihn zu vernichten, und so ist es mir unmöglich, nicht zu glauben, daß Ehrgeiz und Bosheit die Triebfedern ihres Verhaltens waren.«

»Es ist Euch doch ohne Zweifel bekannt, Señora, daß dank den in gehöriger Weise bezeugten Wundern, die sie während ihres Lebens vollbracht hat, und den Wundern, die nach ihrem Tode durch ihr Eingreifen geschehen sind, viele einflußreiche, würdige Persönlichkeiten Seine Heiligkeit drängen, sie seligzusprechen.«

»Das ist mir bekannt.«

»Und habe ich recht mit der Annahme, daß die Gründe für Euren Wunsch, das Mädchen Catalina Perez in Euer Kloster eintreten zu sehen, darin zu suchen sind, daß Ihr Euch der törichten Vorstellung hingebt, der Ruf, den das Mädchen derzeit genießt, könnte gewissermaßen als Gegengewicht zu dem Ruhm dienen, der den Unbeschuhten

Karmeliterinnen durch die Seligsprechung ihrer Gründerin zuteil würde?«

Wenn die Äbtissin betroffen war, weil der Bischof sie durchschaut hatte, so ließ sie sich das jedenfalls nicht anmerken.

»Wir haben genügend Heilige in unserm Orden, um unsern Gleichmut zu bewahren, wenn Seine Heiligkeit sich von eigennützigen Leuten und abergläubischen Nonnen dazu verleiten lassen sollte, einer bösartigen Rebellin solche Ehren zu erweisen.«

»Ihr habt meine Frage nicht beantwortet, Señora.«

Doña Beatriz war zu stolz, um zu lügen.

»Ich würde mein Leben nicht als verloren ansehen, wenn es mir, in aller Demut, gelingen sollte, einer aufwärtsstrebenden Seele zu so hoher Vollkommenheit zu verhelfen, daß sie würdig wäre, in die Gemeinschaft der Heiligen einzutreten. Ich würde es nur als nützliche Tat betrachten, wenn sie den Schaden wiedergutmachen könnte, den Teresa de Cepeda angerichtet hat. Wenn Ihr mir nicht bei dem helfen wollt, was ich für einen Dienst an einer armen Seele halte, die mit ihrem Zweifel kämpft, muß ich mir eben selber helfen.«

Der Bischof musterte sie lange und streng.

»Es ist meine Pflicht, Euch an eines zu mahnen: Wenn man jemanden zwingt, gegen seinen Willen in einen frommen Orden einzutreten, so ist das ein Verbrechen, das einen besonderen Tadel und die Exkommunikation nach sich zieht.«

Die Äbtissin war totenblaß geworden – nicht aus Angst vor der furchtbaren Drohung, sondern aus Zorn, weil er es gewagt hatte, ihr zu drohen –, und dennoch lief ihr ein kalter Schauer über den Rücken. Zum erstenmal in ihrem Leben empfand sie die Herrschaft des Mannes. Sie bewahrte ein gekränktes Schweigen. Der Bischof erhob sich und nahm mit den gewohnten höflichen Worten Abschied. Sie neigte hochmütig den Kopf, blieb aber auf ihrem Stuhl sitzen.

Sie nahm wohl mit gewohnter Würde an den religiösen Übungen des Tages teil, aber ihr Geist war, wie man vermuten muß, nicht völlig bei der Sache. Sie hatte nicht die Absicht, ihren Plan fallen zu lassen, und darum hatte sie auch bereits erwogen, was zu tun war, wenn der Bischof ablehnte, seine Überredungskunst und Autorität in ihren Dienst zu stellen. Wenn sie auch glaubte, es werde dem Kloster, das ihr Vater gegründet hatte, zu Ruhm und Nutzen gereichen, falls Catalina hier den Schleier nehmen würde, so war sie doch auch aufrichtig davon überzeugt, daß es gleichzeitig zum Besten des Mädchens und zur Erbauung der Frommen geschähe. Die Äbtissin wußte sehr wohl, daß das einzige wirkliche Hindernis in dieser unglückseligen Neigung bestand, die das törichte Geschöpf für den jungen Schneider Diego gefaßt hatte. Nur mit Unwillen konnte sie daran denken, daß aus so nichtiger Ursache Catalina imstande wäre, die großen Vorteile auszuschlagen, die das Nonnenleben ihr auf Erden und auch später darbot. Aber ein vernünftiger Mensch sieht die Dinge, wie sie sind, und wenn er die Voraussetzungen kennt, handelt er so, daß das gewünschte Ergebnis dennoch erzielt wird.

Zunächst ließ die Äbtissin jene Nonne kommen, der die Novizinnen anvertraut waren. Diese Nonne, Doña Ana de San José, war verschwiegen, intelligent und zuverlässig, und ihr lagen vor allem die Interessen des Klosters am Herzen. Ihre Ergebenheit gegenüber der Äbtissin war so groß, ihr Gehorsam so ohne Grenzen, daß sie sich, wenn es ihr aufgetragen worden wäre, ohne eine Sekunde zu zögern, in den Fluß gestürzt hätte. Die Äbtissin begann mit der Frage, welche Meinung Doña Ana sich über Catalina gebildet habe. Doña Ana sang das Lob des Mädchens. Catalina sei fromm, gehorsam, gütig und hilfsbereit. Sie habe sich dem Klosterleben angepaßt, als sei sie dafür geschaffen worden.

»Es ist schade, daß ihre niedrige Herkunft sie daran hindert, unserer Gemeinschaft beizutreten!«

»Gott kennt kein Ansehen der Person«, sagte Doña Beatriz gewichtig. »Vor ihm gibt es keinen Unterschied zwischen dem Adligen und dem niedrig Geborenen. Wenn das Mädchen die richtigen Anlagen besitzt, so ist das eine Schwierigkeit, die sich überwinden ließe. Ich sehe keinen Grund dafür, daß die Vorschrift, die mein Vater gegeben hat, nicht von meinem Bruder abgeändert werden könnte, wenn es sich um ungewöhnliche Umstände handelt.«

»Eure Töchter würden sie willkommen heißen.«

»Für mich wäre es eine wahre Befriedigung, wenn ich sie zu den würdigen Frauen zählen dürfte, die Gottes Wille meiner Leitung anvertraut hat.«

Die Äbtissin hielt inne, um ihre Worte wohl zu erwägen. Dann meinte sie, es wäre nicht ungünstig, wenn man unter den Nonnen, unter den im Kloster wohnenden Damen – *damas de piso* nannte man sie – und unter den Besuchern die Nachricht verbreiten würde, daß sie bereit sei, Catalina als Novizin aufzunehmen. Nach dem wunderbaren Ereignis, das ihr einen Ruf verschafft hatte, der sich binnen kurzem über ganz Spanien ausdehnen würde, sei es nur natürlich, daß sie sich ganz der Religion zu weihen wünsche, und das wäre auch ein Ruhm für die Stadt, in der sie wohnte und auf welche ihre Gebete die besondere Huld Gottes herabziehen würden. Es würde gewiß größere Willenskraft erfordern, als man sie bei einem einfachen Mädchen voraussetzen konnte, dem Druck der öffentlichen Meinung Widerstand zu leisten und die Billigung, ja, die Verehrung zurückzuweisen, mit der ihr Entschluß, den weltlichen Freuden zu entsagen, aufgenommen würde. Aber Doña Beatriz war eine praktische Frau und wußte, daß auch die praktischen Vorteile in die Waagschale fallen. Sie wies die ergebene Nonne an, Maria Perez aufzusuchen, ihr zu berichten, welch guten Eindruck sie, die Äbtissin, von der Tugend und Eignung des Mädchens gewonnen habe und was sie für Catalina zu tun bereit sei. Sie wußte, daß sie sich auf Doña Ana verlassen konnte; die Nonne würde Maria Perez schon verständlich machen, wie groß die Ehre war, die ihrer Tochter harrte, eine Ehre, die ihr Ansehen außerordentlich steigern würde, und um wieviel besser das Leben wäre, das sich Catalina in materieller wie in geistiger Beziehung bot, als wenn sie eines armen Schneiders Sohn heiratete, der sich sehr wohl als Müßiggänger, als Trinker und Spieler herausstellen könnte. Endlich trug Doña Beatriz der Nonne auf, zu sagen, daß sie selbst die Mitgift erlegen würde, die zum Eintritt ins Kloster erforderlich war, und da Maria Perez alt wurde und ohne die Hilfe ihrer Tochter wohl von Mangel und Not bedroht wäre, sei die Äbtissin mit Freuden bereit, ihr eine Pension auszusetzen, von der sie, ohne arbeiten zu müssen, den Rest ihres Lebens im Wohlstand verbringen könnte.

Diese Angebote waren so großzügig, daß Doña Ana von Bewunderung für die Mildtätigkeit und Freigebigkeit ihrer Vorgesetzten erfüllt war. Diese herrliche Frau dachte tatsächlich an alles! Die Äbtissin entließ die Nonne mit der dringenden Weisung, eine passende Stunde zur Übermittlung dieser Botschaft zu finden und Maria Perez die strengste Verschwiegenheit einzuschärfen, denn Doña Beatriz mutmaßte, daß andernfalls Maria Perez mit ihrem Bruder, diesem nichtsnutzigen Domingo, sprechen und er boshaft genug sein würde, ihr abzuraten.

Doña Ana entledigte sich ihrer Aufgabe mit Umsicht und Geschicklichkeit, und schon vierundzwanzig Stunden später war sie in der Lage, Doña Beatriz zu berichten, Maria Perez habe ihr großherziges Angebot mit Demut und Dankbarkeit entgegengenommen. Da sie eine Spanierin war und in einem frommen Zeitalter lebte, zweifelte sie nicht im geringsten daran, daß Gott in einem Kloster zu dienen die würdigste Daseinsform darstelle, die jemand wünschen konnte. Eine Tochter zu haben, die Nonne, einen Sohn zu haben, der Mönch war, bedeutete eine große Ehre für eine Familie und verlieh ihr überdies einen Anspruch auf die göttliche Barmherzigkeit. Die Auszeichnung aber, ihre Tochter in einem Kloster zu wissen, dessen Bewohnerinnen durchwegs adlige Damen waren, überstieg ihre kühnsten Träume. Und sie war nicht wenig stolz, als ihre Besucherin ihr erzählte, sie alle sähen in Catalina eine kleine Heilige, und halb im Scherz – denn sie war eine heitere, gutmütige Frau – hinzufügte, wenn Catalina sich weiterhin so entwickelte, wie sie begonnen hatte, und wenn die Madonna fortführe, sich ihr gnädig zu zeigen, gäbe es keinen Grund, weshalb Maria Perez nicht eines Tages die Mutter einer vom Papst heilig gesprochenen Jungfrau sein könnte. Dann würde man Bilder von Catalina malen und über die Altäre hängen, und die Leute würden von fern und nah herbeiströmen, um durch Berührung der heiligen Reliquien von ihren Leiden geheilt zu werden. Das waren Aussichten, die den Ehrgeiz einer jeden Frau anstacheln konnten! Auch für den Gedanken an die versprochene Pension war Maria Perez zugänglich; die Arbeit, mit der sie ihr Leben verdiente, war mühsam und nutzte die Finger ab, und es wäre doch wunderschön, von früh bis abends nichts zu tun zu haben als in die Kirche zu gehen und am Fenster zu sitzen und die Vorübergehenden zu betrachten.

»Hat sie etwas über diesen jungen Menschen gesagt, der, wie ich gehört zu haben glaube, Catalina eine gewisse Aufmerksamkeit zuwendet?« fragte die Äbtissin, nachdem sie dem Bericht der Nonne mit Genugtuung gelauscht hatte.

»Sie mag ihn nicht. Sie sagt, er habe sich sehr schlecht benommen, als das arme Kind seinen Unfall erlitten hatte. Sie hält ihn für selbstsüchtig, und er soll eine viel zu hohe Meinung von sich haben.«

»Es wäre schwer, einen Mann zu finden, der nicht an diesen beiden Mängeln leidet«, sagte die Äbtissin trocken. »Es liegt in ihrer Natur, selbstsüchtig und eingebildet zu sein.«

»Und auch seine Mutter mag sie nicht. Als Marias Mann nach Amerika durchgebrannt ist, scheint die Mutter des jungen Menschen allenthalben ausgesprengt zu haben, es geschehe ihr nur nach Verdienst, denn sie habe ihm ein Hundeleben bereitet.«

»Das dürfte wohl stimmen. Solch ein Leben bereiten die meisten Frauen ihren Männern. Habt Ihr sie vielleicht zufällig darauf aufmerksam gemacht, daß es klug wäre, Catalina sozusagen aus eigenem Antrieb wissen zu lassen, wie sehr ihre Mutter den Eintritt in dieses Kloster begrüßen würde?«

»Ich glaubte, das könnte nicht schaden.«

»Im Gegenteil! Das war sehr vernünftig, Doña Ana,

und ich bin hocherfreut, daß Ihr die Sache mit solcher Klugheit behandelt habt.«

Die Nonne errötete vor Vergnügen. Doña Beatriz wußte im allgemeinen eher zu schelten als zu loben.

27

Die Äbtissin ließ einige Tage verstreichen, damit die Nachricht sich verbreiten könne, Catalina würde, wenn sie sich durch göttliche Eingebung veranlaßt sähe, den Schleier zu nehmen, im Kloster der Karmeliterinnen willkommen geheißen werden. Das wurde durchwegs günstig beurteilt. Allgemein herrschte die Ansicht vor, solch ein Schritt würde zum Ruhm der Stadt beitragen, und es sei nur angemessen, wenn das Mädchen diesen Entschluß fassen wollte. Man fand es im Grunde höchst unpassend, daß das Gefäß solch außerordentlicher Huld zum Weibe eines Schneiders herabsinken könnte. Doña Ana erfüllte ihre Sendung mit großem Erfolg. Sie suchte Maria Perez nochmals auf und riet ihr, taktvoll zu sein und ihre Tochter nicht zu drängen, bei günstiger Gelegenheit aber den Frieden und die Sicherheit des Klosterlebens mit den Gefahren, Härten und Mühen des Ehestands zu vergleichen.

Doña Beatriz besaß die Gabe, Neigung und Treue ihrer Untergebenen zu gewinnen, und keiner war ihr treuer und aufrichtiger zugetan als der Verwalter der Güter des Klosters und ihrer eigenen. Er war von adliger Familie – Don Miguel de Becedas lautete sein Name – und entfernt mit der Äbtissin verwandt. Er kannte ihre Güte, denn er selbst war es, der in ihrem Namen Almosen verteilte, und er bewunderte auch ihre Fähigkeiten. Sie war eine tüchtige Geschäftsfrau und bei Verhandlungen so zäh wie nur irgendein Mann. Sie war bereit, Gegenreden anzuhören, hatte sie aber einmal einen Entschluß gefaßt, so ließ sie sich niemals davon abbringen. Und wenn es soweit war, blieb nichts übrig, als ihr zu gehorchen, und dazu war Don Miguel blindlings bereit. Sie ließ ihn kommen und wies ihn an, in der Stadt und in Madrid Erkundigungen über das Vorleben und die jetzigen Verhältnisse des Don Manuel de Valero einzuziehen, ferner alles herauszubringen, was sich über diesen jungen Diego Martinez und seinen Vater erfahren ließ.

Als Don Miguel mit dem Ergebnis seiner Nachforschungen kam, hatte die Äbtissin Catalina bereits mit einem schönen Geschenk und der Zusicherung dauernden Wohlwollens nach Hause geschickt. Mit Tränen in den Augen nahm Catalina Abschied von ihr.

»Vergiß nicht, Kind – wann immer du in Not bist, oder welche Schwierigkeiten dich auch treffen mögen, darfst du nur ruhig zu mir kommen, und ich werde alles, was in meiner Macht steht, tun, um dir zu helfen.«

Doña Beatriz lauschte aufmerksam dem Bericht des Verwalters und war hocherfreut über seine Nachrichten. Dann empfahl sie ihm, gelegentlich Don Manuel aufzusuchen und ihn im Verlauf der Unterhaltung wissen zu lassen, daß sie sich freuen würde, einen Mann zu empfangen, von dem sie so viel Gutes gehört habe.

Nach dem Fiasko in der Kollegialkirche hatte Don Manuel sich drei Tage in seinen Gemächern eingeschlossen und abgelehnt, irgend jemanden zu sehen. Er war eitel und darum sehr empfindlich für Lächerlichkeit. Er kannte die Spottlust seiner Mitbürger nur zu gut und wußte, daß sie sich auf seine Kosten lustig machten. Wohl glaubte er nicht, daß einer es wagen würde, ihm ins Gesicht eine Anspielung zu machen, denn er war ein hervorragender Fechter, und man mußte schon sehr tapfer sein, um eines Scherzes wegen einen Degenstich durch den Leib zu riskieren, aber er konnte nicht verhindern, daß hinter seinem Rücken gehöhnt wurde. Als er sich endlich wieder in Gesellschaft sehen ließ, trug er ein so reizbares, aufbrausendes Wesen zur Schau, daß seine Landsleute es sich als Warnung zu Herzen nahmen. Er war überdies nicht nur darum wütend, weil er sich lächerlich gemacht hatte, sondern auch, weil seine Aussichten vereitelt worden waren. Die Absicht, die ihn nach Castel Rodriguez geführt hatte, war – wie der Leser sich erinnern dürfte –

in einer adligen, aber verarmten Familie der Stadt eine passende Partie zu finden, und er hatte allen Grund, anzunehmen, daß sein stattliches Vermögen ihn zu einem erwünschten Bewerber machen würde. Doch die öffentliche Demütigung hatte seine Aussichten erheblich herabgesetzt. Der Adel der Stadt war stolz, und Stolz war in diesen schweren Zeiten alles, was ihm geblieben war; sie würden dem Gegenstand allgemeiner Belustigung ganz gewiß die Hand einer ihrer Töchter verweigern. Don Manuel hatte den Eindruck, das einzige, was ihm übrigblieb, sei, nach Madrid zu gehen; hoffentlich war die klägliche Geschichte noch nicht bis in die Hauptstadt gedrungen, und dann wollte er eben sehen, ob sich dort eine passende Braut finden ließ.

Er war nicht wenig erstaunt, als Don Miguel ihm die höfliche Botschaft der Äbtissin überbrachte, und es schmeichelte ihm um so mehr, als ihm nie in den Sinn gekommen war, daß sie geruhen könnte, ihn zu empfangen. Sie gehörte einer Welt an, die so hoch oberhalb seiner eigenen Kreise, daß sie ebensogut einen andern Planeten bewohnen konnte. Don Manuel sagte, er würde es als Ehre ansehen, der Äbtissin zu jeder gewünschten Zeit seine Aufwartung zu machen. Der Verwalter erwiderte, daß sie nur wenige Personen empfing, die nicht zu ihrer Familie gehörten, und gab eine Stunde an, da ihre zahlreichen Pflichten ihr ein wenig Muße ließen.

»Ich komme morgen und hole Euch, Señor, wenn es Euch genehm ist, und führe Euch selbst ins Kloster«, sagte er.

Das war Don Manuel außerordentlich genehm.

Er wurde in die Zelle geführt, und blieb mit der hohen Frau allein. Sie saß an ihrem Schreibtisch, stand aber nicht auf, um ihn zu begrüßen. Er sah sich nach einem Stuhl um, doch da sie ihn nicht aufforderte, Platz zu nehmen, blieb er unbehaglich stehen. So verwegen und unverschämt er war, machte ihre Würde doch großen Eindruck auf ihn. Sie sprach ihn huldvoll an.

»Ich habe viel von dem Mut, der Hingabe, den Fähigkeiten gehört, Señor, die Ihr seit so vielen Jahren dem Dienst Seiner Majestät des Königs gewidmet habt, und ich war begierig, einen Mitbürger zu sehen, der sich auf solche Art hervorgetan hat. Ich hoffte, Ihr würdet Zeit finden, mich zu besuchen, damit ich Euch selbst zu Euren großen Leistungen Glück wünschen könnte.«

»Ich hätte mir nie träumen lassen, daß ich in Eure Privatgemächer eindringen dürfte, ohne Euch zu kränken, Señora«, stotterte er.

Aber es wurde ihm schon behaglicher zumute. Wenn die Tochter des mächtigen Herzogs von Castel Rodriguez ihm Komplimente machte, konnte seine Lage doch nicht gar so verzweifelt sein. Ihre nächste Bemerkung allerdings, die sie mit einem Lächeln begleitete, brachte ihn wieder ein wenig aus der Fassung.

»Ihr habt einen langen Weg zurückgelegt, Don Manuel, seit der Zeit, da Ihr als kleiner barfüßiger Knabe durch die Straßen Eures Dorfes gelaufen seid und Eures Vaters Schweine gehütet habt.«

Er wurde rot, wußte aber nichts zu erwidern. Doña Beatriz musterte ihn von oben bis unten, als wäre er ein Lakai, der sich um eine Stelle bei ihr bewarb. Wenn sie seine Verlegenheit bemerkte, störte sie das jedenfalls nicht weiter. Sie sah einen stattlichen Mann von angenehmem Äußeren, der straff aufgerichtet vor ihr stand, und den ein Hauch von Männlichkeit umwehte. Sie kannte sein Alter; er war fünfundvierzig, aber das sah man ihm kaum an. Er war ein wenig kleiner als sein Bruder, der Bischof, und seine Knochen waren mit Muskeln und Sehnen gut umpolstert, aber nicht mit Fett. Seine Augen waren schön, und wenn seine Züge auch eine gewisse Brutalität verrieten, so war das bei einem Mann, der so lange an Lagerfeuern gelebt hatte, nur natürlich. Die Äbtissin jedenfalls störte es nicht, denn für Schwächlinge hatte sie nichts übrig. Er war zweifellos anmaßend, großsprecherisch und zügellos, aber diese Mängel hatte er mit ihren eigenen Verwandten gemeinsam, und wenn sie das als Nonne auch beklagte, so nahm sie diese Eigenschaften doch als typisch männliche Züge mit der gleichen Gelassenheit hin wie die beißende Kälte der kastilianischen Winter. Alles in allem war der erste Eindruck, den Don Manuel auf sie machte, nicht ungünstig.

Zum erstenmal schien sie zu bemerken, daß er noch immer stand.

»Warum steht Ihr denn, Señor?« fragte sie. »Wollt Ihr nicht so freundlich sein, Platz zu nehmen?«

»Ihr seid sehr gütig, Señora.«

Er setzte sich.

»Ich führe ein sehr zurückgezogenes Leben, und meine religiösen Pflichten in Verbindung mit meinen Amtsgeschäften erfüllen meine Tage; nichtsdestoweniger erreicht mich manchmal diese oder jene Nachricht aus der Welt jenseits dieser Mauern. So habe ich vernommen, daß Ihr unsere Heimatstadt nicht nur aufgesucht habt, um eine Sohnespflicht zu erfüllen, sondern auch, um unter den adligen Familien von Castel Rodriguez eine Gattin zu finden.«

»Nachdem ich meinem König und meinem Lande so viele Jahre gedient habe, trage ich mich allerdings mit dem Wunsch, ein Heim zu gründen und die Freuden der Häuslichkeit zu genießen, die ich bisher entbehren mußte.«

»Euer Wunsch ist höchst lobenswert, Señor, und steigert nur die Achtung für Euch, die schon Euer Ruf mir eingeflößt hat.«

»Ich bin kräftig und tatbereit, und mein Vermögen ist ansehnlich. Ich möchte doch glauben, daß meine Gaben bei Hof nicht minder nützlich sein sollten, als sie es auf dem Schlachtfeld gewesen sind.«

»Und wenn ich Euch recht verstehe, meint Ihr, daß eine Gattin, die Klugheit und gute Verbindungen besitzt, Euch dabei von Wert sein könnte.«

»Das will ich nicht in Abrede stellen, Señora.«

»Ich habe eine verwitwete Nichte, die Marquesa von Caranera, deren Gatte sie leider in wenig günstigen Umständen zurückgelassen hat. Derzeit wohnt sie im Hause. Ich hatte gehört, sie würde sich bewegen lassen, den Schleier zu nehmen, damit sie mir eines Tages, wenn ich mich von meiner anstrengenden Tätigkeit zurückziehe, nachfolgen könnte, wozu sie, als die Enkelin unseres Stifters, gewiß berechtigt wäre. Aber es fehlt ihr an der Berufung, und so bin ich zu der Schlußfolgerung gelangt, daß man eine passende Partie für sie finden sollte.«

Don Manuel horchte auf. Aber er war ein schlauer Mann; die Möglichkeit, sich mit einer so hochgestellten

Familie wie der des Herzogs von Castel Rodriguez zu verbinden, lag so weit über seinen Hoffnungen, daß er, ob er wollte oder nicht, irgendeine Falle wittern mußte. Darum antwortete er vorsichtig.

»Ich hatte eigentlich nicht daran gedacht, eine Witwe zu heiraten, sondern eher ein junges Mädchen, das sich meinen Wünschen anpassen würde.«

»Die Marquesa ist vierundzwanzig Jahre alt, und das ist ein sehr passendes Alter für einen Mann wie Euch«, erwiderte die Äbtissin nicht ganz ohne Schärfe. »Es fehlt ihr nicht an Reizen, und da sie von ihrem Gatten einen Sohn hatte, der an der gleichen Krankheit starb wie sein Vater, ist sie nicht unfruchtbar. Daß ich sie ausgewählt hatte, um nach meinem Tode Äbtissin dieses Klosters zu werden, beweist, welch hohe Meinung ich von ihren Fähigkeiten habe. Ich brauche wohl nicht erst darauf hinzuweisen, daß ein Don Manuel de Valero niemals Anspruch darauf erheben könnte, eine Nichte des Herzogs von Castel Rodriguez zu heiraten. Ich werde tatsächlich meine ganze Überredungskunst aufbieten müssen, um die Zustimmung meines Bruders zu dieser Eheschließung zu erlangen.«

Don Manuel überlegte schnell. Mit dem Einfluß dieser mächtigen Familie konnte er sich zu ungeahnten Höhen erheben. Solch eine Heirat wäre ein Triumph über die Dummköpfe, die sich über ihn lustig machten.

»Der Marques von Caranera ist gestorben, ohne einen Erben seines Titels zu hinterlassen. Es dürfte nicht unmöglich sein, den König dazu zu bestimmen, daß er diesen Titel auf Euch überträgt. Das wäre doch passender als dieser unglückselige italienische Titel, den Ihr jetzt tragt.«

Das entschied. Obgleich die Marquesa älter war als die Braut, die er sich vorgestellt hatte, und es mit ihren Reizen vielleicht nicht sehr weit her war, leuchteten die Vorteile dieser Verbindung ihm doch so nachdrücklich ein, daß er nicht länger zauderte.

»Ich weiß gar nicht, wie ich Euch meine Dankbarkeit für die Ehre ausdrücken kann, die Ihr mir erweisen wollt.«

»Das werde ich Euch sagen«, versetzte sie kühl, »und

tatsächlich kann ich die Sache nur dann in die Hände nehmen, wenn Ihr Eure Dankbarkeit tatkräftig zu beweisen bereit seid.«

Don Manuel unterdrückte einen Seufzer der Erleichterung. Er war viel zu gewitzt, um nicht klar darüber zu sein, daß dieser unerwartete Vorschlag andere Gründe hatte als seinen Reichtum und seinen Kriegsruhm. In seinem Geiste war schon der Gedanke aufgeblitzt, daß die Marquesa schwanger sein mochte und man ihn zum Vater eines illegitimen Kindes ausersehen hatte. Er wußte kaum, ob er eine solche Zumutung annehmen oder ablehnen sollte, und darum erwartete er jetzt besorgt, was Doña Beatriz ihm zu eröffnen hatte.

»Ich möchte mich Eures Einflusses bei dem Erzherzog Albrecht zugunsten eines jungen Mannes aus dieser Stadt bedienen. Das sollte eigentlich überflüssig sein, aber leider hat mein Bruder einen heftigen Zank mit ihm gehabt und kann mir darum nicht helfen. Man hat mir mitgeteilt, daß Ihr hoch in der Gunst des Erzherzogs steht.«

»Er war so gütig, sich über meine Fähigkeiten sehr freundlich auszusprechen.«

Es sei hier die Erklärung eingeschaltet, daß der Erzherzog Albrecht der Oberkommandierende der spanischen Truppen in den Niederlanden war.

»Es wäre ein Vorteil für den jungen Mann, wenn er in den Dienst des Erzherzogs treten könnte. Er ist kräftig und tapfer und würde bestimmt ein guter Soldat werden.«

Don Manuel atmete auf. Der Erzherzog war ihm vielfach verpflichtet. Er würde sich sehr gern dadurch revanchieren, daß er einen jungen Menschen in seinen Dienst nahm, den Don Manuel ihm empfahl.

»Es dürfte nicht weiter schwierig sein, Euren Wunsch zu erfüllen, Señora. Der junge Mann ist wohl aus gutem Hause?«

»Er ist Christ aus reinem Blut.«

Das bedeutete natürlich nur, daß dieses Blut sich nicht mit jüdischem oder maurischem gemischt hatte. Don Manuel bemerkte, daß die Antwort seiner Frage auswich.

»Und wie ist der Name des jungen Mannes?«

»Diego Martinez.«

»Der Sohn des Schneiders? Dann, Señora, ist leider nichts zu machen. Die Soldaten in dem Regiment des Erzherzogs sind durchwegs Edelleute, und ich könnte Seiner Hoheit nicht den Schimpf antun, dergleichen von ihm zu verlangen.«

»Diese Schwierigkeit habe ich vorausgesehen. Ich besitze ein kleines Landgut, wenige Meilen von der Stadt entfernt, und das würde ich dem jungen Mann verschreiben; durch den Einfluß meines Bruders könnte ich dann einen Adelsbrief für ihn erhalten. Ihr würdet dem Erzherzog nicht den Sohn des Schneiders empfehlen, sondern den Hidalgo Don Diego de Quintamilla.«

»Das kann ich nicht tun, Señora.«

»Dann ist die Sache erledigt, und jede Erörterung des Vorschlags, den ich Euch vorhin gemacht habe, wird nutzlos.«

Don Manuel war sehr in Sorge. Die Heirat, die ihm die Äbtissin vorgeschlagen hatte, würde ihm die Stellung verschaffen, nach der er verlangt hatte und die seinen Ehrgeiz stillen konnte; überdies ahnte er, daß er sich mit seiner Weigerung eine gefährliche Feindin schuf. Andererseits konnte es schlimme Folgen haben, wenn herauskam, daß er sich zu einem Plan hergegeben hatte, den der Erzherzog sehr wohl als persönliche Beleidigung ansehen konnte. Doña Beatriz durchschaute seinen Gedankengang.

»Ihr seid ein Tor, Don Manuel. Don Diego wird ein vermögender Mann sein, und, glaubt mir, sein Gut wird sich mit den steinigen Äckern messen können, die Eurem Vater Don Juan gehören.«

Don Manuel war im Grunde nur ein Prahlhans; die Worte der Äbtissin sausten auf ihn nieder wie Peitschenhiebe, und er krümmte sich darunter. Sie konnte ihn zugrunde richten und würde es ohne Zögern tun!

»Darf ich fragen, warum Ihr ein solches Interesse an dem jungen Menschen nehmt?« sagte er stockend.

»Meine Familie hat es stets als ihr Vorrecht angesehen wie auch als ihre Pflicht, sich verdienter Bürger dieser Stadt anzunehmen.«

Diese vorsichtige Antwort gab Don Manuel sein Selbstvertrauen so weit wieder, daß er lächelte, aber in seinem Blick war eine gewisse Bosheit.

»Ist er nicht der Geliebte dieser Catalina Perez?«

Doña Beatriz empfand Frage, Lächeln und Blick als beleidigend. Es fiel ihr nicht leicht, ihre Entrüstung nicht merken zu lassen.

»Er hat das unglückliche Mädchen mit seinen Nachstellungen belästigt.«

»Und darum wünscht Ihr, ihn in die Niederlande zu schicken?«

Die Äbtissin überlegte sekundenlang. Wahrscheinlich kannte er die näheren Umstände, und offenbar war er ein taktloser Geselle. Es gab viele Dinge, die nachvollziehbar waren, die man aber lieber nicht in Worte kleidete. Sie antwortete ihm mit eindrucksvoller Würde.

»Das Mädchen ist jung und kennt sich selbst noch nicht. Sie besitzt bemerkenswerte Anlagen für das Leben einer Nonne, und es gibt manche Gründe, die es als höchst wünschenswert erscheinen lassen, daß sie dieser Berufung Folge leistet. Ich zweifle nicht daran, daß sie, wäre dieser junge Mensch nicht da, bald selbst die Ratsamkeit eines Schrittes erkennen müßte, der mir, den bedeutendsten Persönlichkeiten der Stadt und auch ihrer Mutter zur größten Genugtuung gereichen würde.«

»Aber, Señora, wäre es nicht einfacher und weniger kostspielig, sich des jungen Mannes an Ort und Stelle zu entledigen? Man könnte ihm, ohne große Schwierigkeit, in einer dunklen Nacht einen Dolch in die Kehle stoßen.«

»Das wäre eine Todsünde, Señor, und es befremdet mich, daß Ihr dergleichen vorzuschlagen wagt. Es würde Ärgernis in der Stadt geben, Anlaß zu sehr unangenehmem Klatsch, und außerdem ist es gar nicht sicher, daß es zu dem erwünschten Resultat führen würde.«

»Was also verlangt Ihr von mir, Señora?«

Sie musterte ihn nachdenklich. Derzeit zum mindesten war es für ihren Plan von Wichtigkeit, daß man weder sie noch irgend jemanden, der ihr nahestand, damit in Verbindung brachte; sie mußte die Ausführung andern Leuten überlassen, und sie war nicht sicher, daß dieser Mann die Intelligenz und geistige Beweglichkeit besaß, deren es bedurfte. Nun, sie mußte es wagen, und so antwortete sie ohne weiteres Zaudern:

»Bestellt ein neues Gewand!«

Don Manuel war so überrascht, daß er glaubte, das sei ein Scherz, und nach einem Lächeln auf ihren entschlossenen Lippen ausspähte. Aber ihr Gesicht blieb ernst. Sie erklärte:

»Schickt um den Schneider und laßt Euch Maß nehmen und Stoffmuster zeigen. Er wird sehr geschmeichelt sein. Ihr müßt eine Gelegenheit finden, um mit ihm über seinen Sohn zu sprechen, und um ihm zu sagen, daß eine hochstehende Persönlichkeit der Stadt Gutes von ihm gehört habe und sich seiner annehmen wolle. Dann enthüllt ihm, unter dem Siegel der strengsten Verschwiegenheit, den Plan, der seinem Sohn eine glänzende Laufbahn eröffnen wird. Er soll Euch den jungen Mann unter irgendeinem Vorwand ins Haus schicken. Ich bin überzeugt, der Bursche meint, er sei zu Höherem geboren, als sein Leben auf einem Schneidertisch zu verhocken, und er wird ohne Zweifel mit größtem Vergnügen annehmen.«

»Er wäre ein Esel, wenn er es nicht täte.«

»Wenn Ihr mir wieder etwas zu berichten habt, meldet Euch bei mir. Ich rechne damit, daß Ihr verschwiegen und taktvoll verfahren werdet.«

»Keine Angst, Señora. In zwei Tagen längstens werde ich in der Lage sein, Euch mitzuteilen, daß die Angelegenheit günstig erledigt ist.«

»Ihr mögt überzeugt sein, daß ich in diesem Falle auch meine Rolle zu Eurer Zufriedenheit spielen werde.«

28

Don Manuel ließ den Schneider kommen. Wenn er wollte, konnte er sehr umgänglich sein, und von dieser Seite zeigte er sich, nachdem der Schneider Martinez ihm Maß genommen und die Stoffmuster zur Auswahl vorgelegt hatte. Als Bürger derselben Stadt hatten sie manche gemeinsamen Interessen, und Don Manuel sprach wohlgelaunt über die verschiedenen Änderungen, die in seiner Abwesenheit eingetreten waren. Der Schneider war ein kleiner, eingetrockneter Mann mit spitzer Nase und nörglerischem Ausdruck. Aber er war sehr schwatzhaft, und da er in Don Manuel ein geduldiges Publikum fand, ließ er sich über die schweren Zeiten aus. Die Kriege und die drückenden Steuern hatten alle Leute arm gemacht, und selbst adlige Herren höchsten Ranges trugen ihre Kleider gern, bis sie fadenscheinig wurden. Es war heute nicht mehr so leicht, seinen Lebensunterhalt anständig zu verdienen wie seinerzeit, etwa vor dreißig Jahren, als die Karavellen mit ihren Goldladungen regelmäßig aus Amerika kamen. Wenige geschickte Fragen führten dazu, daß er erzählte, welche Sorgen ihm sein Sohn bereite. Es sei nur recht und billig, daß er den Beruf des Vaters ergreife, aber der Junge habe Flausen im Kopf, und es sei die ganze väterliche Autorität erforderlich gewesen, um ihn zum Eintritt ins Geschäft zu veranlassen.

»Und jetzt, stellt Euch das nur vor, mit kaum achtzehn Jahren will er heiraten!«

»Damit wird er sich vielleicht seine überspannten Ideen aus dem Kopf schlagen!«

»Das ist auch der einzige Grund, weshalb ich zugestimmt habe.«

»Und die Mitgift des Mädchens wird zweifellos auch recht gut zustatten kommen«, meinte Don Manuel hinterlistig.

»Sie hat ja keinen roten Heller! Angeblich wollen einige adlige Damen ihr eine Mitgift geben, woher aber soll ich wissen, ob daraus etwas wird?«

Nun folgte der ausführliche Bericht, wer und was dieses Mädchen war, und wie es dazu kam, daß er seines Sohnes Drängen schließlich nachgegeben hatte, lauter Dinge, die Don Manuel natürlich bereits wußte.

»Ich hatte eine andere Partie für ihn in Aussicht, aber der Vater des Mädchens wollte von meinen sehr gemäßigten Forderungen nichts wissen, und da habe ich meinem Sohn erlaubt, Catalina zu heiraten. Nach all dem, was geschehen ist, und bei der Gunst, die sich allgemein dem Mädchen zugewendet hat, wird das meinem Geschäft zugute kommen. Meine Frau macht mir Vorwürfe. Sie meint, was es für einen Sinn hätte, Kleider für Edelleute anzufertigen, die sie nachher nicht bezahlen können.«

»Ein sehr vernünftiger Standpunkt. Wenn aber die Geschäfte so schlecht gehen, warum laßt Ihr Euren Sohn nicht lieber Soldat werden?«

»Ein hartes Leben und eine schlechte Löhnung! In der Werkstatt kann er am Ende doch verdienen, was er braucht.«

»Hört einmal, Freund«, erwiderte Don Manuel mit einer Offenheit, die ihren Eindruck auf den armen Schneider nicht verfehlte. »Ihr wißt, daß ich arm war wie eine Kirchenmaus, als ich diese Stadt verließ. Und heute bin ich Ritter des Ordens von Calatrava und ein reicher Mann.«

»Ja, aber Euer Gnaden war ein Edelmann, und Ihr hattet auch hochmögende Freunde.«

»Ein Edelmann, ja, aber die einzigen Freunde, auf die ich mich verlassen konnte, waren meine Jugend, meine Kraft, mein Mut und meine Intelligenz.«

Der Schneider zuckte verzagt die Achseln. Don Manuel sah wohlwollend auf den kleinen Mann hinab.

»Ich habe von Eurem Sohn nur Gutes gehört, und wenn das, was man mir berichtet hat, wahr ist, dann muß ich doch glauben, daß er größere Möglichkeiten besitzt, als Ihr anzunehmen scheint. Auch ich bin arm gewesen; wir sind Bürger der gleichen Stadt, ich würde dem Burschen gern eine helfende Hand reichen, wenn ich Eurer Zustimmung sicher wäre.«

»Ich verstehe Euch nicht recht, Señor.«

»Der Erzherzog Albrecht ist mein Freund und tut für mich, was ich will. Wenn ich ihm einen jungen Mann empfehle, dann steckt er ihn in sein eigenes Regiment und sorgt dafür, daß er befördert wird.«

Der Schneider sah mit offenem Mund zu ihm auf.

»Natürlich müßten wir das richtig vorbereiten. Nicht weit von hier gibt es ein kleines Landgut, dessen Ertrag ich ihm zuwenden würde, und mit meinem Einfluß in Madrid könnte ich ihm wohl auch einen Adelsbrief verschaffen. Euer Sohn würde als Don Diego de Quintamilla in den Dienst des Erzherzogs eintreten.«

Da die Äbtissin ihm ausdrücklich gesagt hatte, sie wolle nicht, daß ihr Name erwähnt werde, sah Don Manuel nicht ein, warum er das Verdienst einer großherzigen Tat nicht für sich in Anspruch nehmen sollte. Der Schneider war derart überwältigt, daß es in seinem Gesicht zu zukken begann und die Tränen ihm über die Wangen rollten. Don Manuel klopfte ihm gütig auf die Schulter.

»Nun, nun wir wollen gar kein Wesen damit machen. Geht jetzt heim, sagt zu keinem Menschen ein Wort und schickt mir Euren Sohn. Ihr mögt ihm sagen, daß Ihr vergessen habt, mir ein Stoffmuster zu zeigen, das mir, Eurer Ansicht nach, gefallen könnte.«

Bald darauf erschien der junge Mann. Don Manuel stellte erleichtert fest, daß er nicht übel aussah. Richtig gekleidet konnte er ohne Schwierigkeit als Edelmann gelten. Er war weder vorlaut noch schüchtern. In seinem Auftreten war eine Selbstsicherheit, die verhieß, daß er in jeder Lage seinen Mann stellen würde. In dieser günstigen Stimmung begann Don Manuel, nach wenigen einleitenden Worten, auf die Sache einzugehen, derentwegen er Diego hatte kommen lassen. Sie unterhielten sich eine Stunde lang, und nachdem der junge Mann Abschied genommen hatte, meldete Don Manuel sich bei der Äbtissin.

»Ich habe keine Zeit verloren, Señora, und nach Eurem Geheiß getan«, sagte er. »Ich habe bereits mit beiden gesprochen, dem Vater und dem Sohn.«

»Da habt Ihr allerdings ohne Verzug gehandelt.«

»Ich bin Soldat, Señora. Der Vater stimmt Eurem Plan von ganzem Herzen zu. Er ist überwältigt von den Aussichten, die sich seinem Sohn durch die Güte eines Wohltäters eröffnen.«

»Er wäre ein Narr, wenn er anders dächte.«

Don Manuel trat unbehaglich von einem Fuß auf den andern.

»Ich möchte Euch doch lieber Wort für Wort berichten, was sich zwischen mir und dem Jungen begeben hat.«

Die Äbtissin warf ihm einen forschenden Blick zu und zog leicht die Brauen zusammen.

»Sprecht!«

»Er ist ein sehr präsentabler Bursche, und mein erster Eindruck war gut.«

»Eure Eindrücke interessieren mich nicht.«

»Bald hatte ich heraus, daß ihm das Handwerk des Vaters höchst zuwider ist. Er hat sich nur gefügt, weil er nicht anders konnte.«

»Das wußte ich bereits.«

»Ich sagte ihm, ich könnte nicht verstehen, wie ein junger Mann von Mut und Klugheit, mit allen Eigenschaften begabt, die in der Welt zum Erfolg führen, sich damit abfinden wolle, ein so niedriges Handwerk zu betreiben. Er erwiderte, er habe oft genug daran gedacht, wegzulaufen, um sein Glück zu machen, aber er hatte keine Kupfermünze in der Tasche, und das hat ihn gehindert. Da erzählte ich ihm, daß der König Soldaten brauche, und dies sei eine Laufbahn, die einen couragierten Menschen, der nicht auf den Kopf gefallen ist, leicht zu Reichtum und Ansehen bringen könne. Dann enthüllte ich ihm nach und nach, was geplant sei, um ihn in die Lage zu versetzen, seinen natürlichen und löblichen Ehrgeiz zu befriedigen.«

»Sehr gut.«

»Er nahm meine Mitteilungen mit größerer Gelassenheit auf, als ich erwartet hätte, aber nichtsdestoweniger lockten sie ihn sichtlich.«

»Natürlich. Und hat er angenommen?«

Don Manuel zauderte kurz, denn er wußte, daß das, was er jetzt zu sagen hatte, Doña Beatriz nicht befriedigen würde.

»Bedingt«, antwortete er.

»Was meint Ihr damit?«

»Er sagte, er wolle zunächst seinen Schatz heiraten, aber in einem Jahr, wenn sie ein Kind hätte, wäre er bereit, in die Niederlande zu gehen.«

Die Äbtissin war wütend. Was sollte sie mit einer verheirateten Frau anfangen, die einen zeternden Balg auf dem Arm trug? Catalinas Jungfräulichkeit, ihre dauernde Jungfräulichkeit war die wesentlichste Vorbedingung des ganzen Plans.

»Jetzt habt Ihr alles verpfuscht, Ihr Narr!« schrie sie.

Don Manuel errötete vor Ärger.

»Ist es meine Schuld, daß dieser junge Esel über beide Ohren verliebt ist?«

»Wart Ihr nicht gescheit genug, ihm vor Augen zu führen, wie töricht es ist, solch ein Angebot zurückzuweisen?«

»Doch, Señora, das habe ich getan. Wenn sich im Leben eine Möglichkeit bietet, so sagte ich ihm, seine Lage zu verbessern, dann muß man sie beim Schopf packen, und zwar sogleich, denn wenn man sie sich entschlüpfen läßt, kommt sie vielleicht nicht wieder. Ich sagte ihm, es sei heller Wahnsinn, sich in seinem Alter mit einer Ehefrau zu belasten, und daß er als Offizier und Adliger, nach angemessener Zeit, ganz andere Frauen zum Heiraten finden werde als die Tochter einer mittellosen Schneiderin. Und wenn er ein Mädel brauchte, um sich die Zeit zu vertreiben, so würde er in den Niederlanden dergleichen in Hülle und Fülle begegnen, und alle würden entzückt sein, sich einem schmucken jungen Mann gefällig zu erweisen, und manch eine würde ihrer Dankbarkeit auch einen recht greifbaren Ausdruck geben.«

»Und was sagte er dazu?«

»Er sagte, er liebe seinen Schatz.«

»Kein Wunder, daß die ganze Welt in kläglichem Zustand ist und dieses Land vor die Hunde geht, wenn es von Leuten regiert wird, die auch nicht ein Lot gesunden Menschenverstand besitzen.«

Don Manuel wußte darauf nichts zu erwidern, und so schwieg er. Die Äbtissin warf ihm einen Blick kältester Verachtung zu.

»Ihr habt versagt, Don Manuel, und eine weitere Verbindung zwischen uns dürfte nutzlos sein.«

Er war scharfsinnig genug, um zu erkennen, daß sie ihm mit diesen Worten zu verstehen gab, er brauche sich weiter keine Hoffnung auf die Hand der verwitweten Marquesa zu machen. Aber er war nicht gesonnen, kampflos die Aussicht auf eine so vorteilhafte Heirat aufzugeben.

»Ihr laßt Euch rasch entmutigen, Señora. Der Vater des Jungen ist auf unserer Seite. Ihm gefällt es gar nicht, daß Diego diese kleine Catalina heiraten will, und ich zweifle nicht daran, daß ich ihn überreden kann, seine Zustimmung wieder zurückzuziehen. Ihr könnt gewiß sein, daß er sich alle Mühe geben wird, den Burschen zur Annahme unseres Angebots zu veranlassen.«

Doña Beatriz machte eine ungeduldige Geste.

»Ihr kennt die menschliche Natur nur wenig, Señor. Elterlicher Widerstand hat es noch nie dahin gebracht, daß Liebende einander weniger lieben. In dieser seelischen Verfassung möchte ich das Mädchen nicht in mein Kloster aufnehmen. Wenn der Bursche auf das Angebot eingegangen wäre, hätte sie erkannt, wie wertlos die Liebe eines Mannes verglichen mit der Liebe Gottes ist. Sie wäre unglücklich gewesen, aber das hätte ich nicht bedauert, wenn es sie gelehrt hätte, wo allein die wahre Glückseligkeit gefunden wird.«

»Es gibt noch andere Möglichkeiten, um sich eines lästigen Kerls zu entledigen. Ich habe Leute, auf die ich mich verlassen kann. Der Bursche kann eines Nachts überfallen, zu einem Hafen geschleppt und auf ein Schiff gebracht werden. Jugend ist wankelmütig. Einmal in den Niederlanden, in einer neuen Umgebung, mit der Aussicht auf Abenteuer, dem Ansehen eines Edelmanns und durch die Gunst des Erzherzogs zur raschen Beförderung bestimmt, wird er seinen Schatz vergessen und sehr bald seinen Sternen danken, daß sie ihn aus einer unglückseligen Liebelei gerettet haben.«

Die Äbtissin gab zunächst keine Antwort. Ihr Gewissen ermangelte nicht einer Portion Robustheit, und so fand sie auch an Don Manuels Plan nichts auszusetzen. Es geschah sehr häufig, daß man unbotmäßige Söhne nach Amerika verfrachtete, und Töchter, die sich den Eheplänen ihrer Eltern widersetzten, ins Kloster steckte, bis sie geneigt waren, sich zu unterwerfen. Sie war überzeugt, daß eine Trennung Diegos von Catalina für beide von Vorteil sein mußte.

»Ihr könnt gewiß sein, Señora, daß der junge Mensch Catalina von dem Angebot erzählen wird, das ich ihm gemacht habe.«

»Warum?«

»Um in ihren Augen wertvoller zu erscheinen, indem er ihr zeigt, welche Vorteile er um ihretwillen ausgeschlagen hat.«

»Ihr seid pfiffiger, Señor, als ich geglaubt hatte.«

»Wenn er eines Morgens nicht da ist, wird sie natürlich annehmen, daß er doch nicht fähig war, der Versuchung zu widerstehen.«

»Das ist recht wahrscheinlich. Man muß aber immer noch den Vater in Betracht ziehen. Es käme sehr ungelegen, wenn er sich an die Behörden wenden würde.«

»Um das zu vermeiden, schlage ich vor, daß wir ihn ins Vertrauen ziehen. Er ist für seinen Sohn recht ehrgeizig. Er wird, ohne zu zaudern, dem Plan beistimmen. Er wird schweigen, und wenn man darauf kommt, daß der Junge verschwunden ist, haben wir ihn bereits in aller Sicherheit auf einem Schiff.«

Die Äbtissin seufzte.

»Der Plan ist nicht nach meinem Geschmack, aber junge Menschen sind offenbar sehr töricht, und oft ist es besser, wenn reifere, klügere Köpfe über ihr Schicksal entscheiden. Ich wünsche nur die Zusicherung, daß keine unnötige Gewalt angewendet wird.«

»Ich kann Euch versprechen, daß ihm kein Leid widerfahren soll. Ich werde ihn von einem Mann begleiten lassen, auf den ich zählen kann und der darauf achten wird, daß man ihn gut behandelt.«

»Das wird nur in Eurem Interesse liegen«, sagte sie finster.

»Dessen bin ich mir durchaus bewußt, Señora. Ihr könnt mir die Angelegenheit vollkommen überlassen.«

»Und wann gedenkt Ihr zu handeln?«

»Sobald ich die nötigen Vorbereitungen getroffen habe.«

Sekundenlang schwieg Doña Beatriz. Diegos Verschwinden würde ganz bestimmt Gerede verursachen, und es war nicht unwahrscheinlich, daß der Klatsch auch bis an die Ohren des Bischofs drang. Sie hatte bereits Beweise seines Scharfblicks erfahren. Er konnte sehr wohl zwei und zwei zusammenzählen und zu dem Schluß gelangen, daß sie ihre Finger im Spiel hatte. Bitter bereute sie jetzt, daß sie sich im Gespräch mit ihm hatte hinreißen lassen, im Zorn auf jede Vorsicht zu verzichten. Sie wußte wohl nicht genau, was er tun konnte, aber er war nun einmal ein entschlossener, mächtiger Mann, sie hatte zwar keine Angst vor ihm, war aber klug genug, zu erkennen, daß sie besser tat, einen offenen Bruch zu vermeiden, der nicht bloß Ärgernis erregen, sondern auch ihre Pläne durchkreuzen würde.

»Wann verläßt Euer Bruder die Stadt, Don Manuel?« fragte sie.

Diese Frage überraschte ihn.

»Ich weiß es nicht, Señora, aber wenn es Euch interessiert, kann ich mich erkundigen.«

»Ich möchte, daß vor seiner Abreise nichts unternommen wird.«

»Warum?«

»Weil ich es so haben will. Es mag Euch genügen, zu wissen, daß dies mein ausdrücklicher Wunsch ist.«

»Es geschehe, wie Ihr verlangt, Señora. Der Junge wird in der Nacht nach meines Bruders Abreise entführt werden.«

»Das ist ausgezeichnet«, sagte sie gnädig.

Und sie reichte ihm zum Abschied ihre Hand, die er küssen durfte.

29

Doch wenn ihr Verstand ihr auch sagte, daß sie zum Besten aller Beteiligten handelte, war es Doña Beatriz nicht ganz behaglich zumute. Das ging so weit, daß sie ein- oder zweimal daran dachte, Don Manuel zu sagen, er möge den Plan fallen lassen. Aber sie machte sich ihrer Schwäche wegen selbst Vorwürfe. Es stand viel auf dem Spiel. Und doch war sie mißgelaunt, und ihre Nonnen entdeckten bei ihr eine unerklärliche Reizbarkeit. Dann, eines Morgens, verständigte ihre Stellvertreterin sie, daß der Bischof abgereist sei. Um die Aufmerksamkeit nicht auf sich zu lenken, war er noch vor der Morgendämmerung mit seinen Sekretären und Dienern verschwunden.

Eine Stunde später ließ eine Botschaft Don Manuels sie wissen, daß alle Vorbereitungen getroffen seien, und daß der Streich noch in dieser Nacht ausgeführt werden solle. Damit war die Frage erledigt. Sie prüfte ihr Gewissen und wußte, daß ihre Absichten keinen Tadel verdienten.

Gegen Abend wurde ihr gemeldet, daß Catalina sie zu sprechen wünsche. Man führte das Mädchen in die Betzelle, und die Äbtissin merkte beunruhigt, daß Catalina heftig erregt war. Irgend etwas mußte schiefgegangen sein.

»Was hast du denn, mein Kind?« fragte sie.

»Ehrwürdige Mutter, Ihr habt mir erlaubt, zu Euch zu kommen, wenn ich in Not bin.«

Sie brach in Tränen aus. Doña Beatriz beruhigte sie. Was war denn geschehen? Weinend erzählte das Mädchen, ein Adliger hier in der Stadt habe angeboten, Diego in den Krieg zu schicken, und habe ihm ein Landgut und den Titel Don in Aussicht gestellt. Diego habe, aus Liebe zu ihr, abgelehnt, und daraus sei ein heftiger Streit mit seinem Vater entstanden. Sein Vater habe ihn bedroht. Wenn er dieses großartige Angebot nicht annähme, wie jeder vernünftige Mensch es täte, wenn er nicht freiwillig ginge, so würde er gezwungen werden, und dann habe der Vater auch seine Einwilligung zur Hochzeit mit Catalina zurückgezogen. Die Äbtissin runzelte die Stirne, als sie diese Drohung hörte. Der Mann war ja verrückt! Wenn Diego jetzt verschwand, dann wußte das Mädchen, daß es nicht aus freiem Willen geschehen war. Und die Äbtissin hatte doch angenommen, es werde auf das Mädchen eine tiefe Wirkung ausüben, wenn sie glauben müßte, er sei der Versuchung erlegen und habe sie verlassen.

»Solche Möglichkeiten konnte er nie erhoffen«, sagte sie. »Das sind Aussichten, die kein junger Mann ausschlagen wird. Die Männer sind eitel und feig, und auch wenn sie schlecht handeln, wollen sie doch, daß man nicht schlecht von ihnen denken soll. Woher weißt du, daß er dich nicht täuscht und nur darum erklärt, man wolle ihn mit Gewalt wegschaffen, damit du nicht glauben sollst, daß er dich freiwillig verlassen hat?«

»Woher ich das weiß? Ich weiß es, weil er mich liebt. Ah, Señora, Ihr seid eine heilige Frau. Ihr wißt nicht, was

Liebe ist. Wenn ich meinen Diego nicht habe, werde ich sterben.«

»Noch nie ist jemand an Liebe gestorben«, sagte die Äbtissin mit tiefer Bitterkeit.

Catalina fiel auf die Knie und faltete die Hände in leidenschaftlichem Flehen.

»Oh, Mutter, ehrwürdige Mutter, habt Erbarmen mit uns! Rettet ihn! Erlaubt nicht, daß man ihn raubt! Ich kann ohne ihn nicht leben! Oh, Señora, wenn Ihr wüßtet, welche Qualen ich erduldet habe, als ich ihn für immer verloren glaubte, und wie ich Nacht für Nacht Tränen vergoß, bis ich meinte, ich müsse blind werden! Warum hat die Heilige Jungfrau mich von meinem Leiden erlöst, wenn nicht, damit ich die Frau meines Liebsten werden kann? Sie hatte Erbarmen mit mir, und Ihr wollt nichts tun, um mir zu helfen?«

Die Äbtissin klammerte sich mit den Händen an die Armlehnen ihres Stuhls, aber sie schwieg.

»Die ganze Zeit meiner Lähmung habe ich mich nach ihm gesehnt. Mein Herz brach. Ich bin ja nur ein armes, unwissendes Mädchen. Ich habe nichts auf der Welt als meine Liebe. Ich liebe ihn aus tiefstem Herzen.«

»Er ist ein Nichts. Er ist ein Bursche wie jeder andere«, sagte Doña Beatriz heiser, und ihre Stimme klang wie das Krächzen eines Raben.

»Ach, Señora, das sagt Ihr, weil Ihr den Schmerz und das Glück der Liebe nicht kennengelernt habt. Ich möchte seine Arme um mich fühlen. Ich möchte die Wärme seines Mundes auf dem meinen spüren, die Liebkosungen seiner Hände auf meinem nackten Leib. Ich möchte, daß er mich nehmen soll, wie ein Liebender die Frau nimmt, die er liebt. Sein Samen soll in meinen Schoß dringen und dort das Kind schaffen. Ich möchte sein Kind an meiner Brust nähren!«

Sie legte die Hände auf ihre Brüste, und die Sinnlichkeit loderte so wild aus ihr auf, daß die Äbtissin zurückschrak. Es war wie die Hitze eines Backofens, und sie hob die Hände, wie um sich davor zu schützen. Sie sah in das Gesicht des Mädchens und erschauerte. Es war seltsam verändert, bleich, und die Züge waren gewissermaßen geschwollen; es war die Maske des Begehrens. Der

Atem stockte ihr vor Verlangen nach dem Mann. Sie war wie eine Besessene. Es war etwas nicht ganz Menschliches an ihr, etwas, das so mächtig war, daß es furchteinflößend wirkte. Es war das Geschlecht, nichts als das Geschlecht, heftig und unwiderstehlich, das Geschlecht in seiner erschreckenden Nacktheit. Plötzlich verzerrten sich die Züge der Äbtissin in unerträglichem Schmerz, und Tränen rollten ihr über die Wangen. Catalina schrie entsetzt auf.

»Oh, Mutter, was hab ich gesagt?! Verzeiht mir! Verzeiht mir!«

Sie umschlang die Knie der Äbtissin. Sie war aufgewühlt davon, daß sie diese Frau, die sie nur als gelassen, ernst und würdig gekannt hatte, jetzt als Beute von überwältigenden Gefühlen sah. Sie war bestürzt, sie wußte nicht, was sie tun sollte. Sie nahm die schmalen Hände in die ihren und küßte sie.

»Señora, warum weint Ihr? Was habe ich getan?«

Doña Beatriz entzog ihr die Hände und verschränkte sie krampfhaft, um ihre Selbstbeherrschung wiederzugewinnen.

»Ich bin eine schlechte, unglückliche Frau«, stöhnte sie.

Sie lehnte sich in ihrem Stuhl zurück und bedeckte das Gesicht mit den Händen. Längst begrabene Erinnerungen stiegen auf, und sie biß die Zähne zusammen, um das Schluchzen zu unterdrücken, das ihre Brust zerriß. Diese kleine Törin, dieses dumme kleine Mädchen hatte gesagt, sie, Beatriz, habe die Liebe nie gekannt! Wie grausam war es, daß nach all den Jahren die alte Wunde noch immer so frisch war! Ein bitteres Lächeln wollte sich auf ihre Züge drängen, als sie sich der tragischen Posse bewußt wurde, daß sich ihr Herz nach einem Menschen verzehrt hatte, der jetzt ein hagerer, ausgemergelter Priester war. Sie wischte die Tränen weg, die ihre Augen verschleierten, nahm Catalinas Gesicht zwischen ihre Hände und sah sie an, als hätte sie sie noch nie zuvor gesehen. Jetzt war keine Spur von der sinnlichen Leidenschaft mehr vorhanden, die eben noch die schönen Züge so häßlich verzerrt hatte. Sie war ganz Zärtlichkeit, Sorge und Reinheit. Die Äbtissin unterlag dem Zauber von so großem Liebreiz. So jung, so schön und so leidenschaftlich liebend! Durfte sie dieses arme kleine Herz brechen, wie ihr eigenes Herz gebrochen worden war? Sie, die gemeint hatte, über jede menschliche Schwäche erhaben zu sein, fühlte sich schwach, jämmerlich schwach, und doch war in diesem Gefühl auch etwas seltsam Erhabenes, etwas, das ihr das Herz wärmte und gleichzeitig ihren Willen – ach, so beglückend! – erschütterte; es war, als löste sich ein Knoten in ihrer Brust, und sie genoß das wie eine Erlösung von unerträglichen Qualen. Sie beugte sich vor und küßte den roten Mund des Mädchens.

»Hab keine Angst, mein süßes Kind«, sagte sie, »du sollst deinen Liebsten haben!«

Catalina stieß einen Freudenschrei aus, und die Flut ihrer Dankworte wollte sich gar nicht erschöpfen, aber die Äbtissin gebot ihr rauh, zu schweigen. Die Lage war heikel, und sie mußte überlegen. In wenigen Stunden sollte Diego entführt werden; gewiß, sie konnte Don Manuel holen lassen und ihm sagen, sie habe ihren Entschluß geändert; seinen Vorstellungen konnte sie rasch ein Ende machen, aber das bedeutete keine Lösung für die Schwierigkeiten, in die sie geraten war. Die Saat, die sie gesät hatte, war nur zu gut aufgegangen. In der ganzen Stadt hatte sich die Überzeugung verbreitet, daß Catalina Nonne werden müsse. Doña Beatriz kannte die leidenschaftliche Anhänglichkeit des Volkes an seinen Glauben; die Leute würden es nicht bloß als Enttäuschung ansehen, wenn Catalina nicht tat, was man von ihr erwartete, sondern gewissermaßen als unschicklich, fast als eine Beleidigung der Religion, wenn sie nach solchen Beweisen himmlischer Huld hinginge und einen Schneider heiratete. Die weltlichen Kreise würden lachen und unzüchtige Späße machen; die Frommen aber würden empört sein. Jetzt gab es für Catalina ein Gefühl der Bewunderung, ja, der Ehrfurcht, doch das würde sich rasch in Entrüstung und Verachtung verwandeln. Die Äbtissin kannte den heftigen Charakter ihrer Landsleute; sie waren imstande, das Haus anzuzünden, darin das Mädchen wohnte, sie waren imstande, sie als zügellose Buhlerin zu steinigen und Diego einen Dolch in den Rücken zu stoßen. Nur eines war zu tun, und das sollte schnell getan werden.

»Du mußt die Stadt verlassen, du und dieser junge

Mensch! Ihr müßt noch heute abend aufbrechen. Hol deinen Onkel Domingo und komm mit ihm zu mir zurück!«

Das Mädchen, vor Neugier ganz benommen, wollte wissen, was die Äbtissin vorhatte, aber Doña Beatriz verbot ihr, weitere Fragen zu stellen. Sie solle tun, wie ihr geheißen.

Als Catalina wenige Minuten später mit ihrem Onkel zurückkam, befahl die Äbtissin ihr, in der unteren Zelle zu warten; sie wolle allein mit Domingo sprechen. Sie enthüllte ihm soviel von der Lage, wie er, ihrer Meinung nach, wissen mußte, gab ihm bestimmte Weisungen und dazu eine kurze Botschaft für ihren Verwalter, die sie bereits niedergeschrieben hatte. Sie hieß ihn, Diego aufzusuchen und ihn wissen zu lassen, was beschlossen worden sei; vor allem solle er gut darauf achten, daß Diego auch allen Anordnungen Folge leistete. Nachdem sie ihn entlassen hatte, rief sie Catalina.

»Du wirst den Abend bei mir verbringen, mein Kind. Um Mitternacht werde ich dich durch eine Türe in der Stadtmauer hinauslassen, und dort wird Domingo mit einem Pferd sein, das mein Verwalter ihm, auf meinen Befehl, zur Verfügung stellt. Er wird mit dir bis zu einer bestimmten Stelle reiten, wo Diego dich erwartet. Er wird Domingos Platz einnehmen, und ihr reitet in südlicher Richtung, bis ihr nach Sevilla kommt. Ich gebe dir eine Botschaft an Freunde mit, die euch passende Arbeit verschaffen werden.«

»Oh, Señora«, rief Catalina in höchster Erregung, »wie kann ich Euch je meine Dankbarkeit für das zeigen, was Ihr für mich tut!«

»Das will ich dir sagen«, erwiderte die Äbtissin nicht ohne Strenge. »Reitet schnell und haltet Euch unterwegs nicht auf. Ihr habt es mit verwegenen Leuten zu tun, und es kann sein, daß sie euch verfolgen. Keuschheit ist des Weibes Krone, und du mußt sie bewahren, bis die Kirche euren Bund gesegnet hat. Zwischen Unverheirateten ist jede fleischliche Liebe eine Todsünde. Du mußt in dem ersten Dorf, durch das ihr bei Tagesanbruch kommt, einen Priester aufsuchen und ihn bitten, dich mit Diego zu verehelichen. Siehst du, was ich hier habe?«

Catalina schaute auf und sah einen einfachen goldenen Ring.

»Es ist der Ring, den ich für dich bestimmt hatte, wenn du dein Gelübde ablegen solltest. Es wird dein Ehering sein.«

Sie legte ihn auf Catalinas Handfläche. Ihr Herz schlug heftig. Dann gab die Äbtissin ihr Weisungen betreffend die Pflichten und Verantwortungen des Ehelebens. Catalina lauschte mit neuem Ernst, aber auch ein wenig zerstreut, denn sie war in einiger Verwirrung, und ihre Gedanken waren mehr den Freuden des Ehelebens zugewandt. Sie beteten zusammen. Die Stunden vergingen langsam. Endlich schlug die Klosteruhr Mitternacht.

»Es ist Zeit«, sagte Doña Beatriz. Sie nahm einen kleinen Beutel aus einer Lade ihres Schreibtisches. »Hier sind ein paar Goldstücke. Steck den Beutel so ein, daß du ihn nicht verlieren kannst, und gibt ihn nicht Diego! Männer kennen den Wert des Geldes nicht, und wenn sie welches haben, dann vergeuden sie es für Torheiten.«

Catalina wandte sich schamhaft ab, hob den Rock, steckte den Beutel in ihren Strumpf und band sich die Schnüre um das Bein.

Die Äbtissin zündete eine Laterne an und gebot dem Mädchen, ihr zu folgen. Unhörbar gingen sie durch schweigende Gänge, bis sie in den Garten kamen. Dort löschte sie das Licht, denn eine Nonne konnte wach sein, den Schimmer sehen und sich fragen, was das zu bedeuten habe. Sie ergriff Catalinas Hand und führte sie. Sie kamen zu der kleinen Türe, die in die Stadtmauer gebrochen worden war, damit die Äbtissin unbemerkt die Stadt verlassen oder Personen empfangen konnte, deren Besuch aus diesem oder jenem Grunde geheim bleiben sollte. Sie allein hatte den Schlüssel. Sie öffnete die Türe. Draußen, hoch zu Roß, wartete Domingo im Schatten der Mauer, denn der Mond schien und die Nacht war hell.

»Geht jetzt!« sagte die Äbtissin. »Gott segne dich, mein Kind, und gedenke meiner in deinen Gebeten, denn ich bin eine sündige Frau, und ich bedarf ihrer.«

Catalina schlüpfte durch die Türe, die sich hinter ihr schloß. Die Äbtissin lauschte, solange sie das Stampfen der Hufe zu hören vermochte. In der Stille der Nacht hallten sie laut. Mit zögernden Schritten ging Doña Beatriz ins Kloster zurück. Sie konnte kaum ihren Weg erkennen, denn Tränen blendeten ihre Augen. Sie trat in ihre Zelle und verbrachte den Rest der Nacht im Gebet.

30

Domingo reichte Catalina die Hand und half ihr auf das Pferd, so daß sie hinter ihm auf dem Sattel sitzen konnte. Die Luft war ruhig und warm, doch höher oben wehte der Wind und jagte kleine, schwarze, vom Mondlicht silbern umrandete Wolken über den Himmel. Das Land wirkte völlig verlassen, und sie hätten ebensogut durch eine Welt reiten können, deren einzige Bewohner sie waren.

»Onkel Domingo!«
»Ja?«
»Ich heirate!«
»Tu das nur, Kind. Die Ehe ist ein Sakrament, dessen man zu seinem Seelenheil bedarf, aber eines, das die Männer sich nur zögernd zunutze machen.«

Sie ritten durch einen schlafenden Weiler, und dahinter war eine Baumgruppe. Als sie sie erreichten, löste sich eine Gestalt aus dem Schatten. Catalina glitt vom Pferd herab und warf sich in Diegos Arme. Domingo saß ab.

»Vorwärts! Vorwärts!« drängte er. »Dazu werdet ihr später reichlich Zeit haben. Jetzt sitzt auf, alle beide, und seht zu, daß ihr weiterkommt. In den Satteltaschen ist Proviant und eine Flasche Wein.«

Er küßte Catalina und Diego, sah ihnen nach, und dann, da die Stadttore geschlossen waren und er nicht hinein konnte, lagerte er sich, so gut es eben ging, unter einen Baum. Vorsichtshalber hatte er auch für sich eine Flasche Wein mitgenommen, die er jetzt zum Munde führte. Das war der richtige Ort zum Dichten, und er gedachte, den Anbruch des Tages im trauten Verein mit der Muse zu erwarten. Doch bevor er sich darüber schlüssig geworden war, ob ein Sonett an den Mond oder eine Ode an den Triumph der Liebe daraus werden sollte, war er fest eingeschlafen und erwachte erst, als die Sonne bereits am Himmel glänzte. –

Die Liebenden ritten eine Stunde lang weiter, und Catalina öffnete die Schleusen ihrer Beredsamkeit. Sie hatte ja tausend Dinge zu berichten, Diego alle Einzelheiten zu erzählen, Pläne zu schmieden, und da sie das auf die netteste Art zu tun wußte, klang es ganz reizend und höchst belustigend. Diego war so glücklich, daß er zu allem lachte, was sie sagte. Und sie war wie in einem Rausch. Sie konnte sich nichts Himmlischeres vorstellen, als diesen nächtlichen Ritt durch das offene Land, die Arme um den Liebsten geschlungen. Das mußte sie natürlich, denn anders konnte sie sich nicht auf dem Pferd halten, aber außerdem war es auch sehr angenehm.

»So könnte ich bis ans Ende der Welt reiten«, seufzte sie.

»Aber ich bin hungrig«, erwiderte er. »Wir wollen einmal haltmachen und nachsehen, was in diesen Satteltaschen zu finden ist.«

Sie ritten gerade durch einen Wald, und er brachte das Pferd zum Stehen. Catalina merkte gleich, daß sein Appetit nicht eigentlich auf Essen und Trinken gerichtet war, und ein Schauer des Begehrens überrieselte ihren Leib; doch es hatte weder der Ermahnungen der Äbtissin noch Onkel Domingos bedurft, um ihr zum Bewußtsein zu bringen, wie unvorsichtig es war, einem Mann den Willen zu tun, bevor die Kirche die Verbindung gesegnet hat. Sie wußte recht wohl, daß die Männer instinktiv eine Abneigung gegen eheliche Bande haben, und sie kannte Geschichten von Mädchen, die ihren Liebsten nachgegeben hatten und nachher nichts besaßen als ein gebrochenes Eheversprechen. Dann blieb ihnen nichts übrig als das Freudenhaus.

»Reiten wir lieber weiter, Liebster«, bat sie. »Die Äbtissin hat gesagt, es könnte sein, daß man uns verfolgt.«

»Ich habe keine Angst«, sagte er.

Er schwang das Bein über den Kopf des Pferdes, sprang ab und hob Catalina aus dem Sattel. Sie lag in seinen Armen, und er küßte ihre Augen und ihren Mund. Er griff nach dem Zügel, und, den Arm um Catalinas Taille, führte er sie in den Wald hinein. Doch in diesem Augenblick prasselte ein heftiger Regenschauer auf sie nieder. Sie waren ganz verdutzt, denn die Nacht war klar und schön gewesen, und sie hatten die schwarzen Wolken über ihnen gar nicht bemerkt. Nun war Diego wohl tapfer wie ein Löwe und hätte unerschrocken bewaffneten Verfolgern getrotzt, doch Regen liebte er nicht sehr. Zudem hatte er vor Antritt der Reise seine besten Kleider angelegt und wollte sie nicht naß werden lassen.

»Dort drüben regnet es nicht«, sagte er und wies nach der andern Straßenseite. »Laufen wir hinüber!«

Doch kaum waren sie drüben, als der Regen auch dort zu fallen begann und noch weit stärker als vorher.

»Das ist ja nur ein Strichregen«, sagte er. »Wenn wir rasch reiten, sind wir ihn los.«

Er stieg auf, half Catalina in den Sattel, gab dem Pferd die Sporen und galoppierte weiter. Und kaum waren sie aus dem Wald draußen, als der Regen ebenso plötzlich aufhörte, wie er begonnen hatte. Er sah zum Himmel auf. Hinter ihnen ballten sich dunkle Wolken, vor ihnen aber war der Himmel blau und klar. Schweigend ritten sie weiter. Nach einer Weile, etwa eine halbe Stunde später, erreichten sie ein kleines Gehölz.

»Rasten wir hier«, sagte Diego und hielt das Pferd an.

Doch kaum hatte er die Worte gesprochen, als ein schwerer Regentropfen ihm auf die Nase fiel.

»Das ist nichts«, sagte er und schwang abermals das Bein über den Pferdekopf, aber er war noch nicht mit den Füßen auf dem Boden, als die Tropfen schon stärker fielen. »Da hat doch der Teufel die Hand im Spiel!«

Er setzte den Fuß in den Bügel, und sie ritten weiter. Der Regen hörte auf. Catalina neigte den Kopf.

»Es ist nicht der Teufel«, sagte sie.

»Wer ist es denn?«

»Die Heilige Jungfrau.«

»Du redest ja dummes Zeug, Frau, und das werde ich dir bald beweisen!«

Er spähte scharf aus. Längere Zeit gab es keinen Baum, an den er das Pferd binden konnte.

»Ich hätte einen Strick mitnehmen sollen, um ihm die Vorderbeine zu fesseln«, sagte Diego.

»Man kann nicht an alles denken«, meinte Catalina.

»Das Pferd braucht eine Rast. Und uns würde es auch nicht schaden, ein wenig am Straßenrand zu schlafen.«

»Ich könnte kein Auge zutun.«

»Das müßtest du auch gar nicht«, grinste er.

»Sieh nur«, sagte sie, »es fängt schon wieder an zu regnen.« Und tatsächlich fielen einige schwere Tropfen.

»Wir würden nur durch und durch naß werden.«

»Ein paar Tropfen werden uns nichts anhaben.«

Doch schon fiel der Regen plötzlich recht heftig. Er stieß einen Fluch aus und spornte das Pferd.

»So was Merkwürdiges habe ich noch nie erlebt«, sagte er.

»Fast ein Wunder«, flüsterte sie.

Diego mußte den Kampf aufgeben. Obschon der Regen sogleich aufhörte, waren sie doch ziemlich naß geworden, und Diegos Liebesglut war durch die Sorge um sein Gewand erheblich abgekühlt. Es muß zudem festgestellt werden, daß dies nicht nur sein bester, sondern auch sein einziger Anzug war, denn Domingo hatte ihm eingeschärft, daß es unvorsichtig wäre, mehr von zu Hause mitzunehmen, als was er am Leibe trug. Sie ritten durch die Nacht, ohne einem einzigen Menschen zu begegnen, nur hin und wieder fiel das Mondlicht auf ein Bauernhaus oder eine Kätnerhütte. Endlich erhob sich die Sonne. Sie waren auf einem kleinen Hügel und sahen im Dunst des Morgens ein Dörfchen vor sich liegen. Dort mußte es ein Wirtshaus geben, wo sie etwas essen und trinken konnten, denn unterdessen waren sie beide rechtschaffen hungrig und durstig geworden. Sie ritten weiter, und jetzt sahen sie auch schon Landleute, die zur Feldarbeit gingen. Sie kamen an das Dorf, und mit einem Male blieb das Pferd stehen.

»Was ist denn mit dir, du verfluchter Gaul? Vorwärts! Los!« schrie Diego und gab ihm die Sporen.

Doch das Pferd rührte sich nicht. Diego schlug es mit den Enden der Zügel über den Kopf und gab ihm abermals die Sporen. Das machte dem Tier keinen Eindruck. Es stand unbeweglich, als sei es plötzlich aus Stein geworden.

»Du wirst noch folgen lernen!«

Diego war jetzt in Wut geraten, und er schlug das Pferd, so fest er nur konnte, auf den Hals. Das Pferd erhob sich auf die Hinterbeine, und Catalina kreischte auf. Diego schlug es mit der geballten Faust auf den Kopf, und das Pferd stand wieder auf allen vier Beinen, und was Diego auch tat und sagte, blieb erfolglos; es war wie angewurzelt. Diego war ganz rot geworden und schwitzte.

»Ich kann das nicht begreifen. Ist der Teufel auch in dieser Schindmähre?!« Catalina begann zu lachen, und er wandte sich ärgerlich zu ihr. »Was gibt's da zu lachen?«

»Sei nicht grob zu mir, Liebster. Siehst du nicht, wo wir sind? Die Kirche!«

Diego verzog die Stirne, blickte auf und bemerkte erst jetzt, daß das Pferd just vor der Kirche haltgemacht hatte, die am Eingang des Dorfes stand.

»Und was weiter?«

»Die Äbtissin hat mir das Versprechen abgenommen, daß wir uns in der ersten Kirche trauen lassen werden, zu der wir kommen.«

»Dazu haben wir auch noch später Zeit«, sagte er.

Abermals trieb er dem Pferd die Sporen in die Flanken, doch da schlug das Pferd mit den Hinterbeinen aus, und ehe die beiden Reiter es sich versahen, flogen sie durch die Luft. Zum Glück landeten sie auf einem Heuhaufen und blieben unversehrt. Da lagen sie denn ein wenig betäubt und sehr verdutzt. Nach diesem jähen Gefühlsausbruch stand das Pferd wieder ganz ruhig wie zuvor. Gerade in diesem Augenblick trat der Geistliche, der die Messe gelesen hatte, aus der Kirche, sah den Unfall mit an und eilte hilfsbereit hinzu. Sie standen auf, schüttelten sich, stellten fest, daß sie heil geblieben waren, streiften die Halme von den Kleidern.

»Ihr habt Glück gehabt, daß euch das hier zugestoßen ist«, sagte der Geistliche, ein kurzbeiniger, rundlicher Mann mit gerötetem Gesicht. »Ein paar Schritte weiter, und ihr wärt in meine Scheune geflogen.«

»Die Vorsehung wollte, daß es hier vor der Kirchentüre geschehen ist«, sagte Catalina, »denn wir sind auf der Suche nach einem Priester, der uns trauen soll.«

Diego warf ihr einen erstaunten Blick zu, sagte aber nichts.

»Euch trauen?« rief der Geistliche. »Ihr seid ja nicht meine Pfarrkinder! Ich habe euch noch nie zuvor gesehen. Ich werde euch ganz bestimmt nicht trauen. Ich habe seit gestern abend keinen Bissen mehr gegessen, und jetzt gehe ich erst einmal nach Hause und setze mich zum Frühstück.«

»Wartet doch, bitte, Vater«, sagte Catalina.

Sie wandte sich ab, hob den Rock und entnahm schnell dem Beutel, den die Äbtissin ihr gegeben hatte, ein Goldstück. Mit einem bezaubernden Lächeln hielt sie es ihm in der offenen Handfläche hin. Der Priester sah die Münze und wurde noch röter.

»Ja, aber wer seid ihr denn?« fragte er mißtrauisch. »Warum wollt ihr an einem fremden Ort in solcher Hast heiraten?«

Seine Augen hafteten an dem glitzernden runden Ding.

»Habt Erbarmen mit zwei jungen Liebenden, Vater. Wir sind von Castel Rodriguez davongelaufen, weil mein Vater mich des Geldes wegen mit einem reichen alten Mann verheiraten wollte; und dieser junge Mann, mit dem ich verlobt war, sollte von seinen habgierigen Eltern gezwungen werden, eine Frau zu heiraten, die keinen Zahn im Mund und nur ein Auge hat.«

Um die Überzeugungskraft ihrer Geschichte zu stärken, schob Catalina das Goldstück in die Hand des Priesters und schloß seine Finger darüber.

»Ihr besitzt eine ansehnliche Kraft der Überredung, junge Frau«, sagte er, »und eure Geschichte ist so ergreifend, daß mir die Tränen in die Augen steigen.«

»Ihr tut nicht nur ein verdienstliches Werk, Vater«, fuhr Catalina fort, »sondern Ihr bewahrt auch zwei tugendhafte junge Menschen davor, eine Todsünde zu begehen.«

»Folgt mir«, sagte der Geistliche entschlossen und trat wieder in die Kirche. »Pepe!« rief er mit lauter Stimme, während er auf den Hochaltar zuging.

»Was ist los?« war die Antwort.

»Komm her, du fauler Schuft!«

Ein Mann, den Besen in der Hand, kam aus der Kapelle neben dem Hochaltar hervor.

»Warum könnt Ihr mich nicht in Ruhe lassen?« fragte er mürrisch. »Noch nie ist ein Sakristan so miserabel entlöhnt worden, und zudem laßt Ihr mir doch keinen Augenblick Ruhe! Wie soll ich auf mein Feld hinaus, wenn Ihr mich mitten in der Arbeit unterbrecht?!«

»Halt dein unverschämtes Maul, du Hundesohn. Ich will diese jungen Leute hier trauen. Ja, aber wir müssen doch zwei Zeugen haben!« Er drehte sich zu Catalina um, und sein fettes Gesicht grinste. »Ihr werdet euch gedulden müssen, bis dieser Trunkenbold irgend jemand im Dorf aufgetrieben hat, und inzwischen kann ich etwas essen gehn.«

»Ich will der zweite Zeuge sein.«

Es war eine Frau, die gesprochen hatte. Alle wandten sich um und sahen, wie sie auf die Gruppe zukam. Sie trug einen blauen Mantel, und ihr Kopf war mit einem großen weißen Tuch bedeckt, dessen Enden über der Schulter lagen. Der Priester schaute sie verwundert an, denn er hatte, als er die Messe las, niemanden in der Kirche bemerkt. Aber er zuckte nur ungeduldig die Achseln.

»Schön, dann wollen wir uns beeilen. Mein Frühstück wartet.«

Catalina fuhr zusammen, als die Fremde zu ihnen trat, und sie griff zitternd nach Diegos Hand. Die Fremde legte, mit leisem Lächeln um die Augen, den Finger auf die Lippen und gebot Catalina Schweigen. Rasch war die Zeremonie erledigt, und Catalina Perez war mit Diego Martinez zum heiligen Bund der Ehe vereint. Sie gingen in die Sakristei, um ihre Namen in das Kirchenbuch einzutragen. Der Priester schrieb die Namen der Jungverheirateten und die Namen ihrer Eltern nieder. Dann malte der Sakristan mühsam die Buchstaben seines Namens in das Buch.

»Das ist das einzige, was er zu schreiben vermag«, sagte der Priester, »und sechs Monate habe ich daran verwenden müssen, um wenigstens das in seinen dicken Schädel zu kriegen. Jetzt, Señora, seid Ihr an der Reihe.«

Er tauchte den Kiel in die Tinte und reichte ihn der fremden Dame.

»Ich kann überhaupt nicht schreiben«, sagte sie.

»Dann macht ein Kreuz, und ich werde Euren Namen daruntersetzen.«

Sie nahm den Kiel und tat, wie geheißen. Catalina beobachtete sie mit pochendem Herzen.

»Nun, ich kann Euren Namen nicht eintragen, wenn Ihr ihn mir nicht nennt«, sagte der Geistliche scharf.

»Maria, Tochter des Schäfers Joachim«, erwiderte sie.

Er schrieb das in sein Buch.

»Das ist alles«, erklärte er. »Und jetzt kann ich endlich zu meinem Frühstück gehen.«

Sie folgten ihm aus der Kirche, nur der Sakristan griff wieder nach seinem Besen und setzte brummend die Arbeit fort. Aber die Spanier sind zu allen Zeiten ein höfliches Volk gewesen, und der Geistliche, das Goldstück wohlversorgt in der Tasche, machte keine Ausnahme.

»Wenn die Damen und der Herr mir die Ehre antun wollen, mich in meine kümmerliche Behausung hier nebenan zu begleiten, so wird es mir ein Vergnügen sein, ihnen eine bescheidene Erfrischung anzubieten.«

Catalina war wohlerzogen und wußte, daß solch eine Einladung dankend abzulehnen war, aber Diego war halb verhungert und ließ sie nicht zu Wort kommen.

»Señor«, sagte er, »weder meine Frau noch ich haben seit gestern einen Bissen zu uns genommen, und wie bescheiden Euer Tisch auch bestellt sein mag, für uns wird es ein Festmahl sein.«

Der Geistliche war ein wenig verblüfft, aber zu höflich, um etwas anderes zu sagen, als daß er es als hohe Ehre ansehen werde. Sie gingen die wenigen Schritte zu seinem Hause, und er zeigte ihnen den kleinen, kahlen Raum, der ihm als Eßzimmer, Wohnzimmer und Studierzimmer diente. Er setzte ihnen Brot, Wein, Ziegenkäse und schwarze Oliven vor. Er schnitt vier Stücke Brot ab und füllte vier Hornbecher mit Wein. Dann machte er sich gierig über die Speisen her, und Diego und Catalina folgten seinem Beispiel. Jetzt schaute er auf, um sich Oliven aus der Schüssel zu nehmen, und da bemerkte er, daß die fremde Dame nichts berührt hatte.

»Ich bitte Euch, doch zuzugreifen, Señora«, sagte er. »Es ist ein einfacher Imbiß, aber er ist gut und jedenfalls das Beste, was ich Euch vorsetzen kann.«

Sie lächelte ein seltsam trauriges Lächeln, während ihr Blick auf das Brot und den Wein fiel, und dann schüttelte sie den Kopf.

»Ich werde eine Olive nehmen«, sagte sie.

Sie führte sie zum Mund und zerbiß sie mit den weißen Zähnen. Catalina schaute zu ihr hinüber, und ihre Blicke trafen sich. In den Augen der Dame war ein Ausdruck unendlicher Güte. In diesem Augenblick stürzte der Sakristan in die Stube.

»Señor, Señor«, schrie er in höchster Erregung, »die Jungfrau ist gestohlen worden!«

»Ich bin ja nicht taub, du alter Esel«, erwiderte der Priester. »Was, in Himmels Namen, redest du da?!«

»Ich sage Euch, daß irgendwer die Jungfrau gestohlen hat. Ich wollte gerade kehren, und da war der Sockel, auf dem sie stehen soll, leer.«

»Du bist verrückt oder besoffen, Pepe«, schrie nun auch der Priester und sprang auf. »Wer sollte so was tun?«

Er eilte aus dem Haus und, gefolgt von dem Sakristan, Diego und Catalina, lief er in die Kirche.

»Ich hab's nicht getan, ich hab's nicht getan!« schrie der Sakristan und gestikulierte verzweifelt. »Alle werden behaupten, ich hätte es getan! Man wird mich ins Gefängnis werfen!«

Sie hasteten die Kirchenstufen hinauf und in die Kapelle der Madonna. Der Sakristan schrie laut auf. Da stand die Jungfrau auf dem gewohnten Platz.

»Was soll das bedeuten?!« brüllte der Priester wütend.

»Vor einer Minute war sie nicht da. Ich schwöre es bei allen Heiligen; der Sockel war leer.«

»Du besoffenes Schwein! Du alter Schnapsbruder!«

Der Geistliche packte den armen Teufel beim Kragen und versetzte ihm so viele Fußtritte in die Kehrseite, bis er erschöpft war. Dann gab er ihm, für alle Fälle, mit der ganzen Kraft, die ihm geblieben war, ein paar saftige Ohrfeigen.

»Wenn ich nur einen Stock bei mir hätte, dann würde ich jeden Knochen in deinem Leib zerbrechen!«

Als die drei in das Pfarrhaus zurückkehrten, um ihr frugales Mahl zu beenden, sahen sie mit Staunen, daß die fremde Dame verschwunden war.

»Wo kann sie hingegangen sein?« rief der Priester. Dann aber schlug er sich an die Stirne. »Narr, der ich bin! Jetzt verstehe ich alles. Das ist natürlich eine von diesen Morisken, und als Pepe meldete, die Madonna sei gestohlen worden, hat sie's mit der Angst gekriegt und ist verschwunden. Das sind ja lauter Diebe, und sie dachte gewiß, einer von diesen verwünschten Ungläubigen ihres Stammes hat das Standbild gestohlen. Habt ihr bemerkt, daß sie keinen Wein trinken wollte? Sie sind wohl getauft, aber an ihren heidnischen Gebräuchen halten sie fest. Ich hatte gleich einen Verdacht, als sie ihren Namen nannte; so heißt kein ehrlicher Christenmensch.«

»Wir in Castel Rodriguez sind dieses Moriskenpack schon längst los«, sagte Diego.

»Und ganz mit Recht! Jeden Abend bete ich, unser guter König möge doch seine Pflicht gegen den Glauben erkennen und jeden einzelnen von diesen verhaßten Ketzern aus dem Reich verjagen.«

»Es wird ein großer Tag für Spanien sein, wenn er das tut.«

Vielleicht lohnt es, hier zu vermerken, daß die Gebete des würdigen Priesters Erhörung fanden, denn im Jahre 1609 wurden sämtliche Morisken aus dem Lande vertrieben.

Nun war es für Diego und seine junge Frau Zeit geworden, ihre Reise nach Sevilla fortzusetzen, und, mit überströmenden Danksagungen für seine Gastfreundlichkeit, nahmen sie von dem Geistlichen Abschied. Unterdessen hatte der Gaul sich an dem Heu erlabt, auf das er seine Reiter abgeworfen hatte. Diego tränkte das Tier, und sobald sie wieder im Sattel saßen, begann es gemächlich zu traben, auch ohne daß man es antrieb. Es war ein schöner Tag, und am Himmel war keine Wolke sichtbar. Der Geistliche hatte ihnen gesagt, etwa fünfzehn Meilen weiter fänden sie ein Gasthaus, dessen Kunden Kärrner und Maultiertreiber waren, und wenn sie dort übernachten wollten, wären sie gut untergebracht. Sie ritten drei oder vier Meilen schweigend weiter.

»Bist du glücklich, Liebster?« fragte Catalina schließlich.

»Natürlich!«

»Ich werde dir eine gute Frau sein. Aus Liebe zu dir werde ich mir die Finger wund arbeiten.«

»Das wirst du nicht nötig haben. Wenn man nicht auf den Kopf gefallen ist, liegt in Sevilla das Geld auf der Straße, und für dumm hat man mich bisher noch nie gehalten.«

»Nein, das glaube ich auch.«

Abermals ritten sie schweigend weiter, und abermals war es Catalina, die zu sprechen begann.

»Hör, Liebster, es war keine maurische Frau, die zu unserer Hochzeit kam.«

»Was redest du da? Man mußte sie doch nur anschauen, um zu wissen, daß es keine echte Christin gewesen ist.«

»Aber ich habe sie bereits vorher gesehen.«

»Du? Wo denn?«

»Auf den Stufen der Kirche der Karmeliterinnen. Sie war es, die mir verhieß, daß ich von meinem Gebrechen geheilt werden sollte.«

Er hielt das Pferd an und sah sich um.

»Mein armes Kind, du bist ja von Sinnen! Die Sonne hat dich um den Verstand gebracht.«

»Ich bin so klar bei Verstand wie du, mein Liebster. Ich sage dir, daß es die Heilige Jungfrau gewesen ist, und als sie nicht vom Brot und vom Wein nehmen wollte, wußte ich auch, warum. Ich wußte, daß es sie an ihren bittren, bittren Gram erinnerte.«

Diego starrte sie verdutzt an.

»Hundertmal hat die ehrwürdige Mutter mir gesagt, ich stände ganz bestimmt unter dem besonderen Schutz der Heiligen Jungfrau. Darum hat sie mich auch so gedrängt, ins Kloster einzutreten. Diese plötzlichen Regenschauer in der vergangenen Nacht, das Pferd, das vor der Kirche stehenblieb und nicht weiter wollte und uns abwarf – du mußt doch erkennen, daß das alles keine Zufälle waren!«

Sein Blick ruhte ein wenig länger auf ihr, und Catalina bemerkte, daß ein gewisses Mißbehagen darin war. Das machte sie sehr unglücklich. Ohne ein weiteres Wort drehte er sich wieder um und trieb mit einem Schnalzen das Pferd an. Schüchtern wagte Catalina von Zeit zu Zeit etwas zu sagen, aber er antwortete ihr entweder gar nicht oder nur einsilbig.

»Was hast du denn, Liebster?« fragte sie schließlich und bemühte sich, nicht zu weinen.

»Nichts.«

»Sieh mich doch an, mein Schatz. Ich sehne mich nach einem Blick aus deinen Augen!«

»Wie soll ich dich anschauen, wenn die Straße voller Wurzeln und Löcher ist? Wenn das Pferd stolpert, können wir uns den Hals brechen.«

»Du bist mir doch nicht böse, weil die Heilige Jungfrau es für richtig gehalten hat, meine Tugend zu beschützen, und so gnädig war, Zeugin unserer Hochzeit zu sein?«

»Es ist eine Ehre, auf die ich niemals Anspruch zu erheben gewagt hätte«, erwiderte er trocken.

»Warum ärgerst du dich dann?«

Er ließ sich mit seiner Antwort Zeit.

»Es ist kein gutes Vorzeichen für unsere gemeinsame Zukunft, wenn bei jeder Meinungsverschiedenheit ein Wunder geschehen und dir recht geben wird. Ein Mann soll Herr in seinem Hause sein. Es ist die Pflicht des Weibes, sich seinen Wünschen zu fügen, und es sollte ihr auch eine Freude sein.«

Catalina hatte die Arme um ihn geschlungen, und er spürte, wie sie zitterten.

»Mit Weinen machst du das nicht besser«, sagte er.

»Ich weine nicht.«

»Was machst du denn anderes?«

»Ich lache.«

»Du lachst? Da ist nichts zu lachen, Weib! Es ist eine sehr ernsthafte Geschichte, und ich habe das Recht, mir darüber Sorgen zu machen.«

»Du bist der süßeste Liebling und ich liebe dich von ganzem Herzen, aber manchmal bist du nicht sehr vernünftig.«

»Sprich dich nur aus«, sagte er kühl.

»Die Äbtissin sagte mir, ich dankte die Huld, die ich von der Heiligen Jungfrau empfangen habe, meiner eigenen Jungfräulichkeit. Es scheint, daß man im Himmel große Stücke darauf hält. Und habe ich sie einmal verloren, dann dürfte es auch mit den Gnadenbeweisen aus sein.«

Daraufhin wandte sich Diego im Sattel um, so weit er nur konnte, und auf seinen schönen Zügen war ein verschmitztes Lächeln.

»Gesegnet sei die Mutter, die dich geboren hat«, rief er. »Das wollen wir gleich erproben!«

»Die Sonne fängt an zu stechen. Es wäre doch schön, im Schatten der Bäume zu ruhen, bis die Tageshitze vorüber ist.«

»Das ist mir gerade auch durch den Kopf gegangen.«

»Und wenn meine Augen mich nicht trügen, ist dort drüben, weniger als eine Meile von uns entfernt, ein Wald, der dafür ausgezeichnet geeignet sein sollte.«

»Wenn deine Augen dich trügen, dann trügen mich auch meine Augen.«

Er gab dem Pferd ganz leicht die Sporen, der Gaul setzte sich in seinen schönsten Galopp, und sie hatten den Wald bald erreicht. Dort sprang Diego ab und hob auch Catalina aus dem Sattel. Während er das Pferd an einen Baum band, holte sie aus den Satteltaschen, was die Äbtissin oder Onkel Domingo ihnen vorsorglich mitgegeben hatten. Brot, Käse, Wurst, ein kaltes Huhn und einen hochgewölbten Weinschlauch. Wer konnte sich ein besseres Hochzeitsmahl wünschen? Unter den Bäumen war es kühl und dunkel, und in einem schmalen Bett rieselte klar und durchsichtig ein Bächlein. Einen glückverheißenderen Ort hätten sie gar nicht finden können.

31

Als sie aus dem Walde traten, brannte die Sonne weniger heiß.

Langsam ritten sie weiter, hügelauf, talab, redeten kaum und waren glücklich. Sechs oder sieben Meilen ritten sie, und dann sahen sie in dem milden Licht des Spätnachmittags ein baufälliges Gebäude am Straßenrand. Das mußte wohl das Gasthaus sein, von dem der Geistliche gesprochen hatte.

»Bald sind wir dort. Bist du müde, Liebste?«

»Müde?« erwiderte sie. »Warum sollte ich müde sein? Ich bin frisch wie eine Lerche.«

Sie waren mehr als vierzig Meilen geritten, und seit dem Vortag hatte sie nicht mehr als eine Stunde geschlafen. Sie war sechzehn Jahre alt!

Jetzt waren sie in der Ebene, und zu beiden Seiten der Straße streckte sich flaches Land. Die Ernte war eingebracht worden, und die Felder waren braun und trocken. Da und dort erhoben sich ein paar verkrüppelte Eichen, da und dort ein kleiner Olivenhain. Sie waren keine Meile mehr vom Gasthaus entfernt, als sie in einer mächtigen Staubwolke einen Reiter von so seltsamem Aussehen auf sich zusprengen sahen, daß sie ganz verblüfft waren, denn er war in Helm und Rüstung. Er hielt vor ihnen an und versperrte ihnen den Weg. Die Lanze eingelegt, setzte er sich fest im Sattel zurecht und redete in stolzem Tone Diego an:

»Bleibt stehen, wer Ihr auch sein mögt, nennt mir Euren Namen, sagt, woher Ihr kommt und wohin Ihr geht und wer diese schöne Prinzessin auf dem Sattel hinter Euch ist. Denn ich habe allen Grund, zu glauben, daß Ihr sie gegen ihren Willen auf Eure Burg schleppt, und es ist nur recht und billig, daß ich das feststelle, um Euch für den Schimpf zu bestrafen, den Ihr der Maid angetan, und sie in die Arme der sorgenbeladenen Eltern zurückbringe.«

Sekundenlang war Diego so verdutzt, daß er nicht zu antworten vermochte. Der Reiter hatte ein langes, leichenfarbenes Gesicht, einen mächtigen Schnauz- und einen schütteren, kurzen Kinnbart. Sein Harnisch war verrostet und altmodisch, und was er auf dem Kopf trug, glich mehr dem Becken eines Barbiers als dem Helm eines Ritters. Sein Schlachtroß war eine erbärmliche Mähre und kaum noch gut für den Schinder; es war so mager, daß man ihm alle Rippen zählen konnte, und sein Kopf senkte sich so tief, daß man fürchten mußte, er könne jeden Augenblick vor Schwäche hinunterfallen.

»Herr«, sagte Diego kühn, um auf Catalina Eindruck zu machen, »wir sind auf dem Wege in das Gasthaus, das wir dort drüben sehen, und ich habe gar keine Veranlassung, Eure unverschämten Fragen zu beantworten.«

Damit gab er dem Pferd die Sporen und wollte weiterreiten, doch der Fremde griff ihm in die Zügel und hielt ihn an.

»Bessert Eure Sitten, hochmütiger, unhöflicher Ritter, und gebt mir unverzüglich Rechenschaft, sonst fordere ich Euch zum Zweikampf auf Leben und Tod!«

Da kam zur rechten Zeit ein kleiner Mann mit unmäßig dickem Bauch auf einem kümmerlichen Eselchen herangetrabt und legte mit vielsagender Geste die Spitze seines Zeigefingers an die Stirne, um den Reisenden klar zu machen, daß der seltsam ausstaffierte Ritter nicht ganz bei Sinnen sei. Doch auf dessen drohende Worte hin hatte Diego schon seinen Degen gezogen und war bereit, sich zu verteidigen. Der dicke kleine Mann beschleunigte den Trab seines Reittiers.

»Besänftigt Euren Zorn, Señor«, sagte er zu dem Ritter. »Dies sind harmlose Reisende, und dieser junge Mann sieht ganz so aus, als könnte er, wenn es zu Schlägen kommt, sehr wohl Rechenschaft geben.«

»Still, Schelm!« rief der Ritter. »Wenn das Abenteuer gefährlich ist, habe ich nur um so bessere Gelegenheit, meine Kraft und meinen Mut zu zeigen.«

Nun glitt Catalina vom Pferd und trat auf ihn zu.

»Señor, ich will Eure Fragen beantworten«, sagte sie. »Dieser junge Mann ist kein Ritter, sondern ein ehrbarer Bürger von Castel Rodriguez und Schneider seines Zeichens. Er schleppt mich nicht mit Gewalt auf seine Burg, denn er hat gar keine, sondern mit meinem freien Willen nach Sevilla, wo wir eine anständige Beschäftigung zu finden hoffen. Wir sind aus unserer Vaterstadt davongelaufen, weil Feinde unsere Heirat verhindern wollten, und wir sind heute morgen in einem Dorf, wenige Meilen von hier entfernt, getraut worden. Wir sind in größter Eile, denn wir werden verfolgt, und man könnte uns übermannen und zwingen, in unsere Heimat zurückzukehren.«

Der Ritter sah von Catalina zu Diego, und dann reichte

er die Lanze dem kleinen Mann auf dem Esel, der sie, nicht ohne einiges Murren, nahm.

»Steckt Euer Schwert ein, junger Mann«, sagte die phantastische Erscheinung mit großartiger Gebärde. »Ihr habt nichts zu befürchten, obgleich ich Eurer edlen Haltung anmerkte, daß Furcht ein Gefühl ist, das Euer tapferes Herz nicht kennt. Es mag Euch beiden belieben, Euch als Schneider auszugeben, doch Euer Betragen und Euer Wesen verraten Eure adlige Herkunft. Es hat sich glücklich gefügt, daß Ihr meinen Pfad gekreuzt habt. Ich bin ein fahrender Ritter, und mein Geschäft ist es, die ganze Welt auf der Suche nach Abenteuern zu durchstreifen, das Unrecht zu bekriegen, gekränkter Unschuld beizustehen und den Unterdrücker zu bestrafen. Ich nehme euch unter meinen Schutz, und sollten Eure Feinde, zehntausend Mann stark, ankommen und versuchen, Euch in Ketten zu schlagen, so werde ich, ganz allein, sie bezwingen. Ich selbst werde Euch in das Gasthaus geleiten, denn es trifft sich, daß auch ich dort wohne. Dies ist mein Knappe, der mit Euch reiten wird. Er ist ein unwissender, schwatzhafter Bursche, aber wohlgesinnt, und er wird Euren Befehlen ebenso gehorchen wie meinen eigenen. Ich reite hinter Euch, und wenn ich sehe, daß eine Armee heranrückt, kann ich sie angreifen, und Ihr mögt unterdessen diese edle Maid in Sicherheit bringen.«

Catalina sprang wieder in den Sattel hinter ihren Gatten, und, begleitet von dem Knappen, setzten sie ihren Weg fort. Er erzählte ihnen, sein Herr sei vollkommen von Sinnen. Das hatten die beiden bereits seinen Reden entnommen, aber er setzte hinzu, alles in allem sei er doch ein gutherziger, würdiger Mann.

»Und wenn er nicht gerade spinnt, der arme Herr, dann kann er in einer Stunde vernünftigere Dinge reden als irgendein normaler Mensch in einem Monat von lauter Sonntagen.«

Sie erreichten das Gasthaus. Auf den Bänken vor der Türe saßen einige Leute, die den Reisenden einen neugierigen Blick zuwarfen, ohne sich sonst um sie zu bekümmern. Sie waren sichtlich düsterer Laune. Der dicke kleine Mann kletterte von seinem Esel herunter und rief den Wirt; doch als Diego nach einem Zimmer fragte, gab der Wirt mißgestimmt den Bescheid, daß kein Bett im ganzen Hause frei sei. Eine Schauspielertruppe sei tags zuvor angekommen, um eine Vorstellung auf dem nahen Schloß zu geben, dessen Herr, ein spanischer Grande, die Hochzeit seines Sohnes und Erben feiere. Die Leute auf den Bänken, offenbar die Schauspieler, von denen er sprach, hatten für Catalina und Diego nur feindselige Gleichgültigkeit übrig.

»Aber Ihr müßt etwas für uns finden, Herr Wirt«, sagte Diego. »Wir haben einen langen Ritt hinter uns und können nicht weiter.«

»Ich sagte Euch, daß ich kein Zimmer habe, Señor. Manche schlafen schon in der Küche, und andere in den Stallungen.«

Der Ritter war unterdessen auch angekommen.

»Was höre ich da?« rief er. »Ihr weigert Euch, dieses adelige Paar zu beherbergen? Plumper Gesell! Ihr setzt Euch meiner Ungnade aus, wenn Ihr ihnen nicht ein standesgemäßes Quartier gewährt!«

»Das Haus ist voll!« schrie der Wirt.

»Dann sollen sie mein eigenes Zimmer haben!«

»Das können sie kriegen, wenn Ihr es wünscht, Herr Ritter, aber wo werdet Ihr selber schlafen?«

»Ich werde überhaupt nicht schlafen«, erwiderte er stolz. »Ich werde Wache halten. Dies ist der Hochzeitstag und der feierlichste Moment im Leben einer Jungfrau. Der Apostel hat gelehrt, es sei besser zu heiraten, als vor Begierde zu verbrennen. Der Zweck der Eheschließung aber ist nicht, der Lust des Fleisches Genüge zu tun, sondern Kinder in die Welt zu setzen, und darum ist es der hold errötenden Braut auferlegt, ihre natürliche Züchtigkeit zu überwinden und in den Armen des gesetzlichen Gatten die unschätzbare Perle der Jungfräulichkeit zum Opfer zu bringen. Es ist eine der Pflichten, zu denen ich berufen bin, die Abgeschiedenheit des Ehebettes gegen das Eindringen von Feinden zu schützen, die diese edlen Wesen mit ihrer Bosheit verfolgen, aber auch gegen die derben Späße, mit denen das gemeine Volk sich bei solchen Gelegenheiten gern vergnügt.«

Diese Rede brachte Catalina in tiefste Verwirrung,

doch es ist ungewiß, ob bei ihr Scham oder Bescheidenheit das vorherrschende Gefühl war.

Im Spanien jener Tage sorgten die Wirte nur für die Unterbringung, und der Reisende mußte sein Essen selber beschaffen. Doch bei diesem Anlaß hatte der Schloßherr den Schauspielern durch seinen Verwalter ein Zicklein und ein halbes Schwein geschickt, und der Knappe des fahrenden Ritters hatte überdies durch seine recht eigenartigen Methoden zwei Rebhühner erworben, so daß die Theatergruppe sich auf ein ungewöhnlich üppiges Mahl freuen durfte, denn im allgemeinen bestand ihr Abendessen kaum aus mehr als Brot und Knoblauch und manchmal einem Stück Käse. Der Wirt meldete, in einer halben Stunde werde alles bereit sein, und der Ritter bat das junge Ehepaar mit erlesener Höflichkeit, ihm die Ehre zu erweisen, seine Gäste zu sein. Er befahl dem Knappen, sein Gepäck wegzuräumen und Diego und Catalina in das Gemach zu geleiten, das sie in dieser Nacht aufnehmen sollte. Die Schlafzimmer waren im oberen Stockwerk, und ihre Türen gingen nach einer Galerie, die rund um den Hof lief. Nachdem sie ihre Toilette halbwegs in Ordnung gebracht hatten, kamen Diego und Catalina wieder hinunter, um sich an der kühlen Abendluft zu erquicken. Die Schauspieler saßen noch immer vor dem Hause. Sie wirkten verdrießlich und mürrisch, und wenn einer zum andern ein Wort sagte, klang immer eine gewisse Bitterkeit heraus. Jetzt trat auch der Ritter zu ihnen. Er hatte die Rüstung abgelegt und trug Reithosen und ein Wams aus Gemsleder, das von dem Rost des Brustpanzers fleckig geworden war, dazu Ledergamaschen und Schuhe. Sein treues Schwert hing an einem Gürtel aus Wolfsfell.

Der Wirt rief sie, und sie setzten sich zum Abendessen. Der Ritter saß oben am Tisch, ihm zur Seite Catalina und Diego.

»Und wo ist denn Meister Alonso?« fragte er und sah sich um. »Hat man ihm nicht gemeldet, daß das Essen bereit ist?«

»Er will nicht kommen«, sagte eine Frau in mittleren Jahren, deren Fach die Dueñas, die bösen Stiefmütter und verwitweten Königinnen waren. Außerdem war sie auch die Garderobiere der Truppe. »Er sagt, daß er keine Lust hat zu essen.«

»Ein leerer Magen macht alles Mißgeschick doppelt hart. Geht und holt ihn! Sagt ihm, ich würde es als grobe Unhöflichkeit gegen meine geschätzten Gäste ansehen, wenn er mich des Vergnügens seiner Gesellschaft berauben sollte. Wir fangen mit dem Essen erst an, wenn er da ist.«

»Geh und hol ihn, Mateo«, sagte die Garderobiere.

Ein magerer kleiner Mann mit langer Nase und großem Mund erhob sich und verschwand. Die Garderobiere seufzte.

»Das ist ein trauriges Geschäft«, meinte sie, »aber, wie Ihr sehr richtig bemerkt habt, Herr Ritter, nichts zu essen wird ihm auch wenig nützen.«

»Wenn Ihr mich nicht für zudringlich halten wollt«, sagte Catalina, »wüßte ich gern, worum es sich eigentlich handelt.«

Man war nur zu froh, erzählen zu können, denn die Geschichte lastete auf aller Herzen. Die Truppe gehörte Alonso Fuentes, der auch viele der Stücke geschrieben hatte, die sie spielten, und seine Frau Luisa war die erste Schauspielerin des Ensembles. Und heute früh war sie mit dem ersten Schauspieler durchgegangen und hatte alles Geld mitgenommen, das ihr in die Hände fiel. Das war eine Katastrophe. Denn Luisa Fuentes war eine große Zugkraft, und sie wußten wohl, daß sie es war, die das Geld in die Theaterkasse strömen ließ. Alonso war in heller Verzweiflung. Er hatte nicht bloß seine Frau verloren, sondern auch eine Schauspielerin und eine Einnahmequelle. Das genügte, um einen Mann aus der Fassung zu bringen. Und jetzt lösten sich die Zungen. Die Männer schmähten die Treulosigkeit der Weiber und fanden es erstaunlich, daß solch ein schönes Geschöpf sich an einen so unbedeutenden Schauspieler wegwerfen konnte, wie der Held der Truppe es gewesen war. Die Frauen andrerseits fragten, wie man von irgendeiner Frau verlangen könne, bei einem kahlen, dicken Mann wie Alonso zu bleiben, wenn sie die Möglichkeit hat, einen so schönen Burschen zu finden wie Juanito Azuria. Das Gespräch wurde durch das Erscheinen des verlassenen Gatten unterbrochen. Er war klein und dick, längst über die Jahre der Blüte hinaus, und hatte das graue Gesicht des alten Komödianten. Mürrisch setzte er sich nieder, und eine große Schüssel *Olla podrida* wurde auf den Tisch gestellt.

»Ich bin nur aus Höflichkeit Ihnen gegenüber gekommen, Herr Ritter«, sagte er. »Dies ist mein letztes Mahl auf Erden, denn nach dem Abendessen habe ich die Absicht, mich aufzuhängen.«

»Ich muß darauf bestehen, daß Ihr Euch bis morgen geduldet«, erwiderte der Ritter gewichtig. »Dieser Herr und seine Gemahlin, die Ihr neben mir seht, haben heute früh geheiratet. Ich kann nicht zulassen, daß ihre erste Nacht durch eine so unziemliche Handlung verdüstert wird, wie Ihr sie vorhabt.«

»Dieser Herr und seine Gemahlin sind mir keine Feige wert. Ich hänge mich auf!«

Der Ritter sprang von seinem Sitz und zog sein Schwert.

»Wenn Ihr mir nicht bei allen Heiligen schwört, daß Ihr Euch heute nacht nicht aufhängt, zerschlage ich Euch mit dieser Waffe in tausend kleine Stücke.«

Zum Glück stand der dicke kleine Knappe hinter seinem Herrn, um ihm aufzuwarten.

»Keine Angst, Señor«, sagte er. »Alonso wird sich heute abend nicht aufhängen, denn morgen hat er eine Vorstellung zu geben, und einmal Komödiant, immer Komödiant. Er wird doch sein Publikum nicht im Stich lassen! Wenn er einen Augenblick lang nachdenkt, dann wird er sich erinnern, daß jede Wolke einen Silberstreifen hat; Schmerzen im Magen muß man heilen oder ertragen...«

»Hör auf mit deinen faden Sprüchen«, fuhr ihn der Ritter zornig an, versenkte aber sein Schwert in der Scheide und setzte sich wieder. »Es geziemt sich nicht, so viel Wesen aus einem Mißgeschick zu machen, das schon besseren Männern widerfahren ist als diesem Alonso. Mit ein wenig Nachdenken könnte ich euch aus der Heiligen Schrift wie aus der profanen Geschichte die Namen zahlreicher großer Männer nennen, deren Frauen ihnen Hörner aufgesetzt haben; derzeit fallen mir nur einige wenige ein, wie König Artus, dessen Gattin Ginevra ihn mit Sir

Lancelot betrog, und König Marke, dessen Gattin Isolde sich mit Herrn Tristan von Lyonesse verging.«

»Es ist nicht die Kränkung meiner Ehre, die mich zur Verzweiflung treibt, Herr Ritter«, sagte der Schauspieler und Bühnenautor, »sondern der Verlust des Geldes und der beiden wichtigsten Mitglieder meiner Truppe. Wir sollen morgen spielen, und die Zahlung, die mir versprochen wurde, könnte mich finanziell einigermaßen entschädigen, was aber soll ich ohne Schauspieler anfangen?«

»Ich könnte sehr gut die Rolle des Don Ferdinand übernehmen«, sagte der magere Bursche, der Alonso geholt hatte.

»Du?« rief der Direktor verächtlich. »Wie willst du mit deinem Pferdekopf und mit deiner schrillen Stimme die Rolle eines kühnen, ritterlichen, ungestümen, leidenschaftlichen Prinzen spielen? Nein, diese Rolle könnte nur ich spielen, aber wer übernimmt die reizende Dorotea?«

»Ich kenne die Rolle«, sagte die Garderobiere. »Allerdings, ich bin nicht mehr so jung wie damals als ...«

»Das ist wohl wahr«, unterbrach sie Alonso, »und ich bitte Euch, daran zu denken, daß Dorotea eine unberührte Jungfrau von unvergleichlicher Schönheit ist, und daß Eure reife Gestalt eher zu der Vermutung anregt, daß Ihr jeden Augenblick ein Dutzend Ferkel werfen könntet.«

»Sprecht Ihr am Ende von dem Drama ›Redlicher Eifer vermag selbst den Himmel zu rühren‹?« fragte Catalina, die dieser Unterhaltung aufmerksam gefolgt war.

»Ja, gewiß«, erwiderte Alonso erstaunt. »Aber woher wißt Ihr das?«

»Das ist eines der Lieblingsstücke meines Onkels. Wir haben es immer miteinander gelesen. Oft sagte er, Doroteas Rede, wenn sie die ehrlosen Zumutungen Don Ferdinands zurückweist, ist allem gleichwertig, was der große Lope de Vega geschrieben hat.«

»Kennt Ihr die Rede?«

»Auswendig!«

Sie begann zu rezitieren, kam aber, als sie bemerkte, daß die ganze Truppe sie beobachtete, aus dem Konzept, stockte und brach ab.

»Weiter, weiter«, schrie der Direktor.

Sie errötete, lächelte, nahm allen Mut zusammen, begann von neuem und sprach die ganze Tirade von Anfang bis zu Ende mit so viel Anmut, Leidenschaft und Unbefangenheit, daß alle Anwesenden verblüfft waren. Manche waren bis zu Tränen gerührt.

»Gerettet!« rief Alonso. »Ihr spielt morgen abend mit mir die Dorotea, und ich spiele den Don Ferdinand.«

»Wie könnte ich das?« sagte sie entsetzt. »Ich würde ja sterben! Ich bin noch nie aufgetreten. Es ist unmöglich. Ich glaube, der Schlag würde mich treffen.«

»Eure Jugend und Schönheit werden das alle Männer vergessen machen. Ich werde Euch helfen. Hört einmal, mein schönes Kind, Ihr allein könnt uns retten. Wenn Ihr Euch weigert, können wir nicht spielen, und wir haben kein Geld, um unsere Unterkunft und unsere Mahlzeit zu bezahlen. Wir werden unser Brot auf der Straße erbetteln müssen.«

Da ergriff auch der Ritter das Wort.

»Ich kann verstehen, meine liebliche Dame, daß Eure Schamhaftigkeit Euch davor zurückschrecken läßt, Euch auf der Bühne den Blicken einer Gesellschaft fremder Menschen auszusetzen, und es wäre unschicklich, das ohne die Einwilligung Eures edlen Gemahles zu tun. Denn der Ritter hatte sich nun einmal in den Kopf gesetzt, daß das Paar von hoher Herkunft sein müsse, und nichts, was sie sagten, vermochte ihn davon abzubringen. »Bedenkt aber auch, daß es einem edlen Wesen wohl ansteht, dem Unglücklichen zu helfen und die Not des Bedürftigen zu lindern.«

Die übrigen Mitglieder der Truppe schlossen sich Alonso an, und am Ende gab Catalina, mit Zustimmung Diegos, dem allgemeinen Drängen nach und erklärte sich bereit, eine Probe mitzumachen, und wenn die andern fänden, daß sie sich ihrer Aufgabe mit Anstand entledigte, auch die Vorstellung zu wagen; so wurde denn nach dem Essen der Tisch zur Seite geschoben, und die Probe begann. Sie hatte ein gutes Gedächtnis, und sie hatte die Szenen, in denen Dorotea auftrat, oft genug mit Domingo wiederholt, um des Textes leidlich sicher zu sein. Zunächst war sie noch nervös, aber die Ermutigung der andern Mitglieder half ihr, und sie ging so sehr in ihrer Rolle auf, daß alles Lampenfieber sich verlor. Jetzt kamen ihr die Lektionen zustatten, die ihr Onkel ihr erteilt hatte, denn sie sprach ihre Verse genau und klar. Sie hielt sich erstaunlich gut, und Alonso war überzeugt, daß sie mit einer zweiten Probe am nächsten Morgen völlig bühnenreif sein werde. Sie errötete vor Glück und sah so schön aus, daß, seiner Ansicht nach, ihre Unerfahrenheit unbemerkt bleiben würde.

»Geht zu Bett, Kinder«, sagte er zu seiner Truppe, »und schlaft getrost. Mit unsern Sorgen hat's ein Ende.«

Jetzt aber, da diese Schwierigkeit behoben war, hatten sie gar keine Lust, schlafen zu gehen; sie waren viel zu erregt. Sie bestellten Wein und gedachten, sich einen vergnügten Abend zu machen. Der Ritter hatte von seinem bequemen Stuhl aus die Probe mit kritischem Blick beobachtet. Jetzt stand er steifbeinig auf und rief die Dueña beiseite.

»Führt die schöne Catalina in ihr Brautgemach«, sagte er, »und da sie keine Mutter hat, die ihr die geziemende Aufklärung zuteil werden lassen kann, ist es Eures Amtes, ihr das Nötige auf eine Art und Weise zu sagen, die ihr Schamgefühl nicht verletzt. Kurz, Ihr müßt sie auf die Mysterien der Liebe vorbereiten, denn als unschuldige Jungfrau ist sie ja selbstverständlich völlig ahnungslos.«

Die Dueña zwinkerte sachverständig und versprach, ihr Bestes zu tun.

»Unterdessen werde ich dem jungen Edelmann, ihrem Gemahl, die erforderlichen Weisungen geben, damit er sein Ungestüm zügelt, denn das Widerstreben der tugendhaften Frau kann nur mit Geduld überwunden werden. Die Verderbtheit unserer Zeiten ist so groß, daß er, wie ich fürchten muß, seine Unschuld nicht mehr bis zu diesem Augenblick bewahrt hat. Ich selbst aber werde, sobald er das Brautgemach betreten hat, meinen Harnisch anlegen und auf dem Balkon Wache halten, denn so geziemt es sich unter vornehmen Leuten.«

32

Früh am nächsten Morgen probierten sie abermals und dann kamen die Wagen, um sie zum Schloß des Herzogs zu bringen. Der Ritter und Diego bestiegen ihre Pferde und der Knappe einen Esel, und man brach auf. Doch in dieser letzten Minute geriet Catalinas Mut ins Wanken, sie jammerte, sie werde niemals imstande sein, vor einem Publikum aufzutreten, sie flehte Alonso an, sie zurückzulassen; aber er wurde wütend. Jetzt sei es zu spät, um zu kneifen. Er hob sie in den Wagen, setzte sich neben sie und hielt sie fest. Sie war von Tränen überströmt, aber mit Hilfe der Dueña gelang es ihm, sie nach und nach zu beruhigen, und als sie ankamen, war sie in leidlich guter Verfassung. Die Schauspieler wurden mit Ehren empfangen und, auf Geheiß des Herzogs, gut bewirtet, doch er hatte auch das Gerücht von den Überspanntheiten des fahrenden Ritters vernommen, und da er meinte, das würde zur Erheiterung seiner Gäste beitragen, ersuchte er ihn, der Herzogin und ihm selbst die Ehre seiner Gesellschaft zu erweisen. Im Hof war eine Bühne aufgebaut worden, und nachdem die Hochzeitsgäste nach Herzenslust getafelt hatten, wurden die Schauspieler aufgefordert, mit ihrer Vorstellung zu beginnen. Das vornehme Publikum amüsierte sich nicht wenig über Alonso in der Rolle des Verführers, denn er wirkte nicht gerade glaubhaft; aber man war entzückt von Catalinas Anmut, der melodischen Stimme und dem schwungvollen Vortrag, und nach Schluß der Vorstellung überhäufte man sie mit Komplimenten. Der Ritter hatte den Anwesenden seine romantische Darstellung von der Flucht des jungen Paares nicht vorenthalten, und das war natürlich geeignet, das Interesse zu steigern. Die Herzogin ließ die beiden rufen, und alles war erstaunt über so viel Schönheit, über ihr bescheidenes Wesen und edles Betragen. Die Herzogin schenkte Catalina eine goldene Kette, und der Herzog wollte nicht zurückstehen, zog einen Ring vom Finger und gab ihn Diego. Alonso wurde reich belohnt, und die ganze Truppe kehrte müde, aber überglücklich in ihr

Wirtshaus zurück. Kurz darauf kamen auch der Ritter und sein Knappe angeritten. Der Ritter stieg ein wenig mühsam aus dem Sattel, stelzte auf Catalina zu, ergriff ihre Hand und fügte den Komplimenten, die sie bereits erhalten hatte, noch einige auf eigene Rechnung hinzu.

»Ihr kommt im rechten Augenblick, Herr Ritter«, sagte Alonso, »um zu hören, welchen Vorschlag ich diesen jungen Leuten machen will.« Er wandte sich zu Catalina. »Ich fordere Euch auf, Euch meiner Truppe anzuschließen.«

»Ich?« sagte Catalina ganz erstaunt.

»Wenn Ihr auch noch alles zu lernen habt, besitzt Ihr doch Gaben, die nicht vergeudet werden dürfen. Ihr wißt noch nicht, wie man spielen muß. Ihr sagt Eure Verse, wie Ihr sie im wirklichen Leben sagen würdet. Das ist falsch. Die Bühne hat nichts mit der Wahrheit zu tun, sondern nur mit der Wahrscheinlichkeit, und einzig durch seine Kunstfertigkeit vermag der Schauspieler natürlich zu wirken. Eure Gesten bedürfen der Größe, und Ihr müßt Eure Persönlichkeit entwickeln. Der gute Schauspieler beherrscht auch schweigend sein Publikum. Wenn Ihr Euch meinen Händen anvertraut, so werde ich aus Euch die größte Schauspielerin Spaniens machen.«

»Euer Vorschlag kommt mir so überraschend, daß ich kaum glauben kann, Ihr meint es ernst. Ich bin eine verheiratete Frau, und mein Mann und ich sind auf dem Weg nach Sevilla, wo wir mit Zuversicht auf eine ehrbare Beschäftigung rechnen dürfen.«

Alonso Fuentes hatte den Blick aufgefangen, den sie Diego zuwarf, und wandte sich jetzt lächelnd zu dem jungen Mann.

»Ihr seht vorteilhaft aus, junger Herr, und habt ein gutes Auftreten. Warum solltet Ihr, mit einiger Erfahrung, nicht auch fähig sein, Euch in entsprechenden Rollen nützlich zu machen?«

Der Beifall, den sie geerntet, und die Komplimente, die sie bekommen hatte, waren nicht ohne Wirkung auf Catalina geblieben, und das unerwartete Angebot schmeichelte ihr; aber sie sah, daß ihr Mann ein wenig verletzt war, weil Alonsos Bereitschaft, ihn in dieses

Angebot einzuschließen, ziemlich beiläufig klang. So sagte sie denn rasch:

»Er kann singen wie ein Engel!«

»Desto besser! Es gibt nur wenige Stücke, in denen nicht ein oder zwei Lieder die Handlung beleben. Nun, was sagt Ihr dazu? Was ich Euch anbiete, ist zweifellos lockender als die vielleicht ehrbare, aber ganz gewiß bescheidene Beschäftigung, die euch in Sevilla erwartet.«

Der Ritter war schweigend dabeigesessen und hatte zugehört, jetzt aber ergriff er das Wort.

»Das Angebot, das Meister Alonso Euch macht, darf nicht übereilt zurückgewiesen werden, denn bedenkt: Ihr werdet von dem Zorn eurer gekränkten Eltern verfolgt, und sie werden vor nichts zurückschrecken, um Euch zu trennen. Doch die Zeit besänftigt den Grimm, und der Tag wird kommen, da Eure Eltern Euren Verlust beklagen und bedauern werden, daß sie Euch aus Ehrgeiz oder Habgier zu widerwärtigen Verbindungen zwingen wollten. Ihr werdet nicht bloß ihre Liebe wiederfinden, sondern auch den Rang und Stand, der Eurer Herkunft geziemt. Doch bis zu diesem Zeitpunkt tätet Ihr besser, Euch verborgen zu halten, und wo wäret Ihr schwerer aufzufinden als in einer Schauspielertruppe? Ihr dürft auch nicht glauben, daß Ihr Euch etwas vergebt, wenn Ihr die Bretter betretet. Jenen, die Stücke schreiben, und jenen, die sie spielen, gehört unsere Liebe und Achtung, denn sie dienen dem allgemeinen Besten. Sie führen uns eine lebendige Darstellung des menschlichen Lebens vor Augen und zeigen uns, was wir sind und was wir sein sollten. Sie machen die Schwächen und Laster der Zeit lächerlich und verherrlichen, wenn Grund dazu vorhanden ist, die Ehre, die Tugend und die Schönheit. Die Dramenverfasser erheben unsern Geist durch Witz und Weisheit, und die Schauspieler verfeinern unsere Sitten durch die Anmut ihres Benehmens und die Würde ihrer Haltung.«

In diesem Tone sprach er noch eine Weile weiter, und alle Anwesenden waren darüber erstaunt, daß ein Mann, dessen Narrheit ihm jede Verantwortung für sein Tun raubte, sich gleichzeitig mit so viel Vernunft auszudrücken wußte.

»Und wir wollen nicht vergessen«, schloß er, »daß Komödien, wie wir sie auf der Bühne des Theaters sehen, auch auf der Bühne der Welt gespielt werden. Und wir alle sind Schauspieler in einer Komödie. Den einen ist zugewiesen, Könige oder Prälaten zu spielen, die andern spielen Kaufleute, Soldaten oder Bauern, und jeder sollte darauf achten, daß er seine Rolle gut spielt. Die Verteilung der Rollen aber ist die Sache einer höheren Macht.«

»Was meinst du, Liebster?« fragte Catalina mit ihrem bezauberndsten Lächeln. »Wie der Herr Ritter richtig bemerkt, ist das ein Angebot, das nicht übereilt zurückgewiesen werden kann.«

Tatsächlich war sie bereits entschlossen, das Angebot anzunehmen, aber sie wußte wohl, welch großen Wert die Männer darauf legen, zu glauben, sie seien es, die eine Entscheidung treffen.

»Ihr helft mir nicht nur aus dieser schwierigen Lage«, sagte Alonso, »sondern es wird auch euch zugute kommen, denn ihr werdet mit mir die berühmtesten Städte Spaniens besichtigen können.«

Diegos Augen funkelten. Auch ihm entging es nicht, daß solch ein Leben erheblich lustiger wäre, als zwölf Stunden täglich auf dem Schneidertisch zu kauern.

»Ich habe immer die Welt sehen wollen«, lächelte er.

»Und das wirst du auch, Liebster«, rief Catalina. »Meister Alonso, mit Freuden schließen wir uns Eurer Truppe an.«

»Und Ihr werdet eine große Künstlerin werden!«

»*Olé, olé!*« brüllten die andern Mitglieder des Ensembles.

Alonso ließ Wein kommen, und man trank auf das Wohl der neuen Kameraden.

33

Am nächsten Tag nahm man höflich Abschied von dem fahrenden Ritter, und dann machten die Schauspieler sich auf den Weg nach der nahen Stadt Manzanares, wo ein Jahrmarkt abgehalten wurde und sie daher auf ein zahlreiches Publikum rechnen durften. Alonso hatte Maultiere gemietet, auf denen die Schauspieler ritten und die auch die Truhen tragen mußten, darin die Kostüme aufbewahrt wurden. Catalina und Diego blieben dem Pferd treu, das die Äbtissin ihnen geschenkt hatte. Mit Alonso und Diego umfaßte die Truppe jetzt sieben Männer, und neben Catalina und der Dueña reiste noch ein Knabe mit, der weibliche Nebenrollen spielte. Er war gleichzeitig der Marktschreier des Ensembles, und wenn sie in eine Stadt kamen, wo sie spielen wollten, und Alonso zum Bürgermeister ging, um die Bewilligung zu erwirken, zog der Knabe durch die Straßen, schlug eine große Trommel und teilte einem hochansehnlichen Publikum mit, daß die berühmte Truppe des großen Alonso Fuentes das mächtigste, erheiterndste und unsterblichste Drama aller Zeiten spielen werde.

Da es in jenen Tagen noch keine Theater in Spanien gab, wurde auf Höfen gespielt, wo Fenster und Balkone der umliegenden Häuser als Logen für den Adel und die Spitzen der Gesellschaft dienten. Der Plafond war der blaue Himmel, nur in der Sommerhitze wurden Planen von Dach zu Dach gespannt. Der Bühne gegenüber standen ein paar Bänke und an den Seiten des Hofes, erhöht, noch einige mehr für den ehrbaren Mittelstand. Das gemeine Volk drängte sich in einem Bretterverschlag dahinter. Teils der Feuergefahr wegen, teils auch aus Gründen der Moral fanden die Vorstellungen am Nachmittag statt. Die Dekoration bestand lediglich aus einem Vorhang, und der Szenenwechsel wurde durch die Worte der Schauspieler angezeigt.

Daß seine Frau ihm durchgebrannt war, veranlaßte Alonso, seinen Reiseweg abzuändern, und nachdem sie in Manzanares gespielt hatten, war sein nächstes Ziel Sevilla,

217

wo er mit Sicherheit erwarten konnte, einen Schauspieler für jene Rollen zu finden, die ihm selbst seines Alters und seiner Erscheinung wegen versagt waren. Sie begaben sich zunächst nach Ciudad Real und von da nach Valdepeñas; sie erstiegen die Sierra Morena und gelangten durch den felsigen Paß, genannt Puerto de Despeñaperros, nach Andalusien. Sie überquerten den Guadalquivir und kamen nach Cordova, wo sie eine Woche lang spielten; dann folgten sie eine Strecke weit dem edlen Strom und erreichten Carmona, wo sie eine Vorstellung gaben; und endlich kamen sie in Sevilla an. Meister Alonso engagierte den Schauspieler, den er brauchte, und sie blieben einen Monat lang in der Stadt. Dann ging es wieder auf die Landstraße. Es war ein hartes Leben. Die Wirtshäuser, in denen sie nächtigten, waren jämmerlich, und die Betten so schlecht und schmutzig, daß sie, trotz aller Müdigkeit, wenngleich erschöpft von der Sommerhitze, durchfroren von der Winterkälte, oft vorzogen, auf dem nackten Boden zu schlafen. Sie wurden von Flöhen gebissen, von Mücken gestochen, von Wanzen geplagt und von Läusen gemartert. Wenn sie spielten, dann standen sie bei Morgengrauen auf und studierten ihre Rollen. Die Proben dauerten von neun bis zwölf, dann wurde gegessen, und dann begann die Vorstellung. Um sieben war sie zu Ende; wenn aber nachher irgendeine Persönlichkeit von hoher Stellung, der Bürgermeister, ein Richter, ein Edelmann, eine Gesellschaft gab, mußten sie sich fügen und noch eine zweite Vorstellung veranstalten.

Alonso Fuentes war der geborene Sklavenhalter, und sobald er bemerkt hatte, wie geschickt Catalina mit der Nadel umzugehen wußte, und daß Diego kein schlechter Schneider war, zwang er sie, wenn es sonst nichts zu tun gab, die Kostüme zu nähen oder zu ändern, die für das Repertoire nötig waren, das aus achtzehn Stücken bestand. Sehr bald erkannte er, daß Diego es, trotz seines guten Aussehens und seines Selbstbewußtseins, in diesem Berufe nie sehr weit bringen werde, und so begnügte er sich damit, ihn die Lieder singen zu lassen, die in die Handlung eingestreut waren, denn seine Stimme war tatsächlich angenehm; und er durfte auch kleine Rollen spielen. Andererseits gab er sich die größte Mühe, aus

Catalina eine Schauspielerin zu machen. Er kannte sein Handwerk und hatte sehr viel Sinn für theatralische Wirkung; sie war eine begabte Schülerin und faßte rasch auf, so daß sie, unter seiner Leitung, die nachdrücklich und manchmal auch brutal sein konnte, nach einiger Zeit keine verwendbare Amateurin mehr war, sondern eine ausgebildete Berufsschauspielerin. Alonso sah seine Mühe belohnt, denn sie fand Gunst beim Publikum und verschaffte der Truppe gute Einnahmen. Er vergrößerte das Ensemble und erweiterte das Repertoire. So engagierte er auch eine junge Schauspielerin, Rosalia Vazquez, teils um sich über den Verlust seiner Frau zu trösten, teils auch für Nebenrollen, denn der Knabe, der bisher dazu verwendet worden war, hatte seine hohe Stimme verloren und mußte sich regelmäßig rasieren. Überdies gebar Catalina erst ein Kind und nach entsprechender Zeit ein zweites, und so war es unvermeidlich, daß er eine andere Schauspielerin haben mußte, die Catalina ersetzen konnte, wenn sie durch diese Zwischenfälle von der Bühne ferngehalten war.

So vergingen drei glückliche arbeitsreiche Jahre. Dann aber hatte Catalina alles erlernt, was Alonso Fuentes sie zu lehren vermochte, und mit ihren zwei kleinen Kindern fand sie es nach und nach doch unerträglich, dauernd unterwegs zu sein. Ihre Schönheit und ihr Talent hatten die Aufmerksamkeit einflußreicher Persönlichkeiten geweckt, und mehr als einmal wurde angeregt, daß sie und Diego ihre eigene Truppe zusammenstellen und sich in Madrid niederlassen sollten. Manche gingen in der Bewunderung von Catalinas Gaben so weit, ihr die nötigen Geldmittel anzubieten. Nun war Alonso Fuentes nicht bloß Direktor und Schauspieler, sondern auch Autor, und jedes Jahr, meistens während der Fastenzeit, da es verboten war, Theater zu spielen, schrieb er zwei bis drei Stücke. Es war Catalinas Aufmerksamkeit nicht entgangen, daß in den Stücken, die er schrieb, um sie von ihrer besten Seite zu zeigen, die Rollen für Rosalia Vazquez immer größer und größer wurden. In dem letzten Drama waren die beiden Frauenrollen beinahe gleich groß, und nur Catalinas stärkere Begabung hatte es ihr ermöglicht, den ersten Platz zu bewahren. Als sie sich darüber mißfällig äußerte, und das tat sie sehr bald, zuckte Alonso die Achseln und lachte.

»Mein Kind«, sagte er, »wenn man mit einer Frau schläft, muß man sie bei guter Laune halten.«

Das war zweifellos richtig, aber für Catalina unbefriedigend. Sie war nicht prüde, doch meinte sie, es sei nur recht und billig, daß eine ehrbare Frau bessere Rollen kriegen sollte, als ein Frauenzimmer, das kaum mehr als eine Dirne war.

»So kann es nicht weitergehen«, sagte sie zu Diego.

Und dieser Meinung war er auch. Die Aussicht, eine eigene Truppe zu haben, war verlockend, aber Catalina war sich der Schwierigkeiten wohlbewußt, die ihr und Diego bevorstünden. Catalina war bei der Truppe sehr beliebt, und sie konnte mit Sicherheit darauf rechnen, daß etliche Mitglieder nur zu gern mit ihr nach Madrid gehen würden. Mit den hinreichenden Geldmitteln ausgestattet, konnte sie dort weitere Schauspieler engagieren, die nötigen Kostüme kaufen und eine Anzahl von Stücken erwerben. Aber das Madrider Publikum war schwer zufriedenzustellen, und sie würde sowohl das Geld ihrer Freunde brauchen wie deren Einfluß. Diego war Feuer und Flamme für das Wagnis, aber sie wußte, daß er es, unzufrieden mit den kleinen Rollen, die Alonso ihn spielen ließ, eines Tages, wenn er selber einmal Direktor war, als sein Recht ansehen würde, jede Rolle an sich zu reißen, die ihm gefiel. Mochte sie ihn auch leidenschaftlich lieben wie zuvor, so war sie doch nicht davon überzeugt, daß er die Hauptrollen spielen konnte, nach denen der Sinn ihm stand, und sie ahnte, daß es großen Takts bedürfen werde, um ihn zu veranlassen, einen bekannten Schauspieler für die Hauptrollen zu engagieren. Sie zauderte. Sie redeten viel und konnten doch zu keinem Entschluß gelangen; dann, eines Tages, hatte Catalina den ausgezeichneten Einfall, Domingo Perez kommen zu lassen und seinen Rat einzuholen. Er war selbst Schauspieler gewesen, war Bühnenschriftsteller, und sollten sie beschließen, sich selbständig zu machen, so konnten sie möglicherweise ein oder zwei von seinen Stücken spielen, und er würde sie gewiß mit andern Autoren in Verbindung bringen. Mit Diegos Zustimmung schrieb sie ihm.

Sie hatte ihm schon drei- oder viermal geschrieben; zunächst, um ihm mitzuteilen, daß sie geheiratet hatte, gesund und glücklich war. Dann um ihm die Geburt der Kinder anzuzeigen; da sie aber wußte, wie bitter es ihre Mutter grämen würde, zu hören, ihre Tochter und Diego seien wandernde Komödianten geworden, verschwieg sie diesen Umstand. Jetzt ersuchte sie ihn, ohne doch einen bestimmten Grund anzugeben, er möge sie in Segovia besuchen. Sie verbrachten hier die Fastenzeit, teils weil es Alonsos Heimat war, vor allem aber, weil seine Truppe zu Ostern in der Kathedrale ein religiöses Drama spielen sollte, das jetzt probiert wurde. Es war Alonsos neuestes Opus, und er hatte als Thema das Leben der Maria Magdalena gewählt.

34

Domingo, noch immer jederzeit gern bereit, sich auf die Wanderschaft zu machen, hatte Catalinas Brief kaum erhalten, als er schon ein Pferd mietete, Proviant und zwei Hemden in die Satteltaschen steckte und aufbrach. Bei seiner Ankunft in Segovia war er hocherfreut, Catalina mit Mann und Kindern in einer anständigen Wohnung untergebracht zu sehen, und daß sie schöner war als je, stellte er mit größter Begeisterung fest. Sie war jetzt neunzehn Jahre alt. Erfolg, Glück und Mütterlichkeit hatten sich vereint, um ihr Selbstvertrauen und eine gewisse Würde zu verleihen, aber auch eine weibliche Reife, die verlockend wirkte. Ihr Gesicht hatte wohl die anziehende Kindlichkeit eingebüßt, dafür aber an Vollendung der Züge gewonnen. Ihre Gestalt war schlank wie immer, und sie wußte sich mit bezaubernder Anmut zu bewegen. Sie war jetzt eine Frau, eine sehr junge Frau, gewiß, aber eine vollerblühte Frau, selbstsicher und ihrer Schönheit durchaus bewußt.

»Dir scheint's ja glänzend zu gehen, mein Kind«, sagte er. »Was treibt ihr denn?«

»Davon wollen wir später sprechen«, meinte Catalina. »Erzähl mir zuerst, wie es meiner Mutter geht und was sonst in Castel Rodriguez los ist. Was ist denn alles geschehen, seit wir weggelaufen sind, und was macht die Äbtissin?«

»Eins nach dem andern, Kind.« Er lächelte. »Und vergiß nicht, daß ich einen langen Weg hinter mir habe und durstig bin.«

»Lauf zu Rodrigo, Liebster, und hol eine Flasche Wein«, sagte Catalina zu Diego, und Domingo lächelte, als er bemerkte, daß sie in eine verborgene Tasche ihrer Unterröcke griff und ein paar Münzen aus einer Börse nahm.

»Gleich bin ich wieder da«, sagte Diego und verschwand.

»Ich sehe, daß du vorsichtig bist, Kind«, grinste Domingo.

»Ich habe bald entdeckt, daß man Männern kein Geld anvertrauen darf, und wenn ein Mann kein Geld hat, kann er nicht in Ungelegenheiten kommen.« Sie lachte. »Aber jetzt beantworte mir meine Fragen!«

»Deine Mutter ist wohl und gesund, und sie läßt dich grüßen; ihre Frömmigkeit ist beispielhaft, und deswegen hat ihr die Äbtissin wohl auch eine Pension ausgesetzt, damit sie nicht länger arbeiten muß.«

Das sagte er mit einem Zwinkern, und Catalina lachte wieder. Ihr Lachen war so herzlich und gleichzeitig so melodisch, daß Domingo es auf seine poetische Art mit dem Plätschern eines Bergbachs verglich.

»Eure Flucht hat in ganz Castel Rodriguez Aufsehen erregt«, fuhr er fort. »Mein armes Kind, kein Mensch ließ an dir ein gutes Haar, und deine unglückliche Mutter war in hellster Verzweiflung. Erst als die Nonne Doña Ana erschien und ihr sagte, die Äbtissin wolle sie unterstützen, vermochte sie sich über dein Verschwinden zu trösten. Zehn Tage lang warst du das Gespräch der Stadt. Die Nonnen waren entsetzt, daß du, nach all der Güte, die Doña Beatriz dir erwiesen, trotz der großen Gunst, die sie dir noch vorbehalten hatte, ihr solch eine Kränkung antun konntest. Die führenden Persönlichkeiten der Stadt suchten sie auf, um sie ihrer tiefsten Anteilnahme zu versichern, aber sie war scheinbar so aufgebracht, daß sie keinen Menschen empfangen wollte. Immerhin ließ sie sich herbei, Don Manuels Besuch anzunehmen, aber was sich zwischen ihnen begeben hat, weiß man nicht; die Laienschwester, die sie bedient, hörte zornige Stimmen, doch so angestrengt sie auch lauschte, war sie nicht imstande, herauszubringen, was gesprochen wurde, und bald darauf verließ Don Manuel die Stadt. Ich hätte dir das alles längst geschrieben, wenn du mir eine Adresse gegeben hättest.«

»Das konnte ich nicht. Wir ziehen von Ort zu Ort, und ich wußte immer erst im letzten Augenblick, wo wir unser nächstes Quartier aufschlagen würden.«

»Warum tut ihr das?«

»Kannst du's nicht erraten? Wie oft hast du mir von den Zeiten erzählt, als du in der Glut des Sommers, im Frost des Winters durch Spanien gewandert bist – barfuß, nicht um deine Schuhe zu schonen, sondern weil dein einziges Paar verschlissen war, und mit dem einzigen Hemd, das du besaßest.«

»Mein Gott im Himmel! Ihr seid doch nicht wandernde Komödianten geworden?«

»Mein armer Onkel, ja, ich bin die erste Schauspielerin in der berühmten Truppe von Alonso Fuentes, und Diego singt und tanzt und ist ein viel besserer Schauspieler, als Alonso zugeben will.«

»Warum hast du mir das nicht früher gesagt?« rief Domingo. »Ich hätte dir ein halbes Dutzend Theaterstücke mitgebracht!«

In diesem Augenblick erschien Diego mit dem Wein, und während Domingo trank, berichtete Catalina ihm, wie es gekommen war, daß sie und Diego sich für das Theater entschieden hatten.

»Und alle Welt ist darin einer Meinung«, schloß sie, »daß ich heute die größte Schauspielerin Spaniens bin. Ist das wahr, Herzensdiego, oder nicht?«

»Ich würde jedem Menschen die Gurgel durchschneiden, der das zu leugnen wagte!«

»Aber es unterliegt auch gar keinem Zweifel, daß ich meine Begabung in der Provinz vergeude.«

»Ich habe ihr gesagt, daß wir nach Madrid gehören«, erklärte Diego. »Alonso ist eifersüchtig auf mich und will mir keine Rollen geben, in denen ich mich hervortun könnte.«

Man sieht wohl, daß keines von beiden an jener falschen Bescheidenheit krankte, die das Unglück jedes Künstlers ist. Sie erzählte Domingo nun, was sie im Sinne hatten. Er war ein vorsichtiger Mann, und als sie geendet hatte, sagte er, daß er sie erst beraten könne, wenn er sie spielen gesehen hätte.

»Komm morgen zur Probe«, sagte Catalina. »Ich spiele die Maria Magdalena in Alonsos neuem Stück.«

»Gefällt dir die Rolle?«

Sie zuckte die Achseln.

»Nicht durchwegs. Anfangs ist sie recht dankbar, aber im letzten Akt fällt sie ab. In den letzten drei Szenen komme ich überhaupt nicht mehr auf die Bühne. Ich habe Alonso gesagt, da ich die Hauptperson des Stücks bin, sollte ich bis zum Schluß auf der Szene sein, aber er erklärte, er müsse sich an die Heilige Schrift halten. In Wirklichkeit fehlt es dem armen Mann einfach an Phantasie.«

Diego führte Domingo in die Schenke, wo Alonso Fuentes und andere Mitglieder des Ensembles zu verkehren pflegten, und stellte ihn nicht bloß als Catalinas Onkel, sondern auch als einstigen Schauspieler und derzeitigen Bühnenautor vor. Alonso nahm ihn sehr höflich auf, und der alte Stückeschreiber errang sich rasch die Gunst der Gesellschaft durch seinen Witz, seine unverwüstlich gute Laune und die Geschichten, die er aus dem Wanderleben der Schauspieler zu seiner Zeit erzählte. Alonso hatte nichts dagegen, daß Domingo einer Probe beiwohnte, und so kam er denn am nächsten Tag.

Er war verblüfft von Catalinas lebenswahrer Darstellung, der Einprägsamkeit ihrer Gesten und der Anmut ihrer Haltung. Alonso war ein guter Lehrer gewesen. Sie hatte Gehör für Verse und eine liebliche Stimme. Sie konnte fröhlich oder rührend sein. Alles an ihr wirkte ungekünstelt. Sie besaß tragische Kraft. Es war erstaunlich, daß sie in drei Jahren die Technik ihrer Kunst so vollständig erlernt hatte. Da gab es keinen falschen Ton.

Und ihre natürlichen Gaben, ihre erworbene Fertigkeit, die Selbstbeherrschung, die sie sich in langer Erfahrung angeeignet hatte, das alles fand die wunderbarste Unterstützung durch ihre große Schönheit.

Nach der Probe küßte Domingo sie auf beide Wangen.

»Mein liebes Kind, du bist als Schauspielerin beinahe so gut, wie du zu sein glaubst.«

Sie schlang die Arme um seinen Hals.

»Ach, Onkel, Onkel, wer hätte damals, als ich ein Kind war und wir miteinander Szenen aus Lope de Vega lasen, gedacht, daß der Tag kommen würde, da die Leute sich drängen, um mich spielen zu sehen? Und das war nur die Probe! Warte, bis du mich vor dem Publikum gesehen hast!«

Diego spielte Johannes den Lieblingsjünger, und die Rolle war klein. Er sah gut aus, war aber recht farblos. Bei der ersten Gelegenheit erkundigte Domingo sich bei Alonso, was der Direktor von ihm hielt.

»Er sieht gut aus, aber ein Schauspieler wird er nie sein. Nur Catalina zuliebe lasse ich ihn auftreten. Ach, wenn doch die Schauspieler und Schauspielerinnen einander nicht heiraten wollten! Das ist es, was das Leben eines Theaterdirektors zur Qual macht!«

Das hinderte Domingo nicht, Catalina und Diego zu beraten; sie sollten nur ganz unbesorgt sein, sich von Alonso trennen und in Madrid ein selbständiges Unternehmen gründen. In den vierundzwanzig Stunden, die er mit ihnen verbrachte, hatte er bereits entdeckt, daß Catalina einen sehr gesunden Menschenverstand besaß und ihren eigenen Erfolg nicht beeinträchtigen lassen würde, indem sie Diego Rollen gab, denen er nicht gewachsen war. Er war überzeugt, daß sie diese Frage irgendwie zur allgemeinen Zufriedenheit regeln werde.

Doch es war nicht nur der Wunsch, seine Nichte und ihren Mann wiederzusehen, der Domingo veranlaßt hatte, die immerhin mühsame Reise von Castel Rodriguez nach Segovia anzutreten; er hoffte auch, seinen alten Freund Blasco de Valero besuchen zu können. Er wollte doch wissen, wie Blasco sich in seiner hohen Stellung fühlte. So wanderte er in den nächsten Tagen, während Catalina und Diego proben mußten, durch die Stadt, und mit seiner umgänglichen Art gelang es ihm, eine ganze Reihe Leute kennenzulernen. Von ihnen erfuhr er, daß die große Masse der Bevölkerung mit Verehrung zum Bischof aufschaute. Seine Frömmigkeit und sein sittenstrenges Leben verfehlten ihren Eindruck nicht. Die Nachrichten von den wunderbaren Ereignissen in Castel Rodriguez hatten auch Segovia erreicht, und das Volk war von andächtiger Ehrfurcht erfüllt. Aber Domingo erfuhr auch, daß er sich die Gegnerschaft seines Kapitels und des Klerus überhaupt zugezogen hatte. Ihn hatte die Lockerung des Lebenswandels der Geistlichen und die Nachlässigkeit entrüstet, mit der viele von ihnen sich ihrer religiösen Pflichten entledigten. Mit großem Eifer, aber geringer Vorsicht hatte er einen leidenschaftlichen Feldzug unternommen, um das alles zu reformieren. Er kannte kein Erbarmen mit jenen, die sich nicht bessern wollten, und ein Ansehen der Person gab es für ihn nicht. Der Klerus nahm ihm, mit wenigen Ausnahmen, seine harte Unduldsamkeit übel und griff auf alle Schliche zurück, die sich nur ersinnen ließen, um die Tätigkeit des Bischofs zu stören. Wer es wagen durfte, trat ihm ganz offen entgegen, der Rest begnügte sich mit passivem Widerstand. Das Volk hieß seine Strenge gut, die ja in der hohen Tugend Blascos ihre Rechtfertigung fand, und tat alles, um ihn zu unterstützen. So war es denn zu unliebsamen Zwischenfällen gekommen, und die Behörden hatten sich genötigt gesehen, einzugreifen. Er hatte der Stadt nicht den Frieden gebracht, sondern das Schwert.

Domingo war zu Beginn der Osterwoche nach Segovia gekommen, und er wußte, daß in dieser Zeit die Pflichten seines Amtes dem Bischof nicht erlauben würden, den alten Freund zu empfangen; und so erschien er erst Dienstag im bischöflichen Palast. Es war ein eindrucksvolles, aber düsteres Gebäude mit einer Granitfassade. Domingo nannte dem Pförtner seinen Namen und wurde nach kurzer Wartezeit über steinerne Treppen, durch kalte, hohe Räume, die spärlich möbliert waren und an deren Wänden dunkle, traurige Darstellungen religiöser Themen hingen, in ein Gemach geführt, das kaum größer war als eine Zelle. Die ganze Einrichtung bestand aus einem Schreibtisch und zwei Stühlen mit hoher Lehne.

An der Wand hing das schwarze Kreuz der Dominikaner. Der Bischof erhob sich und schloß Domingo mit großer Wärme in die Arme.

»Ich glaubte, wir würden uns nie wiedersehen, Bruder«, sagte er mit einer Herzlichkeit, die Domingo in Erstaunen versetzte. »Was hat dich in diese Stadt gebracht?«

»Ich bin ein unruhiger Geselle. Ich liebe das Wandern.«

Der Bischof, wie immer in der Kutte seines Ordens, war gealtert. Er war noch magerer als zuvor, sein tiefdurchfurchtes Gesicht war eingefallen, und das Auge hatte sein Feuer verloren. Doch trotz dieser Zeichen eines leiblichen Niedergangs war in seinem Äußeren etwas Leuchtendes, eine Wandlung in seinem Ausdruck, die Domingo wohl bemerkte, aber nicht zu deuten vermochte; und es erinnerte ihn – er wußte nicht, warum – an den Nachglanz, wenn die Sonne nach den langen Stunden eines Sommertages untergegangen ist. Der Bischof wies ihm einen Stuhl an.

»Wie lange bist du schon hier, Domingo?«

»Eine Woche.«

»Und bis heute hast du gewartet, im mich aufzusuchen? Das war nicht freundlich von dir!«

»Ich wollte mich dir nicht aufdrängen, aber ich habe dich mehr als einmal gesehen. Bei den Prozessionen und in der Kathedrale am Karfreitag und zu Ostern und bei der Vorstellung.«

»Ich habe einen Widerwillen gegen die Vorstellungen, die im Hause Gottes veranstaltet werden. In anderen Städten Spaniens spielt man an den Kirchenfesten auf der Plaza, und ich mißbillige diese Schauspiele nicht, weil sie das Volk erbauen, aber Aragonien hält an seinen alten Bräuchen fest und allen meinen Protesten zum Trotz hat das Kapitel darauf bestanden, daß die Aufführungen in der Kathedrale stattfinden sollen, wie das seit Menschengedenken geschieht. Ich habe der Vorstellung nur beigewohnt, weil es mein Amt verlangt.«

»Es war doch ein frommes Stück, mein lieber Blasco; nichts darin hat dich verletzen können.«

Des Bischofs Stirne zog sich zusammen.

»Als ich hierherkam, fand ich eine furchtbare Lockerung der Sitten bei jenen Männern, die geistliche Ämter bekleiden und die dem Volk ein gutes Beispiel geben sollten. Einige der Domherren sind seit Jahren nicht mehr in der Stadt gewesen, allzu viele Weltgeistliche leben in offener Unmoral, die Klöster befolgen die Regel nicht mehr mit der nötigen Strenge, und die Inquisition hat in ihrer Wachsamkeit sehr nachgelassen. Ich war entschlossen, diesen Mißbräuchen ein Ende zu machen, aber man begegnete mir mit Haß, Bosheit und Widerspenstigkeit. Es ist mir wohl gelungen, ein gewisses Maß an Anstand wiederherzustellen, aber ich wollte, sie sollten sich aus Liebe zu Gott bessern; und wenn heute ihr Benehmen weniger Ärgernis verursacht, so geschieht es nur aus Furcht vor mir.«

»Davon habe ich einiges in der Stadt gehört«, sagte Domingo. »Man berichtet sogar, daß manche Schritte unternommen werden, um deine Abberufung durchzusetzen.«

»Wenn sie nur wüßten, wie glücklich ich wäre, falls sie Erfolg hätten!«

»Aber du hast den Trost, lieber Freund, daß das Volk dich liebt und verehrt.«

»Arme Geschöpfe! Sie wissen nicht, wie unwürdig ich ihrer Verehrung bin!«

»Sie haben Ehrfurcht vor dir, deines sittenstrengen Lebens wegen, und weil du dich den Armen gegenüber mildherzig zeigst. Sie haben auch von dem Wunder von Castel Rodriguez gehört. Man blickt zu dir auf wie zu einem Heiligen, Bruder, und wer bin ich, daß ich ihnen daraus einen Vorwurf machen dürfte?«

»Spotte meiner nicht, Domingo!«

»Ach, lieber Freund, ich schätze dich viel zu hoch, als daß ich das je getan hätte.«

»Es wäre nicht das erste Mal«, sagte der Bischof, und in sein Lächeln mischte sich ein rührender Zug. »Während dieser drei Jahre habe ich oft an unsere letzte Begegnung gedacht und an das, was du mir damals gesagt hast. Damals achtete ich dessen nur wenig. Mir erschien es nur als die paradoxe, zynische Art, in der du mir immer gefallen hast. Doch seit ich hier bin, in der Einsamkeit dieses Palastes, haben deine Worte mich verfolgt. Ich bin durch den Zweifel gemartert worden. Ich habe mich gefragt, ob es denn möglich sei, daß mein Bruder, der Bäcker, der an seinem niedrigen Platz bescheiden seine Pflicht erfüllt, Gott besser gedient hat als ich, der ich mit Kasteiungen und Gebet mein Leben seinem Dienst hingegeben hatte. Wenn es sich so verhält, dann – was immer andere denken mögen, was ich selbst in einem Augenblick der Verzückung gemeint habe – war nicht ich es, der das Wunder vollbracht hat, sondern Martin.«

Der Bischof schwieg. Forschend blickten seine Augen auf Domingo.

»Sprich!« sagte er. »Und bei der Liebe, die du einst für mich gehegt hast, sag mir die Wahrheit!«

»Was willst du von mir hören?«

»Das warst damals überzeugt, daß mein Bruder es war, den die Jungfrau erwählt hatte, um das arme Mädchen zu heilen. Bist du auch heute noch davon überzeugt?«

»Genauso wie damals.«

»Warum, warum wurde mir dann das Zeichen gegeben, das mein Zittern und Zagen verscheuchte? Warum hat die Heilige Jungfrau Worte gebraucht, die so leicht Anlaß zu Mißdeutung geben konnten?«

Sein Elend war so groß, daß Domingo, wie schon einst, von Mitleid bewegt war. Er wollte ihn trösten, zögerte aber, zu sagen, was er dachte. Er kannte Don Blascos unbeugsame Starrheit, und es war durchaus nicht unwahrscheinlich, daß der Bischof es für seine Pflicht hielt, dem Sanctum Officium Worte zu melden, die wohl ein Freund ausgesprochen hatte, die aber dennoch eine Nachprüfung zu erfordern schienen. Den alten Seminaristen verlangte es keineswegs danach, ein Märtyrer seiner Überzeugung zu werden.

»Just zu dir frei zu sprechen, ist schwierig, mein Lieber«, sagte er.

»Ich möchte nichts sagen, was dich verletzen könnte.«

»Sprich nur, sprich nur«, rief der Bischof beinahe ungeduldig.

»Erinnerst du dich, daß ich bei jener Begegnung, die du eben erwähnt hast, die Meinung äußerte, wie erstaunlich es mir erscheine, daß unter den zahllosen Eigenschaften, die die Menschen Gott zuschreiben, sie niemals auch die gesunde Vernunft miteingerechnet haben. Aber es gibt noch eine andere, die ihrer Aufmerksamkeit völlig entgangen ist, und die doch, wenn ein irdisches Geschöpf ein Urteil in diesen Dingen wagen darf, von noch größerem Wert ist. Allwissenheit ist ohne diese Eigenschaft unvollkommen und Erbarmen abstoßend. Das ist der Sinn für Humor.«

Der Bischof fuhr auf, schien sprechen zu wollen, beherrschte sich aber.

»Bist du entrüstet, Bruder?« fragte Domingo ernsthaft, aber mit einem Zwinkern. »Das Lachen ist durchaus nicht die wertloseste Gabe, die Gott uns zuteil werden ließ. Es erleichtert unsere Bürde in dieser harten Welt und macht uns fähig, viele unserer Sorgen mit Mut zu ertragen. Warum sollten wir gerade Gott den Sinn für Humor absprechen? Ist es ein Mangel an Ehrfurcht, vorauszusetzen, daß er in sich hineinlächelt, wenn er in Rätseln spricht, so daß die Menschen, die seine Worte mißdeutet haben, eine heilsame Lehre erhalten?«

»Du hast eine eigentümliche Art, die Dinge darzustellen, Domingo, aber ich sehe in dem, was du sagst, nichts, was ein guter Christ verwerfen müßte.«

»Du hast dich gewandelt, Bruder. Sollte es möglich sein, daß du auf deine alten Tage Duldsamkeit erlernt hättest?«

Der Bischof warf Domingo einen schnellen Blick zu, als fragte er sich, was mit dieser überraschenden Bemerkung gemeint sein sollte; dann sah er auf die nackten Steinfliesen hinab. Er war sichtlich in Gedanken versunken. Nach einer Weile hob er die Augen und schaute Domingo an, als wollte er sprechen, fände aber doch nicht die richtigen Worte.

»Mir ist etwas sehr Seltsames zugestoßen«, begann er endlich, »und ich habe nicht gewagt, zu irgendeinem Menschen davon zu sprechen. Vielleicht hat die Vorsehung dich heute hierher gesandt, damit ich es dir erzählen kann, denn du, mein armer Domingo, bist der einzige Mensch auf der Welt, den ich meinen Freund nennen darf.«

Abermals zauderte er. Domingo beobachtete ihn aufmerksam und wartete.

»Als Bischof dieser Diözese mußte ich der Vorstellung

beiwohnen, die in der Kathedrale stattfand; irgendwer sagte mir, das Stück behandle das Leben Maria Magdalenas. Aber ich war nicht verpflichtet, zu lauschen oder hinzuschauen. Ich wandte meinen Geist ab. Ich betete. Doch meine Seele war matt und voll Unruhe. So ist es immer gewesen, seit ich in diese Stadt gekommen bin. Ich war zerstreut und vermochte nicht, mich zu sammeln. Mir war gewissermaßen alles geraubt worden, und ich konnte weder lieben noch hoffen. Mein Wille war erloschen, meine Erkenntnis tappte im Dunkeln, und ich fand keinen Trost bei Gott. Ich betete, wie ich noch nie gebetet hatte, er möge mir doch beistehen in meiner tiefen Not. Ich vergaß meine Umgebung, ich war allein mit meinem Gram. Plötzlich weckte ein Schrei mich aus diesem Zustand, und ich erinnerte mich, wo ich war. Es war ein Schrei, ein Schrei, so herzbewegend, so beladen mit tiefer Bedeutung, daß ich lauschen mußte. Jetzt fiel mir ein, daß hier ja Theater gespielt wurde. Ich weiß nicht, was sich vorher begeben hatte, aber als ich zuhörte, merkte ich, daß sie bei jener Stelle angelangt waren, da Magdalena und Maria, die Mutter des Jakobus, mit Spezereien und Salben zu dem Grab kommen, in das Joseph von Arimathäa den Leib Jesu gelegt hatte, und sie entdecken, daß der Stein vom Grabe weggewälzt worden war. Und sie treten ein und finden den Leib des Herrn nicht. Und während sie erschrocken dastehen, tritt ein Wanderer, ein Jünger Jesu, zu ihnen, und Maria Magdalena berichtet ihm, was sie und die andere Maria gesehen hatten. Und da er nichts von den furchtbaren Ereignissen wußte, die stattgefunden hatten, erzählte sie ihm von der Gefangennahme, der Verurteilung und dem kläglichen Tod des Gottessohnes. Diese Schilderung war so lebendig, die Worte so gut gewählt, die Verse so wohlklingend, daß ich zuhören mußte, auch wenn ich nicht gewollt hätte.«

Domingo beugte sich vor, sein Atem stockte.

»Ach, wie recht hatte doch unser Kaiser Karl, als er sagte, Spanisch sei die einzige Sprache, in der man sich an Gott wenden könne! Vers um Vers rollte die Schilderung dahin. Es war eine so leidenschaftliche Empörung in der Stimme der Frau, die die Rolle der Maria Magdalena spielte, als sie von dem Treubruch an Jesus sprach, daß die Menge in der Kathedrale von wilder Wut gepackt wurde und Flüche gegen den Verräter ausstieß; die Stimme brach vor Jammer, als sie erzählte, wie unser Herr gegeißelt worden war, und das Volk horchte in tiefem Entsetzen; als sie aber die Qualen des Todes am Kreuz beschrieb, da schlugen sie sich an die Brust und schluchzten laut. Der Schmerz in dieser lauteren Stimme, die herzzerreißende Klage waren so eindringlich, daß mir die Tränen über die Wangen liefen. In meiner Seele war ein Aufruhr. Mein Geist war aufgewühlt, wie die Blätter eines Baumes in einer plötzlichen Brise zittern. Ich fühlte, daß etwas Seltsames mir geschehen sollte, und ich war in Ängsten. Ich hob die Augen und erblickte die Sprecherin dieser wunderbaren, grausamen Worte. Sie war von einer Schönheit, wie ich sie auf Erden noch nie gesehen habe. Es war keine Frau, die dort stand, die Hände rang, und aus deren Augen die Tränen strömten; es war keine Schauspielerin, sondern ein Engel vom Himmel. Und als ich gebannt hinsah, da durchdrang mit einem Male ein Lichtstrahl die dunkle Nacht, in der ich so lange geschmachtet hatte; er strömte in mein Herz, und ich war wie verzaubert. Es war ein Schmerz, so gewaltig, daß ich meinte, ich müsse sterben, aber gleichzeitig war es die süßeste Verzückung. Ich fühlte mich von meinem Leib erlöst und dem Fleisch entfremdet. In diesem seligen Augenblick kostete ich den wunderbaren Frieden, der über alles Verstehen hinausreicht, ich trank die Weisheit Gottes, und ich begriff seine Geheimnisse. Ich fühlte mich von allem Guten erfüllt und alles Bösen entleert. Ich kann dieses Glück gar nicht beschreiben. Ich habe keine Worte, um auszudrücken, was ich sah und fühlte und erkannte. Ich besaß Gott, und indem ich ihn besaß, besaß ich alles.«

Der Bischof sank im Stuhl zurück, und seine Züge erglänzten in der Erinnerung an sein großes Erlebnis.

»Kein Verlangen, keine Hoffnung quält mehr meine Seele. Sie ist befriedigt in der Vereinigung mit Gott, soweit das in diesem Leben möglich ist, und sie hat in dieser Welt nichts mehr zu hoffen und nichts zu begehren. Ich habe einen Brief geschrieben, darin ich Seine Majestät bat, zu gestatten, daß ich mich meiner Kirchenämter entledige, um mich in ein Kloster meines Ordens zurückzuziehen und den Rest meiner Tage in Gebet und Beschauung zu verbringen.«

Domingo konnte sich nicht länger halten.

»Blasco, Blasco, die Frau, die du in der Rolle der Maria Magdalena gesehen hast, ist meine Nichte, ist Catalina Perez. Nachdem sie von Castel Rodriguez durchgebrannt war, hat sie sich einer wandernden Schauspielertruppe angeschlossen, der Truppe des Alonso Fuentes.«

Der Bischof starrte ihn mit großen Augen an. Er war wie vom Donner gerührt. Dann aber lächelte er mit einer Sanftmut, die Domingo nie an ihm gekannt hatte.

»Wahrlich, die Wege Gottes sind unerforschlich; wie seltsam sind jene Pfade, die er gewählt hat, um mich an mein Ziel zu bringen! Durch dieses Mädchen hat er mich verwundet, und durch sie heilt er mich. Gesegnet die Mutter, die sie geboren hat, und Ehre sei Gott, denn als sie diese himmlischen Worte sprach, geschah es unter göttlicher Eingebung. Ich werde bis zu meinem letzten Tag in meinen Gebeten dankbar ihrer gedenken.«

In diesem Augenblick erschien Frater Antonio, noch immer Don Blascos Sekretär. Er sah Domingo, ließ sich aber auf keine Weise anmerken, daß er ihn erkannte; er ging auf den Bischof zu und flüsterte ihm etwas ins Ohr. Der Bischof seufzte.

»Schön, ich werde ihn empfangen.« Dann wandte er sich zu Domingo. »Leider muß ich dich bitten, mich jetzt zu verlassen, mein teurer Freund, aber ich sehe dich wieder!«

»Kaum. Ich reise morgen zurück nach Castel Rodriguez.«

»Das bedaure ich tief.«

Domingo kniete nieder, um den Bischofsring zu küssen, aber Blasco de Valero hob ihn auf und küßte ihn auf beide Wangen.

35

Domingo ging in sein Quartier zurück, ein hagerer, bejahrter Mann mit schweren Tränensäcken unter den Augen, einer rotangelaufenen Nase, keinem Dutzend Zähne im Mund, ein hartgesottener Sünder in einer vielgeflickten Kutte, grünlich vom Alter, fleckig von Wein und Speiseresten; aber er schien zu schweben. Er hätte, wie er das schon einmal zu dem Bischof gesagt, in dieser Stunde weder mit dem Kaiser noch mit dem Papst tauschen mögen. Er sprach laut zu sich selbst und schwenkte die Arme, so daß die Vorübergehenden ihn für berauscht hielten. Ja, er war berauscht, doch nicht vom Wein.

»Die Magie der Kunst«, lachte er vor sich hin. »Auch die Kunst vermag Wunder zu wirken. *Et ego in Arcadia natus!*«

Denn er selbst war es, der verachtete Stückeschreiber, der liederliche Taugenichts, der diese Verse verfaßt hatte, über die der Bischof in solche Verzückung geraten war. Und das war folgendermaßen zugegangen:

Catalina war mit den ersten zwei Akten des Stücks, das Alonso für sie geschrieben hatte, nicht unzufrieden gewesen. Er hatte aus ihr die Geliebte des Pontius Pilatus gemacht, und im ersten Akt erschien sie in prunkvollem Aufzug, hochfahrend in ihrer Sündigkeit, launisch, schwelgerisch, feil. Ihre Bekehrung fand im zweiten Akt statt, und es war eine ausgezeichnete Szene, als sie vernahm, daß Jesus in des Pharisäers Haus zu Tisch saß, und nun mit einer Alabasterbüchse erschien, seine Füße mit ihren Tränen netzte und mit Salbe salbte. Der letzte Akt spielte am dritten Tag nach der Kreuzigung. Es gab eine Szene, in der die Frau des Pilatus ihm vorwarf, daß er gestattet habe, einen geschwächten Mann ans Kreuz zu schlagen, eine andere, in der die Jünger den Tod ihres Meisters beklagen, und noch eine Szene, in der Judas zu dem Hohepriester in den Tempel kommt und die dreißig Silberlinge hinwirft, um die er Jesus verkauft hatte; aber Maria von Magdala trat erst wieder auf, als sie mit Maria, der Mutter des Jakobus, zu dem Grab ging und es leer fand. Das Stück endete mit der Szene, da die beiden Jünger nach Emmaus gingen und ein Fremder sich zu ihnen gesellte, den sie nachher als den auferstandenen Heiland erkennen.

Catalina war nicht umsonst drei Jahre lang die erste Schauspielerin der Truppe gewesen, und als sie entdeckte, daß sie im letzten Akt so wenig zu tun hatte, war sie sehr erbost. Sie überhäufte Alonso mit bitteren Vorwürfen.

»Was kann ich tun?« schrie er. »Während der ersten zwei Akte kommst du kaum von der Bühne. Im dritten Akt ist, bis auf die eine Szene, gar keine Möglichkeit, dich auftreten zu lassen.«

»Das kommt nicht in Frage! Bin ich die Hauptperson des Stücks oder nicht? Das Publikum will mich sehen, und wenn sie mich nicht zu sehen kriegen, so fällt dein Stück durch.«

»Ja, aber mein liebes Kind, das ist ja keine Handlung, die ich nach meinem Gutdünken verändern kann. Ich muß mich an die Evangelien halten.«

»Das stelle ich nicht in Abrede, aber du bist doch ein Schriftsteller. Wenn du dein Geschäft verstehst, so mußt du irgend etwas ausdenken, das mir die Möglichkeit gibt, noch einmal zu erscheinen. Es ist, zum Beispiel, gar kein Grund vorhanden, weshalb ich nicht bei der Szene zwischen Pilatus und seiner Frau auftreten sollte. Nur ein wenig Phantasie, und es geht.«

Alonso wurde zornig.

»Aber, meine arme Lina, du bist doch die Geliebte des Pilatus gewesen! Ist es wahrscheinlich, daß du in seinem Palast bist, und noch dazu, wenn er mit seiner Frau spricht?«

»Warum nicht? Ich könnte vorher schon eine Szene mit der Frau des Pilatus haben, und gerade auf Grund dessen, was ich ihr sage, würde sie dann dem Pilatus Vorwürfe machen.«

»So etwas Albernes habe ich in meinem Leben noch nicht gehört! Wenn Maria Magdalena versucht hätte, sich der Frau des Pilatus zu nähern, so hätte er sie auspeitschen lassen.«

»Nicht, wenn ich mich auf die Knie werfe und sie anflehe, mir meine einstige Verderbtheit zu verzeihen. Ich wäre so rührend, daß sie sich erweichen lassen müßte.«

»Nein nein nein!« brüllte er.

»Und warum könnte ich nicht mit den beiden Jüngern nach Emmaus gehen? Ich würde erkennen, wer der Fremde ist, und er, der weiß, daß ich ihn erkannt habe, würde den Finger auf seine Lippen legen und mir Schweigen gebieten.«

»Ich werde dir sagen, warum du nicht dabei sein kannst, wenn die beiden Jünger nach Emmaus gehen!« bellte Alonso sie an. »Weil du einfach nicht dabei gewesen bist; sonst würde es in der Schrift stehen. Und wenn ich wünschen werde, daß du meine Stücke schreibst, so werde ich es dir sagen!«

An jenem Tag schieden sie ziemlich gereizt. Catalina hatte nicht übel Lust, die Rolle zurückzuschicken, aber sie wußte, daß Alonso sie dann Rosalia geben würde, und in den ersten zwei Akten war die Rolle so dankbar, daß selbst Rosalia sehr wohl einen Erfolg damit haben konnte.

»Wenn er die Rolle für Rosalia geschrieben hätte, wäre er nie so frech gewesen, sie im letzten Akt kaum auftreten zu lassen«, sagte sie zu Diego.

»Das ist ganz sicher«, meinte auch er. »Er behandelt dich miserabel. Er weiß dich nicht zu schätzen.«

»Das habe ich gefühlt, seit diese Rosalia bei der Truppe ist.«

Catalina erzählte grollend Domingo ihre Schmerzen, bevor er noch das Stück gesehen hatte. Er hatte Mitleid mit ihr und wollte das Stück lesen. Die Schauspieler besaßen nur ihre einzeln aufgeschriebenen Rollen, und Alonso allein hatte das ganze Manuskript, das er eifersüchtig behütete, damit keiner es abschreiben und einem andern Direktor verkaufen könnte.

»Alonso ist eitel wie ein Pfau«, sagte Catalina. »Geh morgen nach der Probe zu ihm und sag ihm, sein Stück sei so wunderbar, daß du keine Sekunde Ruhe hast, bevor du es nicht im ganzen lesen konntest. Er wird dir nicht ›Nein‹ sagen können.«

Das tat denn Domingo, und Alonso, geschmeichelt, aber trotzdem mißtrauisch, gab ihm das Manuskript unter der Bedingung, daß er es in zwei Stunden wiederhaben müsse. Nachdem Domingo es gelesen hatte, ging er spazieren, und nach seiner Heimkehr machte er Catalina einen Vorschlag. Sie umarmte und küßte ihn.

»Herzensonkel, du bist ein Genie!«

»Aber verkannt wie so viele«, grinste er. »Und jetzt hör gut zu: Sag keiner lebenden Seele, nicht einmal Diego, was ich im Sinne habe, und spiel bei der Probe, so gut du nur kannst. Sei zu Alonso zuckersüß und freundlich, als hättet ihr euch nie gezankt, und er wird glauben, daß du bereit bist, zu vergeben und zu vergessen. Du mußt bei der Probe so gut spielen, daß er ganz entzückt ist.«

Es sollten noch zwei Proben stattfinden, die eine am Samstag, und die letzte am frühen Morgen des Ostertages. Am Samstag, nach der Probe, als die Schauspieler auseinandergingen, um essen zu gehen, hielt Catalina Alonso zurück. Sie umschmeichelte ihn mit ihrem ganzen unwiderstehlichen Charme.

»Du hast ein herrliches Stück geschrieben, Alonso. Je genauer ich es kenne, desto stärker beeindruckt mich dein Genie. Selbst der große Lope de Vega hätte es nicht besser machen können. Du bist ein großer, ein sehr großer Dichter!«

Alonso strahlte.

»Ich muß zugeben, daß ich diesmal nicht ganz unzufrieden mit mir bin«, sagte er.

»Nur eines finde ich verfehlt.«

Alonso runzelte die Stirne, denn Schriftsteller sind einmal so geartet, daß eine Unze Vorbehalt auf der Waage schwerer wiegt als ein Pfund Lob. Aber Catalina, die im besten Zuge war, achtete nicht darauf.

»Je länger ich probiere, desto mehr bin ich davon überzeugt, daß es ein Fehler ist, mich im dritten Akt nicht besser herauszustellen.«

Alonso erhob gereizt die Hand.

»Das haben wir doch gründlich durchgesprochen. Ich habe dir ein dutzendmal erklärt, daß es keine Szene in dem ganzen Akt gibt, wo ich dich noch einmal auftreten lassen könnte.«

»Und du hattest recht, tausendmal recht; aber hör auf mich: Ich bin doch eine Schauspielerin, und ich fühle es im tiefsten Herzen, daß ich in der Szene am Grabe des auferstandenen Heilandes mehr sagen müßte, als du mir zu sagen gegeben hast.«

»Und was, zum Beispiel?« fragte er entrüstet.

»Nun, mir ist eingefallen, daß es doch von großartiger Wirkung wäre, wenn ich die Geschichte vom Verrat, der Verurteilung, der Kreuzigung und dem Tod des Herrn erzählen würde; es brauchten nicht mehr als hundert Verse zu sein.«

»Und wer soll sich gegen Ende des Stückes noch ein Gerede von hundert Versen anhören?«

»Jedermann, wenn ich sie spreche«, erwiderte Catalina. »Ich werde die Leute dazu kriegen, daß sie sich an die Brust schlagen, schreien und weinen. Ein Dramatiker wie du muß doch erkennen, wie wirksam eine solche Szene gerade in diesem Moment wäre.«

»Kommt gar nicht in Frage«, schrie er ungeduldig. »Wir spielen morgen. Wie soll ich bis dahin hundert Verse schreiben und probieren? Wann willst du sie lernen?«

Catalina lächelte süß.

»Nun, zufällig habe ich mit meinem Onkel darüber gesprochen, und die Schönheit deines Werkes hat ihn dazu inspiriert, die hundert Verse zu schreiben, die, auch nach seiner Ansicht, die Szene verlangt. Und ich habe sie auswendig gelernt.«

»Ihr?!« rief der Theaterdirektor Domingo zu, der in der Nähe stand.

»Die Sprachgewalt Eures Dramas hat mich tief aufgewühlt«, sagte Domingo, »und ich war davon geradezu besessen; es war, als hättet Ihr selbst mir die Feder geführt.«

Alonso schaute von einem zum andern. Catalina merkte, daß er schwankte, und sie ergriff seine Hand.

»Darf ich dir die Verse nicht einmal vorsprechen? Wenn sie dir nicht gefallen, dann wird kein Wort mehr darüber verloren. Ach, Alonso, tu mir doch die Liebe! Ich weiß ja, wieviel ich dir schulde, aber vergiß nicht, daß ich mein Letztes hergegeben habe, um dich zufriedenzustellen.«

»So sag denn die verdammten Verse«, knurrte er wütend, »damit ich endlich zum Essen gehn kann.«

Er setzte sich und erwartete mit gefurchter Stirne, was da kommen sollte. Catalina begann. In den drei Jahren hatte ihre Stimme an Fülle gewonnen, und sie wußte sie in jeder Nuance zu beherrschen. Die Gefühle, die ihrer Erzählung entsprachen, spiegelten sich, eins nach dem andern, auf ihren beweglichen Zügen wider, und sie gab Sorge, Unglück, Angst, Enttäuschung, Grauen, Schmerz, Gram, Qual ohne Übertreibung, aber mit tiefer Eindringlichkeit den richtigen Ausdruck. So wütend Alonso auch war, konnte es ihm, als erfahrenem Dramatiker, doch nicht entgehen, daß die Verse gut waren, und wie sie sie sprach, mit der Beredsamkeit ihrer Gesten, mit dem ergreifenden Tonfall ihrer Stimme, konnte sie mit ihrem Publikum machen, was sie wollte. Er beugte sich vor, und seine Hände verkrampften sich. Wie gebannt lauschte er. So stark war ihre Leidenschaft, so packend ihre Schlichtheit, daß er sich nicht zu beherrschen vermochte; er begann zu schluchzen, und dicke Tränen rollten ihm über die Wangen. Jetzt hatte sie geendet, und er wischte sich die Augen mit dem Ärmel. Er sah, daß auch Domingo weinte.

»Nun?« sagte Catalina mit triumphierendem Lächeln.

Mit dem letzten Vers war sie ihrer Rolle entstiegen, und jetzt vermochte sie so kühl zu sein, als hätte sie das Alphabet aufgesagt. Alonso zuckte die Achseln. Er versuchte, sich zu einem mürrischen, geschäftlichen Ton zu zwingen.

»Für einen Dilettanten sind die Verse ganz erträglich. Wir wollen die Szene nachmittags noch einmal probieren, und wenn sie klappt, kannst du sie meinetwegen morgen spielen.«

»Seele meines Herzens«, rief Catalina, »ich bete dich an.«

»Ich werde mit Rosalia keine weniger dramatische Szene haben«, brummte er düster.

Die Szene wurde probiert und aufgeführt, und welche Wirkung sie auf den Bischof ausübte, weiß der Leser bereits. Doch das war nicht die einzige Wirkung, die sie hatte. Rosalia machte Alonso heftige Vorwürfe, weil er für Catalina Partei nahm, und er mußte ihr eine Menge Versprechungen machen, um sie zu besänftigen, von denen er nicht wußte, wie er sie halten sollte; das verärgerte ihn. Aber noch aus einem andern Grund war er nicht gerade begeistert von dem Geschehenen; denn ziemlich viele Leute, natürlich im Glauben, er habe auch diese Verse verfaßt, hoben gerade diese Stelle in ihren Lobsprüchen hervor und sagten, sie sei bei weitem der Höhepunkt des ganzen Stückes. Als Diego, indiskret genug, durchsickern ließ, wer tatsächlich der Autor war, bedeutete das für Alonso eine tödliche Kränkung. Zur Rache äußerte er sich Freunden gegenüber, Catalina sei durchaus nicht die Schauspielerin, für die sie sich halte, und ohne seine Hilfe würde sich bald herausstellen, daß sie sehr wenig Talent besitze. Kaum hatte man das Catalina weitererzählt, als sie endgültig beschloß, den Schritt zu wagen, den man ihr angeraten hatte. Auch eine Frau, sagte sie zu Diego, müsse auf ihre Selbstachtung schauen. Sie löste die Verbindung mit dem undankbaren Direktor und machte sich mit Mann und Kindern auf die Reise nach Madrid.

36

Nachdem Don Blascos Bitte, seine Ämter niederlegen zu dürfen, gewährt worden war, zog er sich in ein abgelegenes Kloster seines Ordens zurück, um die letzten Jahre der Beschauung zu widmen, die, nach dem Wort des Aristoteles, das Ende des Lebens bedeutet und die, nach der Ansicht der Mystiker, ein gottgefälliges Tun ist. Er weigerte sich, irgendwelche Sonderrechte in Anspruch zu nehmen, die man ihm, in Anbetracht der hohen Ämter, die er bekleidet hatte, anbot, und bestand darauf, eine Zelle zu bewohnen, die den Zellen der andern Brüder vollkommen gleich war, und auch in jeder Beziehung behandelt zu werden wie sie. Nach einigen Jahren begann er, hinfällig zu werden, und obgleich er an keiner bestimmten Krankheit zu leiden schien, war es doch seiner Umgebung klar, daß er binnen kurzem von der Bürde der irdischen Hülle erlöst sein würde. Frater Antonio, der ihn in das Kloster begleitet hatte, und der Prior flehten ihn an, sich ein wenig zu schonen, aber er wollte nichts davon hören. Er bestand darauf, die Ordensregel in ganzer Strenge einzuhalten, und erklärte sich nur bereit, die Frühmesse in der scharfen Winterkälte zu meiden, als der Prior ihm das, mit Rücksicht auf die wachsende Schwäche Don Blascos, als sein Vorgesetzter befahl. Nach und nach wurde er so schwach, daß er einen großen Teil des Tages im Bett verbringen mußte; dennoch schien keine unmittelbare Lebensgefahr vorzuliegen. Sein Leben war wie eine flackernde Kerze, die jeder Windhauch auslöschen kann, die aber, in sicherer Hut, doch immer ihr schwaches Licht zu geben vermag. Das Ende kam sehr plötzlich.

Eines Morgens betrat Frater Antonio, nachdem er die Pflichten der Religion erfüllt hatte, die Zelle seines alten Lehrers, um nach ihm zu sehen. Es war Winter, und draußen lag Schnee. In der Zelle war es bitterkalt. Er war erstaunt, denn Don Blascos Wangen waren gerötet, seine Augen glänzten, und er hatte, zu Antonios größter Freude, viel von seinem alten feurigen Ausdruck wiedergefunden. Im Herzen des Fraters erwachte die Hoffnung, es sei doch eine Besserung im Befinden des Kranken eingetreten. Vielleicht vermochte er noch zu genesen! Rasch sagte er im Geist ein kurzes Dankgebet.

»Ihr seht heute gut aus, Señor«, sagte er, denn Frater Blasco hatte ihn seit langem ersucht, ihn nicht mit dem Titel anzusprechen, der seiner bischöflichen Würde zugekommen war. »Ich habe Euch seit vielen Tagen nicht mehr so wohl gesehen.«

»Ich fühle mich auch wohl. Eben war der Grieche Demetrios bei mir.«

Frater Antonio unterdrückte einen Ausruf, denn er wußte natürlich, daß Demetrios vor Jahren auf dem Scheiterhaufen geendet hatte, wie das für einen Ketzer nur recht und billig war.

»Im Traum, Señor?«

»Nein, nein. Er kam durch diese Türe, stand neben

meinem Bett und redete mir zu. Er war genauso, wie er immer gewesen war, in dem gleichen fadenscheinigen Rock und mit dem gleichen gütigen Ausdruck. Ich erkannte ihn sogleich.«

»Es war ein Teufel, Herr!« schrie Frater Antonio. »Ihr habt ihn doch von Euch gejagt!«

Frater Blasco lächelte.

»Das wäre sehr unhöflich gewesen, mein Sohn. Ich glaube nicht, daß es ein Teufel war. Es war Demetrios selbst.«

»Aber er ist doch in der Hölle und erleidet die gerechte Strafe für seine fluchwürdige Ketzerei!«

»Das dachte ich auch; aber dem ist nicht so.«

Frater Antonio lauschte mit wachsender Beunruhigung. Es war nur zu wahrscheinlich, daß Don Blasco eine höllische Vision gehabt hatte. Pedro von Alcantara und Mutter Teresa de Jesû waren häufig mit Teufeln aneinandergeraten, und Mutter Teresa hatte stets Weihwasser bei sich gehabt, um böse Geister damit zu vertreiben. Die Darstellung seines alten Lehrers aber war so schreckenerregend, daß Antonio nur hoffen konnte, Don Blasco sei nicht bei Sinnen.

»Ich fragte ihn, wie es ihm gehe, und er antwortete, er fühle sich ganz wohl. Als ich ihm sagte, wie grausam ich gelitten hatte, weil er in der Hölle sei, da lachte er und erzählte, noch bevor die Flammen seinen Körper verzehrt hatten, sei seine Seele schon zu der Wiese am Scheideweg entschwebt, und dort habe Rhadamanthys[*] ihn, weil er in Heiligkeit und Wahrheit gelebt habe, nach den Inseln der Seligen geschickt. Hier habe er Sokrates gefunden, wie gewöhnlich von wohlgestalteten jungen Männern umgeben und Fragen stellend und beantwortend; auch erblickte er Plato und Aristoteles freundschaftlich nebeneinander wandelnd, als gäbe es keine Meinungsverschiedenheit mehr zwischen ihnen; Aischylos und Sokrates aber schalten Euripides mit milden Worten, weil er durch seine Neuerungen das Drama zugrunde gerichtet

---

[*] Rhadamanthys: König auf Kreta, Bruder des Minos, nach der griech. Mythologie in der Unterwelt Totenrichter zusammen mit Minos und Aiakos.

habe. Und noch viele andere, viel zu viele, als daß er sie aufzählen konnte.«

Frater Antonio lauschte bestürzt. Offenbar sprach sein alter, verehrter Freund im Fieber. Daher auch die geröteten Wangen und die glänzenden Augen. Er wußte sichtlich nicht, was er sagte, doch sein armer, ehrlicher Sekretär war doch froh, daß nur er diese Worte gehört hatte. Er bebte, wenn er bedachte, was die andern Brüder denken würden, wenn sie ihn, den sie fast als Heiligen ansahen, solche Worte sprechen hörten, die doch höchst lästerlich klangen. Er bemühte sich, irgend etwas zu sagen, aber in seiner Aufregung fiel ihm nichts ein.

»Und nachdem wir einige Zeit auf die freundlichste Art geplaudert hatten, wie das so oft vor langen Jahren in Valencia geschehen war, krähte der Hahn, und er sagte, er müsse mich jetzt verlassen.«

Frater Antonio hielt es für das beste, den Kranken bei guter Stimmung zu halten.

»Und sagte er auch, warum er Euch aufgesucht hatte?« stammelte er.

»Ich fragte ihn. Er sagte, er sei gekommen, von mir Abschied zu nehmen; von nun an würden wir einander nicht wiedersehen. ›Denn morgen‹, sagte er, ›wenn es nicht mehr Nacht noch Tag ist, wenn du just nur die Umrisse deiner Hand zu sehen vermagst, wird deine Seele von deinem Körper erlöst werden‹.«

»Das beweist, daß es ein böser Geist war, der Euch heimgesucht hat, Herr«, rief Frater Antonio. »Der Arzt sagt, Ihr habt eine lebensgefährliche Krankheit, und heute morgen seht Ihr besser aus als seit vielen Tagen. Erlaubt, daß ich Euch die Medizin reiche, die er geschickt hat, und der Barbier soll Euch zur Ader lassen.«

»Ich werde keine Medizin mehr einnehmen, und ich will auch nicht zur Ader gelassen werden. Warum bist du so beflissen, mich zurückzuhalten, da meine Seele danach verlangt, dem Gefängnis zu entfliehen, darin sie so lange gefesselt lag? Geh, sag dem guten Prior, daß ich beichten und die Sakramente empfangen will. Denn morgen, sage ich dir, wenn ich just die Umrisse meiner Hand zu sehen vermag, werde ich aus diesem Leben scheiden.«

»Es war ein Traum, Señor«, rief der arme Frater unglücklich. »Ich beschwöre Euch, mir zu glauben, daß es ein Traum war!«

Don Blasco ließ einen Laut hören, der bei jedem andern Menschen ein leises Kichern gewesen wäre.

»Rede keinen Unsinn, Sohn«, sagte er. »Es war um nichts mehr ein Traum, als ein Traum ist, daß ich jetzt zu dir spreche. Es war um nichts mehr ein Traum, als dieses Leben mit seinen Sünden und Sorgen, seinen qualvollen Fragen und dunklen Geheimnissen ein Traum ist, ein Traum, aus dem wir zum ewigen Leben erwachen werden, das allein die Wirklichkeit bedeutet. Und jetzt geh und tu, wie ich dich geheißen habe!«

Frater Antonio wandte sich mit einem Seufzer ab und ging. Don Blasco beichtete und empfing die Heiligen Sakramente. Nachdem alle Riten der Kirche zelebriert worden waren, nahm er Abschied von den Brüdern, in deren Mitte er nun einige Jahre verbracht hatte, und erteilte ihnen seinen Segen. Unterdessen war es spät geworden. Er wünschte allein zu sein, aber Frater Antonio bat ihn so inständig, bleiben zu dürfen, daß Blasco es mit einem freundlichen Lächeln gewährte; nur müsse der Frater sich still verhalten. Nun lag der einstige Bischof auf der harten Bettstatt mit der dünnen Matratze, ganz nach der Ordensvorschrift, und trotz der großen Kälte nur mit einer leichten Decke bedeckt. Hin und wieder schlummerte er. Frater Antonio war tief bekümmert. Don Blascos Gewißheit hatte auch ihn erschüttert, und schon lange glaubte er halb und halb, der Tod werde tatsächlich eintreten, wie sein Meister es vorausgesagt hatte. Die Stunden verstrichen. Die Zelle war von einer einzigen Kerze kümmerlich erhellt, die Antonio hin und wieder schneuzte. Die Glocke läutete zur Messe. Antonio fuhr zusammen, als Don Blasco jetzt das lange Schweigen brach.

»Geh, mein Sohn. Du darfst nicht meinetwegen deine Pflichten versäumen.«

»Ich kann Euch jetzt nicht verlassen, Herr«, erwiderte der Frater.

»Geh nur. Wenn du zurückkommst, werde ich noch am Leben sein.«

Die lange Gewohnheit des Gehorchens war noch immer wirksam, und er tat, wie ihm befohlen. Als er wiederkehrte, war Don Blasco eingeschlafen, und Antonio glaubte schon, der heilige Mann sei tot. Doch er atmete friedlich, und eine schwache Hoffnung erwachte in des Fraters Brust; vielleicht stärkte ihn der Schlaf, und er erwachte genesen! Antonio kniete neben dem Bett und betete. Die Kerze flackerte auf und erlosch. Es war schwarze Nacht. Die Stunden vergingen. Endlich machte Don Blasco eine leichte Bewegung. Frater Antonio konnte es nicht sehen, aber eine Eingebung sagte ihm, daß sein treuer Freund nach dem Kreuz tastete, das an einer Schnur um seinen Hals hing. Er legte es dem alten Mann in die Hände, doch als er seine eigene Hand zurückziehen wollte, fühlte er sie festgehalten. Ein Schluchzen brach aus seiner Brust. In all diesen Jahren war dies das erste Zeichen der Neigung, das Don Blasco ihm gegönnt hatte. Er versuchte in diese Augen zu schauen, die einst so stark geleuchtet hatten, und obgleich er nichts erkennen konnte, wußte er doch, daß sie offen waren. Er sah auf die Hand hinunter, die sich über dem Kreuz leicht auf seine eigene Hand gelegt hatte, und als er schaute, wurde ihm bewußt, daß die Dunkelheit der Nacht nicht so undurchdringlich mehr war; er schaute und sah mit plötzlichem Entsetzen die Umrisse einer entfleischten Hand. Ein leiser Seufzer entrang sich Don Blascos Lippen, und irgend etwas, er wußte nicht was, erfüllte den Frater mit der Überzeugung, daß sein geliebter Meister tot war. Er brach in leidenschaftliches Schluchzen aus. –

Don Manuel hatte seit mehreren Jahren bereits in Madrid gelebt. Doña Beatriz hatte sich geweigert, den Plan auszuführen, den sie ihm anfangs vorgeschlagen hatte, daß er nämlich ihre Nichte, die verwitwete Marquesa von Caranera, heiraten solle; und da man keinen passenden Gatten für die Dame fand, trat sie in das Kloster ein und war jetzt die Stellvertreterin der Äbtissin des Karmeliterinnenklosters von Castel Rodriguez. Don Manuel hatte das Gefühl, von Doña Beatriz miserabel behandelt worden zu sein, denn das Komplott, das er mit ihr ausgeheckt hatte, war nicht durch seine Schuld fehlgeschlagen; aber er war nicht der Mann, der über verschüttete Milch weinte. Er übersiedelte nach Madrid, und da er weder mit seinen Heiratsabsichten noch mit der Höhe seines Vermögens hinter dem Berge hielt, war es ihm sehr bald möglich, eine sehr angemessene Partie zu finden. Er schloß sich an den Herzog von Lerma an, den Günstling des Königs Philipp III., und durch Unterwürfigkeit, Schmeichelei, Doppelzüngigkeit, Skrupellosigkeit und Käuflichkeit gelangte er schließlich zu sehr hohem Ansehen. Aber sein Ehrgeiz war unermeßlich. Don Blasco hinterließ den Ruf großer Heiligkeit, und Don Manuel war schlau genug, zu erkennen, daß es seine eigene Stellung erhöhen könnte, wenn sein Bruder seliggesprochen würde, und der Ruhm der Familie – denn der Himmel hatte seine Verbindung mit zwei Söhnen gesegnet – müßte noch mehr gewinnen, wenn es gar zu einer Heiligsprechung kam. Er machte sich daran, die nötigen Beweise zu sammeln. Kein Mensch konnte leugnen, daß der ehemalige Bischof von Segovia ein Mann von exemplarischer Frömmigkeit gewesen war; viele Zeugen waren auch bereit, auszusagen, Fetzen seiner Kutte hätten sich, um den Hals getragen, als gutes Mittel gegen die Pocken – ob echte oder Windpocken – bewährt, und die verschiedenen Wunder, die sich in Castel Rodriguez begeben hatten, waren auch einwandfrei bestätigt. Doch die maßgebenden Stellen in Rom verlangten Beweise für zwei größere Wunder, die durch die sterblichen Überreste des Kandidaten nach seinem Tode bewirkt worden seien, und dergleichen ließ sich auf keine Art beschaffen. Die Anwälte, die Don Manuel mit der Sache betraut hatte, waren ehrenwerte Männer, denn war er selbst auch ein Schelm, so war er doch zu gewitzt, um Schelme in seinen Dienst zu nehmen, und sie meldeten ihm, daß es möglich sein könnte, die Seligsprechung seines Bruders zu erreichen, doch seine Aussichten, in die Liste der Heiligen aufgenommen zu werden, seien gering. Er bekam einen Wutanfall, als sie das berichteten, und beschuldigte sie, unfähig zu sein, aber bei reiflicher Überlegung kam er zu dem Schluß, daß sie wahrscheinlich recht hatten. Nun hatte er bereits einen Haufen Geld für die Nachforschungen ausgegeben, und es lag ihm gar nichts daran, gutes Geld dem schlechten nachzuwerfen. So überdachte er die Frage mit kaltem Blut und entschied, daß die Seligsprechung seines Bruders die Ausgaben nicht lohnte; er begnügte sich damit, dessen sterbliche Überreste in die Kollegialkirche nach Castel Rodriguez bringen zu lassen, wo er ihm ein prunkvolles Grabmal gönnte, nicht so sehr um das Gedächtnis an den ältesten Sohn seines Vaters wachzuhalten, als um seine eigene Großzügigkeit ins rechte Licht zu setzen.

Nebenbei mag es vielleicht nicht ganz ohne Interesse sein, wenn erwähnt wird, daß Martin de Valero, der dritte Sohn Don Juans, in die Vergessenheit zurücksank, aus der ihn der aufregende Besuch seiner zwei berühmten Brüder vorübergehend gezogen hatte. Er fuhr fort sein Brot zu backen, und das ist alles, was von ihm berichtet werden kann. Niemals kam es ihm in den Sinn – wie übrigens auch seinen Landsleuten nicht –, daß einmal die Heilige Jungfrau ihn dazu ausersehen hatte, ein Wunder zu vollbringen.

Doña Beatriz erreichte im Vollbesitz ihrer geistigen und leiblichen Kräfte ein hohes Alter und hätte vielleicht noch länger gelebt, wenn nicht ein widriger Umstand eingetreten wäre. Als ihre alte Feindin, Mutter Teresa de Jesú, seliggesprochen wurde, mußte die Äbtissin drei Tage das Bett hüten. Doch als sie im Jahr 1622 die Nachricht erreichte, Rom habe Teresa zur Heiligen erhoben, da geriet sie in solche Wut, daß sie vom Schlag getroffen wurde. Wohl erlangte sie das Bewußtsein wieder, aber eine Körperhälfte blieb gelähmt, und man konnte sich nicht darüber täuschen, daß es mit ihr zu Ende ging. Sie ließ den Frater holen, den sie bevorzugte und beichtete. Dann versammelte sie die Nonnen um ihr Lager und gab ihnen nützliche Weisungen für ihr künftiges Verhalten. Wenige Stunden später verlangte sie die Sterbesakramente. Abermals wurde der Priester geholt. Sie bat um Vergebung für ihre Sünden und flehte die Nonnen an, für sie zu beten. Eine Weile lag sie dann still da. Plötzlich sagte sie mit lauter Stimme:

»Ein Weib von niedrigster Herkunft!«

Die Nonnen, die ihre Worte hörten, waren der Ansicht, sie meine damit sich selbst; und da sie wußten, daß in Doña Beatriz' Adern das königliche Blut von Kastilien floß und ihre Mutter aus dem erlauchten Hause Braganza stammte, waren sie von diesem Zeichen der Demut tief gerührt. Doch ihre Nichte wußte es besser. Sie wußte, daß diese Worte sich auf jene aufständische Nonne bezogen, die nun zur heiligen Teresa von Avila avanciert war. Und das waren die letzten Worte der Doña Beatriz Henriquez y Braganza, mit ihrem Klosternamen Beatriz de Santo Domingo. Sie erhielt die letzte Ölung und verschied kurz darauf.

37

Als Catalina in Madrid ankam, besaß sie noch immer das Gold, das Doña Beatriz ihr gegeben hatte, und während der drei Jahre auf der Landstraße hatte sie als haushälterische junge Frau einige Ersparnisse gemacht, so daß sie, trotz Diegos ein wenig leichtfertiger Lebensauffassung, der nächsten Zukunft ohne Besorgnis entgegensehen konnten. Sie suchten die Gönner auf, die ihnen Einfluß und Geld zugesagt hatten, um die schwierigen Anfänge zu überwinden, und da die Herren bereit waren, ihr Versprechen zu halten, vermochte das junge Paar eine Truppe zu gründen. Der Erfolg überstieg alle Hoffnungen, und Catalina war das Entzücken der ganzen Stadt. Manch ein vornehmer Herr suchte ihre Gunst zu gewinnen, aber wenn sie auch bereit war, Geschenke anzunehmen, so beschränkte sich ihre Dankbarkeit auf ein Lächeln ihrer ausdrucksvollen Augen und ein paar freundliche Worte. So wurde sie denn ihrer Tugend wegen ebenso verehrt wie ihrer Schönheit und ihrer Kunst wegen. Sie ließ Domingo kommen, und er erschien mit einem Dutzend Theaterstücke im Wams. Sie spielte zwei davon, aber das Publikum zeigte seinen Unwillen, wie das damals Sitte war, durch Pfeifen, Zischen und höhnische Zwischenrufe. Domingo kehrte wütend und gedemütigt nach Hause zurück und starb bald darauf; ob vor Enttäuschung oder am Trunk, das wurde niemals festgestellt. Einige Jahre später entschloß sich Catalina, unterdessen als die größte Tragödin Spaniens anerkannt und ihres Publikums sicher, aus Pietät und zu seinem Gedenken noch eines von Domingos Stücken zu spielen, diesmal ohne den Autor zu nennen, dem nun einmal zwei Mißerfolge anhafteten. Es gefiel; und es war tatsächlich so gut, daß es dem großen Lope de Vega zugeschrieben wurde, und wenn er auch seine Autorschaft ableugnete, fand er damit keinen Glauben; es wurde denn auch bis auf den heutigen Tag unter seinen Werken gedruckt. So wurde der arme Domingo noch jenes Irrlichts beraubt, das so manchen Autor über die Mißachtung der Zeitgenossen getröstet hat – der Aussicht auf den Nachruhm.

Trotz seines einnehmenden Äußeren und seines Selbstbewußtseins gelang es Diego niemals, mehr als ein ganz durchschnittlicher Schauspieler zu werden. Zum Glück erwies er sich immerhin als guter Geschäftsmann und tüchtiger Impresario, so daß sie mit der Zeit reiche Leute wurden. Sie waren sich seit langem einig darüber, daß es unvorsichtig wäre, von den übernatürlichen Geschehnissen zu sprechen, deren Mittelpunkt Catalina gewesen war, und weder zu der Zeit, da sie noch einer Wandertruppe angehörten, noch später entdeckte ein Mensch, daß eine Verbindung zwischen ihr und jenen Ereignissen vorhanden war, über die man seinerzeit so viel gesprochen hatte. Wenn auch – wie sie es vorausgesehen hatte – keine Wunder mehr geschahen, um ihr Eheleben zu stören, war Diego doch nie, wie er es für richtig und ziemlich gehalten hätte, der Herr in seinem Hause; aber da Catalina klug genug war, ihn bei dem Glauben zu lassen, er sei der Herr, fehlte ihm nichts zu seinem Glück. Er war ihr nur mit gewissen Unterbrechungen treu, aber sie wußte, daß man sich dessen bei den Männern gewärtig sein mußte, und solange seine Liebschaften vorübergehender Natur waren und nicht allzu viel kosteten, fand sie sich mit diesen Seitensprüngen gelassen ab. Ja, es war eine sehr glückliche Ehe. Sie hatte sechs Kinder, und da sie eine gewissenhafte Schauspielerin war, legte sie Wert darauf, ihr Publikum nicht zu enttäuschen, und spielte bis zum letzten Augenblick ihrer wiederkehrenden Schwangerschaften verfolgte Jungfrauen und keusche Prinzessinnen. Das tat sie auch in reiferem Alter, und ein holländischer Reisender, der gegen Ende der Regierung Philipps IV. nach Spanien kam, wußte zu berichten, daß sie wohl dick und mehrfache Großmutter war, ihre Anmut, der Klang ihrer lieblichen Stimme und der Zauber ihrer Persönlichkeit aber noch nichts von ihrer Wirkung eingebüßt hatten, und wenn sie nur fünf Minuten auf der Bühne stand, habe man bereits ihr Alter und ihre Figur vergessen und lasse sie ohne weiteres als das leidenschaftliche Mädchen von sechzehn Jahren gelten, das sie spielte.

Und so endet, wie sie begann, diese seltsame, fast unglaubliche, aber jedenfalls erbauliche Geschichte von Catalina.

VIRGINIA HAGGARD

SIEBEN JAHRE DER FÜLLE

Mein Leben mit Chagall

280 Seiten, 16 Seiten Kunstdruck
mit 48 Farb- und s/w-Fotos, Ln., DM 36,–

Was Françoise Gilot für Picasso, war Virginia Haggard für Chagall.

Dieses Buch ist eine Kostbarkeit für Sammler und Bewunderer von Chagall.

Es enthält bisher unveröffentlichte Fotos und Zeichnungen und Aquarelle, die Chagall für Virginia Haggard anfertigte.

Es ist eine liebevolle Huldigung an einen großen Künstler, geschrieben von einer Frau, die sieben besondere Jahre seines Lebens mit ihm geteilt hat.

DIANA VERLAG ZÜRICH

André Gide

»Was für Probleme werden kommende Generationen beunruhigen? Es ist für diese Kommenden, daß ich schreibe. Noch unausgesprochene Fragen beantworten! Noch unbestimmten Sehnsüchten Ausdruck verleihen! Die heute Kinder sind, werden sich einmal wundern, mir auf ihrem Pfad zu begegnen.«

André Gide:
Die Falschmünzer
Roman

dtv 1749

André Gide:
Die Verliese des Vatikan
Roman

dtv 1750

André Gide:
Die Schule der Frauen
Erzählungen

dtv 1751

André Gide:
Der Immoralist
Roman

dtv 10160

André Gide:
Stirb und werde

dtv 10388

Lars Gustafsson

»Es begann mit kleinen Rissen, Unstimmigkeiten, einem mikroskopischen Abstand zwischen der Welt, von der man redete, und der Welt, die tatsächlich da war.« (Lars Gustafsson, 1972)

Lars Gustafsson: Wollsachen Roman
dtv 1273

Lars Gustafsson: Das Familientreffen Roman
dtv 1470

Lars Gustafsson: Die Tennisspieler Erzählung
dtv 10008

Lars Gustafsson: Erzählungen von glücklichen Menschen
dtv 10175

Lars Gustafsson: Die Stille der Welt vor Bach Gedichte
dtv 10299

Lars Gustafsson: Trauermusik Roman
dtv 10566

Knut Hamsun

»Hamsun ist der Autor, den ich ganz bewußt nachzuahmen versuchte, offensichtlich ohne Erfolg. Ich stehe mit dieser naiven Hamsun-Verehrung nicht allein. Für meine Generation war er wohl das gewesen, was Dickens für die Leser seiner Zeit war. Wir lasen einfach alles, was er schrieb, und verlangten immer noch mehr.« (Henry Miller)

Knut Hamsun: Segen der Erde. Roman

dtv/List — dtv 1361

Knut Hamsun: Benoni. Roman

dtv/List — dtv 1633

Knut Hamsun: Hunger. Roman

dtv/List — dtv 1736

Knut Hamsun: Victoria. Die Geschichte einer Liebe

dtv/List — 10063

Knut Hamsun: Mysterien. Roman

dtv/List — dtv 10276

dtv

Italo Calvino

»Calvino ist als Philosoph unter die Erzähler gegangen, nur erzählt er nicht philosophisch, er philosophiert erzählerisch, fast unmerklich.« (W. Martin Lüdke)

Italo Calvino: Das Schloß, darin sich Schicksale kreuzen. Erzählung
dtv 10284

Italo Calvino: Die unsichtbaren Städte. Roman
dtv 10413

Italo Calvino: Wenn ein Reisender in einer Winternacht. Roman
dtv 10516

Italo Calvino: Der Baron auf den Bäumen. Roman
dtv 10578

Italo Calvino: Der geteilte Visconte. Roman
dtv 10664